漫娱图书
SINCE BOOKS

"他和你共享感官、情感和生命，
在没有遇到由卡之前，我们只拥有一半的灵魂，心是空的，忍受着没有尽头的孤独。直到遇见由卡，我们的心才被填满，灵魂才得以完整。"

"我们对灵魂挚友的选择很难用科学来解释。"

"遇到了就是遇到了，命定的由卡是天赐的珍宝，可遇不可求。"

恶龙的低语

微风几许 著

长江出版社 CHANGJIANGPRESS 漫娱图书

“伊撒尔，轻一点儿。”
伊撒尔没说话，但雪宪感觉到他的动作轻了些。
雪宪想不明白龙怎么忽然想帮他擦药。
不过就像以前一样，龙想要照顾他的初衷一点儿都没变。

“这是伞。”雪宪告诉伊撒尔。
伊撒尔看了看他们手里的小“伞”。
后折取了那片雪宪想要却够不着的宽大圆叶。
“伞。”

目录

Contents

“小龙。”

“我愿意成为你的由卡。”

“由卡格拉姆，可可拉日库木发。”

Dragon's treasure

第一卷

雨林篇：流亡者

THE WHISPER OF THE DRAGON

ISAR

XUEXIAN

世界上真的还有龙吗？

几天前雪宪还想过这个问题。

他站在高高的、被人们用肩膀抬起来的花车上，身边围绕着七百七十七朵雪白的倦鸟花，忒亚星的光掠过主城上空，洒向人类栖息的大陆。他沐浴在金色光芒里，将容器中的倦鸟花瓣撒向人群。

一年一次的圣典，主城中央干道上挤满了前来观礼的民众。

花车七步一停，纪念人类全体移居无穷星第七百七十七年。

人们唱起圣歌，每一曲唱罢，雪宪便垂着睫毛，讲一句："人类永恒。"

距离圣坛不过十几米远时，人群里忽然传来嘈杂声，有人在哭喊："救救我的孩子！救救她！"

雪宪抬眸，只见警卫队已有条不紊地挤进人群，飞快地隔出一片空地。

混乱中花车停止前进，雪宪已经迅速摘去头上沉重的冠冕，双手提起盖住脚面的圣装下摆，光脚下了花车。

"星子！"

"星子殿下！！！"

人们自动为星子让开道路，雪宪走到人群中央，看到一个七八岁的、脸上显现出大片死寂黑气的小女孩。

雪宪神色微变，但没有迟疑，他从那位母亲的怀抱中把痛得痉挛的小女孩接过来，握住她的手指。只见小女孩口中发出急促的吸气声，吓得周围的人惊叫连连。

"星子！救救她！求求您！"惊慌失措的母亲跪在地上哭泣。

雪宪低头亲吻了一下小女孩的额头，径自启唇轻轻吟唱。

"蓝星的子民啊，跨越璀璨的银河。

我们不畏辛劳啊，抗争异星的险恶。

我们赞美爱的真谛啊，赞美纯真的灵魂。

我们无惧变化啊，将远古的邪灵扼杀……"

歌声轻柔，畸变速度减缓了，小女孩的痉挛似乎也在慢慢地减弱，周遭爆发出人们的欢呼声。

但下一秒，小女孩发出了凄厉的叫声！

"啊啊啊！"民众四散奔走，场面混乱。

“星子！请您快快撤离！”

卫兵们上前架走雪宪，那位母亲也痛哭着被拖离现场。

“五度畸变！”在一艘早已飘浮在人群上空的急救飞艇上，一位医护人员这样命令道，“准备麻醉！”

小女孩，或者说是那个重度畸变体，狂叫着对四周的人做出攻击姿势。

一支麻醉枪在半空中瞄准了她。

“等一下！”雪宪冲医护人员大喊，“让我再试试！”

“您救不了她了！”有人拉住雪宪，“她已经失去了意识！就算是您也不行！星子殿下！她会被送去疗养院妥善安置的！”

破空之声响起，畸变体惨叫一声，骤然倒地。她看着雪宪的方向，眼睛里似乎布满了恐惧无助，瑟瑟发抖的身体逐渐平静下来，然后彻底失去了知觉。

“我们需要龙火！”人群中，一个人忽然嘶哑地喊道。

“我们得烧死她！不然她会攻击我们所有人，我们需要龙火！”

“龙？”

“哪里有龙？龙又回来了？！”

人群开始沸腾。

年轻的星子重新被簇拥着登上花车，他雪白的衣摆上染了几道血痕。他脸色苍白地往人群中看去，卫兵好像抓住了一位挣扎怒吼的老者，周遭民众乱成一团，但随着花车前进，很快就看不清那位老者了。

当夜，雪宪的手环上收到了一封邮件。邮件来自一个自称“明目”的社团，标题是：“圣典途中陡生意外，无能星子能对畸变做什么？”

“明目”已经悄然成立好几个月了，这个组织用一只睁开的眼睛作为他们的标志。

他们掌握民众通信，悄悄散布着“信仰已死，恶龙归来”的谣言，说掌权者推行了七百年的“星子净魂”政策不过是掌控人心的手段，实则反映了掌权者对畸变的束手无策。

龙是传说中的生物，但是在无穷星上，它们却真实地存在于书里、博物馆里，或者无数影像资料里。

蓝星能量耗尽，数亿人类为求自保，不得不分批次移居无穷星。

一千两百年前，第一批人类携带了蓝星上的数万物种首次登上无穷星，他们在这颗星球上模拟蓝星的生态环境，撒下了希望的种子，被后世称为“先民”。

几百年后，蓝星环境愈发恶劣，第二批人类开始大规模地迁徙至此。

不料，先民已逝，留下的物种虽然已经在无穷星成功繁衍，但均受到了无穷星上不明物质的侵袭。连同第二批登上无穷星的人类一起，他们开始了难以停止的畸变。

最初科学家们认为那是受一种不明辐射，或者是受一种难以捕捉的磁场影响，也有人认为那是本属于无穷星的生物，霸道地寄生在人类体内，但一直没有明确的结果。

大部分人类出生时便有一度畸变，最高为五度。一般来说，所有畸变体只要在出生时接种抑制剂，并坚持每年接种一次，畸变程度便能一直被扼制在一度状态，过完人类短暂的一生了。但也有小部分人，会在某天突然对抑制剂免疫，然后畸变程度飙升。

达到五度畸变的人已经无法被称作人类，他们会失去意识，不停地攻击人类。

幸好无穷星上出现了龙。

没人知道这种传说中的生物是如何在异星上出现的，或许它们本来就属于这里，或许它们本来就是先民播撒的万物之一，人们只知道，只有龙火才能彻底对抗畸变者们。

七百年多前畸变潮大爆发，人类与龙联手，付出了几乎重塑文明的惨重代价，才清理掉所有五度畸变的畸变体。龙火在栖息大陆燃烧了三天三夜，火光映亮了苍穹。

但龙族本性极恶嗜血，竟然妄图趁机消灭人类，独占无穷星。人龙大战后，人类取得了最后的胜利，将恶龙灭绝。一切结束的那一天，被人们称作“混沌日”，象征着人类破开混沌，真正地在异星重生。自此，人类依靠星子歌唱净魂曲，让不受控制的畸变体得到安息，此法已经推行了七百年。

邮件里，“明目”社团把雪宪批评得一无是处，“牵线木偶”“懦弱无能”“跳梁小丑”“骗人神棍”这样的字眼比比皆是。

雪宪第一次知道，原来有人对他有这么大的恶意。他气愤地看下去，眼睛却微微睁大了。

被麻醉后的畸变体真的去了疗养院？没人能回答这个问题。

众所周知，栖息大陆外是茫茫黑海。再过去一点儿，便是飓风巨浪横行、无人能穿越的风暴港。

“明目”提出新思路，他们认为龙根本没有灭绝，而是在风暴港外的某个荒岛上偏安一隅。掌权者无力处置畸变体，美其名曰疗养，实则为了永绝后患，已经将那些畸变体全数送往了龙屿。那里的龙火会将畸变体烧为灰烬，这简直是一劳永逸。

“停止欺骗，公布真相。”

“否则人类必将遭到龙火反噬，酿成灭族之祸。”

几行红色大字出现在邮件的最后，触目惊心。

世界上真的还有龙吗？

此刻，雪宪已经顾不上再思考这个谜题了。

几个小时前，他在破碎的水行艇中醒来，醒后能记起的最后一件事，就是睡前侍女蜜儿给他端来一碗羊奶。一定是有人通过药物把他迷晕后塞入水行艇，将他送来了这个完全未知的地方。

他被绑架了。倒灌的海水淹没至鼻腔，雪宪被呛得差点儿窒息，等他虚弱地从水行艇里爬出来后，就发现自己身处一个枯朽的密林里。海水弥漫了林中大部分的地面，剩下盘根错节的树根暴露在外，周围安静得犹如死寂之地。

雪宪的身边总是围绕着一大群人。除了主城与边境的光明殿，他从未去过任何地方，更没有独自一人来过野外。此时，周遭不见任何生物，他的手环没有信号，水行艇完全坏掉了，通信面板也碎成了蜘蛛网状，雪宪无法联系到任何人。

或许他还没离开主城多远，雪宪安慰自己道。

只要走出密林，他可能就会找到人类居所，等联系上光明殿的人他就能平安地回去。

但密林太大、太深，厚重宽大的圣装湿漉漉地裹在雪宪身上，就像沉重的枷锁。他又冷又累，走得十分艰难，得扶着一棵棵枯树才能勉强前进。

屋漏偏逢连夜雨，他没走多远，就一脚踩进了被枯叶覆盖的沼泽。

一个人被沼泽吞没只需要不到十秒的时间，雪宪算是幸运，他竟胡乱抓到一条手臂粗的树根，就是靠着这截树根，他才没彻底陷下去。

“救命！救救我！我掉进沼泽了！有没有人！”

密林中的飞鸟被惊动，扑簌簌地飞离树梢。

不多时，空中传来一声震耳欲聋的狂嚎，回荡在密林上方，大地似乎都在震动。

雪宪抬眼看去，只见一个巨大的黑影展开双翼，由天空飞过。

是龙！那一刻，雪宪的血液为之冻结，霎时噤声。

又过了几个小时，天黑了。玉盘似的女星挂在密林上方，深灰色的天空缀满了星星。雪宪不敢大声呼救，他昏昏沉沉地抓着树根，一刻也不敢放松。不知道过了多久，忽然，他发现上方出现了一对巨大的深绿色竖瞳。那双竖瞳正毫无感情地俯视着他，不知道已看了他多久。

女星洒下的冷调银蓝色光芒照亮了竖瞳主人那覆盖着密密麻麻黑色鳞片的头部。这是一头成年黑龙，如果它展开双翼，翼展能达到惊人的二十多米，体重更是重达近百吨。

这么庞大的生物是怎么做到悄无声息地落地的?

光是被黑龙注视着，雪宪就不由自主地屏住了呼吸，期望自己和沼泽融为一体，让黑龙无视他这种不够塞牙缝的食物。

但黑龙垂下头颅，似乎对雪宪很好奇。龙的鼻息拂面，雪宪闻到一股温热的、属于肉食动物的腥气，紧接着，他被黑龙用鼻端拱了拱，顿时身体抖如筛糠，僵硬的手也不自觉脱力松开了树根，身体一点点地陷进了沼泽。

“咕咚——”淤泥没过眼睛、头顶，雪宪听到了死亡的丧钟。

幼时跑过的光明殿，弥漫玫瑰香味的花园，还有圣坛下匍匐的万千民众。

……

那一刹那无数的回忆片段涌上了他的脑海。

就这样结束了吗?沼泽之下，黑暗完全将雪宪包裹，当最后一丝空气也被挤出肺部时，他只觉得全身忽地一紧，骨骼内脏剧痛。一只利爪探进沼泽，将他从淤泥中掏了出去!

“啊——”身体完全腾空，雪宪惊恐地发现自己在远离地面。

狂风席卷，是黑龙在扇动双翼。

雪宪整个人被龙爪擒住，劫掠至沼泽上空，无论他怎么挣扎拍打都无济于事，他听到黑龙兴奋地发出了一声直冲云霄的龙嚎，像是在宣告它新得到了一个战利品。

沼泽与密林都越来越远、越来越小。

起初，雪宪在高空中几近昏厥，但后来刺骨的寒风却让他身如刀割，清醒得不能再清醒。

他看见密林外沿的湖泊,看见高耸绵延的山丘。他在龙翼下呼啸的风声中，看见璀璨的星空与翻腾的云海。然后，他看见了茫茫黑海和数座岛屿。

这里不像他记忆中的任何一部分版图，他后知后觉地认识到一个事实，他已经不在属于人类的栖息大陆了。

黑龙用巨爪擒着雪宪，不知飞过了几座岛屿。龙翼一张一起，转眼就是千米之遥。

过快的风速与强大的风阻让雪宪不得不紧闭双眼蜷缩起来，死死地用双手去抱紧龙爪。

如果不慎从这么高的空中坠落，毫无疑问他会摔成一团肉酱。

很久之后，雪宪感到自己在急速下降。他睁开眼，看到这里是一处峡谷，黑龙正以难以想象的角度俯冲向下，随后来到一座峭壁上的山洞中。

“嘭！”雪宪被重重地扔在了地面上，然后滚上一身尘土。这一下摔得不轻，雪宪被风刮得僵硬的身体狠狠撞上地面，差点儿连骨头都裂了，他发出痛苦的惨叫。

不等他缓一缓，那黑龙就俯首朝他看来，一对竖瞳里充满杀机，惊得雪宪连滚带爬：“啊啊啊！！！”

“唔——”黑龙没张嘴，只用鼻孔对他喷了一口热气。

雪宪下意识缩成一团，手脚不受控制地发抖。

洞内漆黑，但洞口照进天光。

黑龙那巨蜥似的龙头上鳞甲密布，倒竖的骨刺也泛着光，那骨刺似乎坚不可摧，分分钟就能刺穿人类的身躯。黑龙把头埋得更低，原本冰冷的深绿色双瞳中有了些说不清道不明的炙热温度，仿佛对眼前这个人类很感兴趣一般，它几乎是目不转睛地以一个静止的姿势看着雪宪。

雪宪颤抖着往后退，后背终是抵到了山壁上，退无可退了，他只得急速喘息着看向面前的怪物，心跳如擂鼓。忽地，他眼前一黑，继而胸口闷痛，是黑龙恼怒地用头碰了碰他。那力度霸道，犹如被车迎面撞上，雪宪被撞得张嘴吐了一口血，趴在地面上久久无法直起身。

黑龙却根本不给他喘息的机会，继续用头拱他。雪宪后背再次撞上坚硬的岩石，口中血腥味不减。紧接着，黑龙伸出了尖爪，猛地将他拨弄开，好似猫咪玩弄刚捕获的昆虫一般，将雪宪翻了个面，拨出了几米远。

“啊——”从粗粝砂石上剐蹭过去的剧痛让雪宪发出惨烈的叫声。

紧接着，一条粗大的舌头从天而降，那舌头反复舔舐雪宪全身。肉食动物的口水味、血腥味，再加上沼泽里带出来的腥臭气息，让雪宪像一条死了很久的、暴晒后的鱼。

将猎物连续翻了好几次面，黑龙终于怒不可遏，张口露出了白森森的利齿。

那一刻雪宪脑子里只有一个念头——他要被吃掉了。

下一秒，他的耳膜剧痛。黑龙却仰起头，发出一声暴怒的嚎叫，叫声震耳欲聋，回荡在山洞深处久久未绝。一阵狂风扇起，黑影在洞壁上掠过，黑龙爬至洞口跃下，几秒后它张开双翼，在洞口盘旋两圈后，不知道出于什么原因竟然飞离巢穴。

风夹带着灰尘，吹起雪宪的头发，呛得他不住咳嗽。

山洞里安静了。

黑龙竟然没有一口吞掉他。

十几岁的少年侥幸龙口逃生，没忍住鼻子一酸。

世界上竟然真的还有龙！他要怎么办？他是不是要死在这里了？

雪宪胸口痛得厉害，浑身上下也不知道被剐蹭出了多少细小伤痕，方才被龙爪擒过的腰腹更是令他痛得发抖。尽管活下去的希望渺茫，但雪宪还是死死地咬住了嘴唇，竟把刚冒出头的眼泪硬生生地逼了回去。

人类历史教导他们强者生存，民众不需要星子的眼泪。

这是黑龙的巢穴，它肯定还会回来的，与其哭泣不如趁现在找到出路。

雪宪强撑着精神打量四周，分辨出这个山洞很大，但不知道有多深。刚才他被抓来时注意过这里的高度，山洞口距离地面至少有百米，地理位置绝佳，做一头龙的巢穴足矣，却让猎物无法逃生。

除非雪宪像龙一样长了翅膀，否则就算他走出洞口，也只会摔个粉身碎骨。

洞的另一端黑漆漆的，除了一些隐约可见的石块，暗处什么都看不见，不知道隐藏着什么。雪宪记得书上记载，说龙会选择足够高、足够宽大且有水源的地方筑巢。他屏息听了一阵，好像真的听见了水声。只要有水源，就有一线生机。

他忍痛扶着洞壁站了起来，一步步地朝暗处挪动。越是往洞穴的深处走，属于黑龙身上的气息就越浓烈，看来深处才是那头黑龙休憩的地方。

"啊！"他的脚底硌得生疼，雪宪这时才注意到，他的短靴不知道什么时候丢了一只，左脚是光着的，他想回头去找短靴，但仔细一想，靴子很可能是陷在沼泽里了。

他又走了几步，越来越多的东西在硌他的脚，有圆的、尖的，还有棍状物。

雪宪在地上摩挲，摸到一根长长的硬物，他拿到眼前借着极为微弱的光线查看，看清手中之物后吓得立刻将它扔了好远。那竟然是一根人类的骨头！

雪宪头皮发麻，不由得加快了脚步，连光着的左脚脚底板被割伤也顾不上了。

又走了几米远，他的视野完全落入了黑暗中。这里伸手不见五指，得全凭摸索幽凉的洞壁和克服对未知的恐惧，才能勉强一步一步地往前走。

正在这时，洞口传来风声。强风灌进洞口深处，掠过雪宪的发丝——黑龙回来了！

他浑身泛起鸡皮疙瘩，霎时间汗毛倒竖。

山洞地面微震，他回头一看，洞口光线刺眼，只见黑龙扑簌簌落地，俯下身吐出几颗圆球状的红色物体，那物体看似某种水果。然后黑龙将头往洞里探寻了一圈，像是在找猎物。

刹那间，黑龙转头朝暗处看来，目光如炬。龙的视力远比人类敏锐，就算雪宪身处完全黑暗的洞穴深处，他也敢百分之百肯定，黑龙发现了他！

仅仅迟疑一秒，雪宪陡然转身拔腿狂奔。

黑龙发出狂吼，以翼为足，四肢并用，闪电般朝他爬来！

"嗷——"龙的狂吼似牛似象，又像是虎，瘆人至极。

雪宪才跑了十几步，就察觉背后生风。可是没等他跑出几步，整个人就嘭地撞上洞壁，他的鼓膜发出闷响，眼冒金星。

龙火倏地亮起，黑龙昂头吐出火焰，山洞内部顿时亮如白昼。

“啊！”雪宪脸色惨白，电光石火间绝处逢生，他竟然看到山壁上的一处缝隙！

“呼——”龙爪袭来，雪宪就地一滚，然后爬起来拼命地把自己挤了进去！

缝隙内部空间极小，背后炙热的气浪袭来，雪宪咬着牙猛地向前挤。身体蹭着山壁前行，火辣辣地疼，就这样，他硬是把自己又挤进了几尺，一脚踏入了水里。

黑龙在外面嚎叫，滔天震怒。它数次试图把自己挤进缝隙，却因身躯过于庞大，无论如何也挤不进一分，这缝隙窄得就连它的一只爪子都无法通过。

雪宪脱力，一屁股瘫坐在水里，听见缝隙外的巨大声响。

他通过缝隙看去，只见黑龙在缝隙外盘旋，它喷出的龙火已经点燃了洞穴里的易燃物，火光把洞里的情景照得透亮，雪宪的目光扫到一个人类头骨。

他想起“明目”社团散播的谣言。难道那些畸变体真的被驱逐到了这里？雪宪不敢细想。

“不能停在这里……不能停在这里。”他无意识地自言自语，顾不上想许多，只快速地查看起自己所在的空间。

除了缝隙外的火光映照出身体前面的水面，他的周围都是一片漆黑。分辨不出有没有出去的路，也分辨不出这里到底有多大，但声音在这里有不小的回响，应该是个开阔的地方。根据水流的方向，可能会找到出口。如果不行，就倒回来走。

由于求生知识有限，慌乱中的雪宪只能想到用这样的方法来搏一搏。

这时，缝隙另一端的洞穴内忽然安静下来。这很奇怪，雪宪不觉得那头黑龙会这么快放弃。担心它打算往缝隙里喷火把自己烤熟，雪宪警觉地趴在缝隙上朝洞里看。眼前的一幕让他久久没合上嘴巴。

燃烧的火光愈发微弱，但足够看清黑龙的动作。黑龙焦躁地在缝隙外走了几圈，然后好像伏在了一块凸起的岩石上。因为角度关系，雪宪只能看见它的前半身。只见它将龙翼杵在地面，用以支撑身体，头部则高高扬起，黑色鳞甲随着身体的动作折射出火光。

它的模样看起来有些痛苦……

最后一丝火光熄灭了。

空气中除了织物燃烧后留下的味道，还有一种滚烫的、莫名的气味。

雪宪隐隐觉得哪里不对，却又说不上来。

黑龙这是在干什么？是在发怒，还是在挠痒？

雪宪想了好一阵也没找到答案。

现在的情况也不容许他胡思乱想，很快，缝隙另一头的山洞里就重新传来了黑龙粗重的呼吸声。它嗅着雪宪的味道，隔着缝隙发出意味不明的低吼，并试图继续撞击缝隙外的洞壁。

雪宪不再犹豫，立即摸索着山壁，软着两条腿站起来，然后挪动双脚顺着水流方向逃走。

水没过他的小腿，水流也较为湍急。

先前的一段路还算开阔，即使身处黑暗中丧失视力，他也能像盲人一般缓缓前行。

后来空间变得越来越小，四周的山壁似乎在不断缩拢。这是一段极为压抑的路程，有好几次雪宪都差点儿一头撞上倒吊的山岩，又或者是撞上尖锐的钟乳石命丧当场。

最窄的地方仅容雪宪俯身屈膝通过，好在他年纪小身体又足够柔韧，倒也不算太难，只是光着的左脚被划出伤口，疼得厉害，而漆黑中那密不透风的、未知的恐惧也让他难以承受。

终于，前方出现亮光。

雪宪匍匐穿过一截山壁得以站起身，全身骤然沐浴在一丝从头顶照进来的天光里。

他现在所在的位置是一处水潭。除了刚才一路摸过来的水路，还有几个相邻的洞口也在源源不断地往潭里注水，有的洞口有两三米宽，有的则仅如拳头大小宽。另外，也有几个往外送水的洞口，水流一来一往，保持着水潭水位的平衡。

水潭很大，水很清澈，能清楚地看到水里游着一些透明的鱼类，那些鱼见了人也不惊慌，悠然自得地在水里游着。

之前雪宪全身都被黑龙舔了一遍，舔得湿漉漉的，让他感到恶心。停下来后，他立即用干净的潭水把自己洗了洗，又选了块凸出来的相对干燥的大石头坐下来休息，顺便看一看脚上的伤口。

左脚脚心不知道被什么划了一道口子。在水里泡了这么久，它倒是没流血了，只是边缘发白，像裂开的小嘴，疼得厉害。雪宪取下圣装上的腰带，想用它缠在伤口上。

腰带与圣装同色，但又和圣装的肃穆庄严不同。腰带的布料上被主城中手艺最好的绣匠用针绣了极细的金线，点缀着光明殿的图腾，和雪宪皮肤上的刺青一样。

腰带很长，佩戴时要绕过腰身三圈，还要把两端都巧妙地藏起来，只有雪宪最心灵手巧的侍女蜜儿才能系好它。

“殿下的腰太细啦。”蜜儿的肤色是小麦色，她笑起来牙齿很白，俏皮地说，“比前星子殿下的腰细，比我们女孩的腰也还要细。”

雪宪从来不想做个孱弱的人，闻言告诉蜜儿：“我总有一天会长得很强壮的，就像竞技场里的拳手那样，肌肉都结成硬块。”

蹲着整理衣摆的侍女闻言捂嘴笑：“是啊，总有那么一天，殿下还小呢。”

在光明殿，雪宪身边多是些性情温顺的女孩，在不举行典礼的时候，殿中的气氛总是松快的。

“不要长成那样！”蜜儿一边拉紧腰带，一边故意调侃，“那些拳手除了有蛮力还有什么好？殿下这样最好看了。而且啊，我才不想殿下那么快长大呢，我想要殿下永远都做我们捧在手心的小殿下。”

现在她们都不知道他在这里。

暗处的潭水中倒映出雪宪现在的模样，是若被蜜儿看见了，一定是会心疼的程度。

他有一半头发都被黑龙喷出的火焰烧焦了，乱蓬蓬的像个鸟窝。在沼泽里浸泡过的雪白圣装也几乎看不出原来的颜色，淤泥、血渍顺着潭水晕开，染得到处都是，比主城外流浪的野人还要脏。倒影中的那张脸上也满是伤痕，狼狈不堪，有两行雪宪自己都没察觉的眼泪，正顺着脸颊落下。

“啪。”一声轻响。

雪宪一惊，转头看向声音来源，只见一块大石后忽然冒出一只手。

这里竟然有人吗？！他心中冒出一股难以置信的狂喜，飞速抹了一把脸，挺直背脊，心脏怦怦乱跳地问道：“谁？！”

“是谁在那里？”

六年做星子的经验，让雪宪身上的庄重感毫无违和感，只要出现在公众面前，他甚至时刻都能保持这样的状态，哪怕一分钟也不会懈怠。如果不看脸，光听这镇定的语气，谁也不会想到这个少年刚刚经历了什么。

那手动了动。

雪宪的心跳得更厉害，赶紧说："我看见你了。"

对方没有回答。

雪宪有点儿急，眼圈通红，但仍保持着自然稳重的仪态问道："你是栖息大陆流落到这里的重度畸变体吗？"

对方还是没有回答，也不知道还有没有保留人类的意识。

天光照着雪宪的脸，给他蒙上圣洁的光辉，他严肃地对着那只手表明身份："我是来自栖息大陆的星子雪宪，你或许听过我的名字。你不要害怕，我不会歧视你，神爱世人，无论你是不是畸变体。"

"我可以帮助你，我们一起想办法离开这里，回去以后把一切都禀报给光明殿，光明殿会还给你们一个公平的结果。"

那人没有回话，也没有反应，只有"啪啪"的轻微声响不时传来。

雪宪觉得蹊跷，担心对方不信他的话，或者畸变程度太严重身体受损说不了话，仅仅思考了片刻，便大着胆子涉水走过去。

人类应该帮助人类。

一看之下，雪宪却失望透顶。那里根本没有人，只有一只不知道从哪里漂过来的浅色皮质手套，手套已经很破旧、很薄了。它正被水流推动得撞击石块，因为光线，看起来有些像是一只人手而已。或许这是哪位畸变体留下的。

雪宪怔了一会儿，在绝望涌上心头以前，先涌上了另一阵悲伤。他捡起手套，把里面的水都倒了出来，然后把它轻轻放在了一块更为凸出的石头上，确保它不会再被水冲走。

他注视了它片刻，虔诚而小声地默背了一段安魂颂。

愿逝者安息。

雪宪只放任自己难过了一小会儿，就收起眼泪开始查看离开这个水潭的路。

除了山壁上的几个小洞，水潭四周都被封死了，他勉强绕着水潭走了一圈，把目光投向那几个洞口中最大的那个，那个洞口不知道通往哪里。

雪宪不想死在这里，他得想办法回栖息大陆——看到那只手套之后，他更加坚定了这个想法。他整理了一下外袍，然后把缠绕在左脚上的腰带又绑了一遍，把它当成临时的鞋子。

由于腹中空空、饥饿难忍，他又喝了一些水潭中的水，这才深吸一口气钻进了洞里。

这个洞里行走起来比雪宪来时走的那个要顺畅得多，也没有那么黑了，雪宪不时能看见头顶上方的小洞照进的天光，给他缓解了不少待在密闭空间里的恐惧。

但这个山洞的山壁更加湿滑，也更加阴冷。

龙性属火，雪宪猜想这是因为这里远离了龙巢。这是个好兆头，说明他至少不会在水路里进入别的龙巢。

但这一次雪宪迟迟看不到尽头。

忒亚的光在头顶消失后，洞中陷入黑暗，再到女星的光重新照进洞里。雪宪曾数次试着从山洞上方的那些地面缝隙爬出去，可最低的缝隙也距离他有好几米，而且根本找不到往上爬的落脚点。

没办法，他只能一边继续走下去，一边小声地唱着歌给自己壮胆，走了七八个小时，直到体力完全透支，雪宪才停下来。他累极靠着山壁睡去，醒来时天都亮了。

水仍在潺潺流动着。他虚弱地抹了抹脸后，便强迫自己站起来，顺着水路继续前进。

来到这里最少也有一天一夜了，雪宪又急又怕，越来越茫然无措。

忽地，眼前豁然开朗。他居然走出了山洞，来到了一片开阔之地！

水路在这里汇集，林中植被密集，空气潮湿，嫩绿色的苔藓与粗壮的藤蔓恣意生长，就像是来到了热带雨林。

从水里走上岸，雪宪被泡得发白的手脚重新恢复了知觉，左脚心的伤口也重新疼痛起来，痛得他冒出冷汗。

树林幽深，水路贯穿其中。这里安静极了，只偶尔传来一两声鸟叫，笼罩着一种怪异的不安。雪宪顺着植被较少的地方行走，一边走，一边观察自己的手环。大概是由于龙屿缺乏基础设施，他的手环始终没有信号。

不多时，他发现了水路的汇集点：一个很浅但很宽大的湖泊。湖中裸露着数处高地，都堆积着不少来自人类社会的零件设备，仿佛数百年前战后的遗留与传说中那些被送往这里的畸变体留下的痕迹，都留在这里了。

它们堆得很高，像一座座小小的垃圾山，因为常年受水的侵蚀，长满了锈迹与附生物。

雪宪眼尖，很快在那些垃圾里发现了一个冒出半截的老式水行艇，更令他兴奋的是，那个水行艇很可能没有坏，因为他看到水行艇某处发出耀眼的光，那大概是它的蓄能灯！

这个发现让雪宪精神为之一振，他一扫颓丧，眼睛都亮了起来。

他脱掉宽大厚重的圣装，仅着里衣走进湖中，朝着水行艇游了过去。

等上了高地，他就迅速冲向垃圾山后的水行艇。可惜，在看清情况后他猛地停在了原地，浑身血液倒流，霎时间就明白了雨林中为什么这么安静。

这里闯入了无穷星上最强大的猎食者——一头浑身布满银色鳞片的龙，它正趴在湖中高地上。它的上半身贴着高地，长长的尾巴则搭在湖水里，忒亚星的金光照在它银色的鳞片上，折射出绚丽的光芒。

若不是身临其境，知道有多危险，雪宪愿称这一幕美极了。

这头龙受了重伤。它的右翼骨折，以一个非正常的角度弯折着，背部还有个碗口大小的伤口，冒出一截尖锐的钢柱。

雪宪推测，它应该是折翼后从高空坠落到这里，而垃圾山的一根钢柱正好刺穿了它的背。

雪宪从来没见过银色的龙。

当然，在这之前他什么龙都没见过。不过据他的了解，大多数的龙都为棕褐色，青色黑色次之，暗红色的龙最少。这头银色的龙非常罕见，可以说历史上也从未记载过长着银色鳞片的龙。

这是一头雄性小龙，它的双翼并没有完全张开，但能看得出龙翼展开后有七八米。从体形上来说，这头银龙比那头黑龙要小上一整圈。近距离打量这种凶恶的生物，就算对方还只是一头小龙，也会给人很大的压力。

它大概已经死了。即使这样，雪宪也死死地压抑了好一会儿才抑制住逃跑的冲动。

他的目光扫过它毫无动静的尾巴、染血的尖爪，然后是那折断的龙翼，最后落在了被龙翼半掩着的水行艇上。那个老式水行艇已经很破了。而刚才雪宪离得近了，才弄清楚他刚才看见的光芒来自这头龙的鳞片对天光的反射，并不是什么蓄能灯。

好在拜当年绝妙的设计所赐，虽然这只老式水行艇坏了，但它配备了性能强大的定位配件。雪宪上过科技课，知道只要配件没坏，他就能将其拆下来加以改造，加在手环上，朝光明殿的人发送他的定位坐标了。

在龙屿艰苦地熬过一天一夜，终于看到了一丝生还的希望，雪宪激动得有点儿难以自持。

可现在最棘手的问题是，他必须得挪动龙翼，才能进入水行艇中。

雪宪不敢贸然行动。他退后几步，先回到水中留出安全距离，然后在水底捡了块石头，轻轻地朝那头龙的尸体扔去。

“啪。”不算大的一声。石头击中龙身上的鳞片，滚落回地面。

龙毫无动静，一动也不动。倒是水中透明的鱼儿受惊，纷纷围着雪宪的脚踝游动，弄得他有点儿痒。他又试了几次，确定那头龙完全没有反应，应该是已经死透了以后，才慢慢地走过去，踩着垃圾零件爬向水行艇。

离得越近，龙血的血腥味就越是浓重，几乎令人作呕。雪宪屏住呼吸，忍着铺天盖地的血气，爬上水行艇的表面，使出蛮力去推动那又大又长的龙翼。

龙的双翼上有和身体构造一样坚硬的骨架，覆盖着结实的皮肉薄膜，表面并无鳞片。可当雪宪第一次真实地触碰到它时，仍然觉得触手冰凉，像触摸到冰块一般，连头顶上方忒亚投下的光线都温暖不了它。

龙翼也比想象中要重很多，雪宪腹中空虚，推出了一身汗，也只勉强把龙翼推开了十几厘米，累得眼冒金星，摇摇欲坠。

但是，有些事一旦开始做了，就没那么可怕了。

雪宪随便擦了擦汗，就喘着气换了个方向，继续去拖拽龙翼，不管怎么样，他想先把水行艇的舱门露出来再说。

这次，刚抓住龙翼的骨刺拉了两三下，雪宪就察觉到龙翼动了。

糟糕！这头龙，好像还没死！

察觉到危险，雪宪陡然抬头，恰好撞上一只灿金色的瞳仁。

这头罕见的银龙不知道何时睁开了紧闭的眼睛，正冰冷地、一动不动地看着身侧的人类。

视线相撞的一瞬，雪宪忽地感到一阵强烈的心悸。

那心悸难以自控，刹那间，大地、平原、峡谷、洞穴、高山、天空……乃至整个无穷星仿佛都呈现在那只灿金色的瞳仁里，不容抗拒地侵入雪宪的双眼。

世间万物，在雪宪的视野中急速缩小，一呼一吸中，他看见冰川大海、辽阔星空、绽放花儿、振翅蝴蝶。

雪宪霎时明白，他刚刚好像通过这头龙的视野，经历了一头龙俯视世界的过程！

那感觉太奇妙，但还来不及体会，所有的景象便快若光芒一闪，转瞬即逝。

下一秒，他的眼前除了龙的那一双金色巨瞳，便是满口白森森的尖牙。

濒死的龙抬起头狂嚎，雪宪发丝拂过脸颊，鼓膜剧痛。

"啊！"雪宪双腿一软，从光滑的水行艇上滚落，一路滚至地面，带着垃圾山上的零碎物件一起，哐啷哐啷的声响不绝于耳。

不敢有任何停留，雪宪几乎是下意识地跳进水里，以平生最快的速度，像一条飞鱼般游回了对岸。

"呼，呼——"他心脏狂跳。

差点儿被咬死，雪宪浑身滴水，四肢发抖，都不知道自己哪里来的力气跑得这么快。

对岸那头重伤的银龙因为过于虚弱，已经重新低下了头颅，眼皮也再次合上了，看来它刚才那一吼，不过也只是强弩之末。

那根刺穿背部的钢柱，已经完全限制了银龙的行动，就算它想追，也追不上来了。

雪宪视力很好，隔得这么远，他仍能清楚看到银龙在急速喘息。

应该是刚才抬头的动作牵动了伤口，过于疼痛的缘故。

不过这下进不去水行艇，零件也拿不到了。

无论如何雪宪也不可能再去那里一次，那头未成年的银龙虚弱归虚弱，可是万一发起狠来，一口咬断了他的脖子怎么办。

气温很低，雪宪全身湿透，冻得直发抖，只好胡乱把留在原地的圣装披上，打算去别的地方看看，希望还能有别的发现。

雪宪离开了湖泊，不知不觉进入了雨林深处。

安静幽深的雨林中不时有古怪的声音响起，像野兽，又像是某种夜枭。

雪宪心里发毛，大约又走了一个小时，从一片挡着路的、宽大的绿叶下俯身钻出后，就被眼前的一幕惊呆了。雨林中，一头褐色巨龙正和另一头黑色巨龙在一起。这头黑龙体形要比先前的那头黑龙小一些，头上和背脊的尖刺也要少很多，看体形应该是一头雌龙。两头龙双翼扑棱，将这片近百米内的树林几乎夷为平地。

雪宪吓得蓦地钻回树叶，脑子嗡嗡作响，心也跳得快极了。

他好像……好像明白这些龙在干什么了……

现在是忒亚星离无穷星最近的季节，大片陆地上都光照充足，气温回暖，万物复苏。

正好是龙的求偶期。

年幼的雪宪曾问他的老师："老师，什么是求偶期？"

白博士用一把宽齿的梳子替星子束发，把那些乌黑的短发往后梳起，露出星子光洁饱满的额头。听到问话，白博士温和地说："求偶期就是寻找伴侣的时期。"

雪宪不明白："伴侣？"

"对。"白博士对他说，"就像蜜儿的父母一样，冥冥中他们寻找到对方，相爱了，然后成了彼此的伴侣。"

听完白博士的话，雪宪想了一会儿，懵懂地道："他们成了彼此的伴侣，然后去培养皿里领取了一个孩子，就是蜜儿，是吗？"

白博士停住动作蹲下来看着雪宪，仿佛有点儿吃惊。

雪宪是从培养皿中出生的孩子，所以他以为栖息大陆所有的孩子都是从培养皿中出生的，只不过别的孩子一出生就被父母领走了，他没有被选上。

负责母乳喂养雪宪的姆妈曾经对他说，他没有被领走，不是因为他不乖，而是因为他太重要了，必须留在光明殿做星子，不然他这么可爱，肯定会有父母争着抢着来领他的。

然而随着年岁的增长，雪宪对姆妈的话渐渐产生了怀疑。因为别的小孩不仅有父母，还每年都要去打抑制剂，有的时候他们还会发病，产生畸变，但是雪宪从来都不用。他浑身上下都白白净净的，没有一点儿畸变的迹象，和历史影片里生活在蓝星上的人类一模一样。

“蜜儿的父母没有去培养皿领取孩子。”白博士这样告诉他，“他们自己制造出了一条小生命。女性的子宫很伟大，像培养皿一样滋养着胚胎长大，蜜儿就是这么来的。”

这说法和姆妈的说法完全不一样，也没有解释为什么雪宪没有父母。

但出乎白博士意料的是，雪宪竟然没有再问下去。

只见小小的星子怔了怔：“他们是怎么制造出小生命的？”

白博士说：“用一种原始的方式，是万物本能，等你再大一点儿，就会学到相关的课程了。”

雪宪点了点头。

白博士便顺着话题说，处于求偶期的龙性格极端暴躁恶劣，体内激素水平上涨，比平时更加易怒好战，是战斗力最为强大的时候，谁也不会想去招惹求偶期的龙。

雪宪捏着拳头：“那……如果人和求偶期的龙开战，人类还能打败它们吗？”

龙本身就没有天敌，很难想象他们的战斗力达到巅峰的状态。

白博士沉默了一会儿，看向远处平静的大海，说：“我不知道。不过我想就算是人类赢了，很可能付出的代价也大到将迎来人类的终结。”

小小的星子低下头，似在沉思那段历史：“龙为什么那么坏呢？”

白博士蹲下来，对他道：“不是所有的龙都那么坏的。龙非常聪明，就像人类有好人也有坏人一样，龙也是分好坏的。”

“再说了，龙是粗暴的动物，它们没有培养感情的过程。”看到小星子那双清澈大眼中的不安，白博士笑着对他说，“通常，它们会散发一种难以抗拒的信息素吸引异性，使得尚未完全步入求偶期的异性快速进入求偶期，这么一来求偶期就会大大缩短。所以就算世界上还有龙，它们也不会长时间处于求偶期，人类更不会与处于求偶期的龙开战。”

白博士还告诉雪宪，在求偶期雄龙会开始筑巢。雄龙将捕获的猎物捉回洞穴，并不进食，而是作为产卵期的礼物献给未来配偶，由于时间漫长，多数猎物不是被撕碎或咬死的，而是被活活饿死的。

雪宪想，难怪自己没有被黑龙立刻吃掉，原来他只是黑龙求偶期间的储备粮，就和洞里那些尸骨一样。

原来这就是求偶行为……那……在这之后就会有龙蛋了？

所以龙族并没有灭绝？

那么人类的繁衍也需要经历这样的过程吗？

“嗷——”雪宪心绪不定，正在胡思乱想，忽地，两个庞然巨物在雨林中盘旋翻滚，成批的树木倒塌，一路朝雪宪的藏身之处蔓延！他顾不得会不会暴露自己，扭头就跑，只祈祷不要被那头雄龙捉走，变成它们的储备粮！

雪宪在雨林中夺命奔逃，很快，他就发现逃命的生物不止他一个。

茂密的芭蕉叶里、树冠上、草丛中，猴子、鸟类还有野猪都在拼命地往一个方向逃跑。这些来自蓝星的生物在这里多少发生了变异，但它们适应得很好，千年间已经完全融入了无穷星的大自然里。

跑了数百米远，雪宪被一根湿木绊倒再爬起来后，那些动物就都纷纷进入雨林深处，再不见踪迹了。

雪宪失了方向，也不知道哪里更加安全。雨林中危机四伏，就算没有遇到别的龙，遇上了豹子什么的食肉动物，他也是难逃一死。一个手无寸铁的人类根本没有办法在野兽的领地存活，更别说走出雨林去寻找别的出路了。

现在最好的办法，就是回到那头银龙附近。

因为它的存在，那附近都没有别的生物，十分安全。

那头龙大概活不了多久了，雪宪想，只要他沉得住气，等它一死，他就能获得老式水行艇中的配件了。

说得容易，做起来却很难。

天色变得昏暗，阳光即将彻底消失的时候，雪宪才重新回到了银龙所在的湖泊附近。

雨林里的环境错综复杂，稍有不慎就会完全偏离方向，迷失其中。所以虽然花的时间久了点儿，但能再成功回到这附近，雪宪也已经感到很庆幸了。

途中，他还幸运地找到了一棵很大的榕果树，树干、树枝上都硕果累累。

雪宪在光明殿里曾经吃过榕果，但次数很少，它们仅在栖息大陆一些日照丰富且足够潮湿的地方生长，对环境的要求非常高。榕果看起来有些像无花果，但更加甜美多汁，也更娇贵，保存期限也比无花果短得多。

这棵树上的每个榕果都大小不一，最大的竟然有西瓜大小，不过那都长在树冠最高的位置，雪宪摘不到。

他忽地想起一件事。那头黑龙把他抓进洞中以后莫名地出去了一趟，回来时就往山洞的地面上吐了几颗发红的水果状的东西，原来，它们就是被采摘的榕果吗？

腹中空空，雪宪顾不得那么多了。最开始吃的一两口，他还觉得这些榕果和自己以前吃的有点儿不一样，但越吃越觉得甜，便猜想可能是距离上一次吃这种水果的时间久远，他都忘记榕果的味道了。吃了一些又摘了一些，最后雪宪把圣装的袍摆卷起来做了个口袋，把口袋都给装满了才继续上路。

夜空中女星明亮，雨林中繁茂的枝叶藤蔓下却阴暗不已。

雪宪在湖边找到一处勉强称得上干燥的地方，看向湖中央那些凸出来的湿地。由于变换了角度，从这里朝垃圾山看去，正好能看见银龙与那艘水行艇的全貌。

那头银龙还是保持着那个姿势，钢柱穿胸而过，它一半的身体趴在高地上，一半的身体落入泛着浅蓝色的清澈湖水中。

这块湖泊中央的高地始终能接收到光线，与忒亚的金光照在银龙身上时折射的绚丽光线不同，此时女星的银蓝色冷光给银龙镀上了一层皎洁的轻柔光晕，湖里的鱼儿受到光的吸引，簇拥在龙的周围。

它还是头小龙，受了那么重的伤，现在会不会已经死了？

雪宪随便找了块石头掷了过去。

距离有些远，石头掉进了湖水里，“咕咚”一声，溅起不大不小的水花。

那头小龙立刻敏锐地睁开了眼睛，露出灿金色的瞳仁。

雪宪所在的位置正好被龙看了个正着，他“啊”了一声，害怕之余竟然觉得有一点点抱歉，小声地说：“我只是……只是……”

看看你死了没有。

百年前的大战已过，别说对方是一头小龙了，就算是将死的成年龙，良好的教养也让雪宪觉得这句话有些不合适。

夜里的雨林比白日里要喧嚣很多，那些隐匿踪迹的动物好像都开始出没了。

湖泊附近却很安静，除了偶尔飞过的两三只萤火虫，就是一些在地面爬行的小昆虫。

雪宪待了一会儿，发现自己陷入了奇怪又矛盾的境地。

他进退不得，一方面需要这头银色小龙的庇护，另一方面又需要对方死去。长到这么大，雪宪连一只壁虎都不曾伤害过，何况对方是一头这么庞大的龙。

老师说过龙很聪明，也并不都是很坏的。因此，雪宪想试着和它交流。

“我只是想要那艘水行艇里面的一个零件。”他抱着自己的双臂，遥遥地对着那头龙说，“就是你的左翼压着的那个长长的圆滚滚的东西。你可不可以把它让给我？”

银龙冷漠地闭上了眼睛。

雪宪很失望。当然，他并没有指望它能理解，或者给出回应。只不过，他已经一天一夜没有说过话了。现在既然开了头，他想要说点儿什么的欲望就变得强烈起来。所以，他只沉默了半晌，就又自言自语般问道：“你是怎么受伤的？是龙翼断了，才从天上掉下来的吗？我看这附近有很多龙，你怎么不呼救？”

龙是好斗的族群，但是一头龙从龙蛋孵化出来的过程很漫长，所以他们也和人类一样，会对幼崽相对友好宽容。

银龙静静地卧着，尾巴垂在水中一动不动。

雪宪观察了一会儿，终于能辨别它的身体正随着均匀而缓慢的呼吸微微起伏。

“你知道吗，在栖息大陆，已经一百多年没有人见过龙了。”他说，“听说龙并不是都很坏，不像有的人类……他们把重度畸变体都送来这里，任由你们捕食吞噬——”

说到这里，雪宪眼睛开始湿润，然后遏止话题：“我还不知道是不是真的。”

蓦地，银龙重新睁开了眼睛。这一次，它泛着冷意的灿金色眼睛直截了当地看着雪宪，似乎果真注视着即将猎食的猎物。

雪宪吃了一惊，道：“我不是畸变体，也不是被送来当你们的食物的……”

这话越说越小声，越说越没有底气。

雪宪不笨，其实这一路上他思考了很多，越发肯定他是被谁迷晕送来这里了，而始作俑者，除了那个散播反社会论的、对光明殿和他都成见很深的“明目”社团，没有第二人选。

白博士说，光明殿培养出一名星子的成功率很低。古蓝星人的纯净血脉、不受畸变影响的基因、完整健全的心智等条件缺一不可，除此以外，神对星子的恩赐也很重要，只有被神认可的孩子，才能吟唱净魂曲，才能成为真正的星子。

如果他彻底消失了，那么对光明殿来说是无可挽回的损失。

如果“明目”再公布那些重度畸变体的去处，那么民众的信仰更是会受到重创，栖息大陆可能会迎来新的变革，人类社会将会有天翻地覆的改变。

那些坏蛋是怎么溜进看守森严的光明殿的？大家发现了吗？是不是已经通知人去找他了？要是蜜儿她们知道了，一定会急得哭起来吧。

“我想回去，我不能一直留在这里。”雪宪揉了揉眼睛，努力让自己的语气平静些，“你伤得这么重，吃了我也没有用的。你现在不给我也没关系，等你死了，我就会来拿走零件了。”

说完，雪宪不顾银龙仍用灿金色的眼睛注视着他，就开始整理圣装外袍。

先把打好的结解开，把那些熟透的榕果都拿出来整整齐齐地摆放好，然后才把宽大的外袍铺在岩石后平整的地面上做了个“床”。最后，雪宪整个人躺上去，用外袍多出来的部分把自己裹好。躺在岩石后面，银龙就看不见他了，这让他感到稍微安全一点儿。他睁着眼睛看上方的星空，只见繁星点点，仿如碎钻，和在主城里看到的一样美。

另一边，雨林却黑黢黢的，危机四伏。

雪宪躺了一会儿，还是爬起来把圣装外袍收了。他绕到岩石的另一侧，选择了更加靠近银龙和湖泊的位置。

听到动静，那头奄奄一息的龙又把可怕的金色眼睛睁开了。

一人一龙隔着湖泊暴露在彼此的视野里。

雪宪重新铺好外袍，就这样背对着银龙蜷缩起来，累极睡去。

好热。迷迷糊糊中，雪宪眉头紧皱，热汗打湿了额发，不自觉地发出呓语。

可能是那些果子的问题，他的肚子里像有一团火在烧，把五脏六腑都要烤熟了，他终于忍受不了，大汗淋漓地睁开了眼睛。

入目仍是悬挂着星星的夜空，但空气中有一种隐隐的紧张氛围，让雪宪下意识就察觉到危险，他坐起来往四周一看，血管中早已烧得沸腾的血液霎时凝固。

还好他醒了——在他身侧那块大岩石的左后方，不到十米的位置，有两个绿莹莹的小亮点，在幽深的夜色中直勾勾地盯着他，像是某种潜伏在草丛中的野兽。

雪宪屏住呼吸并抑制住狂乱的心跳，又在他右侧十几米的位置发现了两个同样的绿色小亮点。这次借着女星的光线他看清楚了，那是一头体形约有三米长的变异兽。

它们通体黑色，变异后的额头长出了坚硬的角。这意味着它们不仅拥有超强的爆发力、凶猛的咬合力，还拥有了能更快地杀死猎物的武器。

龙的求偶期扰乱了雨林中的自然节奏。

或许是太饿了，深夜，这两头变异兽追寻着雪宪的气味，大着胆子踏入了龙所在的领地。它们有着厚厚的肉垫与敏捷的身姿，是完美的夜行者，悄无声息地就包围了目标猎物。

怎么办？雪宪不敢动弹，大脑却在飞速转动。

他知道凭他的战斗力现在不管走哪个方向都是死，慌乱中用余光扫向银龙的位置——那头小龙还趴在原来的位置沉睡着，似乎并没有察觉到有入侵者。

一两秒之间，雪宪就做出了决定。

说时迟那时快，他整个人弹起来就往垃圾山的方向跑，犹如离弦之箭。

两头野兽，一公一母，合力猎杀，在雪宪跑动的瞬间同时扑了过来，黑影快如闪电。

大概是没料到猎物会往银龙的方向跑，雪宪出乎意料的行为让他掌握了先机，他“扑通”一声入水，使出了平生最快的游泳速度朝湖中高地游去。

两头变异兽也跃入了水中，它们生活在雨林，擅长游猎，入水也同样是捕猎的好手。

眨眼间，雪宪就要被追上，公兽张嘴便咬，强大的咬合力下，能听见牙齿撞击声和口腔闭合发出的闷响。

“啊！！！”雪宪惊慌一缩，脚踝堪堪擦过血盆大口，也不知道他的脚还在不在，只拼了命地往前游。

两头猎食者喉咙里所发出的吼声和汹涌的水花声听起来惊心动魄，无人知道在这一处僻静湖泊的深处正上演着最原始的捕猎戏码。

所幸湖中高地并不太远，雪宪双脚一踩上地面就四肢并用地往前爬。

两头变异兽却没有放弃的打算，眼看也要跟着潜入高地。

这时，龙嚎声响起。地面似乎都在震动，雪宪被震得心口一痛，立刻捂住了耳朵，两只变异兽也动作一滞。

那是比它们还要大数十倍的动物，是这片土地上绝对的霸主，哪怕是重伤后没什么力气的低吼，也足够震慑它们驻足不前。

变异兽湿淋淋的黑色皮毛挂着水珠，额头尖角与嘴边的獠牙都泛着森冷的光。它们的目光死死落在雪宪身上，片刻后，它们才慢慢地沉入水中，心不甘情不愿地游回对岸，甩着水离开了。

雪宪惊魂未定，刚想转头看一眼银龙，就立刻对上了一颗巨大的、布满银色鳞片的头颅。银龙不知道什么时候抬起了长长的脖子，轻而易举就到达了雪宪身后，那双灿金色的瞳仁冰冷无比，如同看着一个死物。

它非常不满这个人类再次闯入它的领地。

“啊啊啊！！！”雪宪根本没有准备，心差点儿从嗓子眼里吐出来，吓得连连后退。

“我不是故意要过来的！真的不是！”

它仰起头，再次发出了震耳欲聋的龙嚎。

滚开，它似乎在说。

钢柱插在银龙胸口，不仅限制住了它的位置，也让它无法顺利地喷出火焰，否则以它这么狂暴的脾性，雪宪毫不怀疑自己已经被烤成了一块焦肉。

雪宪退无可退，后脚跟已经踩入了水里，得扶着一堆垃圾才站得稳。

前后都是野兽，他快崩溃了，意识到龙被固定得死死的，再也无法移动过来，干脆朝它吼道：“我不会走的！离开就是死，反正你又咬不到我，你凶什么！”

银龙依旧对他发出威慑性的低吼，森森利齿仿佛能将他一口咬断。

“你凶吧！”雪宪迸出眼泪，随即飞快地用手背擦掉，咬牙道，“反正我今晚是不会走了！”说完，雪宪泄愤似的推开身边那一堆垃圾，把它们通通都推进水里，自己找了个不知道干什么用的铁块坐下平复情绪。

龙在冷森森地磨牙。

雪宪听得汗毛倒竖，随手从地上捡了个东西砸过去。

龙被砸了脸，发出了更凶的声音。

一人一龙对峙，女星升上中空。

夜色里，龙终是支撑不住，停止低吼，虚弱地重新趴了回去。

它的头颅跌在地面上，发出沉重的声响。

雪宪警惕地看了它大半夜，最后终究抵不过睡意，也靠着臭烘烘的垃圾睡着了。雪宪醒来的时候天已经大亮，湖边一片平静，昨夜那两头伺机而动的变异兽早已不见了踪影。

昨夜吃下的榕果似乎还在雪宪的腹中燃烧，因此他也并不觉得饥饿，只是脚心又疼又痒，就像一堆蚂蚁在啃咬他的皮肉。

那头银色小龙还趴在距离他不远的位置，龙翼盖着他想要的水行艇。听到他的动静，龙仅仅是抬了抬眼皮，就又闭上了。

它还没死。雪宪也不想管它，径自一圈一圈解开缠在脚上的腰带，然后有点儿傻眼。

因为昨夜精神紧绷，他忘记取下湿润的腰带，脚心被湿腰带裹了一晚，那道划伤的口子已经泡得更白了，可是它不仅没有出现发炎化脓的情况，伤口范围甚至还比前一天看上去小了很多。

伤口竟然正在愈合，那又痛又痒的感觉就是这么来的。不仅如此，雪宪发现自己的大脑也比前一天清醒了很多，除了腹中像有一团火烧得厉害，整个人都一扫疲惫，精力充沛。

他远远地朝对岸看去，只见昨晚摆放在地上的外袍还在，那些果子也都还整齐地摆放在地面上。那种像榕果一样的果子还真是好东西，不仅昨晚救了他一命，还给了他这么多好处。

雪宪很感激那些奇怪的果子。

有微风拂过脸颊，紧接着，风变大了，似从四面八方而来，卷过茂密的树梢，让平静的湖面也泛起了涟漪。有鸟儿受惊般飞出了丛林，龙也倏地睁开了眼睛。

有什么庞然大物要来了——念头刚这么从雪宪脑海中闪过，他的视野里就出现了令人畏惧的黑影。天际，有两头成年龙朝着这个方向来了。

被这些龙抓到是什么后果不用说，雪宪知道他不能暴露在它们的视野里，心里只期盼着那些掠食者能快点经过。他飞快地钻进了由零件杂物堆积而成的垃圾空隙里，尽量蜷缩了起来。令他感到意外的是，很快他脚下的地面剧烈震动，湖水哗啦四溅，那两头龙竟然正好降落在了这个湖泊中！

他们是来救这头银龙的？

雪宪抱紧双臂，屏住呼吸大气也不敢出。

“嗷——”湖中央响起几声高亢的龙嚎。

雪宪的耳膜都要被震破了。

再在这里待下去的话，等回到光明殿，蜜儿他们怕是得用喇叭和他说话！

所幸，这两头龙没有发现人类的踪迹，至少它们没有朝他所在的位置嗅。龙的嗅觉强过人类百倍，雪宪猜应该是那头银龙伤口中流出的鲜血掩盖了他身上属于人类的气味。

他悄悄地透过缝隙朝外看去，心想如果这些龙真的是来救这头小龙的，那么说明他不用等到龙死去，就能马上得到水行艇中的零件了。想到这一点，他不由自主握紧了拳头，忍不住有些激动！

但他想错了。

很久以后，每当他想起这天看到的那一幕，都还是会觉得悲凉。

不管是重度畸变者，还是银色的龙，在同种族中，异类总是不被接受的。

落在湖泊中的两头龙一黑一青，皆是成年雄龙。它们来到高地附近，双翼大张，看到银龙的现状似乎令它们颇为亢奋。只见青龙抬起利爪，就那么重重地踩在了银龙背上！

“扑哧——”银龙的鲜血迸出。

巨物落地的动作使得地面再次为之一震。

另一头黑龙则更加过分，它昂起头颅，将巨爪踩上银龙那本就受伤断裂的左翼，破碎的骨骼发出令人胆寒的清脆声响。

“唔——”雪宪差点儿叫出声，死死地捂住了自己的嘴巴，眼睛瞪得老大。

只见银色小龙痛得引颈嘶鸣，不仅没引起同类的怜悯，反而被那头青龙踩得又硬生生钉入了钢柱几分！

雪宪这时才发现，这头小龙不知道什么时候已经把身体从钢柱上抽离了一部分，想必是忍着巨大的痛苦才做到的，可青龙这么一踩，它反而比原先钉得更深了！

银龙竟然悄无声息地就做到了这一点，如果，它在他睡着的时候就把身体拔了出来，那么会不会将睡梦中的他一口吃掉？雪宪一面觉得后怕，一面又觉得残忍，这些恶龙真是可恶至极，连对自己的同类也可以下这样的狠手！

血腥味愈发浓重。银色小龙又嘶鸣了几声，头重重地落在地面，奄奄一息。

两头恶龙欺负完这头小龙，在原地意味不明地继续嚎叫，少时，才心满意足般张开双翼，扬长而去。龙影渐远，湖中高地恢复了平静。

雪宪从垃圾中钻出身，往银龙的方向走了几步。

他竟无法组织语言了。

龙是无穷星的霸主，是所有生物的天敌，自然骄傲得不可一世。让弱小的生物目睹自己被欺凌，它自然是非常不高兴的，难怪这头小龙见不得他在这里待着。

虚弱的龙察觉到人类的靠近，喉咙里发出意味不明的声音。大概是威胁，也是恼怒。

它还是一头未成年的小龙，骨刺还不够锋利，身体也还不够强壮，在人类看来宽厚无比的龙翼其实还很稚嫩，被成年恶龙轻易就能折断。

血液从钢柱处的伤口涌出，打湿了它折断的左翼，也溅在左翼下的水行艇上，看上去触目惊心。鲜红的血液顺着银龙背脊上那漂亮剔透的银白鳞片往下流，忒亚光芒照在这片土壤上，凸显出一种残忍的美感。

就是这身独一无二的银白色鳞片，才让它受到这样的欺负？

雪宪迟疑着开口："你……你还好吗？"他也不知道自己为什么要和龙这样说话，凭本能兀自地说了下去。

小龙眼皮半合，用灿金瞳看着雪宪，不断地龇牙。

它已经是强弩之末，根本伤害不了自己，雪宪心中一动，不知怎的脱口而出："你一定不想死在这里吧？"否则怎么会强撑到现在，还不顾剧痛试图从钢柱上挣脱呢？

小龙未动。

雪宪紧接着说："我也不想。我想回家。"

其实雪宪没有家，但是他已经把光明殿当成自己的家了。

这头小龙受了这么重的伤都没死，一直苦苦支撑着，就算刚刚有了一丝希望又马上被毁掉，它也没有放弃，可见它的求生意志非常强烈。

雪宪内心触动，像对待人类一样和银龙交流："你看这样行不行？我想办法替你把钢柱拔出来，然后再找东西把你的龙翼固定好。但是，你要答应我一个条件，就是我帮完你，你就把你压着的那艘水行艇给我。”

怕龙听不懂，雪宪又形容了一遍：“就是你压着的那个长长的、圆圆的东西。”

小龙鼻子喷了一口气。

雪宪眼睛亮起来：“你听懂了？！你是不是同意了啊？”

小龙闭上眼睛，这是不想搭理他了。

雪宪半信半疑，不敢相信龙真的听懂了他的话，难道这头龙因为未成年，还没进入丧失理智的求偶期，所以智商比较高？

他迟疑了片刻，试探着说：“那我过来了哦。”

小龙没什么动静，只是身体随着疼痛而无规律地起伏。

雪宪迈开腿，很慢很慢地向它靠近。

即使是未成年的龙，身躯也庞大得像一座小山，接近这么危险的生物让雪宪心中发毛。他试探着走近了它，在浓烈的血腥味中，他感受到了属于这头小龙的独特的气息，像雨后青草的味道，陌生而湿润。来到它的身侧，雪宪试着伸出了一只手。指尖颤抖，他整个人也在颤抖：“别咬我……别咬我。”

事实证明，这头龙的确比先前那头黑龙要聪明得多，也要好交流得多，它表示的“同意”不是雪宪的错觉。

雪宪的手触摸到冰冷的鳞片，像是摸到了坚硬的钢铁，在鳞片反射出的璀璨光芒中，他感受到了它。手慢慢抚过龙的背脊，雪宪狂乱的心跳渐渐平稳下来，他低声说了句：“不要怕。”说出口，他才觉得怪怪的。他怎么会觉得一头龙害怕他这个人类呢？可是他好像就是知道它很害怕。

“呜——”小龙大概是觉得痒，背脊上的鳞片颤了颤，头也随之移动了半寸，一双眼睛还是看着雪宪，难辨情绪。

雪宪立即缩回手，生怕被它一口咬断了，心又重新怦怦跳起来，严肃地告诉它：“你克制一下自己哦，要是你把我咬死的话，就真的没人可以帮你了。”

“哗啦。”湖水中水花翻腾，湖面泛起涟漪。是银色小龙摆动着留在水中的尾巴，好像是在嫌弃雪宪话多，催促他赶紧行动。

雪宪不再犹豫，很快像昨天一样抓住水行艇的外壳部件往上爬。这次他站在水行艇上方，顺着折断的龙翼爬上了小龙的背部。

龙的背部宽厚，布满了密集锋利的鳞片，像是铺了一层银色铠甲。数根锋利的骨刺从龙的头颅一直蔓延至后颈。龙似乎不适应人类的攀爬，雪宪刚爬上它的背部，就引得它肌肉一阵痉挛，雪宪差点儿被它活生生地甩下去。

雪宪眼疾手快，龙一动，他就立即抓住它后颈上的一根骨刺将自己的身体固定住，然后才去看那伤口。钢柱约有碗口粗细，从小龙的胸前贯入由背后刺出，由于反复拉扯的关系，伤口比碗口要大很多，那里一片血肉模糊，看起来就疼得要命。

“天啊……”雪宪心口一紧，无法想象这头小龙是怎么承受这种剧痛的，“你竟然撑了这么久……”

小龙的尾巴又在水里动了动，它仿佛很不耐烦。

鳞片折射的光芒炫目，雪宪在龙背上稳定住身形，就直接动手打算去拔那根钢柱。

“我要动手了哦。”他告诉小龙。

钢柱是圆形中空的，类似于某种船只的桅杆。雪宪抱着钢柱，咬牙使劲拔。小龙疼得身体剧烈颤抖，喉咙里不断发出嘶鸣，尾巴也在湖水中打来打去，水花溅了雪宪一身。

又试了几次，那根钢柱却纹丝不动，雪宪满手是血，被打湿的头发也披散着，十分狼狈。

“呜……”小龙再次发出了这样的声音，就像在哭。

雪宪脸上发烧，他是怎么大言不惭地说出能帮这头小龙拔出钢柱的？这钢柱粗略估算也有几百斤，再来几个雪宪也不一定能拔得出来。

小龙还在呜呜地叫，雪宪跪在它的背上，用手去抚摸它后脑上的鳞片，就像安慰那个突发五度畸变的小女孩一样柔声道：“别怕，不痛了，不痛了，嘘……我再想一想办法。”

这是身为星子的本能。雪宪似乎天生就有一种令人感到心安的、平静的力量。哪怕是各取所需，哪怕是面对一头野性十足的龙，他柔和的声线与气场都神奇地使龙稍微平息了躁动与不安。

怎么办？雪宪一边抚摸这头龙的后脑，一边飞速转动大脑。

如果老师在的话，他会怎么做？

白博士非常聪明，总是能有很多解决问题的办法。他曾经告诉雪宪，遇事不要慌张，仔细思考，也不要轻易放弃。

“一定会有别的方法。”白博士这样温和地教导，“你是我们的星子啊。”

想起老师，雪宪差点儿落下眼泪，赶紧吸了吸鼻子振作起来，往四周扫视。他想看看这里有没有什么工具可以利用，目光却落到了那折断的龙翼上，然后视线一路掠过湖面，抵达了湖对面。岸边摆着他昨夜留下的那一堆红色的果实。

既然那些果子能使自己脚心的伤快速愈合，那么是不是也能让折断的龙翼快速复原呢？

这头小龙左翼折断，仅凭右翼就能把自己的身躯往上提抽离钢柱不小的距离，如果两翼并用，是不是可以一鼓作气把自己完全抽离？

这不失为一个好办法！

“我有办法了！”他激动地宣告着爬下龙背，来到小龙眼前。因为太过兴奋，他似乎忘记了害怕，竟双手捧住小龙巨大的头颅，对它说，“你忍一忍，我一定会救你的！”

少年发梢滴水，面容白皙，黑白分明的眸子里就像在发光。他望进龙金色的瞳仁，温柔而坚定地说：“小龙，你等等我！”说完，雪宪转身小跑几步，径自走入了湖中。

湖水清澈见底，少年如一尾姿态优美的鱼在水中舒展着四肢，很快就游到了湖的对岸。他走上岸，湿发不停地滴落水珠，同样湿透的白色里衣紧紧地贴在他身上，勾勒出少年人清瘦挺拔的身体线条。

雪宪的外袍还铺在地上，他朝四周看了看，昨晚被变异兽追逐的感觉依旧惊心动魄。

四下安静，并不见变异兽或其他野兽的身影，或许是刚才那两头恶龙把附近的生物都吓破胆了，短时间不敢来犯。

但他还是快速地捡起那些果子，把它们扔进外袍里包好，这才拖着包裹游回了高地。

雪宪毫不吝啬地把这些果子全都堆在了小龙面前：“吃吧！吃了这些神奇的果子，伤就会好得比较快哦！”

小龙嗅了嗅，直接用头一扫。那些果子骨碌碌统统掉进了湖里。

雪宪轻呼：“喂！！！”

雪宪有点儿蒙。好端端的，这头龙怎么不配合了？

“你干什么啊？”他这个时候还没有生气，只鼓着脸颊抱怨了一句，就认命地潜入水底，把那些四散的果子都捡回来了，装在衣服前襟。

小龙趴在那里，不知道在想什么。雪宪全身湿漉漉的，连睫毛都还在不停地滴水，他顾不上擦拭，先把果子递到龙嘴边，轻声问：“你是不是不喜欢吃素的？”

不吃。这头小龙竟然把头一歪，面朝另一个方向去了。

雪宪追过去，苦口婆心地说：“我知道，你们都是肉食动物，但是现在你必须得吃这个才能好起来。只要你的龙翼好了，你就能离开这里了。”

小龙的鼻子喷了一口气，好像在说“我不听”。

雪宪现在已经不太怕它了，干脆又绕到另一边蹲在它眼前：“真的，你看！”

雪宪席地而坐，解开缠在脚上的腰带，把伤口露给这头小龙看。

人类的脚对龙来说很小，一口吞掉都嫌不够塞牙缝。

那小巧的脚白皙而干净，趾甲都修剪得整整齐齐，每个脚指头都显得莹润，和龙又长又尖的黑色利爪完全不同。脚心有一块粉色的伤口泛着白，但能看得出伤势在愈合。

雪宪指着伤口，教导这头分不清形势的龙：“这是我昨天弄伤的伤口，本来是很严重的！但是自从我吃了这种果子，才十几个小时的时间，它就好得差不多了！而且啊，我没有吃很多，效果就这么明显了，你胃口大，要是把这些全都吃掉的话，肯定好得比我快！”

雪宪的语气像在哄小孩。

小龙没立刻做出反应，似乎有些迟疑。

“你想一想，要是你还不走的话，那两头恶龙又回来欺负你怎么办？”

雪宪绞尽脑汁，又说：“而且啊，之前抓走我的那头黑龙也往洞里叼过这种果子，说明它对你们是无害的，而且还有不少好处！你先试一试，好不好？”

一边说，雪宪一边再次把果子递到了小龙嘴边。小龙嗅了嗅。

雪宪习惯性地鼓励它，抚摸它的大脑袋，柔声道：“吃吧，吃吧，吃了很快就能好起来。”

这时，洒满忒亚光芒的湖中高地倏地变暗了。雪宪心中一惊，惶然抬头，他看到云层之下，一头路过的巨龙正掠过这片雨林。

在龙屿这样的景象并不罕见。历史记载，混沌日以后龙就已经灭绝，谁料它们不仅没有灭绝，这七八百年过去，它们怕是已经繁衍得不计其数。

那龙正飞过湖泊上空，双翼遮云蔽日，庞大的身体在湖中高地投下骇人的阴影。

小龙也察觉到了同类的靠近，瞳孔中一片冰冷。

风浪拂过湖面，雪宪怕被沙迷了眼，闭了闭眼睛。等他再睁开眼时，身旁的小龙已经张开嘴巴，用嘴叼走了雪宪手中的果实。龙的牙齿锋利密集，最长的獠牙约有人的小臂长，雪宪被吓得不轻，条件反射地撒了手，连连后退几步。

在发现这头小龙开始接受这些水果以后，雪宪就迅速做出反应，一股脑儿地把这些果子都倒在了地上，任由它进食。

小龙并不品尝，也几乎不需要咀嚼，它一口就能吞掉好几颗果子。眨眼间，它就吃掉了地上所有的果子，灿金色的瞳仁里也看不出来喜怒。吃完后，它就完成了任务般趴回地面，重新合上了眼皮。

雪宪不知道要做什么好，也没有话要再说，只捡起外袍又退了一些，找了个能遮挡忒亚光线的阴凉处，等待那些果实发挥效力。

进食后的银色小龙很安静，它折断的龙翼也还是盖着那艘雪宪无比渴望的水行艇。

不知道那些果子能不能起作用？那艘老式水行艇里的定位零件还能不能用？

临到这时，无数种不确定才悄悄爬上雪宪的心头，越接近成功他就越紧张，越按捺不住对即将回到栖息大陆的期待与兴奋。

但雪宪有足够的耐心。

他一动不动地看着银龙，天空中的光线在地表移动，让那头小龙的影子也变换了方向，悄悄提示着他时间的流逝。

雪宪不知道什么时候睡了过去，等他从小憩中惊醒，就发现小龙正躁动不安地发出低吼，身体也在不断颤抖。

起作用了！雪宪站起来想要奔向龙，却又猛地止住了脚步。

这头小龙灿金色的瞳仁已经变成了血红色！

它痛苦地嘶鸣着，左翼正以肉眼可见的速度恢复，仿佛能听见骨骼咔咔作响！显然那些果子在龙身上的作用比在人类身上还要强烈数十倍！

与此同时，它身上那个骇人的贯穿伤也在飞速愈合，但钢柱的存在阻挠了这个过程。

伤口无法彻底合拢，不断地愈合又撕裂，这让小龙剧痛无比，无法自控地剧烈挣扎着，这场景仿佛凌迟现场。龙每挣一下，湖中的高地就震颤一次，它的黑色利爪在地面抠出深深的凹痕，垃圾零件堆成的小山轰隆隆往四周倾塌！

尘土纷扬，雪宪一边躲避倒塌的金属零件，一边去看那艘承载他所有希望的水行艇。

好在很快，那头小龙的痛苦就已经达到了它能承受的极限，它引颈长啸，挪动尚未完全复原的左翼。只见小龙将那只仍然有些变形的左翼支撑在地面上，同完好的右翼一起，硬生生把自己的身体从钢柱之中拔了出来！

鲜血迸射，连身在数米之遥避免被祸及的雪宪都被淋了一身。龙血滚烫，落在脸部皮肤上火辣辣的，亲眼见证这震撼的一幕，雪宪听见了自己剧烈的心跳和急促的呼吸。

龙彻底离开了水行艇。

“成功了！成功了！！！”雪宪已经很满足了，几乎喜极而泣，差点儿就跳起来欢呼！

这时，“轰隆”一声，转眼间那头银色小龙却再次轰然倒地，竟然又从另一个角度死死压住了水行艇！

雪宪：怎么回事?

犹如一桶冷水当头泼下，这次雪宪冷静不了了。他拔腿就往银龙那边跑，声音都在抖了：“你怎么样？你快起来啊！你已经成功了，快逃啊！”

龙精疲力竭地合了合眼，仍是血红色的眼睛就这么看着雪宪。

雪宪的心脏猛地一紧。那痛不知从何而来，好像这头龙身上的剧痛隐隐传到了自己身上，让他感同身受，竟生生地打了个激灵。

龙浑身浴血，雪宪往它身上看去，只觉得触目惊心，龙身上原本已在愈合的伤口因为刚才的挣扎被撕扯得老大，差不多都可以塞进一个人了！

它显然已经痛到极点，即使挣脱了桎梏，这一时半会儿也爬不起来了。

好消息是，那伤口正以极快的速度在愈合！

“嗷——”小龙痛得呻吟，利爪重新在地面刨出深痕，却好像知道伤口现在经不起拉扯一样，没有再挣扎翻滚，只是隐忍地承受着痛苦，远不如之前的动静大了。

很难想象一头野兽是怎么做到这么理智的！

一股对生命的敬畏油然而生。是佩服这头龙，也是担心被它再次压坏水行艇里的零件，雪宪摸了摸它的头，然后轻轻地吟唱起安魂曲。

平息焦躁，是雪宪身上一种属于星子的本能。

歌词晦涩难懂，语言也不是无穷星的通用语，而是来自蓝星——一个古老的东方国度。

人类温暖的手掌覆在龙的额头上，一只手掌还不如龙的眼睛大，小龙却奇异地平静了许多。

雪宪停止唱歌，对它说："加油，你会没事的，这次是真的马上就要成功了！你一定要振作起来离开这里，不然你还会被欺负！"

"我知道你现在很痛很痛，可是我们都要成功了，真的要成功了，你千万要坚持住。

"你会回家，我也会回家……

"坚持住，好不好？"

伤口即将愈合完毕，新的鳞片将会生出，将原先的血洞缓慢覆盖。

龙缓缓地站了起来，重新仰头长啸一声，然后俯首，用血红色的双眼注视着眼前这个渺小的人类。这头龙虽是头小龙，却足有五六米高，它的鼻息拂动了雪宪的发丝。

雪宪一身是血，不自觉抬头回望。有那么一瞬间，雪宪产生了一种奇妙的感觉，这时候它不是强大的猎食者，他也不是弱小的猎物。

他仿佛看到了回到光明殿以后，他对民众诉说这段危险旅程的场景。他会告诉人们，他曾经去过龙的领地，遇到过一头全身都覆盖着银色鳞片的、坚强的小龙。

"再见了。"告别的时刻，雪宪眼圈发红，轻轻地启唇，"相遇即是有缘，祝你未来健康平安。你走吧，勇敢的小龙。"

然而话音刚落，小龙就伸出黑色尖爪，一把擒住了他的腰！

雪宪：又是怎么回事？

飓风卷起，水花与烟尘飞溅，是小龙扇动了双翼！

雪宪霎时冒出冷汗，意识到情况不对，他拼命叫喊挣扎："放开！放开我！"

可是无论他怎么用力捶打，那黑色的利爪都像钢筋一样，死死地固定在了他的腰间！

两秒后，雪宪的身体蓦地腾空升高，那湖中高地和心心念念的水行艇也在他的视野中急剧缩小——眨眼间他距离地面已百米高！

这龙竟然和先前那头黑龙一样，将雪宪劫掠飞向了天空。

雪宪愤怒的喊声渐渐隐没在了风里。

重伤未愈的小龙擒着他，飞出了雨林，飞出那片地势奇特的峡谷，随着视野拔高，山川河流陡然呈现。

果然永远都不能相信狡诈的恶龙！

第二卷

雪域篇：捕食者

THE WHISPER OF THE DRAGON

ISAR

XUEXIAN

和上一次被黑龙抓走时不同，这次银色小龙抓着雪宪在空中飞行了很长很长的时间。大海与峡谷地貌都渐渐消失，风也变得越来越冷。飞到后来，空中已经飘起了密集的雪花。

寒意刺骨，雪宪冻得全身僵硬发麻，睫毛都结起了冰碴。在高空中本就呼吸困难，雪宪这时差不多只有出气没有进气了。

后来女星与忒亚更迭，在愈发浓重的夜色中，雪宪看到了一片刺目的白。

小龙把他带到了雪地里。雪原不见边际，雪山高耸，连绵不绝。

无穷星和古蓝星不一样，虽然也有两极，但自转与公转的轨迹和蓝星大为不同，因此天气变幻莫测，各个地区可能都有不同的四季更迭。

龙性喜热，这头小龙多半是为了逃避那些视它为异类的龙，才抓着猎物一路飞行到了寒冷之地。它倒是不怕冷，可是雪宪不行，他全部裸露在外的皮肤都呈现为泛着红丝的苍白，再过不久就要冻伤了，雪宪的大脑被冰雪冻得麻痹，思绪也变得模糊。

小龙降落时风雪飞舞，它把雪宪扔在了蓬松的雪地里。雪宪猝不及防在雪地里滚了两圈，鼻子和口中都呛进了冰冷的雪花，两行热泪就这么顺着脸颊滑落了。

小龙俯首，用头颅来拱他，似乎想让他给出点儿反应，和那头黑龙的动作如出一辙。雪宪被拱得翻过去，因为手脚过于僵硬，整个人都硬邦邦的，像一条冻死的鱼。

天空像深蓝色的丝绒布，繁星如旧。雪地纯净，四周也安静极了。

才出虎穴又入狼窝，现在的处境比之前还要糟糕，雪宪气得只想哭，他怎么都不该去相信一头恶龙！早知道他还不如耐心地等待下去，或者大不了想办法手刃恶龙，他身上可是流着神赐的血液，他应该勇敢而果决，而不是心慈手软去和一头恶龙共情。

但他心里更多的，还是被欺骗的愤怒。

“骗子！”雪宪喉头发甜，干裂的嘴唇也洇出血丝，气得头一阵一阵地发晕。

小龙的鼻息喷在雪宪的脸上，是潮湿且滚烫的，它轻轻地嗅了嗅雪宪。

“你要吃就吃了我吧！”雪宪嗓子快喊破了，音调怪异，带着哭腔，“我才不怕！我就不该救你，你这个野兽，不讲信用的浑蛋！”

自小生长在光明殿，雪宪骂不出来什么足够难听的字眼。

这头小龙也不知道听没听懂他在生气，或许玩弄猎物本来就是它的乐趣，雪宪只觉得身上一痛，整个人又被这头小龙拱得飞出去好远。

气死他了！雪宪气到发抖，手在这种翻滚中稍微恢复了一点儿知觉，他想抓一把雪砸在那小龙脸上，却因为五指冻得无法合拢，虚抓一把抓了个空。

龙再次俯身来看他。雪宪惊得心中一跳，这小龙的眼睛竟然还是血红色的，在这雪地的衬托下，就像图册中那来自地狱的恶魔！

“由卡格拉姆。”几个奇怪的音节忽然落入雪宪脑海中。

那是一种难以形容的声音。不！不能称作是一种声音，它分辨不出性别，也没有实质，与其说是声音更像是一种意识。被不属于自己的意识闯进大脑的感觉很突兀，却似曾相识。当在湖中高地第一次见到这头小龙的时候，当这头小龙第一次睁开眼睛和他对视的时候，雪宪就体会过这种感觉。

当时他还以为是自己的错觉！可是现在……

“木多木拉多。”他脑中再次听到了那个意识！

“由卡，由卡。”怪异的音节响起得更加频繁，小龙也越来越兴奋。

“滚开。”他呜呜地骂道，“你滚开……”

风雪又起，小龙将双翼与双足并用着后退，翻起了雪地里的一层气海。

雪宪慢慢地坐起来，不明白这又是要干什么了，眼睛却随着眼前的一幕越瞪越圆。

这头小龙在雪地里不停地围着他盘旋，像是在和他玩耍。

雪宪被迫陪它玩耍了一段时间后发现小龙越玩越兴奋，体温也在不断升高。

联想到黑龙之前的种种行为，雪宪逐渐意识到小龙的异常行为可能跟他之前给它吃过的果子有关。

而且那种果子，他可给这头小龙吃了不少……难怪它一开始那么抗拒，宁愿继续受伤也不吃。雪宪猛地捂住了脸，欲哭无泪。

小龙狂躁地爬起来，又来找雪宪。

雪宪逃也逃不掉，跑也跑不动，急中生智滚了一圈，从雪地里抓了两把雪糊在小龙的大脑袋上。

“滋——”雪接触到小龙发烫的鳞片，竟然冒出了水汽！达到了蒸发条件！

小龙瞪着两只血红的眼睛停下动作，似乎觉得很舒服。

雪宪见状，也不管它会不会一口吞掉自己的手，赶紧把它的脑袋按低，一直按进雪地里。他粗暴而慌乱地用一堆堆的雪给它降温：“你冷静冷静！”

龙大概是觉得舒服，全身一动不动。

雪宪一不做二不休，匍匐着绕着它的大脑袋往上堆雪，忙得身上都出汗了，才把这头小龙的脑袋全都用雪埋了起来。从远处看去，小龙银白色的身体和雪地融为一体，就像一块隆起的雪地般毫无违和感。

“呜。”龙喉咙里发出短促的声响，脑袋上的雪随之抖动。

“你不要动！”雪宪慌忙又给它糊了一堆雪补上。

过了很久，雪宪刚恢复知觉的身体都冷得剧烈发抖了，这头小龙才彻底平静了。

它从雪堆中拔出硕大的头颅，像其他动物一样，用力甩起头和身体来。

龙身上、头上的雪都甩了雪宪一身，给他劈头盖脸地下了场专属的大雪。

雪宪边躲边呵斥：“喂喂喂！你够了！不要得寸进尺！”

怕它又来找自己玩，雪宪用手臂挡着脸好一会儿，才警惕地去看它。

这头龙坐在雪地里，低头看着眼前的人类。它的眼睛已经褪去了血红色，恢复为澄澈的灿金色。因为这种瞳色与一身银白的鳞甲，被它注视的时候，让人总觉得它心思难测、高不可攀，冰冷、危险而陌生。

雪宪的腿其实有点儿打战了。

“呜。”同样短促的一声呜咽过后，小龙冲着雪宪歪了歪头。

然后，雪宪又被拱到地上了。

雪宪很生气，他在雪地里深一脚浅一脚地走着，夜色沉沉，四周一片白茫茫，往哪边看去都让人绝望。

那头小龙在他身边不远不近地跟着。虽然还是头小龙，但体形庞大，就像是某种大型雪怪。人类太渺小，龙跟得很轻松，雪宪得走上好一阵的距离，那头小龙却只要迈开龙爪，再扑棱几下翅膀，就能轻松地跟上来。龙翼扇动裹挟着雪花的寒风，它又追上来了。

雪宪再一次被风刮起外袍，吹了个透心凉。这次他已经不躲了，而是弯下腰抠了一大坨雪做成雪球，然后哆哆嗦嗦地转身，把雪球往小龙身上砸去。雪宪力气太小，雪球没砸中小龙，一声闷响后碎在了离小龙两三米的位置。

它低头嗅了嗅，用金灿灿的眼睛盯着那坨碎掉的雪，可能把那坨雪当成了某种玩具。

“别跟着我了！”雪宪愤怒地喊道，“你走开！”

龙立着身子，把视线放在了雪宪身上。

雪宪一喊，脸就再次气红了。

陪小龙玩闹了一段时间，雪宪暂时没那么冷了。但在这种极端气候下，作为人类的他穿得还是过于单薄，所以身体其实一直都在发抖，他必须得回到温暖的环境里。

人的愿望龙却完全不理解，无论雪宪如何对它要求把自己送回雨林去，它都只歪着头，摆出一副听不懂的样子。

十几分钟前，雪宪还以为它歪头是在表示好感，努力摒弃之前对它的偏见，心想终究是自己给这龙吃了那种果子在先，它失去思考能力也是情有可原。

“你把我送回去好不好？”他仰着头，对它晓之以理，“我们不是说好的吗？还是你理解错了？我是说，只要我帮你想办法弄掉那根钢柱，你就把水行艇让给我，我们各回各家，不是让你把我抓走！”

龙只顾着来嗅他。

“你别闻我了！”雪宪不得不一边躲开，一边捧着它的脑袋，“你听我说！现在你已经清醒了，答应我的事都能记起来了吧？”

龙眨了眨眼，灿金色的眸子映出雪宪的模样。

雪宪说：“你看，我是人类，我来自海的对岸，我得回到属于我的地方去，我不能留在这里。就像你一样，你也该回到你的父母身边，去找你的家族成员。”

龙听到这里，忽然挣开雪宪的手，仰头长嚎了一声。嚎叫声在空旷的雪原上回荡，悠扬孤寂。

雪宪鼻子发酸，眼睛忽然红了：“求求你了，我真的很想回家。你能不能送我回到那个雨林去？如果你不想去也没关系，把我放在附近也可以，我会自己想办法回到湖泊那里的。”

龙复又低下头来，它对着雪宪，就像听不明白一样，眼睛一眨不眨。

眼泪从少年脸上一颗颗掉落，落入雪地里消失不见。

他啜泣着恳求：“给你吃那些果子是我不对，可是它对伤口真的很有效果不是吗？至少你已经脱离了困境，你自由了。我不能留在这里，我也想要回家，我知道你听得懂，你一定听得懂……”

龙却只是用吻部蹭了蹭他，结果用力过猛，把他蹭得摔了个屁股蹲儿。

雪宪气不打一处来，知道这头不讲信用的龙是不会把他送回去了，决定自力更生。

他抬头看着满天的星星，想要通过星星分辨方向，又试图去打开自己手上的手环，可是手环依旧没有信号。失去星图的核对，他根本无法从这么复杂的星空中找到回家的方向，更别提那个隐没在这片龙屿中的雨林了。

可是这头小龙一直跟在他的身后。很难想象它长得那么高冷可怕，被他用雪球砸了却也不走开。它每被赶一次就停下来，等他走远了，它才又扇动双翼跟上。

难道就因为救过它一次，它就把他当成什么恩人了？

雪宪一点儿也不需要！

见小龙不走，他也不想赶了，只抱紧了双臂呼出热气，一步一步行走在雪原中。

一人一龙就这样走了大半个小时，最后，雪宪晕倒在了雪地里。

雪宪醒来时身在一个溶洞里。洞口外面仍是白雪皑皑，鹅毛大的雪花在空中飞舞，洞中却暖和极了，让他一时之间有点儿恍惚，不知自己身在何处。

雪宪这一觉睡得很深沉，梦中还梦到了蜜儿。蜜儿准备了一大盘切好的烤羊肉，香气扑鼻，还倒了一杯玫瑰花酿造的清酒，外加甜品水果若干，正在他的榻前摆盘布菜。

在梦中没吃到烤羊肉，醒来后雪宪怅然若失，他睁着眼睛想了好一会儿，才想起自己被一艘水行艇送出了栖息大陆，送到了属于龙的领地。

这是哪里？

他从地上坐起来，闻到了一股很奇怪的味道。四处观望，他发现不远处就是流动的温泉水，正腾腾地冒着热气，那股气味就是硫黄的味道。

龙的嗅觉敏锐，大概是他晕倒后那头小龙把他送来这里的。

雪宪已经不觉得冷了，只是身上酸痛得厉害，尤其是腰腹处，就像被人用棍子狠狠地打了几下，连碰一下都能让雪宪疼得冒出泪花。他解开外袍，撩开里衣看了看，果然，从胸口往下的一大块皮肤上都青紫交错，全是被龙爪捏出来的，先是黑龙，再是这头银色小龙，旧伤刚好又添新伤，这也太惨了。

雪宪把衣服草草合上，又去看脚心的伤口。那根缠在脚心的精美腰带上满是血污和灰尘，再加上被磨损了，看起来肮脏不已。好在他脚心的伤口已经完全愈合，只留下一道浅浅的痕迹，如果他要离开这里的话，至少不会被脚伤拖累。

这时，一阵寒风忽地灌入洞里。雪宪冻得打了个冷战，往洞口看去。

小龙出现在洞口，它探进脑袋，口中叼着一条鱼。

看到雪宪醒了，龙便整个儿都钻了进来。

这个溶洞足够大，就算龙这么庞大的生物，也能在里面自由地转身。这头龙应该是刚从水里爬出来，那身漂亮的银色鳞片上还在滴水，给温暖的洞里带来一股寒气。

小龙低下头，把口中那条鱼吐在了雪宪身前。那鱼很是肥美，看不出是什么品种，足有一米多长，还是活的，一落地就在地面上不停地“啪嗒啪嗒”摆动尾巴。

雪宪吓了一跳，很快就猜到这头小龙是在干什么，难道它是在给他捕猎喂食吗？！

他别过头，并不打算接受，他才不要受这头小龙的恩惠！

龙见雪宪不接，便用吻部把鱼又往雪宪的身前推了推。

“呜……”龙喉咙里发出骇人的低吼。

雪宪往后挪了挪身体，还是别着头：“我不要！”

龙发出奇怪的单音节：“咕？”

雪宪心里还是非常生气的，根本不理会这头小龙的示好，更是看都不看那条鱼：“我不要你的鱼，你也不用贿赂我！如果你觉得很抱歉，不如把我送回雨林去，我一点儿也不饿，只想要我的水行艇！”话音刚落，就有“咕噜咕噜”的声音突兀地在洞中响起，是雪宪饿得开始抗议的肚子。这肚子还非要唱反调似的，咕噜噜响个没完。

雪宪脸上泛出可疑的红晕：“反正我不吃，要吃你自己吃吧！”

余光看到漆黑的尖爪伸过来，那头龙见他表示不吃，就把鱼用爪子拨弄回去了。

到底只是一头龙，它倒也不客气，这么大一条鱼对它们龙来说可能只是塞牙缝的小玩意儿，雪宪一回头，就见这小龙用爪子摁住鱼头，再低头，一口就把鱼咬掉了大半截！

龙把鱼身叼在嘴里，再一仰头，喉头滚动，“咕咚”一声囫囵吞下去了。

看到这么暴力果断的进食场面，雪宪简直目瞪口呆！

这小龙还挑食，不吃鱼头，鱼头断口处暴露着粉白色的鱼肉。

雪宪还是第一次知道，原来生的鱼肉是这样的。

他见过活鱼，也只吃过蜜儿吩咐厨师做的鱼肉，道道摆盘精致，美味绝伦，什么鲜鱼羹、清蒸鱼肚、炖鱼头、酱烤鱼排……道道不重复，就算是生鱼片，也切得薄如蝉翼用冰镇着，配以佐料小菜若干，他从没想过鱼类还没被做成菜肴的时候长成什么样子。

原来将活物变成菜肴的过程，是这样的血腥。

还好他没吃，他才不会像野兽一样生吃活物！

龙是不打算收拾残局的，它只是只野兽，没有那种概念。吃完后它便径自掉头出了溶洞，任那颗鱼头留在地上散发腥味。

雪宪受不了鱼腥气，干脆从地上站起来走得远远的。站在空旷的溶洞里，听着从石钟乳上滴落的滴答水声，这一刻他有些恍惚，短短两三天时间，他的生活竟然已经完全被颠覆了。

都这么久了，不知道光明殿的人有没有在找他，主城的民众们发现他不见了吗？如果他再也回不去，老师、蜜儿他们怎么办？那些民众怎么办？

“雪宪，你生来就是神的孩子，你身上有神性，你能给民众们带来勇气、希望和爱。”白博士曾经对他说，“只要有你在，栖息大陆的人们就不会失去信仰，畸变总有被彻底控制的一天，在这之前，你会帮助我们一起渡过难关。”

胃部痉挛，强烈的饥饿感再次袭来，雪宪的肚子再次发出高亢的抗议之声。

他站在那里，眼睛里逐渐泛起水雾，把目光投向了地面上那被小龙吃剩下的鱼头。

不吃就没有体力，没有体力就不能想办法回去。

他绝不能再矫情下去。

朝鱼头走了两步，雪宪还是蹲下来，将白皙的手指探向鱼鳃，那里残留着一些鱼肉。经过无数次思想斗争，他终是一把抓住了鱼头。然后，他另一只手也合拢，将沉重的鱼头捧起来，试着往嘴边送去，但鱼腥气渐浓，浓得实在是令他想呕。

要想在这里活下去，要想找机会回到栖息大陆去，他只能像野兽般过茹毛饮血的生活，无论他有多抗拒。雪宪不断给自己做着心理暗示，心中不断唱着圣歌。

“蓝星的子民啊，跨越璀璨的银河。

我们不畏辛劳啊，抗争异星的险恶。

我们赞美爱的真谛啊，赞美纯真的灵魂。

我们无惧变化啊，将远古的邪灵扼杀……”

唱到最后一句，他终于鼓起勇气启唇，要对这龙吃剩下的鱼头下嘴。

这时，洞口却灌入一阵强烈的寒风，是那头小龙又回来了。

雪宪手里还拿着鱼头，有点儿不好意思。

龙却根本没有注意到，眨眼间就来到雪宪前面，张开嘴巴连吐了四条鱼出来！

鱼儿们啪嗒地在地上扑腾，长鳞片的、不长鳞片的、白红不一的，全是不同的品种，个头也要比之前那条一米多长的鱼小很多。

小龙看起来很有点儿得意，它吐完新鲜的鱼，就在原地扇动了两下双翼，鼓起的风吹得雪宪衣袍翻飞，把他冷得打了个冷战，他赶紧制止道：“好了好了！别扇了！”

很明显，龙不懂人类生气的这种情绪，只以为他是不爱吃那种鱼，就又跑出去抓了不同品种的鱼回来。

龙不懂，但是雪宪懂。信誓旦旦地说不要吃，结果还是要接受龙的恩惠，雪宪脸色发红地扔了手上的鱼头，看着那堆鱼低声问：“都是给我的吗？”

小龙喉咙里发出低沉的咕声，听起来怪吓人的，但雪宪竟然能体会到它是在催促自己快吃。不知道这头小龙把自己抓走到底想干什么，不吃掉他就算了，竟然还去给他捕食。难道还真是想报恩不成？

虽然雪宪不需要，但是他刚才忽然想通了一件事——不管这头小龙到底想干什么，只要它不吃掉自己，就不可能永远困住他。他得养精蓄锐，给自己找机会逃走。

而且，这头小龙万一只是一时兴起想和他玩玩呢？说不定只要把它哄高兴了，它会愿意重新把他送回雨林去！

四条品类不一的鱼任他选择。雪宪挑了一条个头最小的鱼，但即使他现在已经饿得脑子发晕，饿得前胸贴后背了，这条鱼也大得够他吃两顿的。鱼身滑溜，雪宪抓都抓不稳。刚抓在手里，它就挣扎着摆弄身体，“咻”的一下滑出了雪宪的手。

“啊！”他短促地叫了一声。

龙却比他更眼疾手快，居然一爪子下去就把鱼摁住了！这鱼不听话，作为猎手的龙很不高兴。龙持续地发出低低的吼声，等它移开龙爪，鱼都彻底扁了，变成了一块鱼饼！

雪宪：……

不敢多看以免更倒胃口，雪宪重新选了一条鱼。这次他没有把鱼抓在手里，而是在附近找了块称手的石头，等那鱼已经无力地张合着鱼鳃快要死去了，才狠狠心对着鱼头用石块砸了下去。

把鱼砸死后，雪宪一鼓作气，又用石块尖锐的一角连砸带划地剖开了鱼身。

他根本不给自己思考的时间，就撕开鱼肉塞进了口中。雪宪吃第一口鱼肉时还是很想反胃的，几乎没怎么咀嚼，但很快的，他就品尝到了鱼肉的鲜美。

生吃这鱼竟比他想象中要好接受得多，也不知道这是什么品种的鱼，鱼肉并不滑腻，也没腥气，还带着一点儿甜味。鱼的刺也不多，仅有背部一根大刺，雪宪都不用去剖鱼肚除掉内脏，光吃背部的肉就已经够他吃饱了。

这是雪宪流落荒岛吃的第二顿。

上一顿还是那些吃了会让他肚子发热的果子，算起来他已经很久没有进食了。

一旦确定了自己可以接受生啖鱼肉，雪宪就像个野人一样，狼吞虎咽，把鱼背上的肉都吃了个干干净净。

龙大概已经在捕食的过程中吃饱了，看到它捕获的人类开始进食，它才找了个地方蜷伏起来，把头靠在龙翼处闭目养神。那是一个自我保护的姿势，龙把坚硬的鳞甲都露在外面。龙一般不会这样睡觉，可能是被欺负得太多，它才会时刻这样保持警惕。

雪宪吃完鱼，长长地舒了一口气。他的衣服上、脸上都溅了血，满手都是鱼腥味，头发也乱糟糟的。吃饱了，也睡够了，总不能真的像野人一样活着，无论如何总要打起精神。雪宪发了一会儿呆，把目光投向了溶洞里的温泉。

小龙好像已经睡着了。

雪宪犹豫片刻，走到温泉旁试了试水温，水有点儿烫，但是是他能接受的温度。他先把腰带拿出来，仔仔细细地清洗干净，珍视地晾在了温泉旁的石头上。然后，他才找了个水比较浅的地方，给自己洗脸洗手。最后，他做了决定，快速地脱掉了自己的上衣。

少年人蹲在温泉旁，他背脊清瘦，肩胛骨漂亮得如即将展翅的蝴蝶。安静的溶洞中波光粼粼，随着一次次往身上泼水的声音，那水面的光影便投射到洞壁、倒吊的石钟乳上，再投射到他雪白的皮肤上，照亮了他身上密密麻麻的刺青。

微烫的温泉水很好地抚慰了雪宪全身的酸痛。就光是这么悄悄地一次次往身上泼着水，雪宪都忍不住轻轻地发出了喟叹。太舒服了，身上的酸痛都得到了很好的舒缓，要不是处境危险，条件不允许，他简直想就这么走进池子里去，洗它个痛痛快快。

光明殿中也有温泉。雪宪从小就喜欢泡澡，小时候有一次伺候他泡澡的蜜儿突然被别的侍女叫走处理事务，等她回来的时候，雪宪已经在浴池里泡得太久昏过去了。几个侍女同力把雪宪抱了出来，擦水的擦水，掐人中的掐人中，吓得鸡飞狗跳，后来侍女们还全都领了罚。

雪宪忍不住又想起了光明殿，眼眶发热。可天意弄人，他越是想回去，竟然就越是离得远。雪宪收拾好心情后，慢慢穿衣上岸。身后忽然传来声响，雪宪回头一看，那头小龙竟然突然醒了，正目不转睛地看着他。

“啊！”雪宪心里一慌，胡乱地跳入了水里。

“哗啦”一声响，水花四溅。

而那头龙双翼与双足并用，已经闪电般爬了过来：“呜……”

低沉的吼声在溶洞中回荡。

雪宪头皮发麻，只以为它终于要吃掉自己了，竟下意识地潜入池底。

温泉雾气氤氲，他白皙皮肤上的那一层刺青受到热水浸泡，渐渐地发出了微光。那刺青从脖子的右侧开始，一路向下，延伸到前胸、后背、手臂乃至腰腹，只要仔细地看一看，就能发现那其实是奇怪的符号与数字组成的图腾。

那是蓝星在宇宙中的繁复坐标，作为星子，他把它都刻进了骨血里。

一层层的微光在水下随漂浮的肢体晃动。

在温泉里下潜，雪宪做了蠢事，终于再也憋不住，也顾不上龙会不会兴致大发吃人肉了，赶紧头昏脑涨地从水面冒出来，大口大口呼吸着稀薄的氧气："呼、呼——"

那头龙却对吃掉他没有兴趣。它只是趴在水池的边缘看他，见他出来了，就试探着用鼻子去嗅温泉水："咕？"

雪宪刚刚松了一口气，见状立刻警觉："你干什么？"

它该不会也想下来泡一泡吧？

"你别下来！"雪宪冒着热汗，在水中仰着头对小龙喊道，"你千万别下来！"

龙性本热。龙刚把头部放进水中，就极度不适应地抬起头，鼻子喷了口热气，然后用力地甩水，还焦躁地扇动了双翼。龙是从来不泡温泉的，它们不喜欢有热度的水，也不喜欢硫黄的那股刺激气味。也就是未成年的龙，才会学人类这样做。

幼稚的龙退了几步，像吓到了一样，甩完水还呜呜地发出了不满的低吼。

雪宪睁圆眼睛，半晌，没忍住笑了下："噗。"

少年脸颊白里透红，浑身都冒着湿漉漉的热气，笑颜绽放时乌黑的眼睛亮亮的。

龙见他笑了，却恼怒地冲他龇起尖牙，露出了凶恶的表情。

到底是这么大一头野兽，雪宪完全摸不透它的心思，看到它这样，他脸上的笑容一下子就消失了。他再次迅速钻进水中，游出几米远后才重新冒出头来呼气，警惕地看着这个庞然大物。

气氛紧绷。还好，龙只是恼羞成怒而已。它凶了雪宪，见他不笑了，就收起尖牙，重新趴在了池边，静静地注视着他。

虽然龙似乎没有攻击他的打算，但雪宪只想快点儿上岸去穿好衣服，再找个岩石躲起来。然而出乎他意料的是，龙看了他一会儿，竟然也开始清理起自己。

龙没有前爪，它的前肢是又宽又大的双翼，翼尖也生着锋利的骨刺。它新长好的左翼还有些僵硬，只见它向右侧躺着，脖子弯折为不可思议的角度，用舌头舔过身上所有能顾及的范围内的鳞片。

大概是捕猎鱼类时，已经去过几趟水中的缘故，龙的银色鳞甲早已被水冲刷干净了，比雪宪初见它时还要亮一些，所以它没费什么工夫在鳞片上。

但突然间，只听到“唰”的一声，犹如片片金属摩擦时发出的尖利响声，雪宪看见这头小龙由背部往上，所有的鳞片都立了起来！小龙此时看上去就像披了全副武装的铠甲，可以想象战斗时猎物被这鳞片剐蹭的感觉会有多痛！

紧接着，龙伸出后爪，歪着半个身体，开始用利爪给自己挠痒。那英明威风的气势立刻少了一半，它的动作看起来就像懒洋洋的猫科动物，或者说是某种犬类更为贴切。

雪宪：……

龙感受到雪宪的视线，猛地收起鳞片，然后匍匐着爬了过来，把背部对着雪宪，喉咙里再次发出了“呜呜”的可怕声音。

雪宪看到这龙的背上有一块地方冒着粉色嫩肉，在密布的坚甲中显得很突兀。再仔细一看，原来那是之前被钢柱戳穿的伤口，已经好得差不多了，但新长出的鳞片还不够坚硬，是透明的。

长新肉发痒，那个位置龙的后爪挠不到，看它这个意思，是想让雪宪给它挠挠。

它还真不客气。

“呜……”龙喷着热气，开始催促。

它一动，温泉池子边的石头就松动了，石块骨碌碌往池子里掉。雪宪怕它把池子边缘压垮，赶紧从池子里爬出来，却不打算给小龙挠痒痒，他还生着气呢。

龙昂起头：“咕？”

“你自个儿磨蹭吧。”雪宪背对它，低着头说，“我不会再帮你了。”

龙像听不懂似的，又挪动身体，换了个方向把背上的嫩肉对着雪宪。它躺了一会儿，直到确定这个人类是真的不会理它了，这才爬起来，如同什么都没发生过一样甩了甩身体，把每一片鳞片都顺回了原位。

雪宪在溶洞里待了一段时间，把外袍洗了放在洞壁上烤干。等休息得差不多了，精神和体力都恢复了不少，他就准备找机会离开。

其间，小龙又捕过两次鱼回来。一次捕的是上次雪宪吃过的鱼，一次是新的鱼。新的鱼味道不怎么样，雪宪又有心事，所以没有吃很多。

小龙并不知道他打算离开。它好像已经把这个临时找到的溶洞当成了新的巢穴，除了捕猎，就是在溶洞里守着雪宪睡觉，反正，它也没有别的地方可以去。

雪宪不知道这头小龙到底想干什么，它和初见时的高冷形象差距太大，时而凶恶，时而温顺，就算是头小龙，也让雪宪捉摸不定，一点儿也不敢掉以轻心。大多数时候，雪宪都会离得它远远的——有一次他试着往洞口走，还被小龙龇着牙凶了回来。

难道它把自己当成玩伴了？或者说当成了宠物？

雪宪试图用从资料中看到的关于龙的习性去思考。

等小龙再次去捕猎的时候，雪宪抓住了机会，他要甩开这头龙，想办法找到回去的路。

雪宪用腰带把自己没有鞋子的那只脚重新缠了起来，把另一只脚上的靴子穿好，又穿上了外袍。

“你可不要再丢了啊。”他对右脚仅存的靴子说，“我可没有第二根腰带了。”

快速整理好后，雪宪从岩石后面拖出他藏好的半截鱼肉和一块称手的尖石，一并塞进了外袍中。

溶洞外面雪已经停了，但寒风呼啸。走出溶洞时，洞内外的巨大温差让雪宪几乎想立刻掉头钻回洞里。刺目的光线让雪宪睁不开眼睛，等他慢慢地适应了，就看清了现在的地理环境。

他们已经不在先前那个空旷的雪原中了。这里近处雪丘起伏，到处都生长着一些耐寒植物，光是能辨认出的就有松树、杉树等，还有一些是无穷星的本土植物，从这颗星球有生命伊始，它们就已经长成数人合抱都抱不起来的粗大树木了。

远处是绵延的、高耸入云的雪山，他们所在的这个溶洞的位置更像在一处凹地，四面雪峰环抱。凹地里积雪虽厚，但因为附近有温泉，所以也有流动的小溪，半空中萦绕着迷蒙雾气，犹如仙境。

那头小龙似乎不在附近。雪宪在溶洞不远处的雪地上看见了一些痕迹，是小龙起飞离开时留下的。他选择了和那痕迹相反的方向。

越走越冷，圣装的外袍根本不足以抵挡这里的寒冷，脚上的腰带也很快被雪濡湿，左脚冻得像冰一样僵硬。雪宪努力把自己缩在外袍中，行走在雪丘上，进入林间。

连续走过两三座雪丘，雪宪的头发与睫毛上就结起了冰碴，他驻足回头，隐约还能看见溶洞的位置。继续往前走，怀里的鱼肉也冻成了冰块。

这附近不见别的龙，更不见别的动物，不知道是不是因为小龙在这里暂居，那些动物就都躲了起来。雪宪不停地观察周围，想要找到一点儿属于人类的痕迹，设备、零件，哪怕是垃圾，什么都可以。

但这里和雨林不一样，这里远离海岸线，被送往恶龙领地的人们可能根本到达不了这里，就算有什么蛛丝马迹，也早已被大雪覆盖了。

雪宪瑟缩着，一脚深一脚浅地走下了雪丘，来到一片空地。

这里的雪很厚，雪地中央裂开一条缝隙，隐约可见地下的冰川。季节回暖，一些硕大的冰块正在融化，散布在缝隙里，被天光一照，晶莹的冰块透出蓝色的绚丽光芒。

在那些蓝色的冰块附近，雪宪看到了几个躲在冰块后面的黑影。那是几只正在瑟瑟发抖的水獭。两大一小，小的那只还被母水獭搂在怀里，它们的皮毛油光水滑，肚皮也肥溜溜的，正用黑漆漆的豆豆眼好奇地看着上方的人类。

原来这些动物都躲到了地下，雪宪正这么想着，脚下雪地忽地整个下陷："啊！！！"

他所站的位置冰雪塌方，根本来不及思考，整个人就连带着一大块雪哗啦啦地掉进了缝隙里！水獭们发出细细的叫声，在缝隙里乱窜。雪宪摔得头晕眼花，那些水獭也不怕人，站立在他身前的一块坚冰上，口中仍发出"嘤嘤嘤"的细嫩叫声，如同在担心这个人类一样，非常可爱。

"我没事！"雪宪对那些水獭说。

一起塌陷下来的厚雪给了他不少缓冲，不然他肯定会在冰块上摔个头破血流。

雪宪从一堆雪里站起来，大口喘着粗气，他想要顺着四周的雪往上攀爬。

但底下的根基已经松动，只要他一踩，那些雪花和冰块就纷纷继续垮塌，一时半会儿竟然爬不上去了。

这时，水獭们受惊般忽然四散逃走，其中一只还在慌乱中踩到了雪宪的脚。

眼前的光线一暗，雪宪抬头就看到了一双灿金色的巨瞳。那头银色小龙趴在缝隙上方，正准备探头往下看。

什么……雪宪感到震惊，这头龙怎么知道他在这里？！

是它回去后嗅到了他的气味找过来的，还是本来就跟在他的身后？

被这么庞大的生物跟踪，他竟然对此毫无察觉！

龙的头又往下挪了挪，确认雪宪就在缝隙里，它愤怒地对着他张开了血盆大口，发出叫人肝胆俱裂的恐怖吼叫。声波震得周围的树枝上的雪扑簌簌坠落，一些躲起来的小动物也纷纷冒头四窜逃生。

雪宪脸色骤变，不由得跌坐在雪里浑身发抖。

他的逃走彻底激怒了龙！可他臆想中被暴怒的龙一口吞掉的情景并没有发生。

龙在咆哮完毕后，就双足与双翼并用爬下了缝隙，那条本来不算很大的缝隙逐步坍塌，被这个庞然大物压成了一个大雪坑。

它在捕猎水獭！那些水獭太机灵了，个头小还能见洞就钻，龙连续数次袭击后才得手。

一头肥大的水獭被它叼在口中，命丧当场。

自然界弱肉强食，这是天生的法则，对龙来说水獭和鱼都是食物，根本没有分别，可雪宪还是被这残忍的一幕震惊，迟迟无法动弹。

忽地，龙静止了一两秒。它看了看雪宪，就吐出口中的水獭尸体，把水獭扔给了他。

这是什么意思？雪宪又冷又怕，轻微地发着抖。

但那龙踩着不断坍塌的积雪，伸长了脖子，又用吻部推了推那只水獭，推到雪宪的手边。

“呜。”它不满地低吼，发出了催促雪宪进食的声音。

雪宪难以置信地想，难道这头小龙认为他是出来捕猎的吗？

动物的思维简单，作为一方霸主，兽性横行的龙更是直接粗暴，它或许认为这名弱小的人类不喜欢它捕食的鱼肉，所以才冒着严寒走出洞穴自己捕猎。

这种行为严重挑衅了龙的权威。

小龙低低地吼完，又来看雪宪。它的眼神落在雪宪身上，与在洞中时没什么区别。

雪宪反复确认，一颗怦怦乱跳的、紧缩的心才逐渐开始缓和，忍不住在心里长长地舒了一口气：这头小龙原来真的没有发现他要逃跑啊。

不过，雪宪却仍然感到后怕。他冒着几乎被冻死的危险，好不容易才走了这么远，这头小龙却轻易地找到了他。而且对人类来说，雪域实在是太大了，这种极寒天气危机四伏，他独自一人能走到哪里去呢？

雪宪浑身冰冷，不敢看身边那具水獭的尸体，奋力从坍塌处爬出了雪坑。

无数念头在他的脑海中交替闪过，雪宪一时间万念俱灰。他没走几步，背后就再次传来了小龙的声音。他没有理它，也不想再被龙爪擒住腰身，老鹰抓小鸡似的抓回去，径自走入了茂密的树林。

在树林里，龙无法展开双翼飞行，也没办法一下子就抓住雪宪。

雪宪扶着树干前进，听到背后传来嘈杂巨响，风雪飞舞，仿佛天崩地裂。他一回头，就看到那头行动困难的小龙正靠着一身蛮力往他的方向横冲直撞，所过之处压倒了一大片树木，野蛮又暴力。

“你别跟着我了！”和上次一样，雪宪冲身后大喊。那头小龙便停了停，好像真的不跟了。可是等他一迈步，身后那轰隆隆的树木倒塌声便再次响起。

这点也和上次一样：龙才不管人类的想法。

雪宪又走过几座小雪丘。

雪域的天气变化莫测，刚才还算晴朗，转眼间就又开始下雪了。一阵阵的冷风刮得雪宪几乎冻成了冰棍，睫毛与头发结的冰碴几乎遮挡了视线，齿关开始打架，整个人也被冻得不停地发抖。

龙跟在雪宪的后面。见他再次回头，它就再次停下，若无其事地坐在雪地里看着他。它的吻部还有水獭的血迹，龙翼好好地收在身侧，只在雪地中留下两道深深的痕迹，看起来毫无攻击性，甚至还有点儿乖。

雪宪抬起手腕，他的手环依旧信号全无，一片死寂。

天地间安静如斯，一如这冰雪世界。强烈的孤寂感涌上心头，无论从哪个方向看去都是雪，只有雪。而他在距离栖息大陆十万八千里的地方，独自一人前行。雪宪觉得绝望，甚至想要哭。

“呜呜呜……”他没忍住哽咽，跪在了雪地里。

可能是怕他再次昏过去，龙还是慢慢地挪了过来。

雪宪没空理会它，它却又用吻部蹭了蹭雪宪，很有耐心。

“走开。”雪宪喝道。

“咕。”小龙又蹭了蹭。

雪宪被不知轻重的龙推倒了。他整个人躺在雪地里，放弃了挣扎，就那么看着龙，眼神都失去了生气。寒冷侵袭他的每一个毛孔、每一个细胞，让他意识到，他根本什么也改变不了。

求生的意志还是让雪宪慢慢地走回了溶洞。走到一半时，雪原上掠过巨大的阴影，是那头小龙低低地飞在了他的上方，不时盘旋，如影随形。

回到溶洞后很久，雪宪才逐渐暖和过来，手脚也慢慢恢复了知觉。

洞中的地面上扔着一些新鲜的鱼，看起来是小龙刚刚才抓回来的。小龙回到洞中，应该是发现了雪宪不在，所以才会重新出去，并追随着雪宪的气味找到了他。

雪宪并不想吃东西，只清理了一些之前剩下的鱼骨鱼头等，想拿出洞外掩埋，无论如何，人总得待在干净的环境里。

龙以为雪宪又要出去“捕猎”了，在雪宪经过它时，它发出了颇具威胁性的低吼，还龇牙咧嘴地露出凶相。

“我不是要去捕猎。”雪宪拖着鱼骨，语气低落，“你到底想干什么啊？”

“你是想要我陪你玩吗，还是想把我留下来做什么？我就算现在不走，也不可能一直待在这里的……”

龙瞪着金瞳，虽然不理解雪宪说的是什么意思，但还是收起了密密的尖牙。

雪宪是真的暂时不打算走了。走出溶洞的那段时间虽然没什么收获，但回来的路上雪宪想清楚了一件事——靠他的力量是根本无法穿越雪域的。

没有目标方向，不知目的地在何处，极度的寒冷与处处隐藏的危险，大自然里任何状况都能轻易地让他丢掉性命。不管他愿不愿意，目前他都得靠着这头小龙才能生存。

而他得活下去。

好在，这头龙还小，似乎对他真的没有什么恶意。

雪宪心事重重地处理完洞中的残渣，又强迫自己吃了一些鱼肉，就缩在角落里沉沉睡了。

相比较雨林中的潮湿柔软，溶洞中的地面要坚硬很多，雪宪在洞中的两天，常常浑身酸痛地醒来，又迷迷糊糊地睡去，休息得非常难受。

偶尔他会在半梦半醒间叫蜜儿的名字，委屈地啜泣，睁眼看见漆黑的溶洞后，他又警觉地收起软弱，强迫自己坚强一点儿，再坚强一点儿。

饿了，就吃一些鱼肉。渴了，就去外面找一些干净的雪解渴。

和野兽在溶洞中一起生活非常无趣，但雪宪从没停止思考。

其间，龙也捕获了很多新的猎物。龙没有天敌，天生就是这颗星球上最强大的杀手，不管是什么猎物，只要它们想，就能将其全部变为腹中之物。

它豢养的人类不喜欢它的喂食，这一点似乎严重打击了龙作为猎手的信心。

所以接下来的每一天，龙带回溶洞的猎物都花样百出，每一次都不一样。有三米长的变异雪狼、百斤重的熊、体形娇小但很肥硕的松鼠，还有不知道从哪儿抓回来的野兔。

雪宪感到震惊，猜想再这么下去，这附近所有的物种都要遭殃了。

为免猎物死得太快不够新鲜，龙每次都并不给它们造成致命伤，通常都是等抓回到溶洞后，才处理它们。每一次处理完猎物，龙都会把肉往雪宪的面前拱，丝毫不护食，也不吝啬。

这下雪宪确定了，这头小龙是真的在认真喂养他，并且非常担心他饿死。

雪宪：……

这可怎么办。好好的一头龙，怎么就对喂养人类感兴趣了呢？

未经烹饪的动物肉雪宪真的无法接受，因此小龙带回来的花样再多，他也依旧只吃了一些剩下的鱼肉。

“我不要。”雪宪气闷地说，“你自己吃吧。”

龙也不客气，张开大嘴，把这些猎物都吃得干干净净，只留下满地血腥。

有一次，龙捕到了一种鼠兔。鼠兔对龙来说太小了，比野兔还要小很多，塞龙的牙缝都不够，所以它们通常会无视这样的猎物。可是抓这种小猎物很有难度，龙应该费了不少力气，看见自己喂养的人类还是不吃，它的喉咙里就发出了焦躁的声音。

“咕？”它的双翼在地面摩擦扑腾，它似乎又要准备出去了。

对喂食人类这件事，龙表现得尽心尽力，乐此不疲。

“我不想吃这些。”雪宪忽然对它说，“我想吃水果了。”

龙好像想起了什么，它垂下头，灿金色的眸子闪闪发光。

雪宪一下子就明白了它的意思，连退几步，面红耳赤地说：“不是那种水果！不是你想的那种！”

“就是普通的水果，比如这么大的、椭圆形的杧果、长长的香蕉，或者一串一串的这么小颗的龙眼，它们都长在树上。”

雪宪尽力比画着形状。他也不在意小龙听不听得懂，反正他也就是说说而已。

这冰天雪地的，小龙去哪里找水果这种奢侈品呢？

“人类不只是吃肉类的，我们的饮食构成很丰富。尤其是光明殿，光明殿的饮食很有规律，每一餐都会提前安排好。我们很少吃肉类荤腥，饮食上一半都以蔬菜杂粮为主，水果是吃得最多的。”他回忆着每天的安排，“光明殿里什么都有，我们自己有田地和温室，民众们也会送来礼物。我最喜欢的就是杧果了。”

“不过，杧果要在很温暖的地方才会生长，比如我们上次去的那个雨林。我在那里看到了杧果树，但还不到它结果的季节。”

雪宪不爱发脾气，在洞中话也不多，大多数时候都在发呆。他难得一次性对龙说这么多话，所以龙虽然不想听到“雨林”两个字，还对他喷了一口热气，但还是低头看着他。

“我猜那些坏龙都走了，如果你担心会被袭击的话，可以把我扔在那里然后马上离开。这样的话，你就不用再每天都变着花样去捕食。”雪宪趁热打铁，“如果能找到完好的水行艇，我能回去就更好了，肯定不会饿死，因为我们人类的世界有很多很多水果。”

龙呜呜地低吼，也不知道能不能听懂雪宪的暗示。

几天相处下来，雪宪其实也不是非常想让这头小龙回去雨林涉险。虽然这头小龙很坏地抓走了他，但如果他让它那么做，那和让一个幼童去战区又有什么区别呢？所以最后雪宪叹了口气，说：“算了，你要是不愿意就算啦，我迟早会想到别的办法的。”

龙注视着他，低吼也停止了。

它的眼神中完全不带任何人类情感，但却很单纯，雪宪现在对它已经没那么惧怕了。

“对了，你趴低一点儿可以吗？”

雪宪往周围看了看，攀上一块大石头，站在高处去看龙的背脊："你这几天对我这么好，我就不和你计较了。你再趴低一点儿，让我帮你看看伤口长得怎么样了，好不好？"

自从来到雪地溶洞，雪宪都不怎么理它，忽然用上了这种语气，让龙有些意外。

雪宪又问了一次"好不好"，它才沉沉地发出声音，然后把头递到了雪宪面前。

为什么递脑袋过来？雪宪愣了愣。随即，雪宪反应过来，原来他在湖中高地安抚这条小龙的时候，使用过好几次"好不好"这三个字，语气也和现在颇为相似，小龙便对这三个字有了印象。所以雪宪这么问，它就以为雪宪要抚摸它的头部了。

龙的思维还真是简单。

银龙布满鳞片的头颅就在雪宪眼前。第一次这么仔细观察这头小龙，雪宪发现它的眼睛周围也长了许多坚硬的骨刺，那些骨刺呈往后生长的趋势，保护着那双灿金色的眼睛。

不仅如此，它的鼻骨往上，乃至下颌线附近，再一直往颅顶至背部，都长着这样的倒刺，越往上越是长得粗大尖锐。大约是还未成年，小龙脸上的骨刺都还不太明显，因此之前雪宪都忽略了。

毫无疑问龙是长得很丑陋的。

眼前那些骨刺与鳞片都狰狞可怖，在蓝星的一些传说里，西方龙也往往与恶魔画上等号。

龙似乎等得有些不耐烦，又往雪宪脸上喷了一口热气。那鼻息中的腥味伴随着龙身上独有的草木气息，形成了不那么好闻，却又不至于令人反感的味道。

雪宪怕它又用鼻息喷自己，赶紧用手抚摸上了偌大的龙脑袋。

再一次触摸小龙依旧让雪宪有些颤抖。他还是害怕，但是比之前的几次要好上许多。

龙的鳞片冰冷，触感有点儿像碰到外面的冰凉的雪，凉得雪宪轻轻地缩了缩手，才试探着再次把手放了上去。

雪宪的手抚摸到小龙颅顶的尖角。

龙的眼皮合上又睁开，灿金色的眸子里倒映着洞口的天光。可能是被摸得太舒服了，龙把头又往前方送了送，用吻部触碰到雪宪的胸膛，力道有点儿重，雪宪往后退了退，抓住小龙头上的尖角才站稳。

那急不可耐的样子和小龙平时的模样反差太大，有点儿好笑。雪宪没忍住溢出一点儿笑声，也暂时忘记了心事，两只手都捧着小龙冰凉的脸颊，再顺着那些鳞片和骨刺抚摸。

龙舒服得闭上了眼睛，双翼也好好地收了起来，除了伸长脖子任他抚摸，全身都一动不动，显得很温驯。

雪宪不合时宜地产生了一个古怪的念头：这头小龙应该很孤独吧。

否则怎么会想要与人类为伴呢？

披着这身银色的鳞片，成为龙族中的异类，就像身在栖息大陆的自己，不，是身在无穷星的自己，明明有很多人类同胞，却是数亿人中唯一来自蓝星的最后的纯净血脉。

他和这头小龙不同，他有鲜花簇拥的圣坛，有高贵的光明殿，有不可替代的珍贵光环。

他们却又何其相似。

“由卡格拉姆。”仿佛来自远古的语调，晦涩不明，小龙的意识再次传入了雪宪脑中。

“是雪宪。”雪宪缓缓开口说，“不是由卡。”

龙睁开了眼睛：“阿拉黑姆拉库多，由卡。”

雪宪：……

他忽然想到一个可能，这头小龙该不会是把他当成父母之类的角色了吧？“由卡”会不会是爸爸的意思？

“我不是你的爸爸。”

“是雪宪！”雪宪望着那双灿金色的瞳仁，正色告诉小龙，“我的名字是雪宪，雪是我的姓氏，起源于我的母星，一个历史悠久的东方国度。我的母星是一颗很古老的星球，文明璀璨，虽然已经凋零了，但是它还存在于某片星空中。”

“我是人类，我来自海的对岸——栖息大陆，你在天空中看过那块陆地吗？所有的人类都居住在那里。我住在那块陆地上一个叫主城的地方，那里四季都开着雪白的倦鸟花。我有老师，有朋友，还有许许多多喜欢我的人。

“我不属于这里。可是有一些不喜欢我的人，他们趁我睡着，迷晕了我，把我送到了你们的领地来。”

他被困在龙屿这么久，那些坏人肯定以为他们已经成功了吧。

龙听着他的话，眼皮缓慢地合上又睁开，竖瞳里映出雪宪的身影。

“由卡。”它的意识再次出现。

雪宪垂下了睫毛。算了，对牛弹琴。过了一会儿，他又收起闷闷不乐的神情，眼角微微弯起来，温和地问：“你叫什么名字呢？”

龙不会说话，当然也没有名字。

雪宪抚摸它的吻部，用轻松的语气说：“你身上的鳞片颜色这么浅，和白色差不多，又这么坚硬，就像博物馆里古代骑士的白金铠甲。”

那玻璃橱窗内的白金铠甲发着光。它有个来自神话中的名字，音译叫杜鲁托，意思是战无不胜的、善于隐匿的幽灵。雪宪小时候发不好那个音，总是念作“笃笃多”。

“我叫你笃笃多好不好？”雪宪问。

“由卡。”龙的意识答。

不知道是同意还是不同意。

属于人类细嫩柔白的脖颈看上去真的很脆弱，连说话吐字时，都像会折断一样。

雪宪眉眼弯弯，第一次叫了龙：“笃笃多。”

隔日，龙便往洞里带回来了惊喜。

龙的行动力之强，飞行速度之快，让雪宪感到非常震惊。另外，他还非常清楚地认识到一个事实——龙是可以大概弄明白人类所表达的含义的。

龙的智商之高，或许并不亚于部分人类，就算它们不能完全听懂人类语言，也远比雪宪之前想象的接受能力要强得多。而且，和它说的话越多，雪宪越能感觉到它理解能力的增强。

这头龙在雪宪表达了“想吃水果”的愿望以后，直接往洞里衔回了半棵椰子树。

粗壮的椰子树被龙用牙齿拦腰咬断，断口被粗暴地撕开。椰子树由于被龙从潮湿的热气候地区带到这严寒的雪域，树叶与累累果实上都冻得起了白霜。

龙把树往地面一扔，冻得硬邦邦的椰子果实随之磕在洞中地面上发出声响。

“笃笃多！”雪宪正在用温泉水清洗砸过鱼肉的石块，见状，飞快地跑了过去。

看到那些椰子，他惊讶地睁大眼睛：“你从哪里找到的椰子？！”

从雪宪的描述中，龙可能只了解到了“长在树上”这个信息，就像它们所了解的吃了会发热的“榕果”一样，它能借之理解“水果”的含义。

龙浑身都是洞外的寒气，进入溶洞后还打了个喷嚏，龙爪一踩，震得洞都轻颤了几下。

雪宪喜出望外，能看到肉类以外的食物，叫他觉得简直像在做梦。

椰子被冻得和枝条相连，雪宪费了很大的力气才把它们都摘下来，统统扔进温泉的浅处。然后雪宪用一些石头将椰子围起来，以免它们被水冲走，再彻底浸泡化冻。

雪宪也没有放过那些椰子叶，他把它们从树上扒了下来，也放进温泉中，想等它们变软以后再晾干，看能不能铺在地上等到睡觉的时候用。失去了鹅绒被、柔软蓬松的床垫，雪宪这些天每天都睡在坚硬的地面上，他的骨头都睡得快要散架了。

龙抖落身上的积雪，看着雪宪忙来忙去。它刚刚出去这一趟，肯定也在某处饱餐了一顿，吻部和爪子上都染了血迹。等了一会儿，它见雪宪暂时没空理它，干脆也开始清理自己。

一人一龙在洞中各自忙碌，井然有序。

雪宪泡好了椰子，先拿了一个出来。他之前没开过椰子，却无师自通地凭借这几天练出来的一身蛮劲，用一个大石块狠狠地把椰子砸开了。可惜的是，他一连试了几个椰子，发现这些椰子大多是没有成熟的，里面既没有汁水，也没有能吃的果肉。唯一一个稍微成熟点儿的椰子里也仅有一汪果汁，雪宪仰着头一小口就将它喝光了。

椰汁馥郁香甜，还带着凉意，简直沁人心脾。

雪宪喝完了，又意犹未尽地舔了舔，把椰壳内部舔得干干净净。

忽地，他身边冒出一个大脑袋，是那头小龙。龙嗅着那椰壳的味道，看上去有些疑惑。

雪宪转头，笑着露出牙齿："谢谢你！笃笃多！"

见他笑了，龙又将狰狞的头颅凑近了些，尖角骨刺都差点儿刮到雪宪的脸。随后，它的目光便锁定在那个椰壳上，眼睛眨啊眨的，雪宪见它这么好奇，就把椰壳递给它："你要闻一下吗？"

椰壳中浓香馥郁。万一这头小龙喜欢椰子的味道，说不定会带着他一起迁徙到有椰树的地方去！

龙张开嘴巴，小心地用那排又密又尖的牙齿叼走了椰壳，然后舌头一卷，竟轻易地将椰壳囫囵吞下去了！

"那个不可以吃！"雪宪大惊，"快吐出来！"

不用雪宪提醒，小龙在吞下去以后马上做出了一个呕吐的姿势，前后不过几秒钟，它又把椰壳整个吐了出来！椰壳在地上滚动摇摆，沾了不少龙的消化液，看上去非常恶心。

雪宪嫌弃："咦——你好鲁莽啊笃笃多！"

龙"呜呜"了两声，似乎非常不满，一爪子把椰壳扫开了。

半圆的椰壳骨碌碌滚到洞穴外，不知所终。

龙完全无法理解为什么雪宪会喜欢这么难吃的食物，用头来拱他。

雪宪尝了椰子味很高兴，但还是有一点点失望："原来你不喜欢椰子的味道啊。"

他把其他的椰壳捡起来，用椰壳舀出温泉水，对小龙说："你看！椰子很有用，不仅能吃能喝，壳还可以当作我的碗！在外面找回来的雪和没有吃完的鱼肉都可以用它装起来了！"

说完，雪宪又把泡在温泉里的椰子叶捡起来，抖落抖落水珠，平铺在发热的石头上："叶子也很好，等它干了，我晚上就有睡觉的地方了，你不知道，这洞里的地面硬就不说了，还很烫！"

雪宪把衣袖撩高露出手臂："看！这是我昨晚睡着了不小心烫到的！"

这溶洞的温泉有三四个泉眼，各处温度都不同，地面的温度也有不同。雪宪那截白皙的手臂上有一层红红的印子，是长时间放在同一个发热位置烫出来的。

“你低一点儿！”他对小龙伸出手，示意它过来。

来到这里之后，雪宪还是第一次感到高兴。

虽然只是苦中作乐，但至少那种短暂的开心是真实的。

龙低下脖子，任雪宪抚摸自己的头颅，不一会儿就闭上了眼睛，显然很享受这种犒赏。它背上那伤口处的鳞片恢复得非常慢，虽然已经长得差不多了，但还是常常发痒，让它止不住地想挠。

此时雪宪心情大好，便又主动给小龙挠了一会儿新的鳞片。

“你做得很好。”雪宪真心地夸奖道，“辛苦你了，笃笃多。”

晚上，雪宪在铺好椰子叶的地面睡了一觉。舒服还是不舒服的，可是至少没有那么热了。

这么久以来，雪宪还是第一次睡了个整觉，流落荒野的悲惨生活往好的方向发展了那么一点点。

雪宪早上醒来时，发现那头小龙不在，他看着地上的椰子壳，依旧满心欢喜，仿佛已经看到了蔚蓝的大海和远远驶来的航船。

龙又叼了别的果实回来。那些白色果实长在一根奇怪的树枝上，两头尖中间大，果实表面有密密麻麻的小疙瘩，剥开里面却是红色的果肉。雪宪不认识，他在栖息大陆没有见过这样的水果，或许这是龙屿的特产。

他只剥开一个果实尝了尝，味道不甜也不淡，但吃完以后有一种叫人神清气爽的回甘，很是舒服。

不过有了上次那个“榕果”的教训，这次雪宪不敢再随便把龙屿的东西吃进肚子了，浅尝以后就把果实都放在了一旁，观察自己的身体状况。确认没有异样后，雪宪又一口气吃了三个果实。

果实还剩下很多，他拿了几个递给一旁正在撕咬雪狼肉的龙：“笃笃多，你要不要尝尝看？你不喜欢椰子，但是说不定你会喜欢这个味道。”

龙低头嗅了嗅，竟然退后了两步。它用舌头舔干净唇边的血迹，看上去对果实一点儿也不感兴趣。

雪宪有点儿愁。这头小龙的出行很有规律，一般是等洞中的食物消耗完才会再次出去捕猎。按照龙的习性，除非是成年后的求偶期有筑巢需要，否则它们不会有存储食物的概念。

这次龙带回来的果实太多，光靠雪宪一个人吃，肯定会吃很长一段时间。

雪宪想要尽快通过龙出行的时间来估算路程距离。

一头成年龙的飞行时速最快能达到可怕的700公里，银龙是一头小龙，且它有回到洞中再让猎物死掉的习惯，它会本能地去控制风阻与气温保证猎物存活，那么肯定不会按照最快的时速飞行。如果它只抓回活的猎物，雪宪估算龙的飞行时速预计为200公里，如果它只带回了结霜的水果，雪宪便估算为每小时600公里。

这几天没有下雪，要计算时间很简单，只要通过忒亚照射下树木的光影来判断就可以了，全赖光明殿的那些仪式典礼，雪宪正好非常擅长这一点。

虽然不太靠谱，但这两者相加，再留意一下龙的飞行方向，大约重复几次，他就能估摸出他距离海岸线大概有多远了。

冷静下来后，雪宪一边留意着这些必要的条件，一边收集着动物皮毛。

那是椰子叶做成的床给他的灵感。他没办法只穿着单薄的两件套圣装穿越雪域，但有了御寒的动物皮毛，问题就迎刃而解了。

雪狼、熊，甚至雪兔等小动物的皮毛都可以起到很好的保暖作用，而且这些经过他手的、粗糙处理的皮毛上仍保留着动物原本的气味，这些气味可以将他身上属于人类的味道完全掩盖，让他不用担心被龙跟踪，简直是一举两得。

人类的智慧无穷尽，雪宪只要能善用其中的万分之一，或许就能找到回家的方法。

这天，龙吃完一头雪狼，把残骸留在了地上。雪宪收好果实走过去，挑选出了还算完好的一块背毛。那背毛上满是血迹，散发着狼尸独有的腥味。

千年以前，先民们在无穷星投放物种时，就考虑过给未来生活在这里的物种赋予完善的食物链，雪狼原本是雪域之王。任谁也没想到，龙族最终成了所有领域的霸主。

雪宪有点儿于心不忍。

龙却凑了过来，用粗大的黑爪子将残骸拨弄到了一旁。

“呜。”龙低低地警告着人类，对他疑似要吃狼头的行为不满。

大概在这头龙的心里，人类不仅弱小得不能喂饱自己，还没有分辨食物好坏的能力。

“我不吃的。”雪宪当着它的面把狼的残骸拖回来，用随身携带的一块尖石，使劲割下狼皮。

血溅射到少年的脸庞上，给他增添了一丝肃杀气息。

龙觉得好奇，一直看着雪宪忙来忙去。

石头不如刀具锋利，雪宪的力气也不够大，分离起狼皮来很费力气。少年人身量并未完全长成，不一会儿，雪宪的额头与鼻尖就出了一层细细密密的汗，因为发热，没有被衣服遮住的脖颈处的刺青逐渐散发出了微光。

雪宪头发乌黑，眼珠也是乌黑的，显得皮肤更白。

等剔出一块完整的皮毛时，他那被汗濡湿的眉眼闪闪发亮，更是叫龙移不开视线。

雪宪习惯了小龙的注视，只飞速将皮毛拿到温泉里浸泡。他认真地洗去皮毛上的血迹，随后把它铺在最热的一块石头上，准备等待它被石头烤干。

龙伸长脖子去嗅了嗅，不解其意。

“我要做一件衣服。”干活时雪宪的袖子挽得很高，看起来很利落，“衣服就是……”

他脱下染了狼血的外袍，告诉龙：“我身上这个就是衣服，人类都需要穿的。不过，我想做一件更暖和的衣服，需要用这些皮毛才行。”

雪宪拿着外袍转身再次往温泉走去，龙的灿金瞳一下子紧缩了，瞳孔变成了细细的一条竖线。它养的人类又要准备洗澡了。

但是雪宪只是走近池子，把外袍放进去清洗而已。

圣装很容易清洗，但雪宪一刻也没耽误，每次染上污渍，他总是第一时间就会把它清理干净。

他很珍视这件外袍，因为圣装不仅是身份的象征，也是他作为星子全部的人生意义所在。洗干净后，雪宪把外袍放到一旁的石头上摊平，转头就对上了巨大的龙头。

“怎么了？”他惊诧地问。

龙发出“咕”的一声，歪了歪头，忽然用吻部把他推进了温泉里。

“啊！”雪宪整个人都坐进了池水，恼怒道，“笃笃多！”

雪宪生气了。

外袍还没有干，他现在又浑身湿透，根本没有可以替换的衣服！

龙惹了祸不自知，还趴在温泉边看雪宪。

令雪宪生气的是，每当他试图爬上来的时候，小龙就会再次用大脑袋把他推下去，还兴奋地走来走去，用尾巴把温泉旁边的石块都扫进水里，并且乐此不疲。

“呜！”龙的眼睛亮晶晶的，它好像特别喜欢看到雪宪下水。

“你不要闹了！”雪宪没好气地喝止。被小龙这么一胡闹,他的里衣都湿了。

天不尽如人意,天黑后气温骤降,溶洞外又飘起了大雪。冷风改变了方向,倒灌进溶洞,雪宪一半身体冷得发抖,另一半身体却热得不行。他心里很清楚,这样下去迟早会生病的。所以，他不得不摸黑从温泉里爬了出来，用作为床铺的椰子叶裹紧自己。

椰子叶平时压在身下垫着睡觉还行，直接接触皮肤，扎得雪宪又痛又痒。而且，椰子叶根本不挡风。长到这么大，哪怕是流落到龙屿以后，雪宪都从来没这么狼狈过，此时他瑟瑟发抖地蜷缩在一块岩石后，眼睛止不住地发红。

他想，这头笨蛋龙该不会是以为他要洗衣服，要把所有的衣服都洗了吧？！

又一阵寒风灌进洞中。雪宪的皮肤上立刻冒起了一层鸡皮疙瘩，好在身后的岩石还有一些温度，他马上转了个身，用身体贴紧那块石头，再用力拉起椰子叶裹紧自己。

黑暗中，小龙好像探头过来了。巨大的、覆盖鳞片骨刺的头颅从椰子叶上掠过，摩擦出哗哗声响，雪宪低声呵斥道：“你走开，坏蛋。”他别过头，不想去看小龙。

后背泛起一阵暖意，雪宪感到自己的发丝正随着龙滚烫的鼻息拂动，是小龙在嗅他。

随后，雪宪脚边滚来了什么东西，他用手摸了下，确认是小龙白天叼回来的那些白色果实。现在小龙把那些果实都推到了他脚边，像是在求和或者示好。

雪宪心中一软，觉得自己这场气生得没有意义，小龙什么都不懂，他和它置气也是没有用的，只好闷声闷气道：“我不吃。”

龙呜呜地低吼。

因为冷热交加，雪宪的鼻子塞住了，说话带着鼻音：“我又不是一天到晚就只想吃东西的。”

他想和光明殿里的人们一起玩全息模拟游戏，想去击剑，想唱歌，甚至连最讨厌的围棋课也愿意去上，在这龙屿的溶洞里每天被投喂的感觉，让他觉得文明世界的一切都在远去，让他觉得惶恐，这些都无法对一头小龙诉说。

雪宪忍住忽然涌上来的软弱，齿关打着战：“我太冷了。”

他轻微地哆嗦着，问道：“笃笃多，我太冷了，你可不可以再过来一点儿？”

庞大的龙身就在雪宪的身旁，仿佛一座小山。雪宪期望小龙能靠近一点儿，再靠近一点儿，最好是能替他把溶洞口的风完全给挡住，那么他就不会冷了。

黑暗中窸窸窣窣一阵响，也不知道小龙在干什么，雪宪只能听到它移动的声音和不时掠过他耳郭的龙息。紧接着，龙变换角度，把巨大的头颅绕过岩石后面。

雪宪看到小龙的灿金瞳在漆黑的环境中发着光。

“由卡。”雪宪的脑海中再次挤进了小龙的思绪。

“由卡……”那意识很轻，像响在耳旁的低语。

是雪宪啊，不是爸爸，你这头笨蛋龙。

雪宪迷迷糊糊地想，无力去纠正小龙。

随后，雪宪做了一个梦。

他梦见自己变成了一头龙，正在飞。他飞在云端，被风稳稳地托住了身体，只需要轻轻地调整一下双翼的角度，就能继续在天空自由翱翔。

万尺高空下是深蓝近黑的大海，不远处则是从海面一路冲向天空的海上旋涡。那些巨大的旋涡连接着天空与大海，其中电闪雷鸣、乌云滚滚，天与海几乎是在交换。他能认出来，那便是黑海，那旋涡处，便是分隔龙族与人类领地的风暴港。

他飞得远了些，终于看到了高空下的海岸线，他调整双翼俯冲向下，万物在他眼中急剧放大！云、风、气压，还有雪山深谷，雪地里翻滚出一个小小的人。

“由卡。”他听见心里有个声音说。

那是个身穿白色圣装的少年，满身狼狈，双目紧闭，似乎正昏迷不醒。

一看面容，竟是他自己！

猛地从睡梦中惊醒，雪宪睁开了眼睛。他怎么……好像梦见了刚被小龙抓来雪域时，自己昏倒以后的画面？而且，是以龙的视角？

在梦里，他好像变成了那头小龙。

天色大亮，暴风雪已经停了，雪宪的全身都像被一团热源包裹着，有点儿硌，但是很暖和，一点儿都不觉得冷。

他分辨了半晌，目光所及是覆盖着银色软甲一样的肌肉，还有薄膜之下隐约可见的血管。

原来他睡在了龙翼之下。

昨夜，这头小龙将他藏在了自己的腋窝，那块全身上下最柔软的地方。

小龙还沉睡着，头枕在地面上，雪宪只能看到龙下颌整齐坚硬的鳞片。

刚闹过别扭，雪宪有点儿不好意思，趁小龙还没醒，他悄悄从龙翼下爬了出来。

他收拾好后，龙便也醒了。它立起身躯来嗅了下雪宪，似乎在确认他的情况。

“我没事！”雪宪对他说。

龙甩甩头，张开双翼伸了个懒腰。

被一头小龙照顾的感觉很奇怪，雪宪不知道该做什么反应，这头小龙却好像一点儿也没在意。说不定这头小龙根本不是把他当成“爸爸”，分明是自己想做“爸爸”吧！

难道雄龙也有这种养崽的爱好吗？！

昨夜下的雪给雪宪的计划拖了进度。经过一夜，雪已经累积得很高，堵住了大半个洞口。

对龙来说，那不算什么，稍费力气就能拨开积雪出去觅食，所以小龙好像不是很在意。只见它去洞口查看了一圈，就进来找了个位置躺下了，还打了个呵欠，露出满口獠牙。

雪宪：……

他试探着问：“笃笃多，你今天不出去捕猎吗？”

小龙没什么反应，它耷拉着眼皮，那双巨瞳半睁不睁的。

它浑身好像都写着三个字——放假了。

头一天它给雪宪带回来的果实还有很多，它自己也才进食了一头三四米长的雪狼，肚子填得饱饱的，一人一龙还有足够的食物可以撑到积雪融化。

幼年龙玩心重，之前是逼不得已才每天出去捕食，现在一切都不用担心，它这副消极怠工的模样实在是情有可原。

雪宪吃了一些果实，又去看了看昨天放在石头上烘烤的狼皮。狼皮很厚，不像衣服干得那么快，但已经失去了一些水分，大约还需要烤上几天，他便将其重新放回了石头上。左右没有事做，雪宪又找出那块一直被他当成工具使用的尖石开始磨，打算把它磨得更锋利一些。

声响让龙抬起眼皮，随后探过头来，好奇地观看。

雪宪摸了摸它的头，说了句："我在准备做衣服的工具，那些狼皮太厚了，得把石头磨尖才能割开，你睡吧。"

龙看了一会儿雪宪，又看了看石头上的狼皮，随着溶洞里有规律的磨石声逐渐睡去。

洞口的雪融化得不算快，经过两天的休息后，龙再次出去捕猎。它用爪子拨开厚厚的积雪，掏出一个大洞，双翼紧贴后背，缩紧全身以一个不可思议的角度钻了出去。

它有时会带回和上次一样的白色果实，有时也会带回点儿别的什么，有一次竟然还真的带回了几根香蕉，但带得更多的，还是动物。

自从雪宪说了要做衣服，龙仿佛是有意识地往洞里带长有皮毛的猎物。

它又抓过两次雪狼，抓过一次肥硕的鼠兔，甚至有一次还带回了一头熊，要不是雪宪还需要吃鱼肉，他怀疑这头小龙会完全放弃下水捕鱼，直接全部捕食野兽。

雪宪费力地把那些动物皮毛都洗干净了。

溶洞里每块发烫的石头都铺上了等待烤干的动物皮毛，它们大小不一，品类繁多，一眼看上去颇为壮观。雪宪粗略估计了一下，现在他至少能得到一件皮毛大氅、一条裤子，外加一顶兔毛帽子，而那张熊皮可以卷起来作随身床铺，那么即使露宿在野外，他也不用担心自己会冻得生病了。另外，他看了看自己仅剩的那只靴子，感觉还能用剩下的皮毛做一双雪地靴。但他又遇到了另外一个难题——他没有针线。

雪宪一直在想办法。

很快，他就想到了自己可以撕开里衣作为线来使用。外袍是圣装，他舍不得损毁，但里衣没有外袍重要，他可以用里衣来缝合那些皮草。

至于针……他灵光一闪，想到了那种鱼骨。在小龙捕捉回来的鱼类中，有一类鱼是雪宪不太喜欢的，它的刺又长又尖且坚硬无比，但每一根刺的末端都有个小孔，简直是天生的针。

比起它，雪宪更喜欢吃另一种只有一根骨头的鱼，所以小龙已经很久没有捕捉过别的种类的鱼了。

“笃笃多！”雪宪站起来对着龙喊道。

龙正在休憩。它仿佛已经习惯了雪宪对它的称呼，懒洋洋地翻了个身，露出长长的脖子与覆盖坚实鳞甲的前胸。因为洞口的光线刺激，那双灿金色的瞳仁细成一条线，注视着不远处的雪宪，少时，它便把头伸了过来。

雪宪捧着它的大脑袋，轻轻抚摸它的下颌边缘。

最近他发现龙很喜欢他这么做，甚至比摸脑袋还喜欢。

“我有点儿饿。”雪宪对小龙说，“你可不可以带我去捕鱼？”

龙翻了个身，坐起来看着地上那条没有怎么动过的鱼。它似乎有些不解，低头嗅了嗅。

“我想吃别的鱼。你可以带我去吗？”雪宪纯粹是睁眼说瞎话，心跳得很厉害。龙的理解能力有限，就算他能准确说出那种鱼的种类，龙也很有可能听不懂，所以他还是得亲自跟着去。

龙动了动龙翼，鼻子开始喷气，它不乐意这个脆弱的人类走出溶洞。

雪宪见状，立刻跑去取下烤得干干的雪狼皮毛披在肩膀上，又在脚下绑了一块雪兔的皮。

“我想自己挑一挑鱼，顺便再学着自己捕一次猎！”顺滑蓬松的皮毛衬得雪宪的脸很小，他神采奕奕，仰着头证明自己，“你看，我身上有这么厚的皮毛，一点儿也不会冷！”

龙似考虑了一下，便要伸出黑色尖爪来擒雪宪的腰。

雪宪敬谢不敏，赶紧后退几步：“不不不，我自己走！你放心，我会紧紧地跟着你的！”

龙咕地叫了一声，仿佛没理解。

雪宪赶紧又说了一次：“我一步也不会乱走，会一直在你看得到的地方！”

龙弯下脖子，用吻部碰了碰雪宪。

雪后的溶洞外又是一个新的世界了。上次雪宪出来只觉得这里烟雾缭绕美得像个仙境，这一次积雪更深，多了一份庄严肃穆的纯净。

雪宪吸了一口洞外寒冷的空气，看着头顶碧蓝的天空，感到自己的头脑都焕然一新。然而，现实没有想象中美好，这些雪又厚又松，他刚一脚踩下去，就发现自己得使好大的劲儿，才能把脚拔出来。

小龙不懂得要等待无助的人类，它在雪地里扇动双翼，卷起一阵夹杂雪花冰碴的狂风，就轻易地飞上了天空。还好，它并没有急着走，第一次带雪宪出去捕猎似乎让它有些兴奋，因此它不停地在半空中盘旋，还时不时发出震耳欲聋的龙啸。

它这一叫，雪宪便隐隐听到了轰隆隆的声响，仿佛来自很远的地方，不知道是不是引起了雪崩。雪宪往四处的雪峰观望，没能察觉到是哪一座雪峰崩塌，只咬了咬唇，心中暗暗祈祷，希望那里的动物没事。

忒亚的光照耀雪地，雪宪披着雪狼皮，慢如蜗牛地走了一会儿，竟然还出了一点儿汗。

等走进树林，脚下的雪倒是没那么深了，可是裹在脚上做临时靴子的鼠兔毛让他开始打滑，走得也不比之前轻松。看来，要离开雪域，他还要做更多的功课才行。

龙的身影掠过树林上空，震落了树梢的积雪。

雪宪忽然有了个主意。他在林间折了些带叶的松枝，每根都有四十厘米左右长。他快速地把这些树枝用腰带和鞋带并排绑起来，绑在自己的脚下，做成一个防滑的“雪地鞋”。

等走出树林，雪宪才发现这样做还有一个好处，他的重量被长长的树枝分散，即使行走在蓬松的雪地里，也没那么容易陷下去了。

此法可行，雪宪来了精神，忍不住“耶”了一声。

龙啸又起，那头小龙已经等得不耐烦了，它在空中绕了一圈，似乎在警告雪宪不要磨蹭，兀自加速往前飞去。

“等等我！

“笃笃多！”

雪宪也开启了快走模式。他穿得厚，脚下也不方便，就像一个笨手笨脚的机器人，不一会儿衣服乱了，鼻尖也冒汗了。他大口大口呼吸着冰冷的空气，肺部来了个透心凉，心情却十分愉悦。雪宪笨拙而缓慢地在雪地里行走着，摔了两跤，然而每一次爬起来，都能看见小龙的身影在天际为他指引方向。

“要是我也能飞就好了。”雪宪心中忽然冒出这样的想法，第一次对小龙感到羡慕。

如果他也有翅膀，他也能飞，那么他就能像梦里那样翱翔在天空，直接穿过雪域，越过海洋，回到属于他的世界里去，哪怕是遇上风暴港的飓风旋涡也没关系，天高任鸟飞，做一头龙是多么的自由啊。

随后，他又想，那又怎么样呢？

人类没有翅膀，不是也靠着智慧穿越星际，来到了这颗神秘的星球重塑文明吗？

“嗷——”天际再次传来龙啸。

雪宪甩开乱七八糟的心思，加快速度，一门心思地跟着小龙往捕猎地走去。

他们来到了一块几乎看不到头的冰面。

冰是完全透明的，人站在上面像是悬空了，从冰面上就能看见冰下活蹦乱跳的游鱼和大片浅蓝色的奇异矿石。但冰面又足够厚，连龙在上面行走，都没有产生一丝裂缝。

这里应该是一个很大的湖泊，因为水中或矿石中的某种特殊物质，才造成了这样的奇景。

雪宪趴在冰面上看了一会儿，他也不过是个半大少年，此时暂时把心事都抛诸脑后，只觉得新鲜。龙却比较着急，这次它表现得像个监督幼崽的家长，低吼着在冰面上走了两圈，提醒雪宪他们应该做正事。

雪宪是有目的而来的，他用目光仔细地在冰面下不断搜寻。

这时，一片密集的鱼群从冰下快速游过，鱼群之大，恐怕里面足有数千条小鱼，它们吸引了龙的注意力。

龙扬起双翼，脖颈也高高昂起。只见它那身银白色的鳞甲之下有什么在迅速膨胀发光，由肚腹处开始，经过前胸，眨眼间就到了脖颈，那是犹如岩浆的龙之烈火，可摧毁万物！龙迅速低头对准冰下鱼群，张嘴喷出了滚烫的火焰！

龙火接触冰面，发出轰轰烈烈的声响，夹杂风声、破冰之声，很快冰面就出现了一个巨大的洞口。那冰裂开来，裂缝一路蔓延到雪宪脚下，他吓了一跳，不得不转身奔跑。

冰面比雪地要滑上数倍，即使雪宪脚下有粗糙的树枝来增加摩擦力，也还是狠狠地摔了一跤：“啊！！！”

好在他身上穿得足够厚，像个球一样，这一跤摔得除了膝盖有点儿痛，倒是没什么大碍。

他翻身从冰面坐起，还没来得及站立，就见冰面下游过密密麻麻的鱼群，尾随而至的，还有那个布满银色鳞片的身影——龙已经钻进了由龙火融化出的冰洞，潜入了水底！

“笃笃多！”雪宪双眼发亮。

冰下，龙的双翼完全展开，薄膜下骨骼肌理分明，似浮在了水中。它好像不用怎么游动，就能快速地在水中前进。那身银白色的鳞片在坚冰之下发亮，每一片都折射出绚丽光彩，与水底浅蓝矿物质发出的微光交相辉映，所到之处，带起一层层的水波。

龙并不是水陆两栖动物，它们能在水底乃至深海之下如此畅游，全赖它们龙翼与胸腔的骨骼结构，还有那强大的肺活量。

一头龙最久能在水底连续潜泳将近一个小时，在混沌日之前的战乱时代，龙不仅是天空的霸主，也是水底的超级隐患。

雪宪看过一部纪录片，一艘人类的大型水行艇在水底作战，雷达检测到了龙的存在，仅仅十几秒后，远在数千米之外的龙就从水行艇底部袭击，硬生生把水行艇顶出了海面！

龙到底是怎么做到的，至今也没有人能给出解释。

龙追逐着鱼群，眨眼间就游去了远处。雪宪拔腿跟去，在冰上追着它们冰下的身影。

跑到了湖的深处，冰面倒映出辽阔的蓝色天空与朵朵白云。

雪宪累了，就这么躺在冰面上，一时间，竟分不清哪里是天，哪里是湖。

“扑哧——”巨物出水的声音传来。

小龙塞了满满一嘴鱼从湖底爬了出来，它浑身滴水，水花溅射在冰面上哗啦啦作响。那些鱼不过是鱼苗而已，其实没什么肉，龙的玩心重，追逐这一场并不只是为了进食，纯粹是为了好玩。

不过，小龙还是仰着头，把数十条鱼苗都生吞了下去，然后“唰”的一声，它张开了浑身的鳞片，随后身上就滋滋地冒起了水汽。

原来，它凭借自身的龙火体质，竟然还能以这种方式将身上的水分都蒸发掉。

雪宪吃惊极了，这个功能也太实用了吧！

冰下有鱼游过。雪宪眼尖瞄到，连忙跪在冰面上，紧盯着那条大鱼大喊：“笃笃多！快！就是它！我想要的就是这种鱼！”

龙刚把自己蒸干，闻言也没有犹豫，只见它走到刚跳出来的那个窟窿口，收起双翼，再次一个猛冲扎进了水底。这次小龙速战速决，快得变成了在冰下一闪而过的银色影子。

雪宪并没有看清它是怎么做到的，只知道等它再次出水，口中就已经衔着那条一米多长的大鱼了！

“笃笃多，你好厉害！”雪宪激动地跑过去，“你也太帅了吧！”

龙高高地昂着脖子，用灿金色的眼睛看着雪宪，非常得意。

随后它放低脖子伸头过来，雪宪会意，赶紧抚摸上了它的头颅：“你真棒！我要是有你这么厉害就好了！”

仿佛是在享受这种夸赞，小龙一动不动地闭着眼睛，任雪宪抚摸。

“咕特恩。”它的意识说。

“好啦好啦，我们可以回去了！”说着，雪宪就把双臂伸向还在冰面上不停扑腾的大鱼，想要把它抱回去。

这么大一条鱼，鱼刺应该有很多，而他只需要那么一两根就足够了。

这时，龙却用黑色爪子摁住了那条鱼，喉咙里发出低吼。

“怎么了？”雪宪抬头问道。

龙用吻部在雪宪的额头轻轻点了下，然后用爪子把鱼拨开了。

它的力气大，鱼顺着冰面滑出了好远，在远处扑腾，摆着尾巴。

雪宪不解，龙却对他龇出尖牙，然后再用吻部把他往前一推，直推到了冰窟窿附近！

窟窿下的水面微微荡漾，波光粼粼。不时有鱼儿们经过，它们仿佛不知危险，仍在水中遨游。

“其咕木多拉，由卡。”深沉的意识自脑海中出现，小龙的语气变得严肃了一些。

那些含糊的发音溜走，但这一次雪宪仿佛抓住了什么，他好像……明白了小龙想表达的含义。它想让他自己捕一次猎！

“你想让我自己抓一条鱼吗？”雪宪回头，风刮乱他的头发，拂过他迷茫的脸，“你想我也跳下去，像你一样？”

龙仰头叫了一声。

原来，它还记得出发前雪宪说过的话：“我想自己挑一挑鱼，顺便再学着自己捕一次猎！”

“这样啊……”雪宪苦着脸。他不是不想自己捕猎，只是他无法跳入这么深这么冰的水里。这里的情况和他想象中有差异，他原以为龙是在某条河中，或者别的什么地方捕到鱼的，而不是在这几米深的冰面之下。

作为弱小的人类，极寒天气下无装备潜水，可以说是自寻死路。

“我不能下去的。”雪宪说，“下面太冷了，我也憋不了那么久。”

“咕？”龙歪起了头。

见雪宪真的不打算下水，龙又凶起来。这一回，它张开了双翼，将头颅低下来，眼睛里似乎都在冒火光。看来，这头龙不仅想喂养雪宪，还想将他培养成猎手，今天这么兴奋地带人类走出巢穴，就是为了让他学习捕猎，此时可以说是恨铁不成钢了。

雪宪却又看了看那个冰窟窿，下意识地咬着唇。

天气这么冷，洞口边缘已经重新开始结冰。

在龙以为他要放弃的时候，他忽然抬头，眼睛亮晶晶地对小龙说：“我不能下水，但是我可以想办法。你等等我！”

在大自然面前，在龙面前，人类虽然弱小，但绝不是无可作为。

雪宪思考着，等他真正离开这条小龙踏上回家的路途时，捕猎也是他能不能活下去的决定性技能。

既然都来了，为什么不尝试？他可不能让一头龙看扁！

雪宪一滑一拐，艰难地离开了冰面，等他回来时，手中拿着一根长长的树枝。这里没有绳索和诱饵，他没有办法钓鱼，但是他可以采用别的方式。在折断树枝时，雪宪有意将它折成比较尖的形状，随后又用随身携带的尖石削了一部分，它就变成了一支粗糙的矛。

或许在蓝星上，远古时期的人类就是这样开始使用工具的。

那一刹那，雪宪觉得自己仿佛与那时的人们身影重叠，浑身的血液都在沸腾。

龙在冰窟窿旁不耐地磨着爪子，大概已经等不及，想自己再下去一次了。

雪宪不慌不忙地瞄准了一条游过的鱼，对小龙说："笃笃多你看着，我们人类其实不用下水也可以捕猎的！"

龙好像听懂了，登时唰地竖起背上的骨刺，紧紧盯着水里的鱼。

雪宪也感到紧张，他脸部肌肉紧绷，等找准了机会，就用树枝对着那条肥大的鱼狠狠地扎了下去！然而理想很美好，现实却残酷，只听"嘭"的一声响，树枝猛地被水的浮力弹回，直冲雪宪的脑门！雪宪"哎哟"了一声跌倒，脑门顿时起了个血包！

小龙瞪着他："咕？"

雪宪捂着头眼泪汪汪，脸已经鼓成了包子："呜呜呜，这次不算！你等等，让我再来一次！"

雪宪可太沮丧了。可能是特殊的矿物质使然，这湖水的质地有些奇怪，浮力很大。而刚才他为了图方便还选择了轻一点儿的树枝，所以第一次尝试，没有抓住技巧。

少年人不服输的心性被激起，他不顾额头的疼痛，一边擦眼泪一边去研究湖水。

可惜，没能研究出个所以然。

不管了，雪宪重新抓紧手中那根树枝，满心都是他绝不能让人类在龙面前丢脸，他一定要成功一次！可是一次、两次……每一次都失手，他就是扎不中鱼，最后连树枝也掉进窟窿中央，抓不到了。

雪宪：……

他趴在冰洞边，生平第一次自食其力却大受打击。

龙站在旁边等了一会儿，然后潜入水底。这一次再上来时，它已经捉住了雪宪想要的那条鱼，轻松地把鱼吐在了冰面上。

"啪嗒，啪嗒。"鱼儿摆尾拍打冰面。

龙"呜呜"地低吼了两声，没能得到雪宪的抚摸，便用大脑袋去碰雪宪的脸。

这一次，龙没有再急躁地要求雪宪下水了，或许它改变了主意。它豢养的这名人类太弱小了，还不能成为一名合格的猎手。不过，他学不会捕猎也没关系，反正它作为一头强大的龙，可以轻松地喂饱它的人类。

捕猎失败，雪宪的低落情绪一直持续到回到溶洞里。

在回去前，龙解决掉了一条大鱼，雪宪则抱回了另一条，以便取出骨头做针使用。

雪地本就不好走，鱼很碍事，雪宪却说什么也不把鱼交给龙带走，非要自己抱着，这是他作为人类最后的倔强。后来，雪宪又想办法折了一根树枝做拐杖，龙走走停停等了他好几次，他们才回到洞中。

回去后，龙用先前的“超能力”烘干了自己的鳞片，雪宪也脱去了濡湿的雪狼皮毛，在温泉里洗了手，随后便剖开了那条鱼。

雪宪先吃了一些鱼肉，忽然面向小龙，问道：“笃笃多，我是不是很没有用啊？”

龙伸过头来，用灿金眸子看着他。

龙不是独居动物，也不是没有家族生存的观念，这头小龙之所以流落在外，其中一定有雪宪未能了解到的秘密。

可它还是这么小的一头龙，就已经拥有了完全的自理能力，所以脱离危险后，它不仅能逃得远远的，还能靠自己的力量养活自己。

反观雪宪已经这么大了，却还什么也不会。

离开蜜儿她们，离开老师，离开栖息大陆，他就变得很没用了。

“谢谢你帮我。”雪宪对小龙伸出了手，对方立刻会意，把头埋得低了些。

雪宪抚摸它粗糙坚硬的鳞片。

虽然是这头小龙不守信用把他带走的，但雪宪清楚地知道这些天如果不是靠着这头小龙，他未必能活下来。

雪宪也知道，若是老师在这里，一定会夸他勇敢坚强，安慰他在这种情况下已经做得很好了。

“你是最勇敢的星子，你是我们的骄傲。”白博士一定会这样说。

雪宪几乎可以想象出老师和蔼而富有耐心的笑容。

但那都是哄他的，雪宪从没有任何时候这样清晰地认识到这一点。

“笃笃多，你以后一定会成为一头很勇猛的龙。”雪宪说，“等你长大了，你一定会成为一个最好的龙妈妈，咳，不，龙爸爸。”

“咕？”小龙睁开闭上的眼睛，它炯炯有神地看着雪宪，骨刺立起来。

“龙爸爸。”想到笃笃多以后带着一群小龙幼崽的画面，雪宪笑起来，“生一窝龙蛋！”

龙银白色的鳞片抖了抖，雪宪咯咯地笑：“好了，我要做衣服啦。”

龙似乎没有玩够，恋恋不舍，不肯走开。

雪宪用细胳膊推开小龙，结束了嬉闹。

雪宪仔细地把鱼刺从鱼肉里剥离出来，放入温泉清洗。剩下的鱼肉，他也没有像以前一样放进椰子壳中，而是把鱼肉撕成了长条，和先前的一些肉类一起放在洞中的岩石上烘烤。

他把鱼刺都洗干净做针，线则需要从里衣上抽离出来。

圣装的外袍很结实耐用，贴身的里衣用的却是最柔软舒适的布料，抽出针织的丝线后不能直接使用，还需要把它们重新编制成比较粗的线，才能缝紧那些野兽的皮毛。

雪宪不会缝衣服，更不会做靴子，他只见过蜜儿和一群女孩子叽叽喳喳地做手工玩。

所以做衣服这件事想着容易，做起来却花了比想象中更长的时间。

线编织好了，穿过鱼刺，再用鱼刺去穿过那些皮草。

做法不当，皮草还不够干燥，很难穿透。雪宪使出了吃奶的劲，但常常失误。

他的手指被自己戳了好几个小小的血洞，疼得眼眶通红，只好把手指含在嘴里缓解痛楚。

龙对雪宪的行为很好奇，总是趴在一旁静静地看，它不会说话，自然不会问，雪宪便也不用解释了。

这些天雪宪显得很忙碌。

因此小龙来嗅他的手指时，他便耐心地和小龙说：“不痛的，笃笃多。”

“这么一点儿小伤，还没有往身上刺青的时候痛呢。”雪宪一边缝靴子，一边说，“小的时候，我最怕每年一次的刺青了，因为时间又长又难熬。每次都要等待举行完仪式，然后再浸泡到药池里，由四位文明古国的人类代表来给我刺上图腾。”

“有个代表叫厄瓦，他下手重，总是扎得我好疼，你看这里——”

说着，雪宪给小龙看自己左侧锁骨往下的位置。

皮肤温热，有人类独特的香气。小龙的热气喷在雪宪的皮肤上，他笑着缩了缩：“好痒。”

可是，他还是让小龙看他指着的地方。锁骨下方的皮肤上缀着一朵小花，那花花瓣纤长，像鸟的翅膀，正是一朵属于栖息大陆的倦鸟花。

小龙歪着头，似乎还想凑得更近一点儿。但它实在把雪宪弄得太痒了，雪宪只好把皮肤都遮了起来。

小龙：“咕？”

雪宪接着刚才的话题说：“光是这里就刺了三次，前两次都因为我忍不住疼失误了。”

洗掉再重新刺青的过程有多疼，雪宪不予赘述，他想到了什么，又解脱道：“明年还有最后一次，等我举行过一次典礼，就不用去啦。”

等雪宪回去了，还需要再经历一次那种痛。

要说流落在外的唯一好处，恐怕就只有不用去刺青了。

可是……等回去以后，他说不定会想念这头龙的。

看着小龙，雪宪脑海中闪过这样的念头。

这几天，雪宪都待在最靠近洞口的位置缝衣服，那里光线好，不怎么费眼睛，也方便他计算小龙离开和回来的时间。

龙坚持捕猎，仍然会带回一些温血动物，即使雪宪已经不需要多余的皮毛了，它还是会不断地带给雪宪。每次吃完肉，还会留下相对完整的皮毛等着雪宪去捡。

仅有一次，龙时隔半个月又带回了水果。那是一把黄色的果子，比龙眼要大一些，但也是呈一大串状生长的。雪宪在栖息大陆也见过这种果子，知道它们来自海边，需要咸湿的空气与土壤才能生长。

雪宪拿到黄色果子，心里非常激动，他记录了小龙的飞行方向，也正好计算出了这一次小龙的行程时间，是大约不到两个小时。也就是说，路程在一千公里左右，速度快一点儿的话，步行大半个月，就能看到海岸线。

虽然海岸线那边不一定会有出路，但是总比困在这雪山深处要好。

如果运气好的话，雪宪不仅能看到一些人类世界漂洋过海而来的遗留物，说不定还能遇到一些流落到这里的畸变体，只要到了海边，办法总是比困难多的。

唯一的问题是他需要再验证一次，验证龙的飞行方向，以免他走岔了路，他需要小龙再跑一趟。雪宪很快就把黄果子吃完了，他对小龙说："笃笃多，这种水果很好吃，你可以再去给我带一点儿吗？"

龙嗅了水果的味道："咕？"

嗅完，他又让雪宪给它挠了一会儿痒痒，才走到溶洞外，重新展开双翼飞走了。

这一次，龙飞了同样的方向。雪宪再次计算，小龙回来的时间和上次去的时间差不多，说明他的估算是正确的，这让他激动不已。

要离开的前一天，龙捕回了一头变异狍子。这种狍子前足生出了锋利的尖爪，被猎食者盯住时能快速地打通雪洞逃生，非常机灵。

龙也是第一次抓到这样的猎物，它的脖颈连接胸脯的地方被狍子的角刮出一道血痕，但它依然没有马上吃掉狍子，而是把它放进洞中玩弄。龙在洞中追逐狍子，喉咙里发出兴奋的叫声，有些时候居然显得有些高亢，是真正属于一头小龙的声音，没有雪宪常听的那种沉稳。

"嗷——"龙本性暴露，扑棱着双翼，将狍子赶到一块岩石后。

龙天生就有对追逐的热爱，这种性格特点在小龙身上隐藏得很好，除了上次在冰面下捕鱼时展露过，雪宪还是第一次见到它这么活泼，所以并没有阻止。

等彻底玩累了，龙才把它咬死，然后将肚腹处的软肉扔给了雪宪。

又要茹毛饮血了……雪宪这么想着，忽地灵光一闪："笃笃多，你想吃烤肉吗？"

龙停下进食的动作，舔了舔嘴边的血迹，似乎正等着雪宪说下去。

雪宪把狍子肉拖到一旁，对小龙说了句"等等我"，就披上雪狼皮走出了溶洞。

他在树林里捡了一大捆树枝，这些树枝并不是很干燥，但龙火着万物，即使是新鲜的树木也能燃烧起来——

等等！既然龙能喷火，那么他之前为什么吃了那么久的生肉！直到快离开了才想起来吃熟食！雪宪觉得，他迟早会被自己笨死！

懊恼之余，雪宪干劲十足地将树枝都扔进了洞里，搭成一个柴堆。

龙站在对面，好奇地看着这一堆树枝。

“笃笃多，我需要你帮忙喷一次火，把这堆树枝点燃。”雪宪比画着告诉龙，“这样我们就可以烤狍子肉吃啦！”

龙不解：“咕？”

“像你刚才做的那样！”雪宪又身体力行地做出喷火的动作，只做了一次，还来不及闪开，就见龙低下头，一团滚烫的火焰从它的口中汹涌而出！

“轰——”那堆树枝当场变成了灰烬。

“咳咳咳！”雪宪被熏了个正着，满脸漆黑，头发也被烧焦了大半，发出焦煳的味道。

小龙：“咕？”

雪宪不仅头发遭殃，脸上也有危险的信号。他跑去温泉边洗了脸，再一摸，知道自己的眉毛与睫毛都完蛋了：“呜呜呜，笃笃多，你准备好的时候能不能有点儿提示啊！”

这下好了，为了吃一顿烤肉把自己变成了丑八怪。

雪宪为自己的体面掉了两颗眼泪，但都已经这样了，他一不做二不休，干脆越战越勇。

他去外面重新捡了一堆树枝回来，他就不信了，今天非要吃到烤肉不可！

龙还掌握不好喷火的力道，使用龙火时常常伴随着愤怒与焦躁，每次都是全力以赴，狂喷一通。因此雪宪又捡了两次树枝，才成功地燃起刚刚好的火堆。

来来回回，雪宪身上都开始冒汗了，干脆把袖子挽得高高的，跑去溶洞外面用雪清洗了狍子肉。然后，他用身上磨好的尖石剔除了狍子的皮毛，又学着主城的大厨那样，在肉上割出几道口子，最后用一根长长的鱼刺把狍子肉串起来，架在火上烤制。

天黑了，溶洞里第一次燃起了篝火。在这种光线里，龙的灿金色竖瞳变得圆圆的，使它坐在火堆旁不安地用爪子磨蹭地面的动作也显得可爱。

第一块肉烤得有点儿焦，见小龙这么着急，雪宪虽然自己很想尝一尝，但还是先递给了龙。烤熟的肉太香了，就算没有盐和其他调味料，但就连雪宪闻了，都在不停地咽口水。龙只迟疑了一下，就用尖牙把肉从鱼刺上叼走了。

它几乎是没有怎么咀嚼，“咕咚”一声吞掉肉，就眼巴巴地看着雪宪又穿上了一块。

“呜……”小龙的声音在溶洞里回响，这声音很可怕，是在催促他。但雪宪没忍住笑了：“笃笃多，你吃得那么快，是不是都没尝出滋味来？我们有一个成语叫囫囵吞枣，说的就是你。”

这么大一头龙，那块肉别说塞牙缝了，就是把整个狍子烤了也不够它吃的。

龙没有理会雪宪，只全神贯注地盯着火堆上的肉看。

一人一龙都安静下来，两双眼睛都紧紧盯着开始冒油的肉，听着它在火上吱吱地响。

香气缭绕，洞壁上投映出一大一小两个影子，一片静谧。

火光也照亮了洞里的摆设。龙叼回来的水果被整整齐齐码在角落里，岩石上放着椰壳做的碗，还有雪宪准备的各类肉干。地上则铺着干燥的树叶与椰子叶，动物皮毛做的衣物与靴子都挂在一旁，这里就像个真正的属于野人的巢穴。

肉烤好了，雪宪就把肉用尖石割开，一分为二，告诉小龙：“先吃掉这块小的，我再烤一块大的，全都给你。我吃现在这些就够啦。”

龙依言吃掉了雪宪给它的那份，接着盯着雪宪看。

雪宪失笑，只好先烤上生肉，才慢慢地吃起自己那份。

这肉太香了，虽然味道不怎么样，可是熟食的味道还是香得让雪宪差点儿把自己的舌头都吞下去。他吃着吃着，眼里忽地涌上眼泪，烫得他眼圈都在发红。

他是如此地思念人类的生活，思念栖息大陆。

其实，他想过再请求这头小龙把他带回雨林去的。一方面他对独自穿越雪域这件事依旧感到惶恐不安，一方面他知道回到那里去找到老式水行艇才是最优解。但是，这个晚上看着这头小龙，他又想起了它折断的左翼和被凶狠恶龙残忍欺负、钉在湖中高地的情景。

小龙很害怕回到雨林，也很害怕离开雪山，雪宪深知这一点。

这头小龙看起来强壮凶猛、威风凛凛，其实不过是一头涉世未深的小龙，和人类世界的小孩大概没有区别，雪宪也不想让这头小龙去涉险了。

等他离开了这里，小龙还会在雪域开始新的生活，天大地大，它一定会过得很好。

吃完所有的烤狍子肉，龙意犹未尽地舔了舔嘴巴和爪子。

“呜……”它发出还想要的声音。

“没有啦，都被你吃光了。”雪宪摸了摸它的头，温和道，“下次再做给你吃吧。”

龙前胸被狍子抓出来的血痕还在，却毫不在意，依依不舍地盯着火堆。

雪宪想了想，对它说：“笃笃多，我们留个纪念好不好？”

龙歪着头，不理解雪宪的意思。

“你看啊。”雪宪用鱼刺扒拉火堆，篝火残烬中的一些火星飞了起来。

龙看着空中的火星，想要去嗅。

但当它的鼻子触碰到其中一颗火星的时候，它又喷着热气甩了甩头。

雪宪找到了一块称手的木炭，等其稍微冷却后，就捡起来往洞壁走去。

雪宪学过绘画，很有这方面的天分，画什么都信手拈来。木炭在他手中像有了生命，一条条漆黑的线条，勾勒出小龙此时的模样。他一边画，一边回头观察。

那头龙收起双翼，乖乖地坐在那里，目不转睛地看着人类奇怪的行为。

雪宪画完后，洞壁上出现了小龙的样子，那画虽然线条简单，却栩栩如生。

“好看吗？”雪宪问。

龙低低地叫了一声，声音在溶洞中回荡。它匍匐过来，用大脑袋推了推雪宪。

“由卡。”它的意识说。

雪宪霎时明白，笑道：“你是想要再画一个我吗？”

龙：“呜。”

雪宪便捡起木炭，又在小龙的旁边画了一个小人。不过，炭快没了，这次画得要潦草许多。画完，他退了几步，站在小龙的旁边，和它一起观察了这幅画一阵。忽然，他想起来手环是可以拍照的。手环没有信号，但一直都还有电量。

雪宪打开摄像头，走远了一些，让自己和龙都能出现在镜头范围内。

龙不知道他在干什么，但正好回头朝他看。

“合影了哦。”雪宪抬起手腕，将自己、龙还有壁画都放在取景框，随后露出个拍照的标准笑容。

“咔嚓。”手环留下了这一刻。

“雪宪和笃笃多，到此一游。”雪宪鼻子有点儿酸了。

做完这些，雪宪脱掉衣服去温泉里洗了个澡，随后穿上衣服，回到树叶做的床铺上躺好。

小龙已经趴在火堆旁，合上了眼睛。

雪宪看了它一会儿，也翻过身睡了。

第二天一大早，龙就走出洞口，站在洞外的雪地里仰头长啸。昨晚烤熟后的猎物味道很好，它似乎真的还想品尝一次，看样子准备去好好地捕猎一场。

雪宪站在洞里看着小龙离去，被龙翼扇起的冷风吹进洞中，刮得他打了几个冷战。龙在天空盘旋了一圈，很快便顺着风向调整双翼角度，消失在了天际尽头。

是离开的时候了。

雪宪没有耽误很多时间。昨晚他没怎么睡，想了很多，把要如何快速离开溶洞这件事规划得有条不紊。

现在按照计划中那样，他先是用拆剩下的里衣做了个包裹，将那些风干的肉类、水果都尽可能多地装了进去——这些就是他未来不知道多少天的口粮。

然后，他穿着圣装外袍，把粗制滥造的雪狼皮大氅披上，穿上鼠兔皮毛做的裤子和皮靴，把那张熊皮卷起来，用腰带把它和包裹捆在一起，背在了身上。

最后，他捡起剩下的最长的一根鱼刺，插在腰间，当成了佩剑般的武器。

这前后也不过花了十几分钟时间。

龙去捕猎，一时半会儿不会回来，但雪宪的心跳得咚咚直响，他比任何时候都要紧张。

整天被那头龙用意识喊“由卡”，他都快真的把自己当成它的爸爸了。现在不辞而别，他竟然有点儿内疚。

雪宪最后打量了一遍这个生活了很久的溶洞。从温泉水到树叶做的床铺，从岩石到昨夜的篝火灰烬，再把视线移动到龙常常蜷缩着睡觉的那块最宽敞的地方。

雪宪竟然有点儿心酸。

最后，他看向了洞壁上那幅昨夜画下的作品。

一头龙的简笔画，一个火柴似的小人。

龙是个坏龙，害得人类找不到回家的路，他们萍水相逢，虽然没有培养出多深刻的感情，但还是勉强成了朋友。

这些天和龙的相处很不可思议，一个人、一头龙，像童话故事一样生活在同一个巢穴里。

可惜故事总有结束的时候。

其实就这样结束挺好的，这段经历会变成人生中一个美好的梦，许多年以后也值得回味。

雪宪退后几步，背着行囊离开了溶洞。

洞外的积雪一如既往的深。

算算时间，再过几天栖息大陆都该入夏了，这雪域却像没有春天，永远是个冰雪世界。

有了前两次在雪地出行的经验，雪宪很快就走入树林。他在树林里面折了一些树枝绑在脚下防滑，也顺便找了一根粗壮些的树枝作为拐杖来探路。

他现在不能算是轻装简行了，他身上背了太多东西，这些东西是他接下来这段时间赖以生存的全部家当，一点儿也不能丢。

雪宪顺着小龙上次摘果子时离开的方向前进，和这一次它捕猎的方向完全相反。

他担心自己走偏了方向，每走一段路就会观察远处的雪峰以确定路线。

经过上次被小龙压倒的树林，再经过他曾经掉落下去的缝隙，雪宪又遇到了躲在冰层底下的水獭，它们悄悄地观察雪宪，睁着黑豆豆似的眼睛。

雪宪身上裹着各类野兽的皮，那些水獭嗅到了危险的气味，不再像上次一样对雪宪感到好奇，很快就钻进洞里不见踪影了。

天气不是很好，忒亚躲在云层后面，显得天很阴，黑压压的。

雪宪不知道自己具体走了多久，在荒无人烟的雪域一切都变得很慢——脚步、时间以及思维。

风雪来临时，他已经快要走不动了，不得不挪动着冻得僵硬的躯体，来到一块形状奇怪的岩石后面停下来休息。

这块石头长得很奇怪，像是从山壁里硬生生凸出来的一样，雪宪一屁股坐在石头下方，刚喘了一会儿气，就发现兔皮做的帽子取不下来了。

他事先聪明了一回，把这个帽子做得只能露出眼睛以防脸部冻伤，但走了这么久，口鼻呼出的热气已经凝结成冰，把他的脸和兔毛黏在了一起。

这种极寒天气，要不是眉毛也被龙火燎光了，可能也会结冰的。

这附近都是荒芜雪原。

远处，不知道存在了多少年的冰川高高耸起，透出蓝色的光，犹如天门幻境。

天快要黑了，雪宪不敢继续往前走，正要解下背上的熊皮，准备铺在地面，头顶上方的岩石就咯咯咯地震动了起来。

那竟然是一只巨大的昆虫！这种昆虫是无穷星的土著，对人类无害，可是竟然长得这么大，趴在山壁上一动不动，还让人误以为它是块岩石。

雪宪吓得不轻，那巨虫伸出触须，慢吞吞地去钩峭壁上方的积雪进食。这种虫类大概是靠饮积雪食草木为生的，可它实在长得让人头皮发麻，雪宪不敢久留，只好拄着树枝继续前进。

在雪域里，只有一些极度耐寒的生物生存，风雪一大，它们就早早地回到巢穴躲了起来。

深灰色的苍穹之下，偌大的雪域只有雪宪一个人在逆风行走。

有好几次他都想放弃了，想着不如回到溶洞去，待在那温暖的温泉旁边，吃一些小龙捕回来的猎物。而且他们已经学会了烤制熟食，日子应该会过得比以前好很多。

可是开弓没有回头箭。

雪宪哆哆嗦嗦地吃了一些包裹里面的肉干，就再也走不动了。

他想了个办法——用双手在雪地里挖了个洞，做成一个低矮堡垒的样子，就那么钻了进去。雪宪裹着熊皮，缩在雪洞里又冷又怕，几乎不敢入睡。但很幸运，他的第一个夜晚就这么平安地度过了。

早上，风雪停歇，雪宪钻出了雪洞。他呼吸着冰冷的空气，看向空旷的雪野和远处高耸的雪峰。

成功迈出第一步，仿佛重生般的喜悦冲击着他的胸口，让他忍不住冲天空大吼了几声，声音回荡在旷野，回荡在山谷，久久没有散去。

“我成功啦。”他收拾东西继续上路，轻快地自言自语，“没有想象中难嘛。继续走，加油啊雪宪，很快就能抵达海边的。”

走了很远以后，雪宪忽地停下，再次望向天空，忒亚的金光刺得他有点儿睁不开眼睛。

晴空万里，没有鸟，也没有龙的影子。

这次小龙没有追上来，雪宪短暂地想象了一下它回到溶洞时会是什么反应，便迈开脚步重新上路了。

第三卷

草原篇：营救者

THE WHISPER OF THE DRAGON

ISAR

XUEXIAN

在雪域行走的第四天，雪宪冻伤了手脚，脸上的皮肤也开始发红开裂。他越走越迷茫，有时候看着一座雪峰很近，仿佛近在咫尺，但就是花上一整天的时间也抵达不了。

天气变得好一些以后，他常常在途中碰见野兽。有时候是孤狼，有时候是变异的狐狸，但因为他身上那些皮毛里复杂的野兽气味，那些动物竟都纷纷对他避之不及。

最奇妙的是，他还遇到了一些成群结队的雪兔。这些雪兔喜欢在夜里出没，成百上千只地围在一起，也不知道是在干什么，他第一次看见的时候，还以为是眼花，误把它们当成了雪地里的雪团。

不过这几天里，雪宪学会了辨认夜空中的星星，再加上可以使用手环拍照记录去过的地方，倒也不是那么容易迷路了。

每晚他都停止赶路，寻找一个合适的地方过夜，运气好的话能找到树洞或者山洞，运气不好就只能在雪地里就地挖洞。

随着时间流逝，他身上的包裹越来越轻，冻得发硬的水果已经消耗得差不多，接下来的这段时间他就只能吃肉干了。他粗略估计了一下，那些肉干还能撑上七八天，希望那时候他已经走出了雪域。

这种在荒野上的孤独旅程，很能磨炼一个人的心志。一开始，雪宪还会自言自语，说一些话给自己听。后来，他变得很沉默，只有夜宿的时候，才会轻轻地哼一哼圣歌。

他想念光明殿，想念那里的人，甚至想念花园里的一块石头，或者是一株草。

是那些在支撑他前进。

有一天夜晚，雪宪做了一个梦。

“呜鲁莫拉……”他好像听见了那头小龙的呼唤，那声音绵长，不经意地挤进他的脑海，却强势地不肯离开。

“由卡……由卡。”小龙的呼唤一声接着一声，让雪宪不受控制地产生了一种错觉，他感到声音是从自己的喉咙里发出来的。而且，他还感到自己在飞，就如上次那个梦里一样。这次，他飞在雪原之上，和忒亚的光芒一起穿过厚厚的云层，那感觉是那么的真实，待他醒来后，仿佛都还能感受到耳旁呼啸的风声。

那头小龙怎么样了？它还在那个溶洞里吗？

雪宪忍不住想，那头小龙会不会在找他？

可是它终究是一头龙，总要长大的，怎么可以一直和一个人类在一起生活呢？

作为猎食者与猎物，他们能在一起生活那么长时间，已经算是个奇迹了。

随着路程变长，雪宪遇到了第一座真正需要他翻越的雪峰。

即使背着沉重的熊皮，呼呼刮过的寒风也能把人吹得直后退。那风刮在脸上，像无数把冰冷的刀子。雪宪拼命地前进，用树枝狠狠扎进积雪稳住身形，一步一步地，硬是爬上去，站在了垭口最高处。

眼前豁然开朗。雪峰的另一边是无尽的平原，从雪峰脚下开始，翡绿色调便逐渐蔓延，春色如画卷般慢慢铺开直至视野尽头。

他竟然……真的穿过雪域了！！！

那种成就感让他刹那间心潮澎湃，欲直抒胸臆，却又眼尖地在那片苍郁中看见了一处高耸的尖塔！在这里看见人类的造物，毫无疑问让雪宪惊喜不已。

他想，难道有人类在那里居住生活吗？

但很快，他就反应过来——那是一座巴别塔！

一千多年前，先民穿越星际来到无穷星，在这片土地上播撒万物生灵的种子。

他们花费数年时间，在整颗无穷星上修建了共一百二十座用来定位、传送信息的高塔，高塔方便联络各个版图，彼此之间还可以传送信息，顺便给后来的移民们做准备。

人类原计划在无穷星抛弃蓝星国家制度，创造通用语，使用统一文字。在这里，人类再没有国籍种族之分、再没有语言与文字的障碍。

因此，这些代表着先民美好祈愿的高塔被命名为巴别塔。

平原上的那座塔是一百二十座塔的其中之一。

塔上的定位系统由光能源进行供给，千年如一日地工作着。混沌日前，很多塔在大战中损毁了，但眼前这座塔看起来外观完好，雪宪推测它的定位系统有很大的可能性还能使用！精神为之一振，他加快速度走下雪山。

由于太过激动，他在雪里摔了一跤，不过他也不在意，连滚带爬地往平原奔去。

如果塔上的定位系统还能用，他就能用手环发送信息。这么一来，他就不用再冒高风险去寻找海岸线，也不用回到那个不知道到底在哪个方向的雨林去，他在这里，就能与光明殿的人取得联系！

栖息大陆的人一旦收到信息，就能派人来接他了！

望山跑死马。

站在雪峰上看到的塔，仿佛近在咫尺，实际上，却比先前看到的那些山还远得夸张。

雪宪一刻也不敢懈怠地赶路，即使是这样，又花了近两天的时间，他才成功进入平原中，抵达高塔附近。好在这里的气候已经比雪域暖和多了，逐渐温暖的环境让雪宪冻伤的手脚恢复知觉，虽然冻伤处开始发痒发肿，但雪宪行走起来要比之前灵敏轻巧得多了。

中途休息，雪宪倚在一棵大树下，脱去鼠兔毛做的帽子，把熊皮和包裹都扔在地上。

身上的水果已经吃光了，他的手和脸都干燥得不行，连嘴唇都在开裂，打算休息一会儿，就去看看附近有没有水源。

太累了。雪宪吃完东西，昏昏欲睡之际，忽然听见前方的草丛发出轻响。

这些天的际遇，让雪宪养成了很高的警惕性。他霎时清醒，下意识地抓住了插在腰间的鱼刺。那根长长的鱼刺还从来没派上过用场，雪宪紧紧盯着茂密得有半人高的草丛，心道，要是有什么野兽敢来袭击，他就一把将它刺死！

出乎意料的是，从草丛后面走出来的是一个人，这简直是继发现巴别塔以后的第二个惊喜！

不！等等！准确地说，出现的那人是一个畸变程度严重的畸变体！

死沉沉的黑气从他的身体一路蔓延到眼球，他看上去三十多岁，衣不蔽体，左手干枯如同鸟爪，正呆滞地看着雪宪。

“你……”这是雪宪在龙屿遇到的第一个人，但他清楚重度畸变体的习性，不敢掉以轻心，手里仍旧紧紧抓着鱼刺。

“你……”一时间，心跳如擂鼓，他竟不知道说什么才好。

畸变体喉间咯咯咯地响了几声，像在说话。

雪宪不知道他要表达什么，只好站起来，警惕地靠在树上，观察对方的一举一动。

太久没有和人交流，雪宪其实非常期望能遇见同类，他想要问一问这个人是怎么来到这里的，还有没有其他人在，也想问一问他怎么样，还好吗，需不需要帮助。

但那畸变体死死地盯着雪宪，歪了歪头，忽地怪叫一声，就猛地朝他袭击而来！

雪宪弯腰一躲，慌忙逃开。那人却再次扑向雪宪，眼里的兴奋与兽性根本不是人类会有的，与圣典当天那个五度畸变的小女孩如出一辙！

“喂！”雪宪拔出鱼刺，一边退一边说，“你冷静冷静！你是想要吃的吗？我可以分给你……”

雪宪把身上的肉干朝不远处扔去，那畸变体果真掉转身体，直奔肉干而去。只见他匍匐在地，双手抓住肉干往嘴里塞，泥土树叶什么的都不顾，就像个天生的野兽，只知道狼吞虎咽地进食。

雪宪心中百味杂陈——畸变体必须随时处于饱腹状态，否则饥饿感会驱策他们攻击所有能看到的生物，包括人类。

“洛斯！”有人大声喝道。

雪宪转头一看，只见草丛里钻出来另一个人，也是三十多岁的年纪。新出现的这人面容看上去与常人无异，神志也还清醒，一看到雪宪，就把他从上到下打量了一遍。

雪宪紧紧抓着鱼刺，不敢掉以轻心。

来人先开了口：“我叫罗多，那是我弟弟洛斯。抱歉，我们刚到这里，不知道这附近有人。”名叫罗多的人说话简约，条理清晰，不是什么严重畸变体。不过，他长得有些凶，看上去不像是什么善茬。

雪宪还没开口，叫罗多的人已经往那个重度畸变体旁边走去，一把抓住了他，狠狠地训斥：“你在干什么？！我不是说过不要走远？你吓到人了！”

洛斯根本不听，或许也听不懂，即使被哥哥教训了也还是蹲在地上往嘴里塞吃的。

雪宪见他饿得这么厉害，于心不忍，便说：“没关系，你，你先让他吃吧。”

罗多站了几秒，再次看了看雪宪。

雪宪见他们都瘦得厉害，又说："你也可以吃的。"

说着，又主动拿出了一些肉干递过去。

雪宪的包裹是用质地上好的里衣做的，被他洗得很干净，肉干排列得整整齐齐，数量还挺多。罗多便松开洛斯，不客气地接过肉干吃起来，活像饿了半个月。

三人站在树林里，雪宪耳旁充斥的却是狼吞虎咽的咀嚼声，气氛诡异。

雪宪已经十分确定这个叫罗多的人不是重度畸变体了，看他们饿得这么厉害，他便暂时没有自报家门。

先等他们吃完再说。雪宪按捺住心中的激动，这样想着。

等这兄弟俩吃完，他们说不定可以一起去巴别塔，再商量商量怎么等待救援。

"小朋友，你是几度畸变体？"罗多嚼着肉干，又看了看雪宪，"我看你不像是很严重的样子，怎么，现在他们连中度畸变体也往这里送了？真是狗急跳墙。"

雪宪一愣，没反应过来对方为什么把他当成畸变体看待。

事实上，要是他此时有一面镜子照一照，说不定他也会被自己的模样唬住。

雪宪身上穿着雪狼皮，脚踩兔毛靴，全身上下裹得严严实实，只露出一张冻得皴裂的脏兮兮的脸。先前被龙火燎去的眉毛与睫毛都才冒出一点儿，看上去像天生没长一样。

"放心，我没有恶意。"罗多打量着他身上那些野兽皮毛，又见他身上还有那么多肉干，因为不清楚他的来路，大概也不想惹他。

"我只是听说雪域寒冷，应该不会有龙出没，就带着洛斯往这边走了。怎么，你生活在这附近吗？"

龙不喜欢寒冷的地方，对畸变体来说越冷的地方越是安全。雪宪的确一路上也没看见什么龙的影子出没。

"嗯。"雪宪点点头模糊地回答，又问，"你们来这里多久了？"

雪宪问的这里，是指龙屿。

罗多自然听得懂，没什么感情地说："大半个月了吧，没仔细算。一下水行艇，艇就毁了，也没给留个手环什么的记录时间。你呢？"

"比你们的时间长一点儿。"雪宪这样说道。

雪宪感到很难过。如果说在真正见到畸变体以前，他还对“明目”社团的说法抱有怀疑的话，那么罗多和洛斯就证实了这一点——栖息大陆真的在往这里传送重度畸变体。

雪宪问罗多：“你看起来也不像很严重，怎么……”

罗多吃完肉干，随便擦了下嘴巴：“我自愿来的。”说完，他提溜起身边的洛斯，后者因为肉干吃完了，还在嗷嗷叫，“他其实还不到真正的五度畸变，我猜最多可以算个四度半吧。他是我弟弟，我总不能看着他来这里送死。”

雪宪“啊”了一声，恍然明白了怎么回事，问道：“你们怎么不去找光明殿的人寻求帮助？”

罗多忽然怪异地笑了：“光明殿？”

雪宪猛点头：“是啊，你们应该去找光明殿！”

他恨不得马上就告诉对方自己就是星子，只要对方还不是五度畸变，就还有一丝希望。光明殿能提供对方所需要的一切帮助，只要先把畸变体安顿下来，他就能安抚躁动的心灵，缓释畸变的痛苦。

“你竟然还相信光明殿。”罗多眼中冒出怨毒的光，“光明殿能做什么？我们排了三个月的队……在系统里提交了无数次申请，光明殿都以名额已满拒绝了我们。”

“所谓的星子净魂，其实就是个弥天大谎，尤其是那个装神弄鬼的星子雪宪。”

罗多森冷地吐出最后一句：“要不是他已经死了，我无论如何都会亲手杀了他，用他的血来祭奠我弟弟的灵魂！”

“什，什么？！”雪宪吓了一跳，不敢相信自己的耳朵。

为什么罗多想要杀了他，还说他已经死了？

见他反应那么大，罗多眯着眼睛，警惕地问：“怎么，你是星子的簇拥者？”

雪宪立即把头摇得像拨浪鼓：“不是，不是。”

他心跳得好快，生怕被这个想杀掉他的人认出身份，胡乱地为自己辩解：“我只是听说星子是神赐的孩子，能缓解一切畸变的痛苦，也曾经帮助过很多人，这些都是有记载的，不是假的。如果你们那时候能……”说到这里他感觉很内疚，“星子一定能帮助你们。”

光明殿外需要帮助的畸变者的确很多。

雪宪最多一天接待过五十多名畸变体，唱净魂曲耗费心神，他当晚就发高烧说起了胡话。那天以后，光明殿就规定了星子每日接待的畸变体人数，但雪宪从未想到，即使按照畸变程度分急缓来处理，名额也已经紧缺到了这种地步。

“神赐的孩子？”罗多冷笑一声，“不过是从培养皿里养出来的一坨软肉罢了，也配做神的孩子？”

“他和光明殿一边打着净魂的名号扣留畸变体，一边配合政府把畸变体送来龙屿，干的尽是见不得人的勾当！”

雪宪脱口而出：“他没有！”

“别激动。”罗多道，“你曾经是星子的簇拥者也罢，不是也罢，反正他一死，这些都无关紧要了。”

雪宪怔了怔：“我不明白你的意思。”

罗多察觉了什么，问道：“看样子你还不知道发生了什么事。”

雪宪有点儿迷茫地等着他说下去。

罗多说：“那你被送走的时间真不巧，你错过了栖息大陆自混沌日以来最大的新闻。”

“一个月前，‘明目’冒着高风险潜入光明殿，拍下了将星子送往龙屿的全部过程。星子在睡梦中被穿好圣装，像每个重度畸变体一样躺进了水行艇，目的地嘛……当然是龙屿。”

罗多说着，脸上露出一丝快意。

“视频发布在网上，一石激起千层浪，数万人情绪激昂地讨要说法，差点儿引起暴动。”

果然是“明目”干的！雪宪握紧了拳头。

“大快人心的是，他们不仅在网上发布了视频，还在水行艇中放置了幽灵1号，和星子一起送去了龙屿。”罗多继续道，“通过特殊通信技术，幽灵1号对星子到龙屿后的一举一动进行了现场直播。”

雪宪的脸色慢慢地变了。

什么？现场直播？

雪宪知道幽灵1号，那是一种有隐形功能的无人机，不到巴掌大小，属于军方设备，但黑市上也有很多人在贩卖。但他完全没意识到有东西和自己一起出了水行艇。

当初刚苏醒时，他的确疑惑过为什么自己身上的睡袍会变成圣装，却从没想过这些都是别有用意，更没想到他醒来后发生的一切都被拍了下来。

“直播只持续了不到十二小时，但精彩极了。”罗多说，“星子醒来没走多远就掉进了沼泽，吓得屁滚尿流。”

雪宪：……

罗多说：“他的神不仅没救他，还给他引来了一头黑色恶龙，让他活生生地被恶龙抓走填了肚子。”

此时，洛斯把地上的肉干都吃完了。他扑过来抢罗多的，抓住罗多的胳膊就咬。罗多看也不看，直接把嘴里吃到一半的肉干塞到洛斯嘴里，继续对雪宪说：“可惜幽灵 1 号没能跟上恶龙，不然我们可能还能欣赏到更精彩的画面。”

雪宪机械地站着，一颗心突突地跳，脑子也乱了，只能胡乱地应了两声。

原来是这样，所以大家都以为他已经死了。

罗多说：“所以啊，你别再抱什么星子会拯救民众于水火的希望，毕竟他连自己都救不了。”

雪宪只能被动地点了点头，心情非常复杂。

罗多话不多说，转而询问雪宪：“我们现在要去雪域，多个人多点儿照应，你要不要和我们一起？”

雪宪稍微回神，赶紧说：“不用了，我要去另一边。”

罗多有些起疑，打量了他一遍：“越往那边走越暖和，遇到龙的概率也就更大。你一个人去那边干什么？”

雪宪不知道要怎么回答。他这辈子就没撒过谎，但是他知道不能告诉眼前这个人真相。

他彻底打消了先前想要和对方一起想办法回到栖息大陆的念头，转而说：“我的同伴就在附近，我要去和他们会合。”

不知道罗多有没有相信。但雪宪觉得说自己有同伴，总比说自己是孤身一人要好。

“同伴？”罗多眯着眼睛问，“你们有几个人？”

“有三四个吧。”为了使这个理由更真实，雪宪硬着头皮编下去，“有一个同伴挺严重的，刚才走散了，我们现在正在找他。”

罗多点点头，不再勉强。他拉住吃完肉干想要跑开的洛斯，问雪宪：“对了，你叫什么名字？要是我遇到你的同伴，可以帮你报个信。”

名字？雪宪忽地想到了两个音节：“由卡。”

他下意识地，用这两个音节做了化名：“我叫由卡。”

洛斯不耐烦，开始狂躁地乱叫了。罗多不得不道：“再见了由卡，谢谢你的肉干。希望你找到你的同伴。”

雪宪：“谢谢。”

罗多带着洛斯走远，消失在了树林深处。

风刮着旁边那足有一人高的草丛，鲜嫩绿草泛起波浪，似乎有无穷的危险隐没其中。

雪宪身上的肉干已经所剩无几了，他担心那草里再走出什么畸变体来，立即捡起地上的熊皮离开了那里。

原先看见巴别塔，看见人类的雀跃心情一落千丈，雪宪蓦地认识到一件事，那就是在栖息大陆，不仅是“明目”的人恨他，也有他所爱的民众在恨他。

而“明目”远比想象中还要狠辣直接。

绑架、直播……关于被送往龙屿的畸变体，关于传说中已经灭绝的恶龙，“明目”通过这次的事，赤裸裸地揭示了真相，直击痛点，让全天下的人，包含雪宪在内，都被迫醒来了。

现在栖息大陆怎么样了？

人们是不是已经一团乱，不再相信光明殿？

恶龙的重现是不是让栖息大陆重新陷入了恐惧之中？

雪宪算不上讨厌罗多和洛斯，也没有多懊恼自己当初的窘迫模样被全程拍了下来。

他只是心里很难受，有很多个问题想问，好像有人一下子把他从来没想过的事全都塞入了他的脑子里，让他真正接触到了光的另一面。

他所认知的世界被颠覆，可到底是为什么？为什么他们要隐瞒这一切？

雪宪的心里很清楚，这些问题都要等回去后，他才会得到答案。

求生欲会使人勇敢。已经走到了这一步，已经历尽了千辛万苦，雪宪觉得，无论如何至少他已经认清了现实，至少他知道了回去以后应该做什么，不管怎么样，他都不能让自己在这里经历的一切毫无意义。

雪宪越走越快，一刻都没有停歇。

这块平原很大，就像罗多说的那样，越往前走越暖和。他的身上开始冒汗，不得不脱下了雪狼皮，和熊皮一起裹起来背好。没过多久，他遇到了一些鹿。那些变异驯鹿个头高大，长出了六条腿，奔跑的速度比祖先要快上数倍，再加之头上坚硬繁复的长角，在这平原上，除非遇到龙，它们就算是遇到大型猛兽也不会吃亏。

驯鹿成群地围绕在草地上吃草，鸟儿停在它们的角上叽叽喳喳，一派悠闲自得。

先前，只要是雪宪经过的地方，就算是一头狼也会立刻掉头走开。

现在他隔得老远，那群驯鹿就纷纷抬起头，停止了吃草的动作，但并没有离开。

原来没了雪狼皮的遮挡，雪宪身上那来自人类的气息逐渐散播在平原空气中，混合着狼皮和熊皮的味道，让驯鹿感到疑惑。

忒亚星早已高过地平线，天气变热，那些厚实的皮毛是不能再穿了。

驯鹿是食草动物，雪宪倒不害怕，只是他明白这样下去自己不再安全，而雪白的圣装穿在身上也太过显眼。

幸好，他很快想到了办法。在这里有很多湿洼地带，他可以抠一些淤泥黏在身上——这还是和那头小龙在一起时学到的。

有时候，小龙会在捕猎前，先于雪地里打个滚再出发。

那些雪能隐藏小龙身上部分的顶级掠食者气息，帮助它靠近猎物。

雪宪弯腰，手刚抠到一坨淤泥，就闻到了一股恶臭，只见手上的淤泥呈纯黑色，黏度极高，就像是某种胶液一样，奇臭无比。他赶紧将这些黏液甩开。谁知那些黑色黏液一沾到旁边的草叶，草就以肉眼可见的速度枯萎了。

雪宪大惊，抬眼望去，发现草地里这样小小的湿洼还有很多，到处都是这样纯黑色的液体。而仔细一看，洼地里还残留着一些织物皮革。于是刹那间，他就明白了是怎么回事——不久前，有一些重度畸变体在这里被焚烧了。

重度畸变体死后，他们的身体会分泌出一些毒液，对环境产生污染，除非经过龙火焚烧，否则无法彻底净化。掌权者之所以把重度畸变体都送来龙屿，正像“明目”所说，他们对重度畸变体束手无策，不惜用造价不菲的水行艇把畸变体送走，就是想从根本上避免更高的后续投入。

手上残留的黑色黏液仿佛有了生命，一股脑儿地想往雪宪的皮肤里钻。雪宪动了动手指，并没有感到惊慌。黑色黏液未能在星子的皮肤上找到入口，不一会儿就滴滴答答地掉落了。

远处传来鸟类的鸣叫。雪宪抬头一看，有一些驯鹿不慎踩到了洼地处，纷纷倒地。等它们再爬起来时，身上已经染上黑气了。

充满旺盛生命力的绿色平原，刹那间变得比雪域还冷。

天地辽阔，雪宪有一瞬间不知道何去何从。他抬头，看到巴别塔已经不远了。

路不好走，雪宪磕磕绊绊又花了将近半个小时的时间，才来到塔下。巨大巍峨的高塔就在眼前，雪宪得一直仰头，仰到帽子都能掉在地上的程度，才能看见塔尖。千百年的时光过去，塔身长满了青苔与藤蔓，雪宪转了好几圈，才发现被藤蔓掩盖起来的入口。

那根随身携带的长鱼刺终于派上了用场，雪宪花了很大的力气，用鱼刺将那些粗长的藤蔓都割开，才成功看见了藤蔓下的锈迹斑斑的铁门。

忒亚落下天际，金光被云层遮挡呈放射状，透过塔尖毛茸茸的青苔，洒下了橘色的光。

雪宪撬开铁门，被扑面而来的灰尘和霉气呛得咳嗽不已。

尘封了这么久，里面空气不佳。

雪宪退到远一点儿的地方，等待新的空气涌入塔内。这花了一些时间，直到忒亚完全消失时，他才走进塔内。借着暮色中的微弱光线，阴暗潮湿的塔内布置呈现在了雪宪眼前。仅容一人进入的电梯已经坏掉了，停在半空中。一条笔直的梯子贴在墙壁上，用以攀爬通往塔尖，除此以外，塔里什么也没有。

或许他今晚可以在这里过夜，雪宪想。

于是他关上塔门，摸索着梯子往上爬。

塔高近百米，雪宪背着过夜必备的全副家当，爬得很是辛苦。爬到一半时，他往下一看，底下一片漆黑，什么也看不见，这让他一阵心悸，还有点儿头晕。

天黑了，塔顶却仍然有微光闪烁。雪宪心中一喜，知道那可能是还在运作的设备，又来了力气。他咬着牙，一刻不停地爬上顶端，蹭得灰头土脸，四肢发软，却顾不了那些了。等他爬到了顶端，脚刚踩上设备间的地板，他就扔下行李，迫不及待地直奔设备台。

陈旧的设备台积满灰尘，雪宪冲过去时被扬起的尘烟呛得不住咳嗽。宽大的屏幕漆黑，台面上密密麻麻的按钮也被尘封，只有中央那个偌大的信号发射器还亮着灯，提示来者这里一切运行正常。

雪宪惴惴不安地按下台面上的绿色启动键，“嘀”声响起时，他几乎热泪盈眶。

紧接着，所有的按件和屏幕都“唰唰”亮起，机器的运作产生了些微蜂鸣，简直如同仙乐入耳。

塔尖的操作间霎时亮了起来。雪宪快速进入操作系统，输入指令，让信号发射器底部弹出接收孔。他只需要将手环的后盖打开，露出小小的插头，让它们连接即可。

可惜千百年来栖息大陆的科技产品更新迭代，早已无法和最初的设备匹配。

雪宪早有预料，不慌不忙地在操作间走了一圈，成功找到了工具箱。

年轻的星子生疏而冷静地进行着改造。

他很累，也很渴，差不多已经有一整天没怎么喝过水了。

但是此时，他打起精神坐在地板上，口中叼着拆下来的小零件，前所未有地全神贯注。

改造花费了很长时间，比想象中要复杂。所幸每一门功课他曾经学得都非常认真，哪怕是将他放进栖息大陆的最高等学府，他的成绩可能也会名列前茅。

等改造后的手环终于插入了接口，看到代表信号强度的圆圈一点点地扩大，他才揉了揉酸涩的眼睛，轻轻松了一口气。

成功了。手环里的 SOS 定位系统，可以以最快的速度朝光明殿发送坐标。接下来他要做的只是等待。一旦光明殿的人接收到他的坐标信息，就会马上连接这座巴别塔，和他通话。

一开始，雪宪紧张得连眼睛都不敢眨，生怕错过了来自光明殿的信号。

等了很久以后，他才逐渐放松心情，停下来吃了一根肉干。几天的日夜兼程，风餐露宿，让他哪怕在这样一间老旧、冰冷的操作间里，也因得到安全感而产生了浓重的困意。

口中的肉干是什么时候停止咀嚼的，他不知道，只是很快就陷入了很深、很黑的梦乡。

有风声在耳旁再次呼啸，下方是夜空中反射着冷蓝光线的辽阔的雪原。女星照射下，雪原亮如白昼。成群结队的雪兔在雪原四散奔逃，像无数滚落的雪球，而他曾经走过的山川河流、树林冰湖，此刻都在他的视野中急速掠过。

雪宪感到自己扇动了双翼，正于冷冽的空气中盘旋滑翔。

他微微低头，余光掠过自己漆黑的尖爪、银色的鳞片和宽阔的双翼。

在睡梦中，雪宪再次成了一头龙。而且，是成了那头小龙。

“嗷——”他张开嘴，喉咙里不由自主地发出了高昂的啸叫。

声波震得积雪扑簌簌往下落，他再一次掠过山野，持续发出哀号，似乎在寻找什么。

叫声不断回荡在雪域，显得悠远而寂寥。

下午四点。

栖息大陆，主城，中央大街。

光明殿外的巨型荧幕忽然开始闪烁，两秒后，“明目”那睁开的单眼标志出现了。

紧接着，一条来自幽灵 1 号无人机的信息充斥在巨幕上。

“检测到星子雪宪的信号已上线，连接中。”

“上校——”主城警卫队议会厅的大门被一名士官推开，打破了沉闷紧绷的气氛。

议会厅里原本正争论不休、唇枪舌剑的人们都同时朝门口看去。

来者是胡迪思上校的亲信，只见他神情紧绷，径自走向议会厅的主位，弯腰附耳对胡迪思上校说了几句话。

胡迪思上校忽地脸色一变，腾地站起来往外走去，连“失陪”都没说。

人们面面相觑。胡迪思上校正值壮年，刚正不阿，手段狠厉。星子失踪后主城警卫队队长被革职，目前主城中大小事务都一并由他代管。不知道是什么更糟糕的消息，竟让他反应这么大。

这时，议会厅里所有人的手环都振动起来。

“星子信号上线，或尚有一线生机？”

“幽灵 1 号再次连接！准备直播星子遇害后续！”

“惊天消息传来，星子或许未死，幽灵 1 号持续霸占民众眼球！”

……

众人一阵骚动。

士官领路，带着胡迪思上校走到大楼转角处，做出一个“请”的姿势：“您看，就在那边！”

这栋建筑位于主城中央大街左侧，从这个角度看去，正好能将光明殿外的巨幕尽收眼底。只见大型电子荧幕上，显示着“明目”的眼球标志，一行字体横在巨幕中央。

“检测到星子·雪宪的信号已上线，连接中。”

胡迪思上校眉头紧锁，红胡子微不可察地颤了颤，随后他冷峻的视线往下移。

巨幕下方的广场上，已经聚集了黑压压的一群人。交通瘫痪，警卫队正在艰难执勤，但广场附近还有更多的人正在涌入。有人在哭，有人在尖叫，有人在和转播媒体激动对话，场面肉眼可见地变得不可控，仿佛一个月前的噩梦重演。

但这情况显然比星子刚失踪时还要糟糕。

“有多久了？”胡迪思问。

“只有几分钟。”士官回答道。

“信号源呢？”

“无法追踪，的确是幽灵 1 号发送的。”士官说，“幽灵 1 号与星子的手环绑定，检测到了星子殿下的手环信号波动。但之前它没能跟上黑色恶龙，大概率还留在原来的位置，和星子的距离较远。目前，它应该正处在飞行至星子手环坐标的途中，所以暂时没有直播画面。”

“先把巨幕关闭，驱散民众。”胡迪思上校立刻做出决定，吩咐道，“‘明目’一定会有下一步动作，我们得抓住这次机会，看能不能锁定他们的老巢。”

得知星子可能还活着，士官的心情其实十分激动。

得了命令，他当然会立刻执行，但还是没忍住情绪，问了一句：“那星子那边……”

军装挺括的红胡子上校似乎没怎么考虑过星子的安危，被士官问了，才对他说：“打给白博士，星子可能会想办法联系光明殿，让他们立刻关注光明殿通信。”

士官领命而去。

虽然雪宪身体困顿，但他的神经是紧绷的，所以梦境没有持续很长时间。他醒来时，手里的肉干才吃了一半。他拍了拍自己的脸，打起精神，继续盯着手环上的信号圈。可不知道为什么，梦境里那小龙的哀号声一直都在他的耳边回荡。

是的，是哀号。像孩童失去父母，旅人失去同伴。雪宪不清楚自己为什么会做这样的梦。这个梦令他也感染了一些悲伤的情绪，忍不住心中难过，但这时，巴别塔里忽然响起了古早的电子音。

有回音了！雪宪瞬间从地板上弹了起来。只见设备台的屏幕上出现了一个很小的对话框，提示他有无法辨认的通信请求。他赶紧扑过去，在一堆布满灰尘的按键上足足试了五六次，才成功找到接通键。确认通信后的屏幕闪过一些花花绿绿的噪点，图像扭曲闪烁，渐渐地构成了一张他没见过的脸。

不，准确地说是一张面具。那面具非常简陋，纯白色的底，上面画着一只睁着的红色眼睛。一道陌生的男声传来：“你好，亲爱的星子殿下。”

雪宪惊疑不定:“你是谁？”但很快他明白过来,怒道,“你是‘明目’的人！”

“很意外你还竟然活着。”面具后的陌生男人说。

男人的声音算得上好听，甚至语气也很轻松，但在这种情况下，却只让雪宪觉得不寒而栗。

罗多说的果然是真的，一切都是“明目”搞的鬼！可是，“明目”的人怎么知道他在这里？难道“明目”已经渗透到光明殿内部了吗？雪宪不由得警觉。

那个男人并没有回答雪宪，而是自顾自地说：“看来你比我想象的要坚强很多，也要聪明很多。你不仅活着，还找到了联系栖息大陆的方法，简直令我刮目相看。”

镜头一直对着那个惨白的面具，半分也没有移动。

“你现在一定有很多问题想问吧？

“啊，我好像忘了告诉你，我们的通信是单向的，我听不见你，也看不见你。”

雪宪本来话到嘴边，听到这里又把句子硬生生吞了下去，只握紧了拳头，对着屏幕怒目而视。

“别担心，我和你没有私人恩怨，甚至……我还非常欣赏你。”

那人说着，轻轻笑了一声。雪宪的身上立即起了一层鸡皮疙瘩。

“只是可惜，我很遗憾地告诉你，就算你成功地联系上了光明殿，也不会有人来接你了。”

雪宪微微睁大眼睛，什么意思？什么叫不会有人来了？

“在你失踪以后，光明殿和基地勾结，以非人道的方式对待同类的真相败露，栖息大陆民愤难平，人们掀起了反抗活动，不仅光明殿组织被推翻，光明殿本身也被炸了个干净，早已经不复存在了。”

哪怕对方听不见，这次雪宪仍然没有忍住：“你撒谎！”

“他们不再需要你这个傀儡。”那人道，“世界上不再有光明殿，人们也不再需要你这个星子。何况对所有人来说，你已经成了恶龙的盘中餐。”

那人的尾音，带着显而易见的嘲弄和讽刺：“没有人会穿越风暴港，来救一个没有利用价值的死人。”

水雾渐渐弥漫上雪宪的眼眶，他愤怒、难以置信，却无法对这些话进行反驳，只能绝望地喊道：“你胡说，我还没有死！让光明殿跟我通话！”

但对方听不见他，自然不会受他的话影响：“别做无谓的尝试了，留着时间好好回顾你这精彩的一生吧。”

“对了，我还没做自我介绍。”那个人最后说，“我叫珀尔修斯。”

通信切断了，屏幕重新归于漆黑。雪宪立即转身扑向信号发射器。他的手环仍旧连接在信号发射器上，界面闪烁着一圈又一圈的绿环，代表它仍在发送信号，但无论他怎么尝试，都没有再得到过任何回应。

深夜的塔中死寂一片，刚才发生的一切就像是雪宪做的噩梦。

他噙着眼泪，仍不死心，正要再次尝试时，耳边忽然传来了奇怪的声音。

“叩——嘶啦——”那声音断断续续，时轻时重。

雪宪侧耳听了半晌，终于确定是有什么东西正在塔下抓挠铁门。

由于进塔时撬坏了铁门，雪宪后来只用了一根树枝将铁门抵着。

但只要外面的力道足够大，树枝是有可能被折断的。

操作间距离塔下百米，因此雪宪听得并不是很清晰，只分辨出有人声。

会是洛斯和罗多他们吗？难道他们去而复返，也打算来这塔里过夜？

雪宪趴在梯子上方，眼眶还是湿的，只试探着轻轻喊了两声："是谁？谁在下面？"

除了隐约的人声和铁门震动声，并没有别的声音。

或许外面的人已经做出了回答，只是雪宪听不清楚，他决定去看一看。他顺着梯子往下攀爬，可刚爬到三分之一处，就彻底看不清了。塔中黑黢黢的，操作间的设备发出的亮光照明范围有限，不足以抵达塔底。

"罗多，是你吗？"雪宪喊道，"听到请回答！"

"嘶啦嘶啦——"

处于这个位置听到的声音清晰了不少，像是无数的指甲在抠铁皮，让人觉得非常不舒服。

雪宪的声音隐隐在塔中回荡，等传到塔下的那一刻，那门外的声音忽然变得更大了，"嘭嘭"声接着响起，那是外面的人在猛力撞击铁门。

雪宪敏锐地察觉到了危险，心中一紧，可说时迟那时快，只听得"咔嚓"一声，铁门哐地弹在了墙壁上！那根用来抵住门的树枝断裂了！

夜凉如水，有冷风呼啸着灌入塔内，拂在雪宪脸上。

他身上那属于星子的特有直觉全数被激活，但不容他思考，属于畸变体特有的尖叫声就在下方出现了。尖叫声密集、嘈杂、此起彼伏，光听声音，就能分辨出闯入塔中的畸变体不止一两个。

雪宪才刚往上爬了几步，就感到梯子开始剧烈震动。

畸变体已经开始顺着梯子往上爬了！他长这么大，还从未亲眼见过这么多重度畸变体。

在那传说中的疗养院里，重度畸变体都被注射镇静剂，采用"镇定""麻痹"的方式进行人道主义援助。因危险系数过高，疗养院从不接受任何探望和采访，就连雪宪，也只是看过一些报告上的照片，现在想起来，那些多半是掩人耳目的手段而已。

不到一分钟的工夫，畸变体已经爬上了梯子的亮光处，接近了雪宪先前待过的位置。

雪宪已经迅速回到操作间，凭本能在地板上捡起了长长的鱼刺。

几乎是在他回头的同一时间，一张萦绕黑气的脸出现在了梯子边缘，那是一名女性。

塔里的活人气息让她变得疯狂，她紧紧盯着雪宪的方向，张嘴长啸一声。

雪宪在抖，他发现自己下不了手。

“你不要过来！”他一边后退，一边大喊，“快走！”

畸变体充耳不闻。人类也好，动物也好，一切有生命、有温度的东西，在他们眼中都不过是攻击的对象。

可他们也曾是活生生的人类啊，是在栖息大陆生活的民众，是某人的父母、子女和爱人。

星子悲悯众生，雪宪实在无法马上像警卫队一样，毫无心理障碍地刺穿畸变体的头颅。

但他仅犹豫了两秒，那名女性畸变体便张牙舞爪地直冲他的面门而来。

她扑上来，一口咬住了他的手臂！

“啊——”雪宪发出惨痛的叫声，唯一可做武器的鱼刺落地。

鲜血汩汩地从手臂流出，剧痛之下，他急中生智，就着这个姿势将畸变体推向操作间的边缘，随后将她狠狠地撞了下去！

这里只有一个入口，算得上是易守难攻。

接下来的第二名、第三名畸变体，都被雪宪重重地推向了塔下。

畸变体啸叫着从操作间滚落至百米高的塔底，墙边那陈旧的梯子也终于不堪重负，发出了“咯咯咯”的声响。

梯子要断了！有那么一刻，雪宪觉得自己是五感尽失的，他甚至不太清楚都发生了什么，只凭着求生的意志，将一个又一个试图攻击自己的畸变体推下高塔。

“哐当——”直到巨响传来，那梯子应声断裂，和梯子上挂着的七八名畸变体一起坠落。

黑黢黢的塔底，只有畸变体焦躁可怖的叫声。

这下他们爬不上来了。雪宪急剧喘息着，跌坐在了地板上。很久以后，才重新察觉到手臂被咬伤的地方，那齿痕很深，冒着鲜血，他整个人痛得都在发抖。

他捂着伤口，看着塔底发了一会儿呆。

不知道为什么，在这种时候他竟轻轻地启唇，小声地唱起了圣歌。

“蓝星的子民啊，跨越璀璨的银河。

我们不畏辛劳啊，抗争异星的险恶。

我们赞美爱的真谛啊，赞美纯真的灵魂。

我们无惧变化啊，将远古的邪灵扼杀。

人类的先知啊，诉说末日的预言。

我们逆流而上啊，重塑昨日的辉煌……”

“老师，人类的畸变会停止吗？”小小的星子曾这样发问。

“当然会。”白博士一如既往地，用温和而笃定的方式回答着他，“我们有你啊，你不是每天都在帮助民众吗？”

雪宪忧愁地说：“可是我一个人帮助不了那么多人。”

“一个、十个……成百上千个。”白博士说，“一天一天地相加，得到你帮助的人数就会变得可观。哪怕你认为自己的力量再渺小，也实实在在地在改变着人们的命运。何况雪宪，你一点儿也不渺小。”

“你是我们的希望。”

希望……希望就像一张画出来的饼，看起来那么真实，却又是那么虚幻。

歌声戛然而止。

雪宪是高居象牙塔的鸟儿，从未将歌声传递至真正的黑暗处。

而他歌声里的力量……到底有没有真的存在过？

天亮了。借着熹微的晨光，雪宪轻脚轻手地爬到栏杆处，朝塔下看去。塔门大开，光线照亮塔的底部。

地面上有三四具属于畸变体的尸体，是昨夜从操作间摔下去的，其他的畸变体已经不知所终，他好像安全了。但新的问题显而易见，既然梯子已经断裂，那么他要怎么从这里下去？

或许老天爷就是爱和雪宪开玩笑。

正在他思考的时候，头顶忽地传来了沉闷的响声。他抬头一看，只见一名重度畸变体出现在了塔顶的玻璃上。那玻璃是无比坚硬的材质，子弹也不能击破，可经过一千多年的岁月洗礼，不知是什么缘故，它竟然已经出现了一条裂缝。

随后短短几分钟内，第二名、第三名……更多的畸变体出现在了玻璃上。

原来昨夜那些闯入塔内的畸变体并没有离去。没有梯子，他们不能再爬上来，所以就通过攀爬巴别塔外墙缠绕的藤蔓，一直爬到了塔尖。畸变体的数量比雪宪想象中要多。

此时，数张黑气弥漫的脸庞都贴在浑浊的玻璃上，盯着塔里无助的、可口的少年星子。

昨夜太慌张，此时的雪宪才后知后觉，肯定是他夜里进入操作间打开设备后，塔里的灯光吸引了附近的畸变体。

这里靠近雪域，按理说畸变体不会很多，可雪宪那么一操作，把大部分畸变体都招了过来。屋漏偏逢连夜雨，但这时候要后悔已经来不及了。那玻璃看起来撑不了太久，如果被这些畸变体闯入，雪宪不知道自己还能往哪里逃。

手臂被咬伤的地方还在持续传来剧痛感。这次雪宪没有迟疑，重新捡起了地上那根长长的鱼刺，做好了决一死战的准备。

“去！”他呵斥那些畸变体，“我警告你们，这一次我可不会手软！”

重度畸变体根本不可能听懂人类的语言。倒是被雪宪的声音一吸引，畸变体们变得更加亢奋，拼命地想要扒开玻璃跳进塔中。

塔高百米，孤立无援。雪宪有些绝望，他还没有成年，如果他是普通人家的孩子，现在应该还在父母、朋友的关怀中成长。这短暂的一生中，他好像从未得到过真正的快乐，却从不曾悲观、失落。

哪怕离开栖息大陆，被迫来到这荒无人烟、恶龙横行的龙屿，哪怕得知世界的黑暗，唯一的希望被击得粉碎，他也总是在想办法绝境求生。

眼下的处境让雪宪第一次觉得，自己应该活不过这一天了。

“哐——”玻璃碎开一个大洞。

第一名重度畸变体从上面挤了进来，玻璃切口刮破了他手上、脸上的皮肤。

畸变体感觉不到疼痛，落地后只发出一声兴奋至极的尖叫，猛地朝雪宪扑来！

雪宪奋力刺出鱼刺，第一下没有刺中，他的意志和身体都太软弱了，不得不转身就跑，余光中看见第二名畸变体也跳了下来，封死了他的去路！

“啊！！！”雪宪崩溃地发出大吼，整个人爆发出一股不知道从哪里来的蛮力，陡然回头。

击剑课上学的那些格斗技巧早就被忘得一干二净。凭着一股求生的本能，他紧闭双眼，握着鱼刺乱砍乱刺一通。那一刻，他也根本不知道自己刺中的是什么。只听见自己的大吼、畸变体的啸叫、设备屏幕被撞得噼里啪啦的声响，还有心跳传入鼓膜的声音，它们组成了隔绝世界的巨响，仿佛命运的绝唱。

“砰——”有什么落了下来，却没有畸变体兴奋的啸叫声，整个世界仿佛突然安静了。

雪宪“扑哧”拔出鱼刺，浑身浴血地站在那里，不住地喘息。

他睁开眼睛，看见地上的血泊里躺着两名被他刺死的畸变体……以及不知道哪里来的、多出来的几具畸变体。

“哗啦啦。”又有两具身躯从上方掉落。与此同时，风也从玻璃裂口中吹了进来，带着干净湿润的、属于这平原上的草木气息。

雪宪的脑子里嗡嗡作响，他抬起头，先看见的是蔚蓝的天空。睫毛濡湿，黏在一起，于是他抬起胳膊擦了擦，等再看过去的时候，玻璃外就出现了一双灿金色的巨瞳。

“嗷——”龙冲塔内发出了震耳欲聋的怒吼。

四目相对，一人一龙对峙了大约十几秒，雪宪先开口，犹如做梦般喊了龙的名字。

“笃笃多？！”

龙焦躁地在塔顶走来走去，并没有马上回答。

雪宪只能看见它时不时掠过灰暗玻璃外的银色鳞甲、尖爪和头颅。

忒亚的光穿透玻璃，让龙在操作间地面上投射出骇人的黑影，雪宪并未觉得害怕，反而差点儿喜极而泣：“笃笃多！是你！你又来找我了！”

龙发出可怖的呜咽声，几次想进入塔内，但因身躯过于庞大，始终不得其法。

反而是它那重重的踩踏和本身的重量，让塔顶不停颤动掉落砖砾灰尘，塔身也发出令人脚趾扣紧的闷响。

再这样下去，肯定有坍塌的危险，他得想办法出去才行！

雪宪一边打包整理自己的行囊，一边朝上方大喊：“笃笃多，你别踩了！我马上就出来，你等等我！”

狼皮、熊皮都被裹起来捆好，死死地绑在他身上。这些东西都是他辛辛苦苦准备好的，陪伴他走过极寒的雪域，他可不能轻易扔下。

然后是肉干、鱼刺……那根作为剑来使用的鱼刺上满是黏液，雪宪在一具尸体的衣服上擦拭了几下，对那尸体说了句“抱歉”。

等雪宪做完这一切，龙已经等得不耐烦了。

它似乎也意识到自己的重量会踩塌塔顶，现在已经离开了塔顶，正在空中围绕着高塔盘旋，不时发出叫声。

塔顶太高了，雪宪上不去。他慌乱地在塔里转了一圈，看见了墙壁上松动的砖块，于是急中生智，使用鱼刺挑了几块下来，成功看见了外面的光线和藤蔓。

或许，他能像那些畸变体一样，抓着这些藤蔓爬下去！

松动的砖块只有少数，缺口无法再扩大，所幸雪宪的身体足够柔软清瘦。他先把东西从缺口扔了出去，然后自己奋力往外挤，成功抓住藤蔓后，只不过往下看了一眼，大脑就一阵阵发晕。

太高了！塔底的一切都变得很渺小。这样的高度让雪宪感到有点儿晕，但比起前两次被龙抓走时的情况要好得多。

一阵狂风刮过，气流掀起雪宪的圣装长袍，让他显得摇摇欲坠。

“嗷——”是龙扇动双翼，围着塔不远不近地滑翔，看样子是在想用哪个角度抓住人类的腰比较合适。想起身上那些被龙爪抓的瘀痕，雪宪忍不住冲它大喊：“你不用抓住我！我自己可以下去！”

藤蔓湿滑，雪宪刚这么一分心，就觉得脚下一空，整个人往塔下坠去。

“啊！！！”看着越来越远的塔顶，雪宪脑中只闪过一道这样的想法——完了！

可身体却蓦地撞上了什么，后背剧痛，疼得他两眼一黑。

随即角度变换，雪宪很快就反应过来，他是坠落在了小龙的双翼之上！那头龙在千钧一发的时刻，用自己的龙翼稳稳地托住了属于它的弱小的人类！

龙发出一声长长的啸叫，叫声久久地在平原上回荡。

龙翼需要扇动才能飞行，狂风中，雪宪来不及庆幸没被摔成肉酱，就赶紧死死地抓住了龙翼的边缘。他被龙翼的动作甩得东倒西歪，于是奋力地往龙背爬去，凭着一股蛮力，他成功抓住了小龙背上最长的两根骨刺，稳稳地趴在了小龙的背上！

随后，他的视野急剧向下。那一瞬间，雪宪仿佛回到了梦里，仿佛再次变成了这头小龙，正在进行一次落地前的急速俯冲。

在梦中和在现实中的飞行体验完全不同，风声呼啸，雪宪的肾上腺素飙升，心跳得极快，连耳膜都在突突作响，赶紧闭上了眼睛。

原来真正飞起来是这样的感觉！

初次飞行体验并不太久，龙很快找到了好的落脚点，轻松落地。

龙爪踩在了柔软的草坪上，雪宪双腿发软地滑下龙翼，忍不住心中的感激，跑到小龙面前："又见面了笃笃多！"

雪宪有点儿兴奋，也有点儿想哭："谢谢你救了我！"

小龙的鳞片和记忆中一样冰凉，气味也和前些日子没有什么不同。

再度重逢，雪宪是很想念它的。

龙却低吼着退了几步，它甩了甩头，随后眨了眨眼皮，一双灿金色的巨瞳里透露出冰冷来，对着雪宪露出口中尖利的牙齿。

"呜……"龙吼道。

雪宪迷茫地往前走去，试图用手去摸它的下颌："你怎么了啊？是不舒服了，还是受伤了？"

小龙扬起脖子躲开人类的手，把头颅抬高，张开双翼，口中的吼声愈发低沉："呜——"

雪宪停住脚步，收回手，花了一点儿时间辨别它的情绪。

最后，他小心翼翼地，试探着叫小龙的名字："笃笃多，你是不是生我的气了啊？"

龙仰头，再次对着天空发出了震天怒吼。

平原大地似乎颤了两颤，惊出树林草丛间的野兽飞鸟，四处奔逃。

主城。

胡迪思上校安排完警卫队事务后来到光明殿，大步走向办公室。

果然不出所料，"明目"出手拦截了星子发送至光明殿的信号，相关人士正与白博士一起，想办法定位"明目"的幕后操纵者。

"报告上校。"见到他进来，技术员如上次一样给出答复，"目标又采用了一种新的加密方式，很遗憾，我们这次又没能及时锁定他的位置。"

办公室里，憔悴的白博士还坐在桌子前，满脸愁容：“上校。”

胡迪思点点头：“白博士。”

其实这个结果众人都有心理准备。“明目”神出鬼没，势力庞大，还有尖端技术和背后力量支撑，脉络早已不知道渗透到了哪些地方，自然不是那么容易被抓到的。

关闭巨幕以后，虽然民众被疏散，但仍有不法分子在外闹事，需要大量人力镇压。今夜注定是个不眠夜，不只是警卫队要通宵轮岗，执政官也下达了命令，要调派军队前来增援主城。

胡迪思上校焦头烂额，挂掉手环上妻子打来的电话，点了一支烟，问:“还有没有别的方式，比如逆向破解？”

技术员说：“理论上来说可以，我们正在尝试。”

白博士眼眶通红，显然整夜没睡：“上校，雪宪学习过如何使用自救定位系统，他发来的消息里一定有详细坐标。找不到‘明目’就算了吧，或许我们可以先破解被拦截的信号，找到雪宪的位置——”

胡迪思打断了他：“当然，白博士，那是我们下一步要做的。现在我们更重要的目标是抓到‘明目’。”

“我怕雪宪撑不了太久。”白博士几乎是在哀求，“他才十几岁啊……那么小的一个孩子，现在该有多绝望。而且，外面还有很多雪宪的簇拥者，现在也是光明殿重获民心的好时机……”

星子失踪，被问责的除了光明殿中负责他安全与起居的人，作为老师的白博士更是首当其冲。但事发当夜，年逾六十的白博士也同样被人迷晕，因对麻醉不耐受，被押上法庭时人都还处在麻醉后遗症状态。

这次事件导致光明殿的威信不再，折损了大批簇拥者，是白博士一直坚守岗位，还组织了数百名簇拥者在光明殿一起为雪宪祈福。

现在好不容易有希望传来，却因“明目”的再次介入而再一次失去了拯救雪宪的机会。

白博士自责不已。

“我想即刻向您申请水行艇。”白博士说，“一确定雪宪的位置，我就会立刻出发。”

胡迪思冷静地指出：“你知道现在的技术不足以让水行艇在风暴港跑个来

回。哪怕是最新批次的水行艇，也只能承受单向水底威压。”

的确没有人能穿越风暴港。那里的海面常年风暴不断，海底还有万米深的旋涡，它们的存在形成了一道天然屏障，将栖息大陆和龙屿划分为两个世界。

可白博士知道，现在军方已经研究出了更坚实牢固的水行艇，只不过还没投入量产。

“雪宪是个坚强的孩子。”胡迪思捏了捏白博士的肩膀，“历任星子都是如此，他们肩负使命，心智坚韧，从来不会轻易被逆境打倒，您亲自培养了他们，没有人比您更清楚这一点。如果他还活着当然最好，我们只是需要时间，迟早会去救他的。”

“至于簇拥者——”胡迪思顿了一下，“白博士，我一向相信光明殿的能力，就像相信前几任星子一样，你们肯定很快就能令民众振作起来。”

此言颇有深意。技术员有所不解，但看见白博士轻微地怔了怔，随后便对胡迪思上校点了点头。台灯的阴影投射在白博士脸上，隐去了他颓然的表情。

忽然，墙上的荧幕上闪过画面。

技术员指着它大喊：“上校！白博士！”

三人一同朝荧幕看去。原本显示着“检测到星子雪宪的信号已上线，连接中。”的字样不见了。

曾经未能跟上黑龙的幽灵 1 号无人机，经过几个小时的飞行，已经成功飞行至星子的手环坐标处。抵达目的地后，幽灵 1 号开启了摄像头，自动寻找活动物体，并将信号源切换为实时画面。

一开始，所有人都没能认出画面中的那道身影是雪宪。那邋遢的、烧焦的头发，充满血污的衣服，不知道是什么动物皮毛做的“鞋子”，还有那瘦削了一圈的、皲裂起皮的脸庞。

他不再是那个圣洁矜贵的星子。若不是那身圣装，他活脱脱就是一个野人。

星子果然还活着！

白博士激动得站了起来，但众人还来不及庆幸，也来不及心疼星子的悲惨遭遇，就看见画面里出现了另一个恐怖的身影。那也是技术员大惊失色的原因。那是一头龙，无穷星上最令人肝胆俱裂的生物，所有领域的霸主。混沌日前的人龙大战中，人类差点儿惨遭灭绝。

这是幽灵 1 号第二次传回有关于龙的正面影像。上一次是夜晚拍摄，拍到的是几乎和夜色融为一体的黑龙。而这一次由于龙屿还是白天，画面拍得非常清晰,相信再也不会有人站出来指出“明目”社团是恶意制作虚假视频了。

那三四米高的庞然大物就站在雪宪的身前，黑色利爪紧紧抠在草地里。

它的鳞片竟然是银色的，人类见所未见，闻所未闻。

主城里灯火通明。虽然光明殿的巨幕被关闭了，但所有居民都在密切关注幽灵 1 号的直播。

几乎是在直播画面切换的同一时间，光明殿外通过私人设备观看直播的簇拥者们就发出了兴奋而惊惧的喊声，声音几欲冲破夜幕。

而在无穷星另一端，画面里那头穷凶极恶的银色恶龙，也正对着雪宪嘶吼。

弱小无助的星子退了一步，瑟瑟发抖，张嘴说了什么，可能是在求饶。

幽灵 1 号的收音零件好像受损了，并没有收到声音。也有可能是“明目”故意为之，叫人们看得到听不到，才能对星子的悲惨遭遇产生更丰富的感受。

但所有人都看见，那头银色恶龙忽然高高地昂起了头颅。

它引颈长啸，似乎下一秒就要把眼前的少年撕碎。

荧幕前的万千父母立刻捂住了孩子的眼睛。

雪宪意识到，原来龙也是会生气的。

这一次离开和上一次在雪域时不同,他走的时间太长了,小龙再不经人事,也能弄明白这一次他不是要出去“捕猎水獭，尝尝不同口味的猎物”，而是想要离开。

人龙有别，语言不通。

雪宪实在不知道要怎么让小龙明白他的离开是必然。

而劫后余生的短暂庆幸过后，他也没有那个心情去解释，只能一次次地道歉。

“对不起。”他对小龙说，并且再次试着去碰一碰它。

“我不该不告而别，你别生气了。”

龙“呜呜”怪叫,嗓子压得很低,听得出来是在威胁眼前的人类不要碰它。

雪宪悻悻然缩回手，觉得这龙实在是很凶，可他终究是内疚的，也不好意思去和一头小龙置气，只得暂时作罢。刚才扔下来的包裹还在塔下，他得先去取回来。

有龙在，塔边已经没有别的畸变体了，暂时安全。

找到包裹后，雪宪抬头望向塔尖，不禁想，那个叫珀尔修斯的人说的是真的吗？

光明殿真的不复存在了？

他们真的以为自己已经死了？

他真的没有办法回去了吗？

无数问题在雪宪的脑中交替。

“咔嚓。”有树枝断裂的声音。

雪宪朝声音传来的方向看去，只见那头小龙抬起黑色利爪，不慎踩断了一棵小树。原来它一直跟在他的身后，哪怕就走了这么短的一段距离，它也要牢牢地盯着它的人类。

雪宪心里又是高兴，又是酸涩，如果他所爱着的那片土地上的人们也是这样就好了……

小龙真的是来找他的吗？是怎么找到的？雪宪其实非常好奇。

他捡起包裹站起来，往小龙的方向走了两步，想要告诉它，他现在没什么地方可以去，不会再逃走，它不用再这么紧张地跟着他了。

但原本微微歪着头的龙看见雪宪走近，便立刻故态复萌，又龇牙咧嘴地露出了一副凶相。

雪宪一下子就明白了——它只是跟着他，不代表它已经消气了。

这可怎么办才好？在雪宪听过的传说和看过的教材里，可从没提到过要怎么哄一头龙。

比小龙生气更棘手的问题是，雪宪现在完全不知道接下来应该去哪里。没办法，在失去原本的目标以后，并没有一位智者从天而降，指导他接下来应该怎么办。

幸好这里靠近雪原，正如罗多所说，这附近的确没有其他龙的踪影。而且有小龙在，雪宪也不用太担心突然出现的畸变体。

现在他和小龙都还算安全，在这里消磨一些时间也无妨。

天色还早，雪宪冷静下来以后，决定先去寻找干净的水源——他很渴，非常需要补充水分，而且身上染血的圣装也急需清洗。

不管怎么样，他总得是要活下去的。

巴别塔附近有不少湿地，先前雪宪来时也碰到过一些动物，所以他猜水源应该不太远。他跟着地形寻找，大约半个小时后就成功找到了水源。那是一条清澈见底的小溪，受畸变体影响，这里的水质应该不怎么干净，保险起见，雪宪又往上游走了一段距离，这才停下来，在小溪里喝了些水。

龙似乎察觉到了雪宪鲜见的沉默，一直跟在雪宪身后，发出不小的动静。

这一点令雪宪感到安心。

“你真的不理我了吗？”雪宪本来只想问一问，但话一出口，才发现声音里带了些哭腔，“笃笃多。”

“呜。”龙收起双翼坐在不远处，鼻子里喷出热气，粗而坚硬的尾巴在地面上扫来扫去。见雪宪看向它，它又露出了尖牙。

雪宪愣愣地收回视线，看着溪水发呆，只是在看到溪水中的倒影时，被自己吓了一跳。

他完全没有想到自己竟然变成了这副丑样子，刚想用手环的摄像头把自己看得更清楚一点，等抬起空空如也的手腕时，才记起他的手环留在了塔顶的操作间。

倒是手臂上那被畸变体咬伤的地方，伤口还赫然在目。

溪水冷得刺骨，可能是来自雪域融化的积雪。雪宪一边哆嗦着吸气，一边清洗伤口，剧痛、寒冷，加上眼下的处境，让他不禁悲从中来。

焦急、绝望和失落都交织在一起，他终于难以承受，趴在膝盖上呜咽出声。

雪宪感到被抛弃了。从混沌日以来的七百多年间，他大概是第一个被送到龙屿的星子，也是第一个被人们放弃的星子。

没有人会来接他了。

天地之大，他竟已无处容身。

“我们现在为您转播的是幽灵 1 号所拍摄的画面。”电子荧幕里，记者正在激动地解说目前的情况。

星子被绑架后送往龙屿，惨死于恶龙之口，这原本是自混沌日以来发生过的最劲爆的新闻，但谁能想到短短一个多月后，事情竟然有了颠覆性的发展。

“不知道是什么原因，星子身边的恶龙变成了银色。或许他从黑色恶龙口中成功逃生，但是又遇上了另一头恶龙。目前可以肯定的是，龙屿不仅只有一头龙存在，它们不仅没有灭绝，甚至有可能还繁衍得不错。

“据专家分析，现在龙屿正值龙族的求偶期。按照龙的生活习性，它们极有可能把星子当作了求偶期的储备食物。

“好消息是，预料中星子被银鳞恶龙蚕食的情况没有发生，现在星子被胁迫走到了水源旁边，恶龙紧随其后。

“我们可以看到星子身上有伤，圣装上也有不少血迹，不知是否已经和恶龙展开过一场恶战。他的伤势到底如何，能不能想办法自救，这是令全人类都揪心的问题。但我们能确认的是，星子非常勇敢……”

光明殿外除了簇拥者，还涌来了大批民众。

他们通过手环、平板等观看幽灵 1 号直播，不停在殿外呼吁“拯救星子”“剿灭恶龙”。

人声鼎沸，整个主城一团乱，相信这样的情形已经遍布整个栖息大陆。有人发来情报，就连栖息大陆以南的安城政府，也受到了簇拥者的冲击。

重度畸变体被送往龙屿的这个“非人道毁灭”的问题还没解决，四处都有反抗的声音，前一周还出现了中度畸变体集体行动，毁灭医院抑制剂仓库的新闻。而星子还活着，并随时有可能被恶龙吃掉的事实，加剧了政府与簇拥者之间的冲突，可以说是火上浇油。

主城警卫队出动大量警力，城市上空盘旋着飞行艇，强光照射着下方的人群。

“请所有居民立即回到家中！

“否则我们将使用强硬手段驱离！”

人们不退反进，展开了游行。情况乱成了一锅粥。

胡迪思上校分身乏术，二十分钟内就接了好几个电话，最后一个是来自栖息大陆首席执政官的，这令他再次感到事情的严重性，不由得站直了：“长官！”

电话那头却不是执政官本人，而是来自早已退休的菲·科尔森教授。

菲·科尔森出身医学世家，栖息大陆的第一支抑制剂就是由她的家族发明的。当然，她本人博学多识，声望颇高，曾在首都学院身任数职，退休后也在执政厅做特别顾问。

“胡迪思上校，晚上好。请让白亚德博士接电话。”

菲·科尔森教授已经八十多岁，今夜对她来说也是不眠夜。

她的声音苍老发颤："我有些信息需要和他分析。"

白博士最近精神不稳定，并未佩戴手环。

他曾上过菲·科尔森教授的课，是她的学生。听到老师来电，他这才从荧幕中的雪宪身上移开视线："老师，我是白亚德。您看直播了吗，现在雪宪——"

"看了。"菲·科尔森打断了他，"我现在打电话来，是有紧急信息要和你讨论，方便去个安静的地方吗？"

白博士拿着胡迪思上校的手环，见对方心领神会地对他点头示意，便大步走了出去，来到另一间无人的屋子。

环境变得安静后，菲·科尔森教授开门见山地说："亲爱的白亚德，相信你也看见了，直播的画面中出现了一头银色的龙。"

"是的老师。"白博士说，"我正在考虑它的异化原因。是黑色素缺乏，类似于人类的白化病，还是同族不同色系杂交，繁衍谱系的问题。我们还是……第一次看到银白色的龙。"

白博士说得很快，语气焦急。毕竟比起异化的银色恶龙，他更担心星子的安危。

"或许并不是第一次。"菲·科尔森这样道，又问，"你有没有听说过龙中的亚魔种？"

白博士："亚魔种？"

"是的。"菲·科尔森说，"我的曾曾曾祖父，那位殁于混沌日的，大名鼎鼎的斯图·科尔森……"

"我知道，斯图·科尔森先生是很伟大的生物学家和作家。"白博士说，"我拜读过他的作品。"

"没错，就是他。"菲·科尔森应了一声，继续说，"我曾经在很小的时候，阅读过一本他的手记，对其中一段关于龙的描述记忆颇深。"

她娓娓道来："手记上写道，龙中的亚魔种，也被称为变种，和其他所有的龙都不同，它拥有银白色的鳞甲，金色的眼睛，体形远比别的龙要庞大。亚魔种是一种多生命形态生物，是具有高智慧的生命体，数量极其稀少，没人知道它是怎么出现的。"

白博士眉头紧锁，仔细聆听。

“我的曾曾曾祖父大胆猜测，亚魔种极有可能是一种融合。”

菲·科尔森说到这里，语气也有些不可思议。

“我们知道人类在无穷星上的畸变，某种程度上也是一种未解的融合。”

“您的意思是，这个……亚魔种是龙和其他生命的融合？”白博士道，“这怎么可能呢？如果是真的，怎么会毫无记载资料？”

菲·科尔森说：“我也不清楚。在很长一段时间里，我都以为这只是斯图·科尔森的一种设想。你知道的，他还是一位大名鼎鼎的作家。直到今天——”

白博士替她说下去：“直到今天您亲眼看见了银色的龙。您认为和雪宪在一起的，可能就是手记中记载的亚魔种。”

“是的。这种可能性极高，如果是真的，或许阴差阳错中，星子殿下遇上的就是传说中的亚魔种。”菲·科尔森站在科学家的角度说，“这很有研究的价值。”

“手记在四十年前连同别的文物一起，被捐献给了光明殿。要是你还能找到记载，那么我们就可以请示军方和科学院，想办法穿越风暴港。”

这个消息并没有让雪宪现在的处境变得安全，但如果他们真的能申请到和军方一起穿越风暴港，那么只要雪宪还活着，就有了一丝希望。

白博士忧心忡忡，又和菲·科尔森聊了两句，在要返回房间之前，他忽然想起了什么。

“老师。”

“怎么了？”

“您说，亚魔种是多生命形态生物。”白博士问，“那么除了龙的形态，它还会有……”

“人形态。”菲·科尔森说，“我还在手记里看到过亚魔种的解剖图，我很确信，它们的另一种生命形态，看起来和我们人类……几乎没有多大差别。”

雪宪本来只是想小小地发泄一下情绪，没想到越哭越伤心，眼泪一串串地往小溪里掉落，竟有些控制不住。

“哗啦啦——”岸边的石子落进小溪里，溅起微小的水花。

他被惊了一跳，下意识以为是畸变体又来了。

随后余光看见一只巨大的黑色爪子，他这才想起来陪在身边的是那头小龙。

龙盯着雪宪胳膊上的伤口，让雪宪有些迷茫："嗯？怎么了？"

龙没有回应雪宪，而是放低布满骨刺的头颅，不断轻轻地用鼻息拂过雪宪胳膊上的伤口，像是想吹去雪宪的伤痛。

那伤口已经被清洗过，但畸变体咬得很深，一圈齿痕皮开肉绽，看起来颇为可怕。

"呜……"龙吹一下，又愤怒地低吼一声，如此反复。

雪宪明白过来，小龙以为他是在为胳膊上的伤口而难过，以为人类太过弱小，所以才会因为疼痛哭泣。因此，它连自己还在生气这件事都顾不上了。眼泪迅速充盈雪宪的眼眶，他试探着地喊了龙的名字："笃笃多……"

"由卡。"意识中小龙的声音变得比之前低沉，带了情绪，比之前要稳重一些，也温柔了一些。

雪宪的鼻子一酸，爬起来不管不顾地摸了摸小龙的脖子："笃笃多！"

被摸脖子的龙很明显地怔了怔，好像有些想起来自己还在生气。但是，动物的行为永远要比人类简单直接，它虽然很矛盾地再次发出了骇人低吼，却又凭着本能把脑袋往雪宪身上靠了又靠。

雪宪几乎是得到了一个类似拥抱的回应。

他哽咽着，把满是眼泪的脸靠在小龙的脖颈上。

对于雪宪的靠近，龙非常兴奋。它扇动起宽大的龙翼，抬起爪子碰了碰雪宪，结果一个用力过猛，把雪宪按倒在地。

雪宪觉得这头龙笨死了。可这么简单的一点儿回报，就让小龙与他冰释前缘，所以即使他被压得又哭又笑，却依然没有挣扎。

主城那边。

看到这一幕的人们纷纷发出了惊惧的呼喊。有人不忍再看，把脸埋进了亲人的肩膀，有人流出眼泪，为星子祈福，也有人在论坛上抨击执政者不作为。

"上校！"士官接听完电话，这样对胡迪思上校汇报道。

"联防部已经准备切断全网连接点，情况紧急，大约会在一分钟后重启网络。"士官说，"这可能会导致民众恐慌的情绪加剧，上级部门要求我们做好应对措施！”

胡迪思上校冷峻道：“警卫队已做好一切准备，无条件配合。”

画面中，那头银色恶龙将星子完全挡住了。

镜头只能拍到一点儿星子的黑色发顶，不知道他是否还活着。

很快，重启进入了三十秒倒计时，29、28、27……

正在这时，那头银色恶龙忽然扬起了脖子，冲着幽灵 1 号的机位张开了大嘴，仿佛正在狂吼。幽灵 1 号不能传递声音，众人只看见恶龙的胸腹处发出耀眼亮光，紧接着，一团龙火从它的口中喷涌而出，铺天盖地而来。

画面彻底变得一片漆黑之前，人们隐约看见星子还蜷缩在恶龙爪下。

……

雪宪先是听到小龙喉咙里忽地发出低沉的威胁声，正想问怎么了，就猝不及防地，被突然暴怒的小龙吼了一耳朵。

“嗷——”熊熊龙火喷涌而出，连附近的空气都变得滚烫灼人。

雪宪被护在龙翼之下，等喷完火才敢动弹，他揉着耳朵爬起来往四周看去。

他本以为是附近出现了新的畸变体，或者是别的什么危险。但小溪附近空荡荡的，连一只鸟都没有。地上只有一些燃烧后的灰，零零散散的，看不出来是什么东西的残留物。

一阵微风吹过，地面上就连渣都不剩了。

“怎么了？”雪宪惊诧地回头，却看见小龙坐在原处，它的后背小弧度弓起，这是个预备攻击的姿势。它瞪着一双灿金色的眼睛，警惕地看着天空。

雪宪顺着它视线的方向看去，却仍然什么也没看见：“你看见什么了，笃笃多？”

龙没有马上做出回答。又过了足足十几秒，它才完全松懈下来，重新来跟雪宪玩耍。

但是被这么一打岔，雪宪就有些不好意思了。

他当然还是很难受的，可是发泄了这么一场以后，已经不再是软弱到要对着一头小龙哭泣的状态了。龙族一般是八岁就成年，这头小龙连他的一半年纪都还不到，这让他哭完以后有点儿赧然。

雪宪在小溪里洗了一把脸，又把圣装的上衣脱下，撕下一小块剩余的、暂时充当包裹的里衣布料，作为毛巾给自己擦拭。畸变体的黏液不仅溅脏了他的圣装，也溅射到了他的脖颈耳后。

当然，这回小龙还是在旁边陪着他。不过这回小龙做得很好，没有把他往小溪里面推，或许是它还记得上次做错了事惹雪宪生气，或许是觉得这条小溪太浅了。

雪宪快速擦拭完自己，先披上了狼皮保暖，随后才将圣装放进小溪里清洗。

在清洗圣装时，他盯着溪水里那片圣洁的雪白的衣服发了一会儿呆，在圣装差点儿被溪流带走的时候，才轻轻地把它拽了回来。

在和小龙重逢的第一天，他们没有立刻离开这片平原，而是在一片树林里的宽敞之地暂留。在这个地方，以某个特定的角度来看，能瞥见巴别塔的塔尖。

雪宪捡来了一些树枝，请小龙帮忙喷火引燃，用以取暖并烘干衣服。

龙乐意至极，但还是有些掌握不好喷火的力度，差点儿一口气把燃料都作废。

还好雪宪早有准备，在一旁放了许多柴火，可以随时添加。

先前雪宪炮制的肉干已经不多了，在他往塔下扔包裹时，还有许多肉干都散落在了洼地的黑泥里，现在剩下的肉干少得可怜。

他拿了一些肉干出来，先分给小龙："笃笃多——"

龙只闻了一下，就甩了甩头，还往后退了一点儿，显然是对肉干敬谢不敏。

强大凶猛的掠食者只吃活的猎物。

雪宪原本心事重重，这时被它的模样一逗，顿时只觉得小龙可爱，语气也轻松了不少："我只有这些啦，这些肉还都是你捕到的呢！"

龙伸长脖子，粗鲁地对着火堆呜咽两声，爪子还在地面刨来刨去。

雪宪忽然明白了它的意思。

原来它这么积极地帮忙生火，是以为他们又要吃烤肉了。

"对不起啊，我现在没有肉可以烤。"

雪宪感到有些抱歉，哪怕龙肯吃肉干，这些对它来说也不够塞牙缝。

他问龙："你饿了吗？我可以照顾自己，不会乱走，你可以放心地去捕猎。"

龙不会说人话，当然无法回答，可雪宪知道它肯定饿了。

虽然是从遥远的雪域过来，但按照一头龙的飞行速度，不过是几个小时的路程而已。

可小龙花了这么长的时间，这都是因为雪宪身上的野兽皮毛混淆了他的人类气味，这头小龙无法通过嗅觉寻找到他，或许还曾经走反过方向，所以才会耽误时间。它的食量惊人，这一路上为了寻找雪宪，估计也没怎么好好吃东西。

想到这里，雪宪忍不住问：“你到底是怎么找到我的？”

龙听到提问，仿佛也很疑惑：“咕？”

雪宪温柔地抚摸着它眼下的鳞片和细小凸出的骨刺，告诉它：“你知道吗？在我们分开的时候，我做了很多奇怪的梦，我梦见我变成了你。”

“我变成了你的样子，变成了一头龙，看到了好多好多在天空中才能看见的景色。

“我梦见你在找我，喊我的名字，还经过很多我曾经走过的地方。”

龙温顺地坐着，被雪宪抚摸和抠挠下颌，让它舒服得闭上了眼睛。

“你是不是在睡着的时候，也梦见我了？

“我很乐意变成你，自由自在，天高地远任我飞。

“可是你最好不要变成我。我太软弱了。

“如果不是遇见你，笃笃多，我根本没可能还活着。”

他们在那里坐着，雪宪想，或许小龙会带着他重新回到雪域去，如果可以选择的话，这次他想去一个不那么冷的地方。

另外雪宪也有些犹豫要不要回塔里去取手环，像那些畸变体一样，攀爬着藤蔓再次去到塔顶。只要他这次足够小心谨慎，就一定不会再从上面掉下来。手环里有他以前存下的为数不多的几张照片，都是课间拍下的一些课题。他想留下来做个纪念。

而且……万一有一天奇迹会发生呢？就算不可能，那也是他能与人类社会联系的最后一样物品了。

直至夜幕降临，腹中饥饿的龙也一步都没离开。

雪宪的衣服烘干了，重新穿在身上只觉得浑身暖洋洋的，很舒服。夜晚，他沉沉地睡着了。这一觉睡得很甜，直到半夜时才感觉浑身难受，口干舌燥。

或许是被畸变体咬出的伤口开始发炎，或许是受了风寒，又或许是因为心理受创，思虑过重……雪宪很清楚地知道自己在发烧，烧得他脖颈的脉搏都在突突地跳。

“由卡……

“由卡格拉姆……”

他听见小龙的声音，又低又沉。朦胧的感应中，他仿佛心领神会，有一点点听懂了小龙的低语。他迷迷糊糊地想，是你的由卡。

一头龙根本没办法照顾一个生病的人类。

高烧中的雪宪陷入轻微的昏迷，并在持续的梦魇中抽空意识到了这一点。

他需要喝水，补充水分，然后吃退烧药，使用擦拭体表等方法进行物理降温。

持续不断的高烧会使人脱水，抽搐，引起脑缺氧损伤大脑等，雪宪学过这方面的课程，虽然他从小到大几乎没有怎么生过病，光明殿的人总是把他照顾得很好。作为星子，雪宪只需要关注上课和接待畸变体这两件事，别的都与他无关。

这次雪宪没有做关于光明殿的梦。

没有梦见白博士、蜜儿，或者柔软的铺了鹅绒被的大床。

他只是觉得很冷。他很清楚自己在哪里，他知道自己正蜷缩在小龙的龙翼之下，冷得瑟瑟发抖。

“他们不再需要你这个傀儡。”

简陋惨白的面具上，画着一只血红色的眼睛。

“世界上不再有光明殿，人们也不再需要星子。”

空荡荡的塔里，面具后的那个人说：“没有人会穿越风暴港，来救一个没有利用价值的死人。”

没有利用价值的……死人。

声音不断回荡在塔里，回荡在雪宪的大脑里。他不愿再反复重温那一刻，却控制不了画面的浮现。而小龙的低语时不时地挤入他的脑海，给他带来了一些清明，让他像抓住一根救命稻草般努力地感受小龙的意识，用以保持清醒。

龙不懂得分辨人类的身体表现。一开始，它还兴奋地看他发热的皮肤上，那些因热度而冒出点点微光的刺青。

夜色中，龙发出嘶哑的低鸣，扬起尾巴，想要围着雪宪绕圈。

“呜……”龙庞大的身躯挪动，龙翼擦过雪宪瘦弱的身体，硌得他生疼，他隐约听见周遭有树木石块掀动的巨响，几乎以为地震了。

龙很兴奋，不停转圈，如在进行一场原始的仪式。

雪宪感受到了一些属于顶级猎食者身上的煞气，还夹杂着草木气息。事实上如果他这时有力气睁开眼睛，仔细看一看的话，他就会发现小龙灿金色的眸子正隐隐发红。

“别跳了……笃笃多。”雪宪觉得天旋地转，迷迷糊糊地说，“你好吵……我，我很难受。”

龙：“咕？”它听到喊声就扑腾过来，重新坐在雪宪面前，好好地收起了龙翼。

女星光芒照射下，雪宪缩成小小的一团，他齿关打战地告诉小龙：“你不许……再跳了。”说完雪宪便昏睡了过去。

中途，雪宪短暂地醒过一次。他感到冷风在脸上刮，腰间生疼，头很重，他奋力地把眼皮掀开一条缝，看到下方郁郁葱葱的树林。原来他正被小龙的龙爪擒住，以很慢的速度飞过平原。

要回那个雪域中的溶洞了吗？他这么想着，就又闭上了眼睛。

之后的一切都变得很虚幻。

雪宪听见了小龙的呜咽，它好像终于认识到这个人类生病了。

高烧中，雪宪一开始发冷，后来便开始发热。

他光洁的额头冒出冷汗，无意识地呢喃，睁开眼睛时看到一具羚牛的尸体。

羚牛仍在微微抽搐，但正被小龙用黑爪子摁住。

见到雪宪醒了，小龙便伸长脖子凑过来，银白色的鳞片反射出忒亚的光，刺眼得让雪宪的大脑一阵阵地疼。

“库木拉卡多……”小龙在低语。

雪宪根本吃不下任何东西，更别提一整头羚牛。

随着女星升起，忒亚更迭，羚牛换成了一头马鹿、一只变异兔，甚至几条鱼。

龙好像已经想了很多种办法，雪宪每次被叫醒，都能看得见不同的猎物。

为了它养的人类不要死去，龙一直忙碌着。

雪宪的嘴唇干裂，喉咙像要着火了一样，认为自己差不多就要死了。但下一次睁眼时，动物的尸体就换成了一些水果。水果各式各样，大小不一，都堆在地面上。

他听见小龙在焦躁地抓挠地面，感到它的气息不断掠过自己的脖颈发梢。

歪打正着，龙这一次弄对了。

雪宪伸出手去，想要够到一个水果，龙见状主动用吻部拱了水分最多的一个过来。

雪宪躺着咬了几口，水果甘甜的汁液浸湿他干裂的唇，滋润他冒烟的喉咙，让他的意识回笼，空荡荡的胃也在绞紧。于是他挣扎着爬过去了一点儿，一个接一个地吃着，像一只正被哺育的幼兽，已经失去所有作为人类的价值，进食只为搏命。

龙冲着天际，发出一声长长的龙啸。

雪宪不知道小龙接下来要带自己去哪里，但他稍微有了点儿力气，就在小龙下一次要用爪子来擒他的腰部时他拒绝了。他让小龙俯下身体，自己手脚发软地踩着龙翼往上爬。

龙完全没有拒绝。

雪宪成功趴在龙背上，凭意志支撑，紧紧地抓住了它后背凸起的两根骨刺。

龙翼扇动，雪宪模糊地看见远处绵延的山体、繁茂的树林，还有不远处潺潺流动的小河。

小龙没有带他回溶洞，但是他们好像已经不在平原了。

这次雪宪病了整整三天。

不，或许是四五天，他不能确信自己是否每天都有醒来。

人体免疫系统取得了最终胜利，高烧完全退去时，雪宪发现他身在一处凸起的山崖平台，从这里望去，能第一时间看清山坳全貌，不管是天空还是地面，只要出现危险的信号，都能在第一时间发现。

山崖植被茂盛，有许多参天古树，非常便于隐匿，哪怕是小龙也能隐没身形。它很有经验，所以选取了除雪域外最有利的据点。

小龙不在，但雪宪睡在它铺好的熊皮上，身边的水果快要堆成一座小山，所以他知道它一定就在附近，自己很安全。

“呼啦，呼啦。”雪宪听见风吹过布料的声音。隐隐约约地，很真切，像光明殿里被风刮起的厚厚的窗幔，那记忆变得遥远，仿佛上辈子的事。

大病一场后雪宪觉得身体很轻。他的骨头像要散架了一样，走起路来都有些趔趄。顺着那风的声音，他扶着一棵棵树木前进，在没多远的地方发现了树木顶端正随风飘扬的降落伞，以及不远处那一大半都埋入森林泥土中的飞行艇。

那是一架编号为 F353 的飞行艇，曾在混沌日前的大战里被军队征用，做过勘察机。

它怎么会在这里？

自上次在靠近海岸线的地方看见过零件堆成的小山后，雪宪几乎没在内陆看见过来自人类世界的交通工具。

那艘飞行艇周身布满青苔锈迹，破损不堪，看起来落在这里已经有很多年了。而树上的降落伞使用的是特殊材料，不可降解，虽然历经风吹雨打，但有大半布料仍然完好。

不难猜测，也许当初被降落伞盖住的只是一颗种子，现在它长成了十人都不一定能合抱住的参天大树，将降落伞长进了枝丫树干，变成了它的一部分。

飞行艇侧翻在森林里，朝上的舱门斜斜地吊在艇身，不知道里面都有些什么。

出于好奇，雪宪爬上了飞行艇，但飞行艇里面满是落叶。

人是无法进去的，也看不见里面的东西。

不过雪宪在腐烂湿润的泥里看到了一根三指宽的布带，布带只露了很小的一截出来，一端挂在舱壁上，暂时没有被泥土淹没。

那是军用急救箱的布带，雪宪以前在警卫队的飞行艇上见过。

这么多年过去，急救箱里就算有药，也肯定不能用了。但是这种箱子密封性很好，里面的绷带、剪刀或者镊子等物，以及急救箱本身都有很大的利用价值，如果能取出来是很好的。

经过这一次生病，雪宪明白了有备无患的道理。

不管那些东西能不能用上，他现在都不能拒绝任何一次充实行囊的机会。

布带的位置有点儿深，雪宪的手有些够不着，于是他又去找了一根分叉的树枝，重新爬上飞行艇，希望用树枝去勾住布带，把急救箱拉上来。

“呼——”一阵风忽然穿过林间，刮过雪宪的脸颊。

紧接着，重物落地的声音传来，雪宪立刻感受到了属于小龙的独特的气息。

“笃笃多！”他头朝下，大声喊着小龙的名字，“我在这里！”

龙给予了回应——从雪宪来的方向伊始，成片的树木开始折断或倒塌，那龙挤不进森林，就靠着一身蛮力，干脆把森林夷为平地。一时间仿佛天崩地裂，趴在飞行艇上方的，半个身体往内的雪宪被震动晃得摇摇欲坠，大喊着停止。

毁灭停止了，龙也到了飞行艇边。

见到奄奄一息的雪宪醒来，它兴奋地用吻部去嗅雪宪，发出低沉的声音。

“我在找东西！”雪宪看不见它，但知道它想干什么，“马上就够到了——”

“咕？”龙发出疑惑的声音，凭借高度优势，也要凑过来看飞艇内部。

龙的大脑袋一来，舱门的光线就被挡了大半。

这下雪宪什么也看不见了，只好喊道：“退后一点儿，你挡住我啦笃笃多！”

龙听话地移开了：“呜。”

但雪宪被它不慎碰到，身体差一点儿滑入艇中，幸好龙眼疾“嘴”快，用牙齿咬住了他的衣服。

雪宪也用树枝戳中舱壁，稳住了身体。

呼，差点儿掉进去，雪宪松了一口气。

这时，飞行艇中有什么东西“啪嗒”响了。

一种奇怪的细小的高频音出现。

仿佛魔音穿耳，龙狂乱地甩着头大步后退，发出了难耐至极的嘶鸣声。

眨眼间那高频声音不断放大，龙痛苦的挣扎愈发剧烈，雪宪瞬间明白自己戳到了什么开关，眼疾手快地再次戳过去，将音频关闭了。

人类与龙族的听力范围不同，这种高频对人类无害，但对龙来说难以承受，在战斗期间是一种非常有效的压制手段。

雪宪没想到这种用作勘察机的 F353 飞行艇中也配备了这样的武器。他不再去够那根该死的布带，全力后退着抬起身体，随后便慌忙地跳下飞行艇，跑向小龙：“笃笃多——”

龙还在甩头，浑身鳞片立起来，鼻子也在不断喷出热气。

雪宪来到它面前时，却有点儿傻了。

怎么在他生病的这几天，这头龙……好像突然长大了？

原本属于小龙的略显圆润的头颅变得棱角分明，身量长高了好几尺，脖颈更加修长，双翼也变宽了。虽然体格还不到成年龙的强壮程度，但那从脸部一直蔓延到后背的骨刺，都变得更加凸出和尖锐。

见到雪宪在它面前站定，龙最后甩了一次头，冷静地收起竖起来的鳞片，坐得直直的，用那双狭长的、灿金色的眼睛，居高临下地看着眼前弱小的人类。

雪宪几乎都觉得它有些陌生了。

他的心情一下子变得很奇妙，像见证一个孩童长成了少年般，胸口塞得满满的。

雪宪抬头望着它，发自内心地赞美："你变得好帅啊，笃笃多。"

龙的成长速度总是会在某个时刻产生巨大改变，并非如人类一样，有较为长期的阶段性。

教科书上说龙的蜕变往往伴随着痛苦，骨骼肌肉的剧烈拉扯都会让它们进入软弱期，大部分龙会选择回到族群中，或是找个安全的巢穴来完成这一过程。

显然眼前这头小龙是没有的。

在雪宪生病的期间，它白天忙着寻找适合人类休憩的地点，捕猎，采集水果，夜里就守在雪宪身边，将雪宪拢在龙翼之下入睡。雪宪都不知道它是怎么熬过那种痛楚的。他百感交集，凑得近了些，轻声安慰它："没事了！我已经把那个东西关掉了，不会用它来伤害你。"

"永远不会。"

"呼。"龙轻轻喷了一口气，非常信任它的人类。

"你现在长得好高了。"雪宪喃喃道，"别的龙也没那么容易欺负你了。真好啊，笃笃多。"

雪宪最终还是把那根布带下的箱子扯了出来。

箱子表面布满淤泥，而雪宪方才在山崖上看见不远处有一条小河。他去河里把箱子洗了洗，为了安全起见，回到平台之上才打开。

龙虽然成长了不少，但依然充满好奇心，趴在雪宪身边看热闹。

有点儿遗憾，雪宪找到的不是一个医药箱，而是工事箱。仔细分辨的话，会发现其实布带和箱体的颜色都与医药箱不同，只不过因为年岁久远，它已经褪色了。

但雪宪慢慢地想起来编号 F353 的飞行艇的运作方式。

这种飞行艇体积很小，驾驶舱只能容纳一人进入。混沌日前作战期间，它曾搭载潜艇来到龙屿，进入龙屿后便作为基站，释放数架无人机展开侦察活动。经过改造，它搭载了一种音频发射器，不仅能发射高频造成一公里内的龙瞬间瘫痪失去战斗力，也能发出和龙相似的叫声频率，用以惑敌和自保。大战后，以风暴港为起点的海底出现大量深渊旋涡，潜艇无法再抵达龙屿，也就再无飞行艇来这里了。

但雪宪刚发现的飞行艇肯定不是混沌日前抵达这里的，它看起来最多落在这里几十年，只是雪宪无法判定。

撬开工事箱花了些时间，雪宪一边想办法，一边吃了点儿龙带回来的水果填肚子。

“沙沙。”风刮过树梢，刮起雪宪宽松的外袍。

他柔美的脸部线条、专注的眼神以及外袍鼓动下清瘦的躯体，都让龙移不开眼睛。

成功打开箱子的一瞬间，雪宪脸上出现雀跃的神情，眼睛也亮了，整个人都变得更加生动。

“哇，让我们来看看到底都有什么。”雪宪用一种近似于自言自语的语气嘟囔道。

“一把军刀。”他拿起一把短刃军刀，抽开来看了看，惋惜地说，“生锈了啊。”

“不过可以磨一磨，比原来那块尖石头好多了。”

“一个小盒子。”他说，“里面会是什么呢……啊，原来是一副墨镜。”

墨镜完好无损，可能是飞行员的备用眼镜。雪宪把它戴在脸上，镜框有些大，滑到他的鼻尖，但他还是颇有兴趣地戴着，并继续翻找下一样物品。

在一些过期的薄荷糖、巧克力还有不知道用来干什么的零件螺丝下面，雪宪又找了一个粉色的小扁盒子。他好奇地打开来，亮光闪了闪，龙立刻龇牙发出了威慑性的低吼。

原来这是一面小镜子。

雪宪想，那名飞行员可能是一位女性，不，也有可能是一名随身携带着妻子贴身物品的飞行员。几十年前出于某个原因他们和他一样来到了龙屿，忍受漫长的孤独，来执行任务。

雪宪在镜子前照了照，看到了一张瘦削的脸。

他的眼睫毛和眉毛都已经长了一些出来，烧焦的头发也是，看起来不像之前那么丑了。

不过，他现在已经完全不在意这个，倒是龙在一旁的反应让他有点儿想笑。

“笃笃多，你看，这是镜子。”雪宪把镜子朝向呜呜叫的龙，“这个里面是你。”

亮光闪过，龙仍不停止低吼。

雪宪就凑过去，像上次拍照一样靠近它：“看，里面还有我。”

龙用一双冰冷的金瞳看向镜子，回忆起了什么，慢慢地放松，随后便伸长脖子，用头颅来蹭雪宪。它现在比以前大好多，雪宪一下子被推倒在地，被逗得直笑。

龙好像很喜欢雪宪笑，还想和他继续嬉闹：“唔——”

雪宪病刚好，还有点儿虚弱，便任由它闹了一阵，然后才坐起来继续看箱子里面的东西。

让雪宪意外的是，箱子里还有一个和箱底差不多大小的电子笔记本，因为卡得正好，所以他刚才没有在第一时间发觉。

他把电子笔记本倒在地上，不确定它还能不能使用，但是可以先充能——忒亚光中有一种特殊物质，可以快速合成光能源。这种电子笔记本和手环一样，都采用了这样的技术。

雪宪把电子笔记本的后盖打开放在忒亚光下，大约一个小时后，竟成功地把它开启了。

电子笔记本里有不少飞行员留下的侦察信息，笔记也很清秀。

总体来说，笔记是以一张地图的形式展现的。

以风暴港为界，将龙屿的地图与地形都勾勒出来，但主要信息点都集中在其中一片很小的区域，侦察应该是分区域进行的，笔记上记录的是这艘飞行艇的侦察范围。

将笔记放大后，地形、山脉溪流的走向都清晰可见，雪宪很快就找到了靠近雪域附近的那座平原上的巴别塔，顺便也找到了他们现在的坐标。原来龙没有把他带离太远，而那座巴别塔是一百二十座中的第一百一十八座。

笔记上用不同颜色标记了附近的龙巢数量。

红色表示非常密集，在距离他们很远的位置，约 32 个，橙色表示一般密集，仅有一处，约10个，黄色表示少量，共有五处，分别为4个、3个、5个、1个和4个，绿色则表示安全。

雪宪微微睁大了眼睛，他们现在的位置附近就有一个黄点。

虽说笔记已经是几十年前写的了，但这还是让雪宪有点儿紧张，因为他知道在生态环境稳定的情况下，动物的繁衍情况只会越来越好。

在雪宪听过的历史里，人龙大战后，人类取得了胜利，而龙族被灭绝。

现在他知道这不仅是个谎言，而且还有许多他们这些后来者不知道的秘密。

这个电子笔记本给了雪宪很大的帮助——除了附近的龙巢排布，他还看见了一处军用补给站，那是用来给附近的侦察机补充必需品的地方，应该资源充足。

龙刚吃了一头野猪，正蜷缩在一旁睡觉。

雪宪拿着电子笔记走过去，轻轻跪坐在地上，对小龙说："笃笃多。"

龙懒洋洋地睁开眼皮，以示回答。

"我发现了一个地方，可能有人类留下来的很多东西。"除去武器，雪宪说了他认为有用的东西，"比如罐头、饼干……毛巾、衣服、棉被等等，都是人类生活中所需要的。"

"那些东西在先民时期就有了很好的保存方式，如果我们能找到的话，说不定都还可以使用。

"那里应该很大很安全，我和你都可以在里面暂住，不用担惊受怕。"

不管小龙能不能听懂，雪宪还是诚实地说："可能也有通信器什么的，能联络栖息大陆。"

雪宪从发现补给站的心潮澎湃中逐渐冷静下来，病了这几天，他迷迷糊糊地思考了很多。

他不是笨蛋，没那么容易完全相信"明目"的话，因此对"光明殿被炸了个干净"的说法存疑。但是他也不再像以前一样，盲目地去相信掌权者，去执行所谓的净魂仪式。

龙抬起了头，用狭长而冰冷的灿金瞳看着雪宪。它沉默着，没有发出"咕"或者"呜"的声音，在雪宪以为它没听懂的时候，它的意识传入了他的脑海。

这一次，龙的低语更加晦涩难辨。

它说了一串很长的音节，仿佛自遥远的雪域而来，带着凛冽的风。

“你是在问我，还会不会回到我的世界里去？”雪宪试探着问。

不知道为什么，他好像偶尔能意会龙想表达的含义。

就像在梦里，他变成这头小龙时一样，他似乎和它产生了一种难以解释的连接。

雪宪思考了很久，才回答道：“我不知道。”他慢慢地说出自己的真实想法，“我只是想弄明白我到底是个怎样的存在，想搞清楚我的责任是什么，想找到……我活着的意义。”

龙听见了少年的心跳，从懦弱、紊乱到坚定，他的心脏一下一下，撞击人类单薄的胸膛。

比刚来时要重，比任何时候都要重。

雪宪给过它承诺。

再也不会扔下它，再也不会不告而别。

因此，龙也给了它的人类选择方向的特权。

“唔。”龙退开了一些，甩了甩头，随即站起来扇动了双翼。

雪宪愣了愣，微笑道：“你愿意带我去吗，笃笃多？”

龙仰头长啸一声，惊得山林间飞出一群鸟。

“好！”雪宪站起来，露出雪白的牙齿和梨涡，对小龙说，“但是不急，我们还有一些事情要做！我要先去把飞行艇上的音频发射器拆下来，带在身上。万一再遇上欺负你的坏龙……”

龙歪着头：“咕？”

雪宪捡起了地上的短刃军刀，戴上墨镜，转过身对龙说：“这一次，换我来保护你！”

ISAR

第四卷

森林篇：指引者

THE WHISPER OF THE DRAGON

XUEXIAN

雪宪只在科学课上拆卸和组装过设备，他要学习的主科也不是这个，更何况这还是一个改造过的军事配件，所以他并不擅长。

不过他说干就干。

飞行艇陷在泥土里不是问题，有小龙在，很快就能把飞行艇刨出来。

雪宪征用了小龙做苦力，等飞行艇被刨出来以后，他就自己想办法把里面的淤泥都清除了减轻重量，最后再让龙把空空的飞行艇拽到他们休息的那块山崖平台上。

宽大的圣装袖子有些碍事。雪宪几乎没有怎么犹豫，就用军刀割掉一截袖子方便自己做事。多余的布料则充当绳子，套在飞行艇的杠杆上，雪宪将其反向拧紧，让凹陷变形的舱壁回正，以便他进入飞行艇。

清除落叶淤泥后，飞行艇里有一股非常难闻的臭味，雪宪钻进去后用布绑在脸上做口罩，勉强还能忍受。但是小龙的嗅觉实在太灵敏了——笃笃多只是因为好奇，凑过来了一次，就躲得远远地再也不肯靠近。

它可是一头挑剔的、爱干净的龙呢！

雪宪使用军刀、工事箱里面的螺丝钉，还有山上捡的石头，敲敲打打地取下了音频发射器，两根手指都起了血泡。

音频发射器不大，和人类的一个巴掌差不多，他可以轻松地把它放进包裹里带走。

龙吃完一整头野猪后不必再进食，但在雪宪去河里清洗自己时，它替雪宪捕了一条鱼。

晚上他们生了火，雪宪做了烤鱼。龙趴在火堆旁，吃了一些雪宪喂给它的肉，最后舔舔嘴巴，意犹未尽。

山风轻柔，月明星稀。这是雪宪来到龙屿后过的第一个非常平静的夜晚。他依旧蜷缩在龙翼之下，听着龙的呼吸，看着头顶璀璨的繁星。

安静的山谷里，雪宪轻轻地念了一首诗。

“死亡也并非是所向披靡，西沉的月亮融为一体；

骨头被剔净，而干净的骨头又消失，

他们的臂肘和脚底一定会有星星……”

“呜……”龙弯过脖子。

雪宪的脸脏兮兮的，有炭火的痕迹，乌黑的眼睛隐隐有水光。感觉到小龙的动作，他伸长了胳膊，摸了摸小龙的脖子。粗糙冰凉的鳞片刮着他的皮肤，哪怕触及他手臂上的伤口，也让他觉得安全。

第二天，他们在晨光乍现时出发。

雪宪睡得很好，精神抖擞，他将所有的东西都打包好，山间有些冷，他还披上了雪狼皮。

按照原计划，雪宪会选择一条相对好走的路，龙能在空中帮忙核对地形——凭龙的聪慧程度，他们的沟通一定会很顺利。可是在他背好包裹准备出发时，龙却对着他，俯下了沉重的身躯。

雪宪在历史资料和影像里，见过人骑龙。不过，那都是在大战前的事了，有的人驯服了恶龙，负责喂食、管束，让龙成为人的坐骑，那样的人被称为驭龙者。不过，凡是智商高一些的龙都是很骄傲的，绝不会允许人类在它们的背上撒野。

先前两次雪宪骑在龙背上，都是有特殊的原因，而这一次，是来自龙的邀请。

"库木多亚那。"小龙的意识以难懂的音节传入雪宪脑海，"由卡。"

"我自己可以走的！"雪宪摸摸它的脸颊，"虽然慢一点儿，但是我靠自己能行。"

它仍在发出邀请。

但是一头龙，怎么会主动邀请人类骑上自己的背脊呢?

雪宪有些犹豫："我不想欺负你，笃笃多。你已经帮我很多很多了。"

龙灿金色的瞳仁里倒映着人类弱小的模样；它眨了眨眼睛，喉咙里晦涩不明地发出了真正的音节："由卡。"那个音节，以龙低沉含糊的嗓音真真切切地出现在雪宪耳边，与这山间的微风一起，古老而遥远。

雪宪怔忡，眉目都舒展开来，他只顿了顿，便来到小龙的身侧，抓住它的龙翼爬了上去。

他坐在龙脊上那一排骨刺中央，两只手分别抓住前方两根凸起的骨刺。龙感受到他的动作，背部往下的肌肉都微微痉挛，大概仍在适应。

"我准备好了！笃笃多！"雪宪大声喊道。

龙抬起上半身，冲着天空发出一声长啸。紧接着，它扇动双翼，载着雪宪腾飞，冲出了山谷平台。

清晨的凉风刮得呼呼作响，雪宪立刻趴下身体，用以减缓风阻，他眯着眼睛，感到身体往左倾斜——那是龙在转向，它并未急着离开，而是在山谷中盘旋了两圈，好像是在让背上的人类习惯空中的行进方式。两圈后，它才迸发出更加强劲的力量往前飞去。

山间的一切都越来越小，越来越远，他们正在升高、远离。

忒亚的金光穿透云层，照入他们身边的雾气，照亮了雪宪的瞳孔，照亮了龙身上密布的银色龙鳞。

雪宪几乎睁不开眼。他戴上挂在脖子上的墨镜回头，从翻腾的云海中隐约看见了巴别塔的塔尖，还有极其遥远的地方，那里有一片白茫茫的雪域。

“再往前——笃笃多——”

这一路上他们没有遇到别的龙，只在一处河边沙地上，发现了疑似龙起飞后的痕迹，所以音频发射器暂时没有派上用场，当然，雪宪也希望最好永远也不要用上它。

他们的飞行速度不算非常快，但大约中午时分，就抵达了补给站附近。

那是一片原始森林。相对他们先前去过的森林和无穷星上别的森林，这里更加原生态——植被构造都以无穷星本土品种为主，一眼望去，几乎难以发现外来物。

树木都长得非常高、非常粗，所以树木的间隙也很宽阔，哪怕龙进入其中也不嫌挤，何况是一架小型飞行艇。补给站建在这里便于隐匿，又方便出入。

除此以外，森林里的藤蔓、低矮植物也要大得多，有些类似于天南星科的植物，一片叶子就有一扇门那么大。在这里一切都好像被放大了，或者说，雪宪差点儿以为是自己变小了。

“我好像有点儿搞不清楚方向。”雪宪拿出电子笔记本，有点儿苦恼，“我们现在是走反了，还是在绕圈啊？”

从笔记本上的标记来看，他们距离补给站不远，但无法从空中确认它的位置。

进入森林后更是摸不着头脑。

雪宪把标记放大，花了很大力气确认出一处标志物，但这么久的时间过去，那个标志物好像也找不到了。龙也凑过来看电子笔记本。它的鼻息弄得雪宪脖子旁边痒痒的，雪宪笑着躲开，顺便也伸手挠了它一下。

龙呜呜地吼着，好像觉得很好玩，又用吻部来碰雪宪，一次、两次，看样子是想把雪宪推倒。这时候他们都变得幼稚，差点儿忘记了正事。

玩够了，雪宪抽出军刀对龙说："我们用笨方法，给走过的路做个标记吧。这样要是我们下次再路过这里，就会知道我们走错了。"

"哗啦。"龙甩动尾巴，扫动了森林里的落叶，也不知道有没有听懂。

雪宪在经过的树干上刻了小小的叉。

路上，他们遇到了一头变异黑熊，那黑熊足有四五米高，体积大得像一座山，也许也能像龙一样随手掀翻一棵树。雪宪走在前面，那黑熊遥遥地看着他，让他的血液都要冻结了。

幸好雪宪的背后还有龙。

看到黑熊，龙没怎么在意，只是"呜呜"发出一种警告，黑熊就转身逃开了。

忒亚的金光透过森林树枝间隙，呈直线状洒落在地面，雪宪看到几只小小的黑团子跟在黑熊身后，一齐逃窜，原来那是一头带崽的母熊。

龙虽然是残暴的生物，但在某些情况下也有自己的原则。

雪宪在原地站了好一会儿，确认那些小熊都跟着母熊跑远了，才重新迈开腿。他们在森林里寻找补给站的位置，雪宪一边刻下标记，一边问龙："笃笃多，你见过你的母亲吗？"

龙："咕？"它好像不理解雪宪的问题。

"你以前是一颗蛋吧。"雪宪想了想，说，"你还是一颗蛋的时候，应该是住在父母的巢穴里，父母轮流孵育，让你破壳而出，变成了一头小龙幼崽。你是有母亲的，你还记得她吗？"

雪宪没有母亲，他只是冷冻库里的一颗受精卵，在培养皿里待到足月后，由光明殿的人亲手将他抱出来，每一任星子都是这样。

龙没有回答，可能是对父母已经完全没有印象了，雪宪猜它的身世一定很可怜，否则怎么会流落在外。

"不记得也没关系。"雪宪说，"你既然来到世上，说明她还是孵育了你，那可是一个很漫长的过程，没有爱是做不到的。"

龙听到这里，眨了眨眼睛。

雪宪就笑了："'爱'可不是吃的，爱啊，是一种很伟大的情感，能抵御世间万物。"

他在树干上刻下标记，收好军刀。他感觉他们已经走了很远了，幸运的是，一路上都没遇到过之前留下的记号，他猜想，方向应该没有出错。

走了几步，他发现龙没有跟上来。雪宪回头时，却看见它还坐在原地，看向树林深处。

"怎么了？"雪宪倒回去问。

"呜——"龙咧开嘴，露出满口的尖牙，面目狰狞。

雪宪猛地察觉了什么，正要回头时，却看见龙的脖颈上出现了一个红色的小点。

有人瞄准了它。

枪口出现在一片宽大的绿色圆叶之下，黑黢黢的，冰冷，悄无声息。

那圆叶后方走出一个佝偻的身影。那是个和雪宪差不多大的少年，头发留得很长，全都编成了小辫子，肤色黝黑。他沉默地看着他们，完全没有放下枪的意思，甚至压了压，下一秒就要开枪——

"等等！"雪宪大声制止道，声音都有点儿变调了。

他快速往旁边走了两步，挡在龙的身前，厉色道："不要伤害它！"

后来，雪宪才想到这枪的威力其实不足以放倒一头龙。

但那时，人类的威胁性行为严重挑衅了龙，也激起了龙对雪宪的保护欲。它怒意十足，根本没有躲开的意思，一团光从它的肚腹处升腾，直冲脖颈，龙火刹那间就将喷涌而出。

"砰——"枪响之后，龙甩着头后退，嘴巴里冒出一阵烟。

一支巨大的麻醉针钉在了它的颈侧。

雪宪立刻拔出了军刀。

"艾诺！"有另一道声音出现了，"放下枪！"

黑皮少年这才放下枪，但目光仍紧紧锁定雪宪，以及他身后的龙。

龙的鳞甲坚硬，皮糙肉厚，对麻醉成分还有强大的代谢能力。哪怕是大战时，一支足量麻醉剂对龙的有效期也不过十几分钟。

树林间哗哗作响，走出的却是一位白发苍苍的老婆婆，她也和黑皮少年一样，背着把麻醉枪。她是一名重度畸变体，但仍精神矍铄，保持理智。

“别怕，孩子。”老婆婆和蔼地对雪宪说，“我们不会伤害你和你的小龙。”

雪宪压根没有想过这里会有人——不是指那种失去理智、只顾着攻击的畸变体，而是有思想的、可以交流的人类。不过，眼下他没工夫细想，既然对方放下了枪，他便立刻去查看龙的情况。

龙狼狈地趴在地面上，双翼散开着，眼皮半合不合，兀自喘着粗气。

雪宪立刻拔下麻醉针扔到一旁，焦急地抚摸它的头：“笃笃多，你感觉怎么样？”

龙没有回答，这头庞然大物已经意识浑浊，失去了行动能力。

“不用担心，这只是普通的麻醉针，用来对付野兽的，对龙的效力不持久。”老婆婆说，“我们一般也不攻击龙。”

雪宪眼眶发红地看向她，半信半疑。

老婆婆更直接地说：“杀死一头龙很麻烦，尸体太大无法搬运出去，肉的腐烂也会影响周围环境。所以这真的只是普通的麻醉针，它一会儿就会好了。”

雪宪点点头：“嗯！”

黑皮少年仍紧张地站在原地，盯着地上的龙。

而老婆婆却往前走了几步，她佝偻的身体凑得近了些，雪宪闻到她身上有一些类似于某种植物的味道，仔细一看，原来她的衣服上沾满绿色汁液，大约是使用了某种植物的浆汁，用以隐匿人类的气味。

难怪刚刚龙没有察觉人类的靠近。

“银龙……”老婆婆打量着龙，“我已经很多年没见过了。”

“您以前也见过银色的龙？”雪宪问。

“是啊，见过。”老婆婆若有所思地说，“你刚才叫他什么？嘟嘟多？”

雪宪又警惕起来，不知道要不要回答。

老婆婆便站远了一些，把自己背上的枪交给了黑皮少年，好让雪宪放松一些。那黑皮少年接过枪，口中咿咿啊啊地发出一些音节，做了些手势，看上去像是个聋哑人。

老婆婆拍了拍他，转而对雪宪说道：“孩子，我看你刚才拿着电子笔记本，一路上还做了不少标记，是要找什么地方吗？”

确认对方真的没恶意，雪宪才回答道：“一个补给站。”

“补给站？”老婆婆问，“你是从哪里知道这里有补给站的？”

“我发现了一艘坠落的飞行艇。”雪宪告诉她发现飞行艇的位置，“在里面找到了补给站的信息，就想过来看看……我们不知道这附近会有人。”

老婆婆便笑眯眯地说：“那你们还是找对地方了。”

经过一番自我介绍，雪宪知道了老婆婆叫阿琳娜，而黑皮少年叫艾诺，他们比雪宪先发现补给站，已经在这里生活好几年了。

这附近常有野兽出没，阿琳娜和艾诺今天出来，是要排查附近的陷阱是否还有效。以雪宪和龙走的方向，再过去不到百米便有一个新布好的陷阱，如果不是艾诺及时出来阻止，那么他们很可能会因为触发陷阱而受伤。

轮到雪宪介绍自己时，他犹豫了一阵子，最后决定像上次对罗多介绍的那样，隐瞒了自己的名字，只说道：“我叫由卡。”

“由卡？”阿琳娜微微诧异，她重复了一遍，好像是觉得这个名字有点儿奇怪。

雪宪不擅长撒谎，很快转移话题道：“这是笃笃多。不是嘟嘟多。它是我的朋友，不是那种会吃人的恶龙。”

说话间龙醒来了，麻醉剂的效力退去，它慢慢地抬起头，阿琳娜见状则护着黑皮少年往后退了几步，口中快速地说了一串模糊的音节。龙本来发着怒，准备一口火把这两人烧成灰烬，但在听到她发出的音节后竟慢慢地收了尖牙，只余喉咙里还有低沉的怒音。

雪宪惊讶极了，因为他非常确定，阿琳娜刚才说的语言，和龙传入他脑海的语言是同一种！

雪宪：“阿琳娜婆婆，您会说龙族的语言？”

阿琳娜则道：“一点点，并不精通。”

雪宪喜出望外，他早就觉得他和龙之间得有一个翻译，没想到机缘巧合，竟然真的让他有机会弄懂笃笃多平时都在说些什么了。

“跟我走吧，我先带你们去补给站。”阿琳娜说，“那儿还有一些你们能用的物资。”

黑皮少年再次迎上来，快速地比画着，看起来情绪有点儿激动。

阿琳娜再次叫了他的名字，坚定地望着他：“艾诺。不会有事的。”

补给站不像雪宪想象中那样，以伪装的形式隐没在森林里。

相反它非常明显地伫立在那里——那是个灰色的椭圆形建筑，周围的地面平整，虽然岁月久远已经长了不少植物，但还是能看出有水泥的痕迹，应该是以前飞行艇使用过的起飞跑道。建筑旁倒着另一架破烂的飞行艇，看起来这里当年曾为多艘飞行艇提供补给。

建筑外晾着一些衣服，种了些菜，还有一个小小的围栏，里面的笼子里养了几只野鸡。

龙经过时，龙翼刮倒了围栏，爪子也不慎踩进笼中，将一窝鸡蛋踩得稀烂。它毫不在意，将头凑过去打量着地面吓得瑟瑟发抖的鸡，冷漠地扫视一圈后，转头看向雪宪。

龙对鸟类完全没有兴趣，而且耐性殆尽，早已不想在这里待下去了。

雪宪能从它冰冷的瞳孔中察觉它的意图，走上前去伸出手。龙低下头，让雪宪碰到它的下颌，试图从雪宪这里得到一些安抚。

笼子是艾诺好不容易才修建好的，现在全毁了。他敢怒不敢言，只死死盯着龙黑色的尖爪，捏紧了手里的枪。他很清楚，他之前能得手全凭侥幸，现在这头龙可是时时刻刻保持着高度警觉。只要这头龙想，它一口火就能把所有活物烧成焦炭，也有能力将整个补给站夷为平地。

龙是无穷星上最强大的生物，是万物的天敌。

艾诺惧怕恶龙，也从未这么近地靠近过恶龙。这种野兽的一条尾巴就比他整个人还长，而且那一身钢片般的鳞甲，口中密密麻麻的獠牙，都在展现着它可怕的战斗力。

看到雪宪的行为和龙顺从的姿态，艾诺的脸上慢慢展现出惊讶来，真的有人可以这样接近一头恶龙吗？

而这时，龙似乎嗅到了人体分泌的汗液，感觉到了人类紧张的情绪，听到了那畏惧的心跳。它忽地掉转头颅，用那双巨大的灿金色眼睛，居高临下地盯着艾诺。

它还记得是谁用枪射了它，龙是很记仇的，只要一口……它就能把他咬成两截。

艾诺全身都开始发抖了，却硬是强撑着没有移动。

一人一龙还在对峙，而那边阿琳娜已经带着雪宪来到补给站大门处，按下了墙上的开关。密码锁当初被他们炸掉并且改造过，所以现在的补给站已经完全被他们控制。

阿琳娜说他们发现这里时，这里的物资基本上没有被动用过，还保有大量的燃料和食物。

“最多的时候，这里曾接纳过八个人。”阿琳娜说，“和我们一起来的就有三个，后来零零散散地又来了几个。人多力量大，情况最好的那段时间，我们开拓了一大片菜地，还养过野猪。一个叫亚历山大的年轻人负责管理分配，他很有能力，食物和物资都消耗得不算快。几年下来，我们已经能实现自给自足。”

雪宪：“那……其他人呢？他们都出去了？”

雪宪猜想其他人可能和阿琳娜艾诺一样，出去检查陷阱，或者捕猎什么的。

但阿琳娜却说：“没有其他人了。”

雪宪不解。

阿琳娜：“被送来这里的人，都是中重度畸变体，畸变只会越来越严重。哪怕是我们再不想，同伴也只会一个接一个地消失。有的人甚至自己就走了，不会留下只言片语。”

雪宪轻轻地“啊”了一声，他太天真了。

看到眼前半边身体都冒着黑气的阿琳娜，他明白正如她所说，在这里，畸变不会痊愈，人几乎只是凑在一起等死，早晚而已。

雪宪：“您……是什么时候被送来这里的？”

皱纹满面的阿琳娜回忆了一下，道：“记不清楚了。我来这里的时候和你差不多大，那时候的执政官叫里昂，光明殿的星子叫米亚，你可曾听说过？”

听她说起星子，雪宪心跳乱了几拍，但还是点点头：“那是混沌日后第七百二十六年，现在是七百七十七年。”

也就是说，阿琳娜来这里至少已经五十年了。

“这么久了啊？”阿琳娜苍老的声音弱了些，但很平和，“谁能想到，我来这里时就是四度半畸变，竟也撑了这么几十年了。”

像她这样的毕竟是少数。

雪宪不知道要说什么好，他甚至不敢对阿琳娜承认，自己就是现在的星子。

雪宪：“那艾诺呢？”

阿琳娜：“艾诺是在这里出生的。他的母亲被送来龙屿时并不知道自己已经怀孕。受畸变影响，艾诺天生就是个哑巴，无法说话，不过他的听力没有问题，我遇到他的时候他才十岁，就已经一个人独自生活了两年。”

当年的检查比现在还要马虎，竟连孕妇也被送来这里。

雪宪心中有什么东西在叫嚣，让他对来到补给站的兴奋一扫而空，心越来越沉。

他们参观了补给站内部，一边走，一边聊。

这里被分出来一些小房间，有的能看得出人住过的痕迹，有的则没有。雪宪还看到了一些手工做的桌椅、毯子和工艺品，那都是以前在这里生活过的人留下来的。

在其中一个房间里，雪宪看到了一幅画，颜料或许是采集自大自然，已经有些褪色了，但是他还是一眼就认出来，那画的是倦鸟花。

倦鸟花，栖息大陆独有的花卉，和雪宪锁骨处的刺青一样。画中花团锦簇，花的形态惟妙惟肖，显然画这幅画的人十分思念栖息大陆。

现在这些房间都空了，当年热闹的光景不再，到处都透着一股寂寥。而最后的一个房间墙壁上有几个清晰的弹痕，还有一些指甲抓挠过的痕迹。

在这个房间里阿琳娜什么也没介绍。

雪宪想起了她刚才说的，同伴会一个接一个的消失，也陷入了沉默。

阿琳娜打开保管舱，从里面拿出不同口味的肉食及蔬菜罐头让雪宪挑选，还说：“你也可以拿一些给那头坏脾气的小龙。”

可以看见保管舱里面的食物已经不多，阿琳娜还这么慷慨，雪宪感激地说：“谢谢。”

阿琳娜笑着：“不用客气。任何情况下人类都应该帮助人类，包括人类的伙伴。”

雪宪忍不住问道：“您是……什么时候发现我们的？”

“你们玩耍的时候。龙是非常敏锐的动物，我们好几次都差点儿被它发现，不过，我看它的注意力都在你身上呢。”阿琳娜的眼睛充满温和，“这次它上了当，下次再有谁想偷袭它可就难了。”

龙的胃口很大，雪宪不知道它喜不喜欢人类的食物，但是从它对烤肉的反应来看，他猜想它大概率是喜欢罐头的。他克制地拿了两三个罐头，虽然还有很多问题想问阿琳娜，可是他心里一直记挂着他的龙，便抱着罐头和开罐器跑去找它。

龙已经没有在和艾诺对峙了。那个叫艾诺的黑皮少年不在，不知道跑去了哪里，只有浑身银白色的龙独自坐在和它差不多高的建筑前。

龙的龙翼都好端端地收起来，尾巴静静地盘在身前，它的黑爪抠着地面，那双狭长的金瞳正看向天空的方向。

下午，忒亚正逐渐下落。女星从另一半天空升起，和忒亚同时挂在天上，用蓝星上的一个成语来说，叫“日月同辉”。

天上有一群鸟儿飞过，形成密集的、有规律的小黑点，让龙微微眯起了眼睛。

感应到雪宪的靠近，龙回过头来。

“由卡。”龙说。

“笃笃多！”雪宪叫了它的名字，“你看，我这里有好吃的！”

龙丝毫不在意他手里抱着的那些罐头。雪宪不太会使用开罐器，忙活了好一阵才成功打开一个，龙只是嗅了嗅，不吃。雪宪观察它的样子，很快地把剩下两个都开了，很遗憾，龙都没有兴趣。看来这种食物和雪宪烹饪的熟肉相差甚远，龙宁愿捕猎活物，也不愿意品尝人类使用了添加剂的产物。

雪宪已经很久没吃过不用剥皮、不用去掉内脏的“正常”食物了。他找了勺子，坐在龙的身旁，一边吃一边说：“笃笃多，刚才阿琳娜婆婆说，我们可以留下来。她说这附近基本没怎么见过龙，很安全，而且这里的房间也有很多，我能得到一张床。”

“可惜的是，这里的通信器早就坏了，没有办法联络外界。

“也许我能在这里待一段时间，和他们学习生活技能。就像打电子游戏……我需要升级。阿琳娜婆婆说艾诺是个很好的射手，而她也会很多辨认草药的知识……对了，她还会一点儿你的语言。”

其实，在雪宪最初的预想里，本来就是打算在补给站待一段时间的，只不过在这里遇到的人类，超出了他的计划。

龙不喜欢用麻醉针射他的艾诺，看上去也不喜欢阿琳娜，更不喜欢这个灰扑扑的人类巢穴。因此雪宪会征求龙的意见——他们早已是生死之交，是最好的、最值得信任的朋友。

“你愿意陪我在这待一段时间吗？”雪宪问，“我学东西很快的。”

“呜……”龙低沉地发出声音。

雪宪又说：“我不想和你分开。”

脱离小龙时期略显圆润的形态，龙很少再露出憨态，总是表现得很高冷和沉稳。

雪宪讲完了这一长串，也不确定它有没有听懂，直觉龙是在表示反对。

“由卡格拉姆。”它的意识在说。

这是较为清晰的一句，雪宪已经听过很多次。

但龙传入雪宪脑中的意识并没有停止，它的身体构造，注定了它无法像人类一样吐露出清晰的句子，上次发出的“由卡”两个音节已经是它的极限，所以它总是用意识来和雪宪交流，这次它传递的意识也很模糊。

“什么？”雪宪问，“笃笃多，你说的是什么？”

“咕。”龙发出叫声，把雪宪拱倒在地，双瞳紧紧盯着雪宪的脸。

让雪宪想起了在溶洞时，他们两个相依为命的情景。

“……库木发。”它重复着，一遍又一遍，一次比一次清晰。

“可可拉日库木发。”

雪宪微微怔住，他好像听明白了龙的意思。

“我会永远陪着你。”龙在对他低语，“不分开。”

龙长大了一些，但不代表它的思维会趋近于人。就像他们在湖中高地初见时一样，龙会仅凭自己的喜好，就直接抓走它看上的人类。哪怕他们刚到雪域时，雪宪哭泣过，哀求过，小龙也只是殷勤地表示依赖，紧紧地跟着他，然后把他抓回了溶洞。

对龙来说，雪宪之所以会想办法离开雪域溶洞，花那么大的力气跑去平原之上，也只是因为他这个人类不喜欢低温环境而已。它现在还太小，不足以抵抗别的恶龙，所以它没有将它的人类带去喜爱的海边，而是依着他，跟随他来到了这里。

除了它的人类，其他的人在它眼中都不值一提，更别妄想将它的人类留下。

这里让龙有了危机感。或许它会考虑毁了这里，或许它会再次霸道地将自己的人类马上带走。

雪宪感受到龙的想法后，心神俱震。除了需要他的民众、教导他的老师、服侍他的侍女，他还从未在什么地方有过这么强烈的被需要感。

雪宪躺在地上，望着小龙的双眼，心里塞得满满的。他微笑着对小龙说："是的。我是你的人类，你是我的小龙。"

"不管发生什么也不会改变这一点的。

"笃笃多。"

"呜……"龙磨着牙，持续地发出不满的吼声。

雪宪觉得它十分可爱，又是骄傲，又是欢喜："我的小龙。"

他们嬉闹了一阵，雪宪身上裹满尘土。不过他已经习惯了，所以在阿琳娜出来叫他的时候，他爬起来，拍了拍身上的土，不太在意现在的自己看上去是什么样子。

"孩子，过来。"阿琳娜对他招手，"我有些东西要给你。"

阿琳娜婆婆自有一套处事方法，年岁大了的人就是这样，仿佛任何时候都处变不惊。

哪怕是龙对她露出凶恶的嘴脸，她仍是笑眯眯的。

雪宪走向她，龙便也将脖子伸过来了。

阿琳娜已经换下了染着草木汁液的衣服，穿着平常的服装，龙巨大的头颅停在她面前，挨得很近，是在确认她的味道。

龙头颅上那密布的银白色鳞片泛着光，密集细小的骨刺也根根分明，阿琳娜身上的黑气混合着普通人类的气味，让龙感到疑惑。阿琳娜没有移动，坦然地让龙嗅自己。随后她又说了一串音节，龙便轻轻打了个喷嚏，将头移开了。

雪宪问："您和它说了什么？"

阿琳娜笑呵呵的："没什么特别具体的含义，大概是我没恶意的意思。"

补给站里，阿琳娜独居在靠近窗户的房间。

窗户是先前那个叫亚历山大的管理者组织和其他人一起动手凿的，取了外面那艘破旧飞行艇上的配件做了玻璃。阿琳娜年纪大了，眼神不好使，所以她便被安排住在了这里。

现在窗户已经被完全封死了，玻璃无法再打开，房间里属于严重畸变体的味道无法散去，不是那么好闻。她摸索着，从床底下找出一个藤编的箱子。箱子有点儿沉，雪宪帮忙搬到了床上，然后阿琳娜在里面找出了一些干净的衣服和鞋子："这些都是亚历山大的。他的个子和你差不多高，你试一试，应该都可以穿。"

雪宪喜出望外："谢谢您！我现在就试！"

他早就想换一身衣服了，尤其想拥有一双鞋子。

现在他身上还是罩着自制的雪狼皮大氅，脚上穿的兔毛靴。这里已经远离了平原和雪域，气温相对较高，他实在是觉得热。

雪宪在起居上是被伺候着长大的，没有过多的隐私感，但衣服脱到一半时，他才后知后觉，他的雪狼皮底下是圣装外袍。虽然袖子被割掉，已经难看得不成样子了，但实在是太有标志性，能一眼看出来他的身份。如果阿琳娜婆婆也像罗多他们一样……

阿琳娜却依旧和蔼地看着他，什么也没有问，只拉过他的胳膊说："这里有处咬伤，伤口还发着红，发炎就不好了。我帮你涂点儿草药。"

草药被涂在雪宪隐隐作痛的伤口上，清清凉凉的很舒服。

雪宪饱餐一顿，换好了衣服，还被护理了伤口，这一天简直是他来到龙屿以后待遇最好的一天。

后来雪宪问过阿琳娜婆婆，为什么不好奇他身上的事。对方只是说："我这一辈子，在这里遇到了一百八十七个还保有人性和理智的人，你是第一百八十八个。每个人都有不同的故事，有不同的、难以言说的理由。不管以前是什么身份，有什么样的过往，在这里我们都一样……我们都是被抛弃的人。"

雪宪瘦了很多，留他一个人在房间继续换衣服的时候，他低着头，看见了自己微微凸起来的胯骨。他曾经有一个愿望，想要长得非常强壮，像竞技场里那些肤色健美、肌肉虬结的拳手一样，拥有坚实的体格。这样才不会在每次遇到突发情况时，就被卫兵以保护为由拉开抱走。

现在看来，他好像暂时变不了强壮了。病后体虚，雪宪偶尔会感到晕眩，他恐怕还得花很多的时间、进行很多的锻炼，才能重新获得健康。

为了能坚定这个目标，最近雪宪也很少再想起光明殿，很少想起生死未卜的白博士和蜜儿他们，只是经常在某个不经意的瞬间，他的心底会闪过沉闷的痛楚。

"我穿好了！"雪宪换好衣服，准备去找阿琳娜，顺便让龙也看一看他的新造型。

刚走出门口，他便遇到了正要进门的艾诺。黑皮少年背着一头刚从陷阱里取回来的猎物，见了焕然一新的雪宪，只是怔了怔，然后便低头沉默地从雪宪身边走过了。

雪宪不知道艾诺是否讨厌自己，但在晚餐时，他得到了艾诺给他端来的满满一碗肉汤。

艾诺在野外长大，从小就掌握了很多生活技能，阿琳娜婆婆说艾诺的年纪最小，但是他是他们这里做饭最好吃的人。他懂得如何去选择最美味的山菌，知道在哪里能采集天然的佐料，能为了取得一点儿食盐，他会花好几天的时间去森林里寻找盐肤木。无穷星上的盐肤木有很多变种，有的时候会误食中毒。曾经有人笑着说，艾诺这小子将来有一天不是死于和野兽的搏斗，就是死于烹饪一途。

龙在这里拒绝进食。无论是罐头还是肉汤，它都只是搭着眼皮，用冰冷的灿金色双瞳轻轻扫过。龙不认为他们会在这里待很久，而且每次进食猎物后，它身体里储藏的能量都足够它撑上几天，让它有拒食的资本。

雪宪自己尝过肉汤，香得热泪盈眶。他又去哄劝龙，想让它也尝尝，但龙无动于衷。

龙焦躁不安地坐在建筑前，其间起来活动过一圈，将艾诺的鸡笼完全踩榻，让野鸡跑得无影无踪，龙翼上的骨刺还不慎刮到了补给站外墙，在灰扑扑的墙面留下一道深深的、泛白的凹痕。

阿琳娜问："还是不肯吃吗？"

雪宪摇摇头："它不吃这里的东西。"

是夜，他们在补给站外的小棚子里燃起了篝火。这里紧邻破旧的飞行艇，小锅子咕嘟嘟冒着香气，火焰照亮了他们的脸。

听到雪宪的回答，艾诺忍不住朝龙看了看。

他们这里还从没来过这么大的野兽，那头龙实在是过于有存在感了。

龙坚硬的尾巴不耐地拍打地面，它无视艾诺，视线一直落在雪宪身上。

阿琳娜婆婆佝偻着身体，背上盖了一层厚衣服，夜里降温了，她人老，受不得寒。

她问雪宪："你们原本打算去哪里？"

雪宪道："补给站。"

"不，我是问，在来补给站之前，你们本来要去哪里？"阿琳娜说，"它好像随时都打算离开。"

雪宪："就是补给站。我是说……我们原本也不知道要去哪里。我之前生病了，笃笃多把我带到了一个山谷，那里位置很好，有干净的水源。"

要是没有发现那艘飞行艇，他们可能还留在那个山谷里。

火光映着雪宪漂亮的眉眼和尖削的下巴，明明和一旁的艾诺差不多的年纪，穿着差不多的衣服和短靴，两人却呈现出完全不一样的阅历感。雪宪身上有一种纯净的神秘，就像他带着他的龙出现在森林时，那么让人移不开眼睛。

雪宪端着碗，手指白皙修长。艾诺看了看自己粗壮的手指，听见雪宪开口问道："婆婆，您之前是在哪里见过银色的龙，又是怎么学会龙的语言的？"

闻言，艾诺也朝阿琳娜看去，显然他之前也不知道阿琳娜还有过这样的际遇。

"那是三四十年前的事了。"老人捧着热乎乎的汤碗，陷入回忆中，娓娓道来。

那一年，她从海边的山崖上失足掉了下去，小腿骨折，失去行动能力，只能在山崖底下等死。而在那之前，她已经差不多有一年多没见过活生生的人类。

和很多被送来这里的畸变体一样，当时的阿琳娜饱受畸变与孤独的折磨，她想着，要不然就这样死去好了。阿琳娜拿出身上的刀，在地上刻下了自己的名字，准备作为墓志铭。迷迷糊糊中，她得救了。一名全身烧伤的老人拯救了她，把她带回了自己居住的山洞，也就是在那里，阿琳娜见到了银白色的龙。

"它比我见过的所有的龙都要大得多。"阿琳娜道，"简直是……天生就属于无穷星。如果说恶龙是天空与陆地的霸主，那么银色的龙……则是所有龙的天敌。"

和无穷星本土的植株、变异动物一样，银色的龙拥有和它们一样的"巨型"特点。

当然，银色的龙显得更加残暴，光是被它看上一眼，就让人类感到腿肚子抽筋，连爬都不知道应该往哪里爬。

那头银龙已经快要死了。

老人身上的烧伤，就来自银龙喷涌的龙火。

他们在十几年前相遇，曾有过一场激烈的搏斗，龙火没能烧死老人，却给他留下满身的伤痕。而老人也没能杀死银龙，却用炮火轰断了它的龙翼。

阿琳娜听见老人和银龙交流。银龙比寻常的龙智商高得多，是和人类相似的高智慧生命体，它从不开口，老人总是单方面地说一些奇怪的音节，但他们总是心意相通。

养伤的日子里，她听得多了，也渐渐地能辨认一些。老人还时不时地给她讲一些关于银龙的知识，讲一些犹如魔幻小说的故事，时间太久远，她如今能记得的已经不多。那是一段奇遇，要不是碰到了雪宪和小龙，她或许早已将这段往事尘封在记忆里。

雪宪听得入了迷："那后来呢？他们去哪里了？"

那头银色的巨龙，会不会属于笃笃多的家族？如果还能找到它，那么笃笃多是否能拥有一个美好的归宿？

"后来，畸变开始了。"阿琳娜收起了脸上的表情，渐渐变得悲伤了一些，"速度很快。"

那是阿琳娜被带回山洞的第二个月。

"那天早上风很大，天很阴，是暴风雨来临的前兆。"

她醒来时，看见银色巨龙将重度畸变的老人衔在嘴里，匍匐着往黑沉的海水中走去。它残缺的龙翼在沙滩上划过，留下不完整的痕迹。巨龙前胸入海，随后是爪子、双翼和背脊，最后才是它那衔着人类的头颅。

无论阿琳娜怎么叫喊，它都没有回头。

海水淹没了他们，而海浪卷过潮湿的沙滩，抚平了一切。

"在那之后啊，我再也没见过银色的龙了。"

雪宪怔忡，忘记了碗里的汤。

艾诺此时已经不知道跑去哪里了，篝火边只剩下雪宪和阿琳娜，以及不远处，看似半合着眼皮实则非常警醒的小龙。

"他们是敌人，也是知己。"阿琳娜这样总结，满是遗憾，然后问雪宪，"你知道什么是知己吗？"

雪宪点点头。

知己是灵魂伴侣，最好的朋友。

“人类穿越星际，在异星饱受畸变、战争等磨难。在这一片被遗弃的、荒废的土地上，却又和这样神秘的物种成了至交。”

阿琳娜如今已经到了那位老人的年纪，总会思考一些遥远的问题。

“我们究竟是……在寻找什么呢？”雪宪陷入了思考中。

阿琳娜又微笑起来，告诉雪宪：“所以啊，我知道银色的龙和其他所有的龙都是不一样的。我也知道，既然你的小龙选择了你，那么你们一定有过非一般的经历。”

艾诺给雪宪准备了一张柔软的床，雪宪趴上去就不愿再起来了，舒服得眯起眼睛：“谢谢你……艾诺。”

没听到回答。雪宪翻过身去，看见艾诺站在原地，正对着他手足无措地比画，他这才想起来艾诺不会说话的事，脸上一热：“对不起。我太没礼貌了。”

黑皮少年又比画着，咿咿呀呀，意思大概是没关系。

雪宪爬起来冲他笑了笑，询问艾诺能不能教他做一把弓——他在艾诺房间里的墙上看见了好几把，阿琳娜说那都是艾诺自己做的。

雪宪已经有了一把军刀。但是他很清楚，这是远远不够的。弓箭对他这种非力量型人类来说很有战斗力，而且他的射箭课程成绩不错，弓箭是非常适合他的武器。

艾诺当然同意，重重地发出肯定的声音：“嗯！”

雪宪又道了一次谢：“谢谢！对了……被子可以借给我吗？”

艾诺不解，但还是点点头。

雪宪裹了被子抱起来，对艾诺说了句“晚安”，就大步朝外面走去：“笃笃多！”

夜空繁星点点，龙银白色的鳞甲在夜里发着微弱的、偏蓝调的光。

听到雪宪的声音，龙抬起头，随后自然地张开了龙翼。

雪宪把被子裹在身上，熟练地躺在龙翼之下，眼睛亮晶晶的：“快盖住我，盖住我。”

龙：“咕？”它嗅了嗅雪宪身上的被子。

雪宪说：“别闻啦，是干净的，没有别人的味道！”

龙翼铺天盖地，将人类覆盖其中，只露出漆黑的发顶。

这个夜晚，雪宪回味了阿琳娜讲述的故事，认为笃笃多和自己就像那位老人和银龙一样，也是彼此的知己，并且心怀感激。原来在栖息大陆的对岸，在渺无人烟、荆棘满地的龙屿，他真的很幸运，他并不像其他被送来这里的人那样孤独。

“我明天要和艾诺学做弓箭。”雪宪告诉小龙，“下午有时间的话，我会和阿琳娜婆婆学习辨认草药……以后我可以和你一起捕猎，或者替你捕猎……我也不会再怕受伤……好朋友应该互相帮助。”他嘟囔着，说了一些接下来的安排和感想。

龙静静地收拢龙翼，将下颌靠近人类的方向。

不知怎的，雪宪在睡梦中又回到了雪域里的那个溶洞。温泉的味道是那么熟悉，他看见自己浸泡在温泉中，身上的刺青发着微光，脸上笑吟吟的，好像很开心。

当然，这又是以小龙的视角。

“由卡。”他听见自己用小龙的意识说，“由卡。”

早上醒来，雪宪满脸困意，龙却精神奕奕地站起来扑闪龙翼，伸了个大大的懒腰。紧接着，它先拖着尾巴围绕雪宪转了一圈，随后才坐下来，唰地竖起鳞片，用爪子给自己挠痒和清理。

雪宪睡眼惺忪地裹着被子，满脑子都是“由卡”。

天亮了，但忒亚还没完全升起来，只在森林上方冒出一条灿烂的金线。

龙的声音吵醒了大家，艾诺先走出来，看到他们的样子愣了愣，却不敢靠近，只是把火堆重新点燃，在上面挂了只小小的锅开始烧水。

“你趴低一点儿。”雪宪伸出手。

龙即刻倒地，将后颈伸向了雪宪：“呜……”

他们默契十足，艾诺目瞪口呆。

雪宪替小龙挠了一会儿痒，把被子都收起来，打算去帮忙。

阿琳娜也出来了。

雪宪先给他们打了招呼：“早，阿琳娜婆婆，早，艾诺。”

阿琳娜：“早，孩子。”

阿琳娜没有叫他的名字，雪宪有些不好意思，主动承认道："对不起，我其实不叫由卡。"

阿琳娜在台子上切食材，那是一种植物的根茎，可以煮烂食用，口味和土豆泥差不多。听到雪宪的话，她仿佛一点儿也不意外："我知道。"

雪宪更囧了："您怎么看出来的？"

"孩子。"阿琳娜慈祥地说，"你得取个不这么奇怪的化名。"

雪宪正要问为什么，忽地感到一阵狂风扑面——是小龙在扇动双翼。

阿琳娜朝那方看去，眼角的皱纹因笑容挤在一起："你的小龙改变主意，好像打算去捕猎了。"

龙展开双翼，先飞上了补给站顶部。它在那灰扑扑的建筑上盘旋一圈，用灿金瞳盯着棚子下小小的人类，仿佛在确认他的状况，随即才引颈长啸一声，振动巨大的龙翼起飞，很快消失在天际。

龙啸震耳欲聋，它走后很久，森林深处仿佛都还回荡着它的声音。

石块堆砌的简易炉灶里，火堆差一点儿被风吹熄灭。

阿琳娜从天际收回视线，娴熟地用烧火棍调整了火势。

雪宪重新回到了刚才的那个话题："因为笃笃多经常这样叫我，我就用它做了名字，真的很奇怪吗？"

阿琳娜颇为意外："它叫你'由卡'？"

"由卡"，这两个音节其实很奇怪，第二个音是带着弹舌的，人类很难发出这个音节。雪宪也说得不好，不过他用作化名的时候有意简化了。在栖息大陆上，什么民族、什么习俗的人都有，所以雪宪认为叫什么也不会奇怪。

阿琳娜重复"由卡"时，弹舌音则比雪宪要稍微重一些。

阿琳娜问："你学过通用语吗？"

雪宪摇摇头："没有，我们已经不使用通用语了。"

通用语的普及程度不高，几十年前已经彻底废弃了，现在栖息大陆的人们仍然以原来的主要语系交流。等手环上的超智能自动翻译器出现以后，通用语更是没有了存在的必要。

与人类社会的失联长达几十年，阿琳娜听到这个消息后略微怔了怔，她已与世界完全脱节。但很快，她就调整过来，告诉雪宪："我小的时候学过一些通用语，在那时还是必修课呢。在通用语里的'由卡'……"她使用了雪宪的简化发音，“是软体动物外壳的意思，代指贝壳螺蛳等。”

雪宪：……

这相当于他对别人介绍时说了“嗨，我叫贝壳”。

“而在龙的语言里，‘由卡’……”阿琳娜这次使用了更接近龙的发音，问，“你确定你的小龙是这样称呼你的？”

雪宪点点头，更好奇了：“是朋友的意思吗？”

阿琳娜道：“不，它的意思是‘天赐的珍宝’，龙一般不会这样称呼人类。”

雪宪已经有点儿蒙掉了。

“在疗伤的那段时间，我和他们共处一个山洞很长时间，经常会听见那位老人说这个词语。银色巨龙非常思念它的‘由卡’，它的龙翼残疾不良于行，为了等失踪的‘由卡’，十几年里从没离开过，所以我很确定这个词的含义。如果你的小龙是用这个来称呼你——”

阿琳娜婆婆笑着，将切好的根茎都倒入沸腾的锅里。

“那可是一件有趣的事！”

雪宪张着嘴巴站了一会儿，像是觉得不可思议，又是觉得无语。

笃笃多怎么会用这样一个称呼龙的称谓来称呼一个人类呢？

他是人，不是龙啊！

雪宪捂脸。

那可真是一头又小又笨的龙啊。

“它太小了，好像很多事都不懂，一定是哪里搞错了。”雪宪闹了个乌龙，心情复杂，“等它回来，我一定要和它谈一谈！”

阿琳娜赞成：“它很依赖你，龙一般很难相信人类。”

雪宪道：“嗯……我们一起经历了很多。”

话题告一段落，雪宪主动介绍了自己：“阿琳娜婆婆，我真实的名字其实是叫雪宪。”

阿琳娜看向这个温顺、乖巧的孩子，像初次见面般和蔼道：“你好，雪宪。”

汤煮好了，阿琳娜把汤都分开盛在碗里。怕雪宪吃不惯，还特地给他准备了一些自制的腌菜。

消失一阵的艾诺重新出现，背着一个装满水的大桶，原来他是去附近取水了。阿琳娜说他们原本想引一条水路过来，那时候补给站人多，花上几个月就能给这里开辟干净的水源。但亚历山大制止了这个计划，说水源也会带来一些野兽，给他们增加危险。

“那位亚历山大先生是个很厉害的人。”雪宪由衷地说。

“他以前是一名教授，知识渊博，为人和善。”阿琳娜说，“如果不是被送来了这里，他一定还能有更大的作为。”

雪宪立即想起了自己的老师白博士，心中漫上一阵伤感。

阿琳娜说了更多关于亚历山大的事：“在遇到我们以前，亚历山大曾经和别的人组成一个小的队伍，想要建造基地。那里是先民的遗址，有完好的地堡，非常安全。而且，那里还停着著名的弥修斯号。”

“弥修斯号？！”雪宪的眼睛亮起来，“当年第一艘来到无穷星的飞船？”

弥修斯号巨大无比，能容纳数万个生物冷冻舱，先民们就是通过它来到了无穷星。

“是的。”阿琳娜道，“亚历山大说，它就像一座沉默的城，里面空荡荡的，早就什么都没有了。他们只在地堡里待了六个月，那也是他在龙屿上走到过的最远的地方。”

“那他们为什么要离开呢？”

“因为没有食物。”

“没有食物？”

“是的。”阿琳娜解释，“弥修斯号降落时有能源泄露的问题，附近寸草不生，荒无人烟，千年过去早就成了一片戈壁。为了水源和食物，他们常常一出去就是几个星期。”

雪宪有点儿小小的失落，其实如果有机会的话，他也想去弥修斯号看一看。

早餐后艾诺取来弓箭，邀请雪宪试用，他比画着说可以送雪宪一把。雪宪有些不好意思，但还是使用艾诺的弓箭，在树林里温习了射箭技能。

这种弓比训练场的弓要沉得多，弦是用一种变异牛的筋做的，相对来说也要紧一些。雪宪一开始准头不好，渐渐适应后好了很多，不过他身体虚弱，很快就出了一身汗。

艾诺忽然咿呀两声，满是好奇地指着雪宪，原来是雪宪身上的刺青在发热时冒出了微光。

艾诺并不知道有关于星子的一切，也不知道星子的图腾，雪宪拉高衣袖，让他看自己手臂上的刺青图案。

“他们在刺这些图案的时候,往药水里添加了一种特殊物质。”他告诉艾诺，“当我体表温度升高时，图案就会发光了。在古老的传说里，这代表了神的庇佑。但其实很少人知道，这个图腾里包含了蓝星在宇宙中的坐标。”

艾诺的眼睛慢慢睁大，看起来非常惊异。

雪宪知道艾诺在龙屿长大，又耐心地解释：“你知道蓝星吗？我们的母星？”

艾诺抬头看向雪宪，黑白分明的眸子里闪烁着慌乱，他忽然后退几步，抛下雪宪往补给站跑了。大概对于他来说，雪宪才是个异类。

雪宪没有追上去，因为他很清楚，充满智慧的阿琳娜婆婆可能早就洞悉了一切。

雪宪又练习了一会儿射击，直到龙从森林上方掠过，在地面投下阴影，他才回到补给站去。

龙抓到了一头两三米高的棕熊，这是雪宪第一次见到它抓到这么大的猎物。显然，为了捕杀这种大型猎物，它经过了一场恶斗，在它的胸脯前，有几片银色鳞甲都往上翻起，留下了伤痕。

六七百公斤的棕熊被龙扔在地面上，响动吸引了艾诺和阿琳娜的围观。地面上满是鲜血，分不清楚哪些是熊的，哪些是龙的。

龙有很强的领地意识，哪怕这里不是它的地盘，也不能阻止它对猎物的占有欲。

那两个对它来说很多余的人类虽然只是站在补给站的窗户后面，但它仍然浑身鳞片倒竖，喉咙里不间断发出威胁的低吼声，紧紧盯着窗户的方向。

艾诺的呼吸乱了，衣服在轻微地抖动。

阿琳娜一把抓住他的胳膊，示意他此时最好不要乱动，好在他们的救星回来了。

雪宪背着弓箭跑来：“笃笃多！”

接着艾诺便看见刚才还怒意满满的龙收回尖牙，将头颅掉转方向，随后歪了歪：“咕？”

那庞然大物，居然发出了他们从没听过的声音。

“好大一头熊啊！”雪宪感叹道，又从身后拎出一只兔子，“看，我刚才也射中了猎物！”

龙嗅了嗅那灰毛兔子，并不感兴趣。它伸出尖爪，将地面上的熊尸往前推。推了一下还不够，还推了第二下、第三下，像是想把它辛苦捕获的猎物全部都献给雪宪，毫无保留。

雪宪只得放下兔子，蹲在地上研究起了血肉模糊的熊。

也许他一会儿得先用军刀将熊皮剥下来，这一块皮毛虽然没有上次在雪域的那块完整，但皮毛要好得多。阿琳娜婆婆年纪大了，他可以给她做上一件熊皮袄。

小龙喜欢吃烤肉，他得赶快生起火堆把大块的肉烤好给小龙填饱肚子，只需要留一小块肉，就够他们三个人类食用了。正很这么想着，小龙忽然用吻部碰了碰他的头顶，紧接着，它的意识也传入雪宪脑中：“由卡。”

通体银白色的小龙，正弯曲脖子低着头，目不转睛地看着它的人类。

它漂亮的鳞甲都顺起来，骨刺一排排地立好，覆盖软甲与薄膜的双翼则好好地收起来，坐姿乖巧，仿佛是在等一个夸奖。

“嗯，那个。”雪宪想起重要的事，摸着它的下颌，“关于这个称呼我们得谈一谈，笃笃多。”

一心只想喂食人类的龙，没有多少耐性：“由卡格拉姆。”

由卡格拉姆——天赐予我的珍宝。

雪宪从未如此确切地理解过小龙的意思，他有点儿想笑，看到高大的小龙乖乖地坐在他面前，明明那么威风那么强壮，却还低眉顺耳的样子，他又觉得十分可爱，这样真的有点儿犯规。

“不，不是‘由卡’。”他告诉小龙，“我是一个人类，你不可以叫我‘由卡。’”

龙仍然盯着雪宪的脸，冰冷的巨瞳中看不出情绪，但姿态仍是温顺的：“由卡。”

“你应该叫我雪宪。”

“由卡。”龙龇牙，随后又来拱他，“由卡格拉姆。”

雪宪露出梨涡，无奈地笑说：“笨蛋。你不能这样称呼我，喊错啦，我不是龙。”

龙呜呜地低吼着，仿佛雪宪的话让它不解，也在让它不安。

为了安抚它，雪宪马上想了个办法，他捡起身边的箭，像上次在山洞一样，往地上画了个火柴人："你看，这是我。"

龙停下转圈的动作，看向地面。

雪宪在火柴人旁边又画了一头简笔画龙，比人类要大很多很多，费了他不少力气。

"你看，这是你。"

那头龙和火柴人的体积、物种都形成了鲜明对比。

龙眨了眨眼睛。雪宪见它在看，便又在简笔画龙旁边画上了一头稍小一些、骨刺也少一些的龙，指了指："这也是龙。"

也不知道龙有没有看懂，雪宪在龙和龙之间画了一个勾，在龙和人之间画了一个叉。

"龙和人是不一样的物种，你可以叫别的龙'由卡'。"他教小孩一样，讲得很慢很清楚，"但是不可以叫人'由卡'。"

龙坐了下来，歪着头看地上的图。雪宪很是欣慰，但没等他说什么，就见它焦躁地退了退，喉咙里发出"呜呜"的叫声，黑爪子在地面抠挠出抓痕。这么大一头龙，动起来让周围立马尘土飞扬，它的尾巴也随之甩动，"哐当"一声，打倒了阿琳娜立在墙边的一排木架。

龙围着雪宪绕了整整一圈，再凑过来时，仍是固执地将意识传入雪宪的脑中。

"由卡格拉姆。"

雪宪捂脸，看来小龙这一时半会儿是改不过来了，他得慢慢地教教它才行。

现在他需要替小龙处理一下捕猎时受的伤，还要整理好地上这一坨巨大的棕熊肉。

雪宪和龙不会在补给站待很久，因此龙和艾诺以及阿琳娜并不一定要相处融洽，艾诺是完全不打算接近这头龙的。而阿琳娜则要放松一些，她给雪宪找来了毛巾以及止血用的草药，指点雪宪处理伤口。

龙的鳞甲坚实，哪怕是胸腹处也是一样。棕熊在鳞甲上留下了抓痕，将三片鳞甲掀起，里面的皮肉上也留下了几道浅浅的口子，有鲜血不断从伤口流出。

雪宪擦拭时，小龙似乎并不觉得痛，而是怕痒似的肌肉一阵痉挛。

等雪宪替它糊上一团草药时，它就表现得较为抗拒了，好几次试图用爪子将草药挠走，被雪宪轻轻呵斥后才作罢。

担心它乱动，雪宪又去询问了阿琳娜应该如何与它交流。

可惜年岁久远，阿琳娜除了老人教她的“我没有恶意”或者“我愿臣服于你”的示好音节，以及印象颇深的“由卡”和老人常对龙说的“吃”“不”等短语，其他的已经忘得差不多了。

“我试过对别的龙使用它们的语言，只有一次起了作用。”阿琳娜说，“那次我和艾诺徒步经过沙丘，在那里和一头青龙狭路相逢。当时我以为我们会死，但在我表达了没有恶意之后，它竟然放我们离开了。”

龙的智商各不相同，能交流的程度自然也不一样。

“慢慢来吧孩子，你会懂得它的语言的。”阿琳娜说，“你和它的确心意相通。”

傍晚，起风了。

雪宪用军刀将熊皮剥离，熊皮经过轻度烘烤以后挂在墙边晾干。风一开始很小，大约在半小时后忽然变大，刮得森林里不断地发出怪声，像有个巨大的音响在播放，声音从四面八方而来。

阿琳娜说那是从风暴港吹来的风。这片森林距离风暴港虽然很远，但处于同一连贯的地貌内，每年的这几个月份，受潮汐变化影响，那里的风都会涌向内陆。

雪宪学过无穷星的地理知识。以黑海为界，无穷星被分成了不均等的两部分。一半是占据陆地总面积近70%的、最完整的一块大陆，被称为栖息大陆，另一半则是由数个小岛和小面积陆地组成的龙屿。

黑海中有深不可测的海沟，磁场异常，飞机潜艇难以穿越，只有一小块海域能够畅行。混沌日之前的那一场大战，使得那块海域下出现“漏斗”，海水倒吸，海面风暴不断，彻底毁灭了这唯一的通行之路，后来人们称它为风暴港。

篝火旁，阿琳娜依旧披着厚衣服：“今晚又会来一批人了。”

雪宪不解。阿琳娜说：“每年他们只在这个季节送出水行艇。港口风暴的方向变了，水势也受波动影响，水行艇会比较容易抵达龙屿。等到下个月，就不会再有人来。”

雪宪这才知道，栖息大陆不是每天都会送出水行艇的。他们甚至计算好了概率，选择了最“万无一失”的季节。

外面的风刮得怪叫不止。龙无法进屋避风，蜷缩在他们平常做饭的小棚子下，半眯着眼睛。它刚吃了雪宪烤制的熊肉，肚子填得饱饱的，这风对它来说似乎算不得什么。

阿琳娜注意到雪宪朝外面看，说道：“等再过几天，我和艾诺就会离开这里往海岸线走，一边寻找一些必需品，一边看看有没有幸存者。”

雪宪问：“你们经常去寻找幸存者吗？”

阿琳娜说“是”，又说：“但不是每次都找得到。”

“外面很危险，有很多重度畸变体。”雪宪道，“海岸线附近也有很多龙。”

“龙不可怕。”阿琳娜说，“它们的求偶期快结束了，求偶期一结束，我们就会安全很多，龙对人类其实没什么兴趣。”

雪宪想起了那头把他抓走的黑龙，对方好像对他很有兴趣的样子……

像是看出了他的疑虑，阿琳娜笑道：“你的小龙可不是一般的龙。”又接着刚才的话题说，“我们会离开一阵，希望到时候能带回来一些新的人。不过希望比较渺茫，常常是找到了，走到半途他们忽然发病，也就走了。”

雪宪知道阿琳娜婆婆说的“走”是什么意思。

就像罗多曾经告诉过他的那样，也像他在途中的黑色洼地见识到的那样。

幸存的人们会将畸变体焚烧，以免他们伤害更多的人。

“所以我们只是出去一趟，遇见一些人，接收一些外界的消息，然后……处理好他们。”阿琳娜看着雪宪，“现在看来……情况好像更糟了。”

两天相处下来，雪宪很明显不是一个重度畸变体。他身上没有任何畸变的症状，连一个轻度的畸变体都不是。更不要提他残破的圣装和身上的刺青。

阿琳娜问：“光明殿现在还接待畸变体吗？”

雪宪心中突突一跳：“嗯。”

阿琳娜：“你也还是唱圣歌？”

雪宪脸上发热：“是的。”

阿琳娜陷入了长久的静默中，很久之后才说：“我最后一次见到星子，是在一个寒冷的夜晚。安城通往主城的电轨在半途上出了故障，第12车厢里，满满都是等着去光明殿的病发者。我们不被允许下车，当地的居民很惧怕我们，电轨又迟迟无法排除故障。当时有人已经很严重，一旦步入五度畸变，整个车厢的人可能都会遭殃。”

“星子希亚冒着风雪，说服光明殿和护卫队，乘坐一艘飞行艇从主城而来。

“有人往他身上吐口水，扔垃圾。

“星子什么也没说，只是站在车厢外面给我们唱了整晚的净魂曲。他的圣装很长，和雪一样白，像一朵不败的倦鸟花。”

雪宪静静地听着，他知道这件事，曾经听白博士提起过。

“星子希亚现在还好吗？”阿琳娜问。

“他在二十二岁那年，就已经退任了。”雪宪说，“我想他应该很好。”

“二十二岁？那么早？”

“是的。我们……都只有十几年的在任时间。”

又过了一阵，阿琳娜很模糊地说：“你们应该飞得远一点儿。”

雪宪问：“您说什么？”

阿琳娜的半边身体隐没在光线中，好像经过长久的思考，才再次说：“你，和你的小龙。你自由了，应该去更远的地方。”

随后，风声变得越来越大，连交谈声都听不清。

阿琳娜已到暮年，不一会儿就困得眯起了眼睛。从缝隙里刮进来的风吹得篝火晃动，雪宪被人拍了一下，转头一看是艾诺。

“跟我来。”黑皮少年拿着一盏油灯，冲他做了个这样的手势。

雪宪吓了一跳，问他：“去哪里？”

艾诺看上去有点儿兴奋，比画了一通，好像是有什么东西想让雪宪看。雪宪跟着艾诺离开篝火堆，七转八转地，来到了一个被隔出来的小房间里。雪宪先前参观过，知道这里曾经是亚历山大的房间。

艾诺把油灯放在桌上，昏暗的灯光照亮了桌子上摊着的一块布料，布料上面画着繁复的图案。雪宪走过去一看，只觉得熟悉，很快就想起来眼前的图案和自己身上的刺青一模一样。

雪宪仔细辨别着它，认出它似乎是用太空笔画的：“艾诺，这是谁画的？”

艾诺“啊啊”说着，指指房间。

雪宪一下子就明白了："是亚历山大？"

艾诺重重点头。雪宪拿起布，很难描述自己现在的感受。难怪艾诺看到他身上的刺青时反应很大，原来是这样。

这些图腾是光明殿仪式的一部分，有很神圣的含义，是成立光明殿后由四大文明古国的代表联合创作并绘制的，亚历山大是在哪里看到它并画下来的？

艾诺好像看出来雪宪的疑惑，翻箱倒柜一阵，找出一支太空笔，在桌上歪歪扭扭地写了几个字：弥修斯。

雪宪："你是说，弥修斯上也有这样的图腾？"

艾诺"嗯"了一声，又点了点头。

雪宪感到惊奇又很疑惑。

光明殿是混沌日后才成立的，这图腾也是那时才被创造出来的，为什么一千多年前搭载先民来到无穷星的弥修斯号上也会有呢？

风刮了一整夜，直至第二天上午才停歇。

森林、补给站以及搭建的小棚子上，都被铺了一层细沙。

因为风沙太大，雪宪没有再与小龙一起露宿，这竟然导致他没怎么睡好。醒来时小龙已经守在了外面，它见到雪宪，甩了甩身体，抖落了覆盖在鳞甲上的沙子。

雪宪上前一步，摸了摸小龙的脖子。

"呜。"龙说。

或许他们真的心意相通。昨夜雪宪做了噩梦，梦见无数重度畸变体从漆黑的海水中走出来，爬上了岸。那些饱受折磨的人们无不表情狰狞，大张着嘴巴，无声地痛苦呐喊。在那无尽的梦魇里，雪宪却能清晰地感受到龙就在外面，在风沙中守着灰扑扑的补给站，守着一墙之隔的人类。

"我们也许应该走了，笃笃多。"雪宪说。

补给站本来就是临时目的地，因此雪宪和小龙决定只在这里再待两天。

得知他们要离开，艾诺问雪宪他们要去哪里。

在龙屿的流浪生活，雪宪并没有一个确切的目标。一开始是为了活下去，后来是想要安全地活下去，现在则有了些别的想法。经过这两天的思考，雪宪告诉艾诺和阿琳娜："我想去亚历山大曾经去过的弥修斯号看一看。"

"弥修斯号？"阿琳娜听了，若有所思。

艾诺则着急地比画，说那里很远很远，又咿咿呀呀地表示路途中可能会有危险。

作为同龄人，艾诺很喜欢雪宪，希望他能留下来。

"那里是真的很远，在这片大陆的深处。"阿琳娜说，"你确定要去吗？"

有笃笃多在，远不是个大问题。而且哪怕是徒步，雪宪也必须要去："是的。"

他得去看看弥修斯号上的图腾，去看看那里和自己有什么联系，这其中到底隐藏了什么秘密。

不知道为什么，冥冥之中，他总觉得那里有什么在召唤自己。

阿琳娜点点头："我听亚历山大提过，弥修斯停驻的地方正好毗邻两座小岛，三者地理上呈夹角形，你也许能在地图上找到它的大概位置。"

临走前，雪宪在电子笔记本上圈出了弥修斯号的大概位置，又仔细地避开标注着龙巢的地方，做出了一条适合他和笃笃多的路线。

阿琳娜和艾诺也在同一天离开补给站往海岸线走，希望能碰到一些幸存者，哪怕是一个也好。

由于方向完全相反，他们便在森林的小溪旁告别。大家都背着很多东西，雪宪来时的包裹已经换成了更大的，里面不仅有他原来的物品，还得到了阿琳娜赠予的草药、衣服，以及艾诺给的调味料、打火机、小锅、勺子等日用品，外加他们合力改造的一把弓箭。

原本盘旋在森林上方的龙从天际俯冲而下，隔着不远不近的距离，用为数不多的耐心等候着它的人类。

很多时候，艾琳娜都感觉与其说是雪宪"驯服"了这头龙，不如说是这头小龙在对雪宪进行"放养"。

龙这几天大多时候都在补给站，一旦听到雪宪的声音，它便懒懒地抬起眼皮，确认他的安危和位置。其余时候它会出去捕猎，像每个尽职尽责的一家之主一样，将猎物投喂给家中的弱小者。

这种奇怪的"驯服"与"放养"，颠覆了人类与野兽之间惯有的相处模式。

银龙是高智慧生物，无法与普通的野兽相提并论，阿琳娜深知这一点。

或许银龙有它的理由。

分别在即，阿琳娜对雪宪伸出双臂："孩子，再见了，欢迎你随时回到补给站来。"

雪宪说了"谢谢"，也伸出了手。

他们拥抱在一起。

人类的拥抱有一种难以言说的神奇力量，足以让人得到鼓励、安慰和温情。

雪宪已经很久没有得到过拥抱了，不由自主地眼眶酸涩。

阿琳娜拍拍他的背："希望还能见到你。"

雪宪说："我也希望能再见到您。"

艾诺站在一旁，等和阿琳娜拥抱后，雪宪也对艾诺伸出了手臂，主动拥抱了他："再见，艾诺。"

艾诺没怎么和人拥抱过，黝黑的脸上泛起红晕，有些手足无措。

正要回抱雪宪的热情时，却看见那头本就盯着这边目不转睛的龙，忽然歪起了头，似乎对他们的拥抱行为感到不解。

艾诺的目光正好与龙的目光相撞，龙立刻坐直，不客气地冲他龇起了牙。

艾诺只得"啊啊"了两声，松开雪宪，与他告别，并拿出一根细绳送给了他。

细绳上挂着一个闪亮的吊坠，像是什么晶石打造的，是一把剑的造型。

艾诺有些不好意思地比画，阿琳娜脸上的皱纹都挤在一起，笑眯眯地翻译给雪宪："艾诺说这是他的幸运符，陪他打过很多猎物。现在他送给你，祝你们一路平安。"

雪宪感动地把吊坠挂在脖子上，恳切地道："也祝你们一路平安。"

一直等到阿琳娜和艾诺背着行囊的身影消失在森林深处，雪宪才转身，重新迈开了步子。

他的眼眶是红的，鼻头也有一点儿红："走吧，笃笃多。"

龙低下头来，灿金色的巨瞳一如既往的冰冷，它观察他，不明白他为什么会哭，只继续龇着满口尖牙，想要找刚才那些弄哭他的人类算账。

雪宪背着沉重的包裹——现在已经换成了一个军绿色的帆布背包，脖子上挂着墨镜，腰间插着军刀，脚蹬短靴，像个准备丛林作战的少年兵士。

"我没事。"雪宪把吊坠塞进衣领，深呼吸一口气，"出发！"

从原始森林朝目的地进发，少说也有几千公里。

就算是一头成年巨龙以最快的速度独自飞行，一秒不停也至少得好几个小时，这样的消耗即使对龙来说也难以承受，这几乎是不可能的事。更何况是一头载着弱小人类的小龙。

人类承受不了极速与长时间的飞行，小龙也需要补充能量。

所幸他们并不着急赶路，于是只在难以跨越的地貌上飞行，大多时候他们选择依靠两条腿来前进。龙屿太大了，在原始森林里碰到阿琳娜与艾诺本来就算得上是一个奇迹。

等离开补给站以后，他们再没有碰见任何一个人类，连畸变体也没有。

长途跋涉中，真正属于无穷星的风景逐渐展开。

除了热带雨林、雪域、平原和森林，有许多风景都是雪宪在栖息大陆从没见过，也从未想象过的。

这颗神秘的星球，拥有用人类言词难以形容的壮丽景色。

离开森林后，他们走过雾气弥漫，无法依靠飞行来辨别方向的湿地。湿地泥泞，周遭都是白茫茫的一片，看不清哪里是天哪里是地。人和龙行走在其中，犹如盲人行路，只能靠地面的行走痕迹来大概确认路线没有过多的偏离。

雪宪的头发、衣服都被雾气浸得湿透，时间长了，便滴滴答答地往下滴水。

龙的鳞甲也是如此，它的每一片银白色的鳞片上都挂着细细密密的水珠，让它看上去锃亮如冰，像一只行走的龙形冰晶。

这里有一些奇怪的小动物出没。常常是一团或几团影子从雾气里滚过，叽叽叽地发出叫声，速度极快，雪宪从没看清过。那些小动物似乎不惧怕龙，像是无害，并没有攻击他们的意图。只在他们某次停下来休息时，有一团影子钻出来，咬了龙的尾巴。

这让龙非常恼怒，它呜地跳起来，转身钻入浓雾里去捉那些捣蛋鬼。

雪宪留在原地，听到它就在附近，等它的声音渐渐远去了，也不觉得害怕。

他能感觉到龙，甚至闭上眼睛，还能体会它的视界，看到一些模糊的、被追逐的黑影。

那种感觉非常奇妙，无法用一个科学依据来解释，但就像他做过的那些梦一样，他的确能体会到龙的感官，逐渐弄明白它心中所想。

作为顶级的猎手，这回龙什么也没抓到。它回来时满身都是泥，大脑袋上还顶着草，又是气愤又是不满地发出呜咽声，再猛地竖起鳞片，“嗞”的一声把自己烤干了。

雪宪变坏了一点儿，他不仅没有安慰小龙，还脱下自己的外套和裤子，全都放在龙的身上。

“笃笃多。”雪宪说，“快使用你的超能力，帮我也把衣服烤干！”

龙：“咕？”

雪宪苍白的脸颊上挂着水珠，虽然还笑着，却和之前烧得不省人事时的模样重合。龙尽心尽力地发功，想帮助雪宪烤干衣服，可惜结果不尽人意。

龙的这种“超能力”只对自己的鳞甲起作用，若想真正烤干人类的衣服，只有喷出龙火点燃火堆才行。雪宪心情轻松，并不失望。他很快从背包里拿出另一套衣服穿上，把湿衣服装进背包里。

龙用牙齿叼着背包，叼得高高的。雪宪跳了好几下才勉强抢回来，让龙放回原地，嗔怪道：“你干什么啊笃笃多。”

龙呜呜地发出声音，爪子踩在泥坑里。

雪宪一下子就明白了，原来龙是想帮忙。

背包本来就很沉，现在装上湿衣服就更沉了。他们试了试，但背包带子很短，无法在龙的背上固定，只能靠人类的手臂稳稳地抓住包带，龙帮不了忙。

“没关系，我可以的！”雪宪的背因为压力变得微微驮起来，却还是微笑着，一步步地往前迈进。

他们来到一片几乎望不到边际的苔藓地。嫩绿的苔藓覆盖地表，像给大地铺上了一层毛茸茸的、柔软的地毯，满眼望去皆是绿色，犹如仙境。

雪宪在这里找到了一些可以食用的野菜，阿琳娜教过他辨别野菜。

他采集了一些野菜，等走出苔藓地以后拿出肉块和小锅，拾来柴火，煮了一锅肉汤。雪宪第一次真正烹饪，做出来的肉汤味道不怎么样，几乎难以下咽，但他还是喝完了。

由于重量的原因，雪宪背的肉块并不多。他给龙烤了一大半肉，让龙补充能量后，他们才能开始新的飞行。

随后是另一片森林、山谷……越往内陆走，景色越苍凉美丽，几乎看不见任何人类的痕迹。人在这样的环境中很容易迷失自我，但这次和上回在雪域独自行走时不同，雪宪身边有了龙的陪伴。

只有在往弥修斯号进发的第八天，雪宪小小地打了一次退堂鼓。

或许那里什么也没有，他这样怀疑着。但只后悔了不到一个小时，他就重新振作了起来。

有的时候雪宪不清楚自己在做什么，也不清楚自己应该去做什么。他经常会想起栖息大陆，想起光明殿，想起明目。但那感觉随着独处的时间变长而犹如隔了一层厚厚的膜，愈发看不清楚。

他被放逐在回不去的荒原龙屿，像被隔离在另一个世界，被一只无形的手捂住了眼和口，只能莽撞地前进，寻找一点儿他自己都不清楚的意义。

但是人类总是这样的。

从在蓝星上诞生的那一刻起，人类究其一生，都在寻找“意义”。

他们第一次遇到了别的龙。

下雨了，雪宪趴在龙背上，被雨淋透了，他们不得不找了个地方降落。

这处绿地山石陡峭，植被茂盛，藤蔓盘根错节，是鸟类的乐园。有大群黑嘴白羽的鸟类栖息在树梢，它们个头太小，姿态灵活，不属于龙的捕猎范畴，因此并不害怕龙。

雪宪在一块峭壁下躲雨，并准备晚上在这里扎营，龙则离开去捕食。

那头黑色的小龙幼崽出现时，雪宪还以为只是一只鸟。“咔嚓”的轻响过后，他才把这只掉落进树丛的“鸟”看清楚，霎时，他惊讶得眼睛都睁圆了。

那哪里是一只鸟，分明是一只刚刚破壳不久的龙。

它的个头很小，比雪宪刚碰见的笃笃多还要小很多很多，和一只鹭鸶差不多大，身上没有长出鳞甲，连爪子都是透明的。它摔倒了，挣扎着想从湿漉漉的地面站起来，却被草叶缠住了腿，扑腾着双翼，口中发出“呀”的怪异叫声。

雪宪正要伸手去帮它，就看见树丛深处出现了一对黄绿色的巨型竖瞳。那是一头身上布满坚硬鳞甲与骨刺的成年黑色雌龙。雌龙隐没在林间，不知道已经出现了多久，若不是它的幼崽弄出了响动，雪宪绝不可能发现它的存在。

和龙在一起久了，雪宪差点儿忘记了自己也是他们猎物中的一员。就像那头将他捉走的黑龙一样，这些顶级的掠食者只要想，就能悄无声息将猎物一击毙命。

从电子笔记本上的地图来看，这附近应该没有龙的巢穴。

但几十年过去，显然，这头雌龙已经霸占了这里，并成功于求偶期诞下了龙蛋并孵育出幼崽。有“家室”的龙不会独居，这说明雄龙也极有可能在附近。

想到这一点，雪宪紧张得都忘记了呼吸。

“嗷——”熟悉的龙啸声响在头顶。

雪宪抬起头，看见一头威风凛凛的银龙在他们的上空盘旋——那是他的小龙。笃笃多刚去了没多久，或许是感知到了危险，第一时间便冲回来保护它的人类。

雌性黑龙往前走了一步，靠近自己的幼崽。它狰狞的头颅冲着雪宪的方向，龇起牙齿，喉咙里不断发出可怖的低吼声。

这头雌龙的体形和现在的笃笃多差不多大，但骨刺明显比雄性少很多，如果真的打起来，不一定是已经接近成年的笃笃多的对手。显然雌龙也是知道这一点，才迟迟没有行动，而是试探着不断往它的幼崽身边迈步。

可幼崽的后腿死死地被草叶缠住，怎么也无法回到它的身边，只在这厮杀一触即发的时刻，不断发出凄惨的叫声。

不过几十秒的工夫，在天空盘旋的龙便找准时机，“轰”的一声落地。它来到雪宪身后，以一个极具保护欲的姿态扑闪龙翼，闪电般爬过来，冲着雌龙发出威慑性的吼声。

雌龙不得不退了一步，匍匐着身体，立起了身上所有的鳞片。

鹭鸶大小的无鳞幼崽终于挣脱了草叶，转身爬向母亲身边。

而雪宪也趁机回头，快速地捡起了地上的军刀和音频发射器，重新来到龙的前方：“笃笃多——”

他是想要龙躲远一点儿，只要这头黑色雌龙敢进犯，他就会毫不犹豫地按下音频发射键，播放颇具威力的高频，让这些恶龙尝一尝欺负弱小的苦果！

然而，笃笃多完全没有想要后撤的意思。它仿佛对打败这头成年龙胸有成竹，甚至连鳞片都还没有竖起来，只是头部压得越发低了，口中的怒吼不减分毫。

反倒是雌龙往后退了一步，那幼崽也爬向了它的方向。

雪宪刹那间明白了，快速地说了一串音节，那是他在阿琳娜婆婆那里学习的龙语，意思是“我对你没有恶意”。他不知道自己说得是否准确，于是大着胆子，挡在笃笃多身前，大声地把这些音节重复说了几遍。

雌龙仍死死盯着“敌人”，但放轻喉间的低吼声，接着用嘴巴叼起了自己的幼崽。

起作用了！雪宪喜出望外，他又说了一遍那些音节。

雌龙再次后退几步后，很快地隐没在了林间。

雪宪在原地站了一会儿，他猜得没错，那头雌龙根本没有要打架的意思，它只是作为一名母亲，想要保护自己的幼崽。它也许不够强壮，但若是有谁想要伤害它的骨肉，那它就算头破血流也在所不惜。

有那么一刻，雪宪觉得这颗星球是属于它们的，不属于人类，而是属于龙，属于这颗星球上其他所有的动植物。

他们才是真正的外来者。

危机解除，雪宪回过头时，发现小龙不知道什么已经停止了低吼，但沉默着，和他一样看着雌龙母亲叼走它的幼崽的方向。

“没事了。”雪宪摸摸它的胸前的鳞甲，“它们已经走了。”

龙恢复冷静，低头看着眼前的人类，但沉默着。

雪宪以为是它幼时留下了阴影，所以现在还心有余悸，于是他扬起手中的音频发射器，安抚道：“如果它们还敢欺负你的话，我就用这个吓跑它们。别怕啊笃笃多！我说过我也会保护你的！”

龙望向雌龙远处的方向，又看看远方与天空，仿佛在思考他们为什么会被发现。

片刻后，它复又低下头来，“呜”了一声，仿佛做好了决定。

对龙来说，它的人类是同样需要它保护的“幼崽”，不可以留在哪怕有一点儿危险因素的环境里。

作为合格的喂养者，它在对雪宪说，他们也该走了。

接下来几天，他们又经过一片森林、瀑布和满是黑色巨石的山谷。

夜里他们停留在一块房屋大小的石头后面，打算在这里过夜，雪宪想起了第一次在野外单独过夜时见过的那种巨型昆虫，在心有余悸地确认过巨石的确是一块石头后，才安心在那里扎营。

这里地貌贫瘠，可能还有些别的原因，导致这里没有任何除了他们以外的活物。

和龙在漆黑的山谷里共眠，头顶是璀璨的繁星，天空是蓝黑色，星星缀在其中像是闪耀的钻石。

“咻——”有两三颗星星拖着长尾巴，掠过了夜幕。

龙目不转睛地看着流星，仿佛觉得非常好奇。

“是夏天要到了。”雪宪告诉它。

那是夏季即将到来的标志，最近这样的天象出现得已经越来越频繁了。

“你知道吗笃笃多，在栖息大陆，在夏季即将到来的日子里，我们会通过观察天象，选定流星出现最为频繁的一天作为“夏日节”，以那天作为夏季的正式开始。”雪宪说，“节庆上有很多传统节目，各式各样，简直是个大型的园游会，我参加不了，但总听蜜儿她们聊起节庆上的各种趣事。”

“有一次我溜出去，不敢带手环，也不敢告诉别人，在大街上被人流卷着迷路了。最后是老师亲自把我找了回去，他紧紧拉着我的手，还给我买了很多好吃的。”

在这空旷、寂寥的山谷里，雪宪产生了一种错觉。

“笃笃多。”雪宪转过头来看着龙，“你说，如果世界上只有我和你了，会不会就是现在这样啊？”

龙本来已经闭上的眼睛再次睁开来，又看见一颗流星划过天空。

它当然无法开口作答。但不知为何，可能是体会到了雪宪的情绪，它也是一片沉默。

雪宪觉得龙最近有些不一样了，可是到底哪里不一样，他又说不上来。

“会不会其实根本没有别人，也没有别的龙。”雪宪散漫地和龙单方面聊着天，“也许我们很早很早就来到了这里。我不是从海的对岸而来，没有救过你，你也没有捡到过我。这颗星球上一直都只有我们两个人，因为岁月太过漫长了，觉得孤独，所以我们才产生了那些幻觉。”

雪宪的尾音带着一点儿抖，听得出来他有一丝害怕。

龙“唔”了一声，竟然显出几分稳重，像是在安慰，用下颌蹭了少年的头顶。

“由卡。”它低沉地说。

“是雪宪啊。”雪宪慢吞吞地反驳，“笨蛋。”

长长地叹了一口气，雪宪接着说：“如果只有我们两个人其实也不错。像我们现在这样，能自由自在地去很多不同的地方。”

雪宪只是突如其来有了这些怪异的想法，意识还是很清醒的。

以前都还好，雪宪能忍受寂寞。

但与人类短暂地生活过几天，有过正常的交流以后，说话的欲望就变得很强烈。

过了一会儿，他从衣领里面掏出艾诺送的宝剑护身符，用手指摸索着，喃喃道：“不知道阿琳娜婆婆和艾诺怎么样了，抵达海边了吗？他们应该走得比我们慢一点儿，不知道他们顺不顺利，有没有遇到危险。”

吊坠晶体在夜里发着微光，折射在龙的鳞甲上，让光线如跳跃的精灵，闪烁晃过。

龙的巨瞳随着微弱的光转动，似在沉思。

来自荒野的风卷着寒意刮进黑石山谷，撩动雪宪的发丝。

作为人类，他的身体是那么弱小，对龙来说，骨骼软得几乎和柔嫩的皮肤没什么区别。

似乎是怕冷，雪宪松开龙的脖子，一路躲进龙的腋下，蜷缩在它的龙翼之下。

ISAR

XUEXIAN

第五卷

荒漠篇：觉醒者

THE WHISPER OF THE DRAGON

夏日的来临拉长了每一个白天，让时间仿佛都变得慢了。

他们一直都在路上。有的时候走错了路线，雪宪便会停下来检查，仔细辨别地貌走势，不急不躁。大多时候，他们都行走在正确的路线上，对雪宪来说，他好像已经没有后退的理由了，支撑他继续走下去的只有弥修斯号了。

在主城日报上，曾经有人写过一篇关于这一任星子的专访。

那个记者评价雪宪，说他性格温暾，或许没有前几任星子那么自信耀眼，但他身上有一种特别的坚韧气质。雪宪不懂什么是坚韧的气质，他想，这可能是他总能得找到继续前行的目标的原因吧。

他们没再遇到过别的龙。或许求偶期一过，别的龙也不再四处乱飞寻找伴侣了。

龙常伴雪宪左右，连独自去捕猎的时间也大大缩短。

这好像是它有意为之。他们没有固定的巢穴，无法保证雪宪每次都待在安全的环境里。经过上次遇见雌龙的事，这头小龙现在有意识地去捕捉一些比较容易猎杀的动物，以便能更快速地回到雪宪身边。

它好像越来越懂事了。雪宪心怀感激,也是真的觉得这头小龙很乖。当然，如果小龙在交流方面再聪明一点儿，能快一点儿理解到人类为什么不能被称呼为“由卡”就更好了。

雪宪猜它可能从幼时起,就没怎么和别的龙交流过,这一点令他有些心疼。

有天他们抵达一处荒漠，雪宪在沙子里发现了一个闪闪发光的东西，他捡起来，摘下墨镜一看，竟然是一枚嵌了宝石的戒指。

龙站在雪宪身后，弯下脖子靠过来，有些好奇地看着雪宪手里的东西：“咕？”

“真漂亮。”雪宪赞叹道，把它随便套进手指戴着玩，“我戴着好看吗？”

戒指有点儿大，在雪宪细细的手指上晃悠，上面的那颗宝石和他的眼神一样明亮。

人类很喜欢亮闪闪的东西，比如在工事箱里找到的镜子、艾诺送的吊坠，还有眼前这枚小小的东西，每次收到，雪宪都会眉眼弯弯，露出梨涡。

于是，下一次龙捕猎回来的时候，竟然还带回了一块发亮的石头。

这是一种无穷星上的晶石，很常见，石头内部流光溢彩，切割好以后折射率很好，是非常好的饰品材料。雪宪不知道小龙给他石头做什么，但小龙把石头吐在他面前，用爪子拨弄着朝前推。

“由卡。”它这么说道。

雪宪惊讶地问：“是要送给我的意思吗？”

龙：“呜。”

原来是送给他的礼物啊！雪宪又惊又喜，他把石头捡起来珍惜地装进了背包里。

于是接下来的时间里，龙开始在每一次捕猎结束后都给雪宪带这种礼物了，一块接一块，形状各异。雪宪都好好地收起来，路上休息时或夜里睡不着的时候，就把这些石头都从包里面拿出来，放在地上，叠起来玩。

这个行为可能又让龙误会了。它开始送给雪宪更大的石头，让雪宪的背包越来越沉，背压得越来越弯。终于有一次，在龙叼回了一块根本无法装进背包的石头时，雪宪忍不住告诉它：“笃笃多，你不要再给我送礼物了。”

龙刚捕食完，嘴巴和身上都还有腥气。它本来坐在一旁舔自己的鳞片，闻言就怔住了，像是没听懂。

雪宪怕它伤心：“我很喜欢你送的这些石头，可是我真的背不动啦。”

他将背包里大块的石头搬出来，然后把剩下的小块石头都倒在地上，大大小小发着光的石头将雪宪围在中央，让他看起来也在发光了。

见小龙目不转睛地看着自己，雪宪提议道：“你看，这些石头都很漂亮，很完美。我们先从里面挑一块最好看的带走，把其他的都留在这里叠起来，作为我们来过的标志。如果以后有机会的话，我们还可以来带走它们。你觉得怎么样？”

龙走过来，拖着双翼，围着雪宪转圈圈。

雪宪坐在一堆闪亮的石头里，被它转得有点儿晕：“笃笃多！”

龙扑过来，把雪宪蹭到地上。

夏日悄然而至，白昼里也能看见天空有流星划过，这两天就会有星瀑出现了。

“由卡格拉姆！”龙低沉地说，灿金瞳里明晃晃倒映着雪宪的影子，在夏季的阳光里，仿佛不再那么冰冷。

这景色美极，雪宪也不去纠正小龙了。

他突然觉得，叫错了又有什么关系呢，它只是一头威风凛凛的、忠诚的、可爱的小龙啊。

“笨蛋龙。”

闹够以后，雪宪挣扎着爬起来。他在一堆石头里选了一块最小、最圆也是最亮的，对小龙说：“那我要选了哦。我喜欢这一块，笃笃多，你最喜欢哪一块呢？”

龙当然是无所谓选择，它听雪宪的。

雪宪虽然选定了喜欢的石头，但对着剩下的一堆石头他其实还是有些依依不舍。他花了很长时间，将它们一块一块地叠起来，叠得很稳，有四五十厘米高，就像一个尖尖的塔。

“这是一种平衡之美。”雪宪做着手势站起来，提醒小龙也像他一样轻轻的。

等站远了，他才宣布：“这是来自雪宪与笃笃多的联名作品！恭喜，它获得了‘夏日节’创意艺术品第一名！”

雪宪公平公正地给作品颁完奖，然后张开双臂，和小龙热烈庆祝。

寻找弥修斯号的旅程终于迎来了结束的一天。

在快要抵达时，雪宪就已经陆陆续续地发现了一些人类的痕迹，一些造型奇特的、不知道做什么用的大型遗留物，甚至还遇到过几次已经风干的人类尸骨。

因为弥修斯的能源泄露问题，附近的生态已经完全被破坏，形成了寸草不生、荒芜沙化的戈壁。在这里，雪宪没有看见任何活物，也没看见水源，整个戈壁上仿佛只有他和小龙的存在，除了风声，安静得诡异。

龙的表现较为寻常，说明附近应该没有什么危险。

但人长时间在这样的地方行走是不合适的，雪宪喊了小龙的名字，抓着它的龙翼，爬上了它的背脊。他们飞了大约半小时，就看见地面上出现了一个巨大无比的菱形黑块——那就是传说中的弥修斯号。天空不时有流星划过，但雪宪已经没空去欣赏，他让小龙在半空中盘旋几圈，观察着弥修斯号。

一千多年过去，弥修斯号的外观依然完好如新，哪怕是覆盖了一层细细的黄沙，那黑色的外壳也似乎隐隐有暗光流动。在弥修斯附近有个圆形凸起物，和弥修斯对比起来很小，但落地后雪宪才发现它也很大，应该就是亚历山大他们说过的地堡。

先民来时，曾在弥修斯号旁边拓展地堡扎根，建立基地，用于在无穷星的初代繁衍。

根据地堡的方位，雪宪找到了弥修斯号的入舱口——舱门好像是被什么东西轰开了，零零散散地挂着一些线路和管道，地面布满了沙子。

“笃笃多！”雪宪回头时，看见龙正坐在不远处，仰头看着天空。

此时暮色四合，天空中的云层被忒亚的金光染了金边，而女星已经从另一端升起。有越来越多的流星出现了。三四颗……七八颗……它们正经过无穷星，拖着长长的尾巴，留下数道梦幻光晕。

哪怕是龙，那庞大的身影在旷野中也显得渺小。

龙好像很喜欢看流星，这几天都是这样。

这天流星变得更加密集了，毫无疑问，再晚一点儿就会出现星瀑。当星瀑与女星同时出现时，那是属于夏日的，一年一次的超级天象。

雪宪又叫了它一次，它才转过头颅，沉沉地看着雪宪。

不知道为什么，雪宪心脏轻轻一跳，好像感应到了什么不寻常一样。那感觉有些熟悉，让雪宪想起了第一次在湖中高地和小龙对视时的感觉，体会到了它紊乱不定的情绪和略微有些焦躁的内心。

但龙甩了甩头，很快就双翼双足并用地爬了过来：“呜。”

雪宪稍稍放心，用手触摸小龙的胸脯：“我得进去看看，你在这里等等我，好吗？”

龙的鳞甲不如以往冰凉，有点儿发热：“由卡。”

“由卡。”雪宪模仿它的发音，有点儿想笑，“乖小龙。”

雪宪进入了弥修斯号。飞船降落在这里千年，内部早已不是当年的光景了，但部分线路还工作着。雪宪一踏进去，舱体内部就亮起了红色感应灯。

弥修斯号太大了，一眼望不到头，除了红色灯光，到处都黑漆漆的。

雪宪握着军刀的手心微微出了些汗，他慢慢地往内部走去。

这里就像一个迷宫，但正如亚历山大所言，非常安全。

雪宪逐渐放松下来，他走过好几个舱体，只能勉强分辨出一些功能区。雪宪从未登上过飞船，他原本是带着猎奇的心态进来的，但越走得深入，他那种猎奇的心态就越是被惊叹和敬畏所取代。

当年曾经有数万人在弥修斯号里工作过，他们建造了它，跟随它从蓝星来到这里，背负着人类重生的使命，跨越星系，在异星播撒下希望的种子。那样的勇气跨越千百年，时至今日，让走进这里的雪宪心潮激荡，有一种想要落泪的冲动。

空旷神秘的舱体一共有三层。但升降机早就坏了，钢板悬在半空中，雪宪爬上去往上看了看，发现第二层的门是半开着的，于是他从这里挤了进去。

第二层的层高比第一层要低一些，感应灯是白色的，照射范围也更大。

雪宪感到眼前豁然开朗。这里的灰比第一层要少，有很多封闭的门，门上面有不同的标识，雪宪不知道这些门是干什么的，门都紧紧关闭，没有一扇能够进入。

他在里面走了大半个钟头，正感觉自己是在绕圈时，发现了一片空白区域。

随后，他就停住了脚步——这里的天花板和地板上，都出现了和他身上刺青一样的图腾。

繁复的花纹与星图结合在一起，美丽而古老。

雪宪第一次看见这幅图腾，是在上一任星子安柏的身上。那时他六岁，还在隶属光明殿的育幼园上课。有一天白博士告诉他，星子安柏途经这里，想来看看他。雪宪并没有正式见过安柏，但安柏却像一个哥哥一样，拉着他的手，和他聊了很久的天。

“雪宪。”安柏温和地问，“你明年就要去光明殿了。光明殿的日子有些辛苦，你怕吗？”

雪宪摇摇头：“我不怕。我要像你一样，做个优秀的星子。”

“那疼痛呢？”安柏长得很美，他的嘴唇像粉色的花瓣，碧蓝的眼睛像平静的海水，“你怕吗？”安柏拉起宽大的圣装袖子，露出手臂上的刺青，“像这样，每一年都去刺一部分，直到图腾刺满你的身体。”

雪宪有点儿怕了，忍不住往后缩了缩脖子：“会很痛吗？”

安柏说：“很痛。”

小小的雪宪攥紧了拳头。

“我会勇敢的。”最后雪宪还是这样稚气地回答，“因为我们是人类的希望。”

眼前的这幅图腾，来自一千七百多年前。可是，它为什么又出现在了他们的身上？

原来亚历山大是在这里看见了一样的图腾，并将它描绘下来了。

雪宪看着图腾，受蛊惑般往前走去。等走得近了，他才发现这些图腾的线条其实是镂空的，像是一些输送什么的管道，由不同的花纹走向不同的方向——那是六个圆形凹槽，不仔细看难以辨别，它们隐藏在图腾之下，看起来是可以升降的。

在一片空白处，雪宪又看见一个类似开关的东西。他蹲下去研究了一会儿，确定这里之前应该有个按钮，于是便好奇地用军刀的尖往下戳了戳。有轻微的声响传来，是那些凹槽在抖动。

真的是开关！雪宪心念一动，更加用力地往下戳去，只听“咯咯”几声，开关处呈方形下陷，而图腾中的六个圆形凹槽往外弹了出来！

等凹槽完全弹出，雪宪一眼就认出，那是六个椭圆形的培养皿。

作为培养皿中出生的孩子，雪宪曾对自己的来处追根究底。

白博士虽然没有带他去参观他的出生地，但是拿出了一本小册子，向他介绍了没有生育能力的民众是如何通过培养皿拥有孩子，以及光明殿是如何选定星子并进行培育的。

光明殿联合栖息大陆医疗系统，定期对基因库中的民众基因进行筛选。畸变对所有人的影响不同，光明殿首先会选取畸变反应最小、最合适的卵子和精子结合为受精卵，再对所有的受精卵进行二次染色体修改。得到完全不受畸变影响的受精卵很难，是亿万分之一的概率，这是来自神的恩赐，有神赐的力量——光明殿是这么认为的，于是，他们将受精卵培育，抚养长大成为星子。

和所有的星子一样，雪宪知道自己是个人类，但从来没有真正把自己当成是一个“人”。

他们没有来处，没有归处，到这世间来一遭只是因为有特殊的义务和责任。

弥修斯号上这些培养皿中都是空的，很干净。

而这一片区域之所以非常空旷，可能是因为这里之前是无菌培育区。

雪宪来到一个培养皿前，看着里面悬挂的管子，想象了一下一个婴儿出现在里面的样子。他打开培养皿，想用手去触摸一下那根“脐带”，谁知他刚把手伸过去，就有一根不知道从哪里冒出来的针，轻轻地扎了他一下。

雪宪缩回手，看到手指尖冒出了一点儿血珠，下意识把手指含在嘴里，他觉得有点儿疼。

他注意到器皿上有一些编号，面前这个写着“X1545F1”，旁边那个则标记着“X1739M4”，含义不明。这时，一道男声突然出现了：“……数据分析……稍后……”

雪宪吓了一跳，转身一看，他原先按过开关的位置出现了一个全息投影的 AI 人像。这个 AI 是一位黑发蓝眼的男性，因为能源不足或久未启动，投影不停地闪烁着，连带着略显板正的语音播报也断断续续，有些卡顿。

“警告。检测到未经注册的……改造样本。”AI 说，“样本无异常……请问是否脱舱……”

培养皿中都是空的，怎么脱舱，而且它现在检测的也是雪宪的血。

雪宪觉得很奇怪，自言自语道：“什么样本？”

不断闪烁的 AI 却回答了他的问题：“警告。该改造样本未经注册……可以为您查询……”

雪宪说：“好。”

AI 立刻投影出了一行密密麻麻的资料，包含公式、数字、序列等详细信息。

但画面闪烁太频繁，根本看不清，雪宪也看不懂，所幸男性 AI 仍然在尽职尽责地回答：“该改造样本……追溯至人类基因库查询……编号 X2779F13……”

雪宪眼睛睁大，心跳忽然加快了许多，他的耳膜处就像隔了一层水，嗡嗡地响。

不是说，他是光明殿精挑细选出来的受精卵吗，是神赐的孩子。

为什么这里会有他的信息？还说他是什么改造样本？

可惜，没有等他继续听下去，也没有等 AI 说出更详细的信息，整个弥修斯号突然剧烈一震，仿佛天旋地转。雪宪猝不及防，整个人被甩到墙壁上，后背胸口都是一疼。他还来不及爬起来，就见投影的画面最后闪烁了一次，然后彻底消失了，与此同时，弥修斯号所有的灯光消失，陷入了一片漆黑寂静中。

这艘一千多年前降落至此的飞船，终于彻底消耗完了最后一丝电能。

雪宪在原地待了一会儿。四周什么也看不见，等他眼睛适应了黑暗，就发现天花板、地板和墙面的古老图腾线条亮起了一层微光，就像他发热时的皮肤那样，很美。

雪宪慢慢地爬起来。

谜团只展现了冰山一角，但奇怪的是他现在竟然没有多慌乱，而是在想刚才的震动会不会对舱体内部有什么影响，会不会对他出去造成阻碍，又想小龙还在外面，它有没有被这巨大的弥修斯号的突然挪动吓到。

雪宪想要见到自己的小龙。他走得快了些，图腾的微光照不了多远，他没走几步就陷入了完全的黑暗里。幸好，口袋里有艾诺给的打火机可以照明。

雪宪举着打火机，一路朝着来时的路奔去。空荡荡的舱体里有他奔跑的脚步声回荡，还有他越来越急促的喘息声，不知道为什么，他莫名地感到心慌，那种心慌不像是完全源自自己，而是——笃笃多！

雪宪越跑越快，中间摔倒了两次，但顾不得疼痛，他爬起来就往升降机处跑。

彻底没有光源的弥修斯号不再像是一座迷宫，而像是寂静的坟墓，来时的路变得又长又远，雪宪被困其中，怎么也找不到升降机。

这密闭空间里，豆大的汗珠顺着他的额头、下颌往脖颈处滴落，紧接着，四肢百骸也泛起一股密密麻麻的疼，让他几乎有些站不住。

他和龙心意相通，所以……会是弥修斯号最后的震动压到小龙了吗？

即使对小龙来说，弥修斯的体积也大得如同一座巨山，它只是一头什么也不懂的小龙，哪怕是被弥修斯号压住一只龙翼，也将无法挣脱。

雪宪心急如焚。在终于找到升降机往下爬的时候，他双腿一软，重重地滑落在地板上，眼前出现了一些零散的画面。

夜空下无垠的戈壁，沙石……漆黑的弥修斯号，都不断地在他视野里交替变幻，被拉成了一道道长长的密密麻麻的线条，那是龙的视角，雪宪能感受到它巨大的痛苦，几乎是手足并用地往舱门口爬去。

星瀑终于出现了。在戈壁与天空的衔接处，数以千计的流星正快速地掠过天空，形成了如同瀑布一样的华丽奇景。数道光晕散开来，似钻石，似琉璃。女星挂在另一端，散发冷色调蓝光，与星瀑遥相辉映。

在天空下有一道雪宪熟悉的银色影子。先前一直望着流星的龙，此刻趴在地面，趴在一个被它挖出来的巨大沙坑里，它的龙翼展开，全身都在不停地颤抖。

一定是出事了!

雪宪拔腿就朝那里狂奔："笃笃多！！！"

"嗷——"那影子在沙坑里不停闪烁，几乎形成了难以看清的重影，只隐约可以看见鳞片和爪子。它好像在挣扎，身体最终在闪烁中形成了虚影，一道强大的气流充斥在它的周围，让雪宪根本无法靠近。

不对……那是小龙吗？雪宪竟无法马上确认。

就在他迟疑的这一瞬间，风沙掀起，他被迷了眼，只听狂风中小龙撕裂般的长啸。

"笃笃多——"

紧接着，一切都安静了下来。小龙不见了，地面只剩下了一个沙坑，还有一片脱落的银色鳞片。天际星瀑如雨。

雪宪背上自己的背包，在荒野戈壁中寻找了一整夜。

他感应不到小龙了。现在他不知道发生了什么，也不知道小龙去了哪里，但是他知道它一定很痛苦，因为那由它身上传来的疼痛，哪怕到了现在，也还在雪宪的骨头里隐隐作痛。

雪宪首先想到了能源泄露的问题。

他想，弥修斯号最后的震动是否再次泄露了能源，而小龙正好被能源侵蚀影响了？

这附近连土地都被侵蚀得寸草不生，更何况是一头尚未成年的小龙？

手里捏着龙的鳞片，雪宪又急又忧，完全忘记了去思考他在弥修斯号里面遇到的什么 AI，什么改造样本。

天蒙蒙亮时，星瀑逐渐消失。火红的忒亚星出现了，天气几乎是马上就开始燥热。

到处都不见龙的影子，雪宪开始后悔他为什么一定要来这里，如果不是他一定要来，小龙也不会因此受伤。他明明就说过他也会保护小龙的。此时，他多希望时光可以倒流，那么他可以摸摸小龙的大脑袋，贴贴它冰凉的鳞甲，告诉它"这次我们去一个你想去的地方""什么地方都可以"。

雪宪快要走不动了，水壶里面的水也只剩下了最后一点儿。在没找到小龙之前，没找遍这片戈壁之前，雪宪不能轻易地将这剩下来的水喝掉。

他的双腿变得沉重，脚掌也起了水泡，因为不停地呼喊，喉咙也变得干裂沙哑。

当最后一颗流星划过天空时，雪宪被晃了下眼睛，然后他看见远处的沙丘后有什么东西一闪而过。那里好像躺着一个人。他揉了揉眼睛，担心是自己的幻觉。可他再次看过去，就确定了那里真的躺着一个人。

这里怎么会有人呢？会是畸变体吗？

雪宪踩着沙子大步朝那里走去，在靠近那个人的地方，他捡到了一片东西，刚才就是它在反射着光。银白色的，很坚硬，是龙的鳞片。和他口袋里这片一模一样，是笃笃多的鳞片。

难道是笃笃多把那人弄伤了？

雪宪的心狠狠揪起，干脆快步朝那个人跑了过去，但他刚一看清那人的样子，就惊得后退一步，跌坐在了地上。

沙丘后方躺着的是一个高大的年轻男人。

不，雪宪并不能确定“他”算不算是……一个真正的人。

他有一头银色的长发，连睫毛也是偏银色的，肤色非常白皙。他面容俊美，双目紧闭着，嘴唇干裂，耳朵比寻常人要尖很多。从他的耳后、下颌开始，都零散地生长着银色鳞片，赤裸强健的胸膛往下，可怖的鳞片便愈发密集，从劲瘦的腰覆盖至人鱼线。

雪宪心跳一顿，猛地移开视线，投回到了男人的脸上。

他还有呼吸，胸膛正在轻微而平稳地起伏。

雪宪想去摸一下他的脉搏，却又瞄到了他与人类不同的、形状怪异的手掌，以及手指上的黑色指甲。

雪宪呆了两秒钟，看了看手上捡到的银色鳞片，又看了眼沙丘后方这个年轻男人。

他产生了一个荒谬的想法：这个怪物般的男人……会不会就是笃笃多？

这想法不仅荒谬，而且也太不切实际、太荒诞了。

可若不是这样，雪宪真的想不到任何人类能长成这样的依据。他再次朝男人看去，这回在对方宽阔的胸膛上又发现了一个淡色疤痕。

在小龙的身上，在那些坚硬的鳞甲之下，也有一个疤痕处于同样的位置。

雪宪不知道自己是不是疯了。

他的心跳得很快，下意识捡了一块小石子，朝男人身上扔去。

男人没有反应，依旧沉睡着。于是雪宪伸出手去，想去碰一下那个疤痕。可就在他的手指刚刚触摸到那个疤的时候，这个年轻的男人忽然睫毛翕动，睁开了眼睛。

那是一双冰冷的、灿金色的竖瞳。那双竖瞳结合在人类身上非常有违和感，比起遍布皮肤的鳞片、尖耳朵与黑指甲都更能让人确切地认识到，眼前这“人”非我族类。

雪宪汗毛倒竖，连呼吸都静止了。

两人只对视了一两秒的时间，年轻男人就重新闭上了眼皮，遮住了那双灿金色的竖瞳。他偏银色的睫毛轻轻盖住眼睑，呼吸依旧平稳，好像刚才的睁眼只是无意识的动作，并没有真正地苏醒过来。

雪宪松一口气，迅速缩回了手。他的心跳得咚咚咚响，满脑子都是一个念头：这个人好像真的是他的小龙，是笃笃多。

怎么会有这样的事情出现呢？一头龙怎么会变化出人的样子？

难道说他在弥修斯号的那段时间，外面发生了什么他不知道的事情，或者说假设的能源泄露在这么短的时间里就改变了小龙的基因形态？

可是，雪宪又并不能百分百确定这就是笃笃多。

他站起来朝四周望去，希望能得到一点儿别的什么提示，但毫无疑问这里荒无人烟，更别提看见笃笃多的身影。他闭上眼，想要再次寻找和小龙的感应，但依旧一无所获。

烈日炎炎，戈壁上又热又燥。雪宪的脸已经被晒得发红，而沙丘后方躺着的这个男人，更是在暴晒，他身上的鳞片反射阳光，脸颊胸膛都红了一大片。

如果不管他，他很可能会被晒死。

不管这个男人是不是笃笃多变的，雪宪都不会眼睁睁看着他这样晒下去。

雪宪脱下自己的外套，盖在男人身上。

见到昏迷中的男人皱起了眉，雪宪先试探着小声地喊了声“喂”，却没得到什么回应。他想了想，又从背包里拿出水壶，拧开盖子，将水滴在了男人的嘴唇上。

因为有龙在，他们总是很容易找到水源，所以雪宪之前没有要特别节省水的概念。

昨天来这片戈壁之前装好的满满一壶水，经过一夜的消耗，只剩下三分之一了。在寻找龙的过程中，雪宪一直都很节省，舍不得喝掉这最后的一点儿水。

水通过干涸的唇瓣浸入唇缝，男人的唇动了动，像是想要更多。

雪宪只犹豫了一下，便大着胆子伸出手，扶着男人的头，将水壶口抵在了他的唇上，把剩下不多的水都尽数喂给了他。

那头银色的发丝非常顺滑，触感冰凉，男人下颌的细小鳞片则相对坚硬。

水从男人的唇角流出一些打湿了鳞片和头发，让它们发着淡淡的光，这让雪宪想起了每个夜晚龙蜷缩在地面，被女星的冷光照耀着的样子。

雪宪短暂的人生中，好像没有遇到过比这更魔幻的事情了。

“笃笃多。”雪宪喃喃道，“是你吗？”

“是你的话请你回答。

“小龙。”

男人没有要醒来的迹象，依旧昏迷着。

这可怎么办？

雪宪知道他们不能在这里耗下去，便想了个办法——他从背包里拿出另一件衣服，用它绕过男人的胸膛到腋下，做了个简单的绳结，然后他奋力地把男人拖离了沙丘后方。

戈壁太广阔了，他们很难在这样的情况下走出去。但是这里离弥修斯号旁边的地堡不算太远，雪宪记得来时的路，他可以把这个男人拖去地堡中。

那要花费一两个小时的时间，雪宪觉得自己应该能做到，他唯一担心的问题是如果这个男人不是笃笃多变的，那么他希望男人醒来后不要把自己吃掉才好。

想起来容易，做起来要难很多。

“砰——”石块撞到男人的头。

“对不起！”雪宪跳起来道歉。

“哗啦——”雪宪手上脱力，男人顺着沙子往低处滑。

“啊！快回来。”他咬着牙，使出吃奶的劲儿才把人拖回来。

这个男人实在是太沉了。有好几次，雪宪都怀疑用来拖拽男人的衣服会断裂掉，这严重影响了他们前进的速度。一路上磕磕碰碰不计其数，男人的额头、手肘都弄出了青紫和擦伤。

幸好男人身上的鳞片足够坚硬，那一层用来裹住他下半身的衣服都已经被砂砾石子磨破了，他被鳞片覆盖的地方却也没怎么受损。

雪宪浑身是汗，筋疲力尽，途中休息了无数次，每次重新上路都要一边拖一边喊："你快醒——一——醒！"

他们最终花了很长很长的时间才来到地堡中，那时已经是下午了。

地堡里要凉爽很多，但雪宪又渴又饿，累得头晕眼花，一进去便瘫在地上休息，大口地喘气。而男人无知觉地躺在另一边，对这一切毫不知情。

雪宪怕他死了，顺过气后就爬过去，用手指试探他的鼻息。

还好，对方还有气，就是不知道什么时候才会醒。

"你到底是不是笃笃多啊。"

雪宪有点儿泄气，但这一路过来也没那么怕男人了，虽然他仍觉得陌生，但还是用手指戳了戳他的脸。嗯，皮肤不像鳞甲那么坚硬，倒是和人类一样很有弹性。

从地堡入口遥遥望去，能看见漆黑沉静的弥修斯号，也能隐隐辨别出昨夜龙在痛苦挣扎时留下的沙坑。雪宪只在那里短暂地坐了一会儿，就爬起来在地堡内四处查看。

这里没有食物，只有一些带不走的、废弃的物资，但阿琳娜婆婆说亚历山大他们曾在这里待过一段时间，所以这里应该有水源。

水是万物之本。虽然弥修斯号出现意外导致土地被污染，但先民已在这片土地扎根，所以他们一定通过什么别的方法净化了水资源。

果然，雪宪在地堡的深处发现了水泵，他欣喜万分地冲过去，可是经年累月，这水泵已经和其他结构融在一起，无法再拧动了。

喉咙火辣辣地疼，雪宪怎么也无法弄到水喝，只能失落地回到原先待过的位置。

然而这时他心中一惊。因为地面上只扔着一件破烂的衣服，原本躺在地上的男人不见了。

"笃——"雪宪刚吐出一个字，声音就卡在了喉咙里。

那是他身上的天赋，是对危险的嗅觉。

有人正站在他的身后，悄无声息，用一种无边的、沉默的杀气将他包裹，轻浅的呼吸喷洒在他的头顶，余光能看见身后人远超于他的身高，他能感觉到身后那人正在仔细注视着他，似乎正在考虑如何咬破他的喉咙。

肃杀而陌生的气息存在感太强烈了，雪宪汗毛倒竖，那人却迟迟没有动作，于是他很慢很慢地转过了身。

雪宪因为低着头，入眼的先是对方赤裸的胸膛和几缕垂落的银色发丝，如果他抬头平视的话，就能看到对方带着擦伤的下颌。

雪宪知道对方非常高大，但并不清楚对方站起来竟比自己高这么多，他缓缓抬起头，才看见了对方垂下的眼睑和灿金色的眸子。此时，那双眸子已经由竖瞳变幻为圆形，更接近于人类的模样了，对方的表情与神色也比之前更加鲜活，相对来说更有“人性”。

但这都改变不了对方非我族类的事实——他用那双眼睛观察着雪宪，眼神直白且充满攻击性。

安静的地堡中针落可闻，只余雪宪急促紧张的呼吸声。

在这紧绷的氛围中，雪宪的眼眶迅速泛红，他看着眼前这匪夷所思的生物，声音不由自主地抖了起来：“你是笃笃多吗？”

男人没有回答。

“如果你不是，我就要走了。”雪宪也不知道他能不能听懂，大着胆子说道，“我要去找我的小龙。”他越说越快，“我是在外面遇到你的，看你快要死了，就把你拖回了这里。我以为……以为你是我的小龙，你们有一样的鳞甲和眼睛。我的小龙叫笃笃多，它是一头银色的小龙……”

男人依然没有作声。他抬起异于常人的手指，用黑色指甲轻轻刮过雪宪的脸颊，在皮肤上留下一道浅浅的红痕。

雪宪立刻就起了一层鸡皮疙瘩，后退两步，男人却微微一伸手，用大手掐住了他的脖子，然后不容抗拒地将他推倒在地堡冰凉的地面上。那只手很大，力气很重，在雪宪以为对方要折断自己脖颈的时候，对方却说话了。

“伊撒尔。”他说。那是一种有些低沉的声音，发音很含糊，听起来像是很久没有说过话一样，带了些嘶哑的杂音。

似乎为了让雪宪能听得更清楚一点儿，男人又说了一次，这次相对清晰了很多。

“由卡。”他干涩地重复。

雪宪睁大眼睛，如果他没产生幻觉的话，男人说的是“由卡”，和小龙的意识里说的那个奇怪音节一模一样。

那么这个男人……

钳制住雪宪的手松开了，不等雪宪缓过来，就觉得身体陡然一轻，整个人被一双大手托了起来，轻易地就被放到了一旁的石台上。

雪宪小鸡似的被拎到高高的石台上坐好，他惊魂未定，而那个高大的非人生物再次靠近了他。雪宪感到惊悚，连连后退：“你要干什么……”

这回肃杀的气息收敛了很多，因为高度变得相同，伊撒尔正用那双与龙相似的眼睛平视着雪宪的脸，瞳孔里倒映出雪宪的影子。

仿佛是因为初次见面，所以他要仔仔细细地看清雪宪的样貌。

人类少年的头发乱糟糟的，脸长得很秀气，还不足巴掌大，一双眼睛黑白分明，形状很圆，双颊被晒得发红，脸上的表情惊恐又可怜，可能马上就要哭了。

伊撒尔的视线往下，落在雪宪的嘴唇上，再次开口：“水。”

水？雪宪第一时间没反应过来对方口吐人言，以为对方是在要水喝，赶紧解释道：“我没有水了……刚，刚才都给你喝了，喝光了。”

伊撒尔没说话，而是歪了歪头，伸过头来想蹭雪宪。

那是龙非常喜欢做的动作。

雪宪怔了怔，紧绷的身体骤然放松，鼻头强烈地一酸：“笃笃多？！”

伊撒尔沉沉地应道：“嗯。”

虽然半人半龙，但无论怎么看，小龙现在的模样都像人类多一点儿。确定了他就是笃笃多以后，雪宪又是想哭又是惊异。他有些胆怯，却还是用手指碰了碰到对方身后的鳞甲和属于人类的皮肤：“笃笃多，你怎么变成这样了？”

世界上怎么会有这样的事？哪怕阿琳娜婆婆提起过银色的龙是高智慧生物，和其他龙完全不一样，但也没提过它们还会变形。

龙半晌才开口道：“伊撒尔。”那是一种属于成年男人的嗓音，非常好听。

“伊撒尔？”雪宪不确定龙的意思，“这是什么意思？”

龙没有回答雪宪，不知道是不是没听懂。

雪宪："笃笃多？"

龙再次开口，这次声音更清晰笃定一些："伊撒尔。"

雪宪倏地明白过来，每当他喊出"笃笃多"的时候，龙便会说"伊撒尔"，所以难道这是……

雪宪犹在梦中："笃笃多，你说的'伊撒尔'是你的名字。"

伊撒尔："嗯。"

这时，雪宪才迟钝地理解到对方说的是人类的语言，他们在无障碍地沟通。

这太神奇了，雪宪有点儿消化不过来，但他能明显感觉到龙的发音相对生疏，语句都说得干涩，显然还在适应学习中。

而且，刚才剑拔弩张的气氛松懈之后，雪宪发现对方其实是还有些虚弱的。龙的呼吸沉重，神志模糊，和平时威风凛凛的小龙完全不一样，状态很差。

雪宪忧心忡忡地想，笃笃多变成人了，不会有什么问题吧？

可是，也没人教过他龙忽然变成了人要怎么办啊。

不管怎么样，不管是叫伊撒尔还是笃笃多，它都还是他的那头可爱的、忠诚的小龙，雪宪是不会因此而嫌弃它、抛弃它的。

"笃笃多，要是你不舒服的话，就再去休息一下。"

雪宪整理好心情，用手碰到对方的腰，轻轻地往外推了推。

"这里有我在。"

伊撒尔没有离开雪宪，只是低头看着他的脸。

雪宪的眼睛很干净，眼神坚定，哪怕眼眶还发着红，却对这个匪夷所思的突发情况接受得很快。

"你不要怕，我再去看看这里有没有什么用得上的东西，等你休息好了，我们就出发去有食物的地方。"说着雪宪从石台上跳下来，差点儿崴了脚，还是被龙扶了一把才站稳。

这一站到地上，雪宪就再次感受到他和小龙之间的差距——龙就算变成人了也长得很高，至少有一米九往上，说不定有两米，难怪刚才会那么容易地就把他拎到石台上。龙化成人形以后，体格也很强健，让雪宪想到自己一直想成为的那种力量型拳手，但对方的肌肉线条要更流畅优美得多，充满雄性荷尔蒙，这点倒是和龙形态一模一样。

不过，这仍让雪宪感到有点儿陌生，尤其是对方此时正一丝不挂。

伊撒尔对于身体的裸露完全没有不自在，和他作为野兽时一样。

雪宪想，应该也没人教过龙变成人形应该怎么做，他得帮助龙。

“嗯……我先给你找一件衣服。”雪宪走了几步，在地上找到自己的背包，拉开拉链在里面翻找。

背包旁边挂着的锅子碰在地上哐当作响，雪宪拿出电子笔记本、镜子、打火机和墨镜等杂物，然后翻出一件衣服，拿出来对着龙比了比，嗯，穿不上。雪宪又拿出一条阿琳娜婆婆帮他改小过裤腰的裤子，很好，这回不用比他就知道龙穿不上了。

不过，背包的底部还放着雪宪的圣装外袍，被他叠得好好的，仔细地放在最下面。

雪宪把圣装拿出来抖落开。这件袍子被他割掉了袖子，但依旧很宽大，宽大到可能龙也可以穿。雪宪原本想着它暂时用不上了，但没想到在这里派上了用场。

雪宪踮着脚，把外袍披在了伊撒尔的身上：“你只能穿这一件了，别的衣服你都穿不上。”

银发金眸的伊撒尔乖乖地站在那里，一直注视着雪宪的一举一动。

这让雪宪想起每一次龙收起龙翼，乖乖地坐在一旁等候的模样。

雪宪心底一软，也不知道化成人形的龙有没有听懂，循循善诱：“你看，我也穿了衣服，人都是要穿衣服的。”他很有耐心地抬起龙的胳膊，“这样，把手伸进去，这是袖子……嗯，两边都穿好再系上里外侧的带子，就完成了。”

高大的伊撒尔任雪宪摆布。

对雪宪来说盖到脚踝的外袍，长度只到对方膝盖下方，但雪白的圣装遮住了龙身上的鳞片，配上龙俊美的面容和银色头发，竟然意外的好看。

如果是在栖息大陆，像龙这样的年轻男人一定会很受欢迎，是连眼光很高的蜜儿看了都会芳心暗许的程度。

雪宪露出梨涡，这么一来，他觉得这头龙就更像个人类了。

穿上衣服后更加像人类的伊撒尔把目光落在了雪宪的脖颈上。那脖颈很细，皮肤表面有一些浅红色指痕，是刚刚被他握住脖子时弄出来的。原来人类比想象中还要脆弱一些，明明他没有怎么用力。

他从雪宪身上移开视线，俯身在地上捡起了水壶。

原本很大的水壶，在他长着黑指甲的大手中一下子显得很小。

伊撒尔把水壶握在手中，轻轻晃了一下，里面是空的，果真一滴水也没有了。

“你想喝水吗？”雪宪看到他的动作问。

伊撒尔没有否认。

“地堡里面倒是有个水泵，但是已经拧不开了，我们可能得走出戈壁才能找到水源。”雪宪对龙解释道，“水泵就是一个这样形状的……人类用来控制水流的东西——”

说着，雪宪又想到了什么，眼睛发亮：“或许我们可以一起去试试！”

伊撒尔走过来，用灿金色的眸子看着他，喉咙里发出了雪宪所熟悉的低吼。

人类拧不开的水泵，对龙来说只是小事一桩。片刻后水泵与设备固定的部件就被完全扯开，水流像喷泉一样涌出，水花四溅，浇了雪宪和伊撒尔一身。

久旱逢甘露，雪宪欢呼起来，见伊撒尔拿着水壶就要过去，他赶快拉住对方的胳膊：“等一下！”

伊撒尔的胳膊很结实，与龙形态时有很大的差别，是真正属于成年男人的手臂，雪宪第一下差点儿没拉住。

伊撒尔轻微歪着头，不解地看着他，这点也和小龙没什么区别。

雪宪教他：“这里已经很久没出过水了，水的成分可能不太好，不能马上饮用，我们得等等。”

伊撒尔：“唔。”

虽然科技手段可靠，但那些装置也是千年前留下的了，水的成分到底怎么样还未可知。地堡的水泵从上次有人类使用算起已经过去好些年了，里面的水显然不适合马上饮用，需要等上一段时间。

伊撒尔没再前进。

找到了小龙，又有了水源，雪宪现在一点儿也不着急。

两个人身上都打湿了不少，伊撒尔的银发与睫毛上都沾了水珠，他却全然不在意，雪宪看得好笑，忍不住出手帮忙。他走过去一些，踮起脚帮伊撒尔拨开湿漉漉的银发，用手帮伊撒尔擦了脸上的水，手碰到伊撒尔的鳞片时，他看到那些鳞片都在发光。

他做这些时，伊撒尔都低头看着他，仿佛对他非常感兴趣。

水压逐渐减小，但水流仍源源不断地流出，不一会儿这个大面积的房间的地面就积起了水。

雪宪觉得差不多了，先走过去，低头靠着水泵冒水的地方，张嘴喝了一些冒出来的清水。

确认过没问题以后，他才叫龙过来："笃笃多，现在可以喝了！"

伊撒尔走过来，却没有马上喝水，只是看着他。

雪宪以为他担心水质，便又示范性地喝了几口："没问题啦。"

几口清水下肚，雪宪喉咙里的干痛得到了很好的缓解，五脏六腑都被浸润。他干脆一次性喝了个够，才让开，让伊撒尔喝水。

伊撒尔喝水的样子和人类没什么区别。

等他也喝完了，雪宪才把水壶拿过去灌了满满一壶水。

他们一起回到了刚才待过的地方。

喝完水后雪宪感到清爽了许多，伊撒尔好像也比之前精神了一些，他站在地堡的门口，遥遥地望着弥修斯号。

雪宪还是如以往一样，用他的方式和龙相处。他一边收拾东西，一边对龙说话："我已经找到了艾诺说的那幅图腾。亚历山大的确是在弥修斯号里看到它的，和我身上的一模一样。我还看到了一些培养皿……"

雪宪顿了顿，他想起了弥修斯号里那个 AI 说他是"未经注册的改造样本"，还有什么"追溯至基因库"，什么"X"开头的编号。没想到在这里他不仅没有找到答案，反而更加疑惑了。

"当时弥修斯号突然一震失去了能源，我感觉到了你，就立刻跑了出来。"

说到这里，雪宪忽然想起了昨夜的星瀑。

他跑出弥修斯号时，正看见龙在沙坑里痛苦地挣扎，于是他一怔之下站起来："笃笃多！我想到了，你之所以变成这样，会不会是因为和昨晚的星瀑有关系？"

伊撒尔回过头来，也没有作答。看来，他可能也说不清楚是为什么。

雪宪说出自己的猜测："在人类的很多传说里，都有一些和天象有关的离奇事件发生，也许昨天晚上是有一种神秘力量影响了你，所以你才会痛苦地变形。"他思考着，"也可能是我胡思乱想，你变成这样，也说不定……是和弥修斯号的震动有关。”

伊撒尔好像并没有很在意的样子，听到雪宪的话，他只是低头看了看自己现在的身体。

雪宪说归说，到底不能解答这些问题，所以重新回去收拾东西，顺便把打湿的鞋子脱掉，就这样光脚踩在地上。

他想，也不知道龙还能不能变回去，如果不能，那么他们可能会开始一种新的生活方式。

“回去补给站，或者去巴别塔。”雪宪思考着，喃喃自语，“把手环拿回来，看看补给站的通信器能不能修。”

伊撒尔转身对雪宪说：“不。”

又是一个人类语言的发音。

哪怕是已经确定了这就是他的小龙，雪宪仍然觉得有点儿魔幻，太不可思议了。

伊撒尔的词汇量很少，发音总是很简短，却不容置喙。

虽然以前小龙总是很乖，不太拒绝雪宪的要求，但小龙的表达一直都很直接，它不喜欢补给站。于是雪宪点点头：“好吧。”他履行了之前想要给出的诺言，“那我们之后去哪里呢？笃——”

对方已经走了过来，在雪宪旁边坐下。那湿润的银发披散着，眼神平淡地看着他，让他无法再叫出那么可爱的、动物化的称呼。

“你有没有想去的地方？”雪宪一直都和龙互相尊重，哪怕对方换了人形也是一样，由于龙纠正过，所以他想，伊撒尔才是龙真正的名字吧。

“伊撒尔？”他这样喊道。

伊撒尔灿金色的瞳孔中有情绪流动，他看着雪宪光着的脚，用手指了指，说：“要。”

伊撒尔的手还隐约有些龙爪形状，看起来有点儿可怕。

要什么？雪宪有点儿迷茫：“啊？”

伊撒尔便又说了一次：“药……阿琳娜。”

雪宪明白过来，原来伊撒尔说的是那些阿琳娜给的草药。前几天夜里，他们在路上休息时，龙是见过他往自己的脚上涂草药的。

龙竟然会主动想到他需要擦药，雪宪有点儿震惊。

龙现在和他印象中有点儿不一样，好像……更聪明了。

“……在背包里。”雪宪观察龙的反应，惊异地回答，“我刚刚装进去了。”

伊撒尔：“唔。”

回答完，伊撒尔也不让雪宪自己去拿药，而是长臂一伸，单手就将沉重的背包拎了过来。

先从背包里拿出来的是一块亮亮的石头，那是龙送给雪宪的，但他不在意地将它扔开，又从里面摸到了一面镜子。镜子映出雪宪和他的脸，这已经和上次他们一起照镜子时完全不同。

伊撒尔看到镜中的自己，连表情都没变，仿佛对自己现在的样子一点儿都不好奇。

随后，他干脆把背包倒过来，东西“哗啦啦”地倒了一地。

伊撒尔从一堆东西里径自拿起了草药瓶子，他拧开瓶盖，用尖尖的黑指甲挑了一坨药膏出来，却没有在第一时间擦到雪宪的脚掌上，而是先闻了闻，确认过什么后才开始涂抹。

雪宪怕痛，前些天涂药都是敷衍了事，但伊撒尔力气要大得多，怕得他闭上了眼睛。

好一会儿他才反应过来，小龙竟然在帮他涂药。

从小被伺候着，雪宪倒不觉得有什么不好意思的，但现在这头小龙怎么学会了做这些？

这让他感动之余又有点儿混乱，有强烈的割裂感。龙不是野兽吗？怎么化成人形以后，忽然就有了人类的思维？不过，就像以前不停地往溶洞里捕回猎物一样，这头龙想要照顾他的初衷真是一点儿都没变。

有一个血泡被弄破了，雪宪嘶地吸了一口凉气。

“伊撒尔，轻一点儿。”

伊撒尔没说话，但雪宪感觉到他擦药的动作轻了些。

片刻后，他听见伊撒尔对他说：“……要回去。”

这是伊撒尔第一次说这么长的语句，听起来已经和人类没有什么区别。

“你把我，带得太远。”伊撒尔说，“应该要回去了。”

雪宪不明白伊撒尔说的“应该要回去了”是要去哪里，他问了，但伊撒尔没有回答。

于是雪宪猜测他们可能是要回雪域的溶洞，如果龙说的“回去”是指回巢穴的意思，那么雪域的温泉溶洞便是雪宪唯一能想到的属于龙的巢穴了。

龙有固定的巢穴，并且还有传承的概念，如果家族中的长辈死去，它们的后辈会比别的龙享有巢穴的优先继承权，这个特征雪宪曾经在教科书上阅读过。假如一头龙选择了喜爱的巢穴，那么他们通常都不会遗弃它的。

所以他想，哪怕伊撒尔现在变成了人形，骨子里也还是一头念旧的、固执的小龙。

“可惜我没有带上那些兽皮。”雪宪重新收拾东西的时候，有些遗憾地说，“我们进入雪域的时候会很冷。”

等他把东西都装好，伊撒尔径自拿过了包。现在龙已经化出了人形，有和人类一样的肩膀手臂，不必再用牙齿来帮人类叼住背包了。

近半人高的大背包对伊撒尔来说不算什么，他甚至还打算来抱雪宪。

显然，他认为连走路都会受伤的人类实在是太过弱小了。

雪宪的脚擦了药膏后已经好很多了，而且他并不是个娇气的人，赶紧跳开了些说自己可以走。他重新穿好鞋子，整理好自己，顺便看到了伊撒尔那双比手掌更为接近龙爪的脚。

回到雪域后，还得想办法给龙做一双鞋。在路上，雪宪这么盘算着，现在他的力气好像比以前大了一些，也许他可以直接使用鱼刺缝合熊皮。

溶洞里面的石块可以捡起来搭个炉子，最里侧的地面还是和以前一样，规划出来做床。

不过现在龙变成了这样，不知道会不会也像人类一样畏寒，如果会的话，肯定不能再像以前一样睡在洞口了，所以他还需要开拓另一块区域用来给小龙睡觉。

还有温泉水，他应该把水也分区域使用，不能像以前一样混着来了……

正在胡思乱想中，面前突然出现一道影子，遮住了光线。

雪宪顿住脚步，就见走在前方的伊撒尔不知道什么时候倒回来了，此时正垂眸看着自己，伊撒尔动了动嘴唇：“来。”

雪宪：“什么？”

可能是嫌雪宪走得慢，伊撒尔将背包换到胸前背着，转过身，想把雪宪背起来。

这让雪宪很不适应，因为龙以前并不会这样做。

形态上的变化，不仅让龙的思想行为大变，就连性格，都随着龙的体力状态，每一分一秒都变化得更明显，和从前相比几乎是天差地别了。

“我可以走快一点儿。”雪宪有点儿不好意思地说，“只要集中注意力。”

伊撒尔“嗯”了一声，这个单音节让雪宪听出了一些龙说“唔”时的熟悉感。

他还想说点儿什么，但肚子紧接着就叫了起来，将近一天没有进食，他的胃正在抗议。

那还是保存体力吧。

不知走了多久，雪宪回过头，看到戈壁中的庞大得像一座城的弥修斯号已经变成一个小小的黑点，他们待过的地堡已经看不清了。

夏日的忒亚已经接近地平线，他和伊撒尔的影子合为一体，在地面上被拉得很长很长。

前方光线刺目，雪宪取下自己的墨镜，将其戴到了伊撒尔的尖耳朵上。

“笃笃多——”雪宪仍习惯叫这个名字，叫出口时才记得改正，“伊撒尔？”

龙可能不知道每次人类说话都需要一来一回的，只顾着前进。

于是雪宪自己接着说了下去：“我刚刚考虑了很久，我们可以不要回雪域的那个溶洞吗？太冷了。”

小龙依然没有回答，但雪宪觉得他答应了。

“我可以陪你去别的地方。

“随便哪里都可以——只要不那么冷。”

夜幕早已降临，他们来到了之前经过的一片荒漠，雪宪四处看了看，一眼就认出来这是他们曾经走过的地方——不远处有一摞叠起来的石头，那是他们的作品。

“笃笃多你看！”雪宪惊喜道，“那是你送给我的石头，我们来过这里。”

印象中小龙把巨大的头颅凑过来的情况没有发生，雪宪回过头看到伊撒尔高大的身影，才反应过来现在的小龙已经变成另一个形态了。

夜里降温了，风吹得伊撒尔的银发微微拂动，再次让雪宪觉得陌生。

伊撒尔的夜视能力很好，他朝雪宪说的方向看了看，什么也没说地放下了背包。

看样子他们今晚会在这里过夜。

雪宪睡完觉精神好了很多，他拿出电子笔记本，在上面辨认出他们现在经过的路线的确就是之前那一条后，便在上面做了个记号。前天经过这里时，他曾注意到这附近有一些枯枝，只要简单地搭建一下，就可以做个容纳他们两个人的避风处，还可以捡一些柴火过来燃烧。

雪宪饿得有点儿晕，他还想起荒漠里有一些沙鼠出没，只要找到它们的洞口便可以想办法捕捉食用，只不过当时小龙捕猎了足够的食物，所以他们没有对那些沙鼠动手。

今晚他打算去抓一些，希望可以抓得到。

但不知道伊撒尔愿不愿意吃沙鼠？雪宪这么想着，恍然发觉，如果伊撒尔还是龙形态的话，他一定不会思考这样的问题。

等雪宪搭建完避风处，堆好柴火堆以后，伊撒尔已经拎着猎物回来了。

那是一只进化出长耳朵的狐獴，长得很肥，身上插着一支箭，正滴滴答答地滴着血。

雪宪讶然，怎么龙变成人形以后还无师自通地学会了使用弓箭？

伊撒尔将狐獴扔到地上，也扔下了弓。

弓折断了，看起来像是不堪重力，在使用过程中折断了。

柴火堆燃起来，狐獴也被扒干净去掉内脏，架在火上烘烤。伊撒尔洗了手，和雪宪一齐坐在火堆旁，将那折断的弓与枯枝一起扔进了火里。

雪宪制止不及：“我的弓——”

伊撒尔转头看他，仿佛不理解。

雪宪便心疼地解释道：“那是艾诺送给我，和我一起改造的弓，是一件礼物。”

伊撒尔探出手，用手指在雪宪的衣领上钩了一下，拉出细绳子，绳子上挂着艾诺送的另一件礼物，晶体宝剑吊坠，一个护身符。

“艾诺。”伊撒尔说，“还有。”

他微微眯起眼睛，雪宪莫名觉得这个吊坠也快要不保，赶紧把吊坠拿走，藏回了衣领中。

“不一样，每件礼物的意义都是不一样的。”雪宪告诉伊撒尔，“就像阿琳娜送给我的草药，你送给我的石头……我都有好好珍藏。”

伊撒尔："唔？"

龙不是人类，不近人情也情有可原。

雪宪想要让他更好地明白，便把背包拖过来，从里面拿出一个亮亮的东西。

银白色的，有巴掌大，薄而坚硬。

"你看，这是你的鳞片。"雪宪说，"我找你的时候捡到的，一共有两枚，我都把它们收藏起来了。在找不到你的时候我很急，很担心，但是我可以看着你的鳞片想你，这样能给我一些安慰。"

他低着头在背包里翻找另一枚，继续道："艾诺是我来这里以后遇到的第一个朋友……不，严格来说，是除你以外的第一个朋友，第一个人类朋友……我们很投缘，以后也不知道会不会再见面，所以他的礼物对我来说很珍贵。"

火光映照着伊撒尔的脸，让他那双灿金色的瞳孔中央缩小了一些，和龙形态时一样，有属于野兽的天生冷漠感。

雪宪莫名，不明白龙是在发怒，还是在想别的什么，只本能地觉得这时的伊撒尔陌生而危险。他收起脸上轻松的表情，心跳突然变得很快，呼吸也急促起来："怎么了？"

很快，他就听到伊撒尔说："由卡格拉姆。"

这回不是通过意识的传播，而是使用了真正的语言。

从龙化为人形起，就说了"由卡"这个称呼。此时伊撒尔一字一句地，将复杂的音节吐露得很清晰，和作为龙形态时的执拗如出一辙："由卡格拉姆。"

"是，是……是雪宪。"雪宪咽了口口水，"不是由卡。"

伊撒尔很久都没有说话，但也没有离开。

他注视着雪宪的眼睛、鼻子和嘴唇，随后只说了三个字："不怕我。"

夜空无垠，繁星点点，这个夜晚和所有雪宪与小龙度过的夜晚都不一样。

雪宪蜷缩在用枯枝搭出来的避风处，梦见伊撒尔只是一场幻觉。他从弥修斯号里出来以后，龙还是那头威风凛凛的、呆头呆脑的小龙，整日围着他打转。

然而他中途醒过一次，看到的却是人形的小龙。

雪宪第二次醒来时，天已经亮了，荒漠旷野中，只有雪宪一个人，小龙不在。

雪宪找到军刀，打算去附近捉几只沙鼠，但没走多远，他就看见有几只秃鹫正在啄食某种东西。雪宪身上有龙的气息，那些秃鹫停下动作朝他的方向看了看，就展翅飞远了些，它们原本分食的东西也露了出来。

那是一具人类尸体。或者说，是一个尚未进入完全畸变状态的重度畸变体，他的皮肉还没有完全被污染，所以能引起秃鹫的兴趣。

这里是下风口，连龙也没察觉出气味。

那个人大概已经死了一段时间了，雪宪能闻到腐臭。雪宪还是第一次这么近距离地看到人类腐烂的尸体，奇怪的是他没觉得有多想吐，只是怔怔地看着尸体发呆。

尸体的脖子上挂着光明殿的纪念物，是雪宪刚成为星子那年发行的，一个金属制成的六边形晶体，是白色的雪花，代表星子雪宪。

"由卡。"

雪宪正在出神，听见声音猛地回过头去，看见伊撒尔披散着长长的银发，站在他的身后。

因为龙的到来，那些秃鹫扇动翅膀，不见了踪影。

伊撒尔带回了一头骆驼，还有一些荒漠中才会有的果子。那骆驼的异化方向相对不明显，只是体形大了很多，足有一头象那么大。不知道伊撒尔使用的什么办法，让骆驼跟着他来到这里不走开，他一停下，骆驼便屈膝跪在原地，有一下没一下地磨着牙。

"我们今天要骑骆驼吗？"雪宪转身朝他走去，眼眶有点儿红，但语气很稳定。

伊撒尔点头，他往雪宪先前驻足发呆的方向看望了望，也看见了地上的腐尸。

雪宪来到骆驼旁边："我没骑过骆驼，但是以前骑过一次马。"

伊撒尔已经找来了骆驼，所以他应该不能变回小龙了。

雪宪这么想着，伸手摸了骆驼的鬃毛。

伊撒尔："我和你一起。"

雪宪惊讶地问："你会骑骆驼？"

伊撒尔："嗯。"

两人靠得很近，雪宪得抬头才能看着伊撒尔的脸说话："你是一头龙，怎么会骑这些？"

龙有龙翼，日行千里，怎么会需要靠别的生物来代步？

伊撒尔金眸中显然露出一丝迷茫，显然，他好像并不清楚这个问题。

在伊撒尔刚刚化为人形的时候，雪宪询问过“你怎么会变成这样”的问题，但那时的伊撒尔没有回答。

雪宪产生了一个奇怪的想法……但是，在这以前伊撒尔明明就还是一头未成年的小龙。

“伊撒尔。”雪宪问，“你以前有没有变过人形？”

“唔。”

“是什么时候的事？”

“很久。”伊撒尔这么说道，发音清晰，但语言顺序和逻辑仍然不熟练，“没有你之前。”

那说明龙的形态是可以切换的！

总算搞明白这一点，雪宪惊讶不已，他问道：“所有的龙都可以像你这样吗？”

雪宪很好奇，而伊撒尔纵容他的一切提问，不吝回答：“不是。”随后干涩地补充，“不是所有龙。”

雪宪漂亮的眼睛瞪圆了：“是只有你这种银色的龙能做到？”

见雪宪所有的注意力都在他身上，全心了解有关于他的一切，这让伊撒尔感到非常满意：“唔。”

雪宪思考着，排除了一种可能：看来不是星瀑或别的什么导致小龙基因突变开始变形的。

接着他想起了阿琳娜说的那头折断龙翼的银色巨龙，忽然理解到为什么阿琳娜说它是高智慧生物了，原来银色的龙族种群，本来就能拥有接近人类的形态，当然会拥有与人类不相上下的智慧。

那伊撒尔为什么到现在才变化呢？

像是看出了雪宪的疑惑，伊撒尔说：“我这次，醒得太早。”

雪宪继续问道：“‘醒’是什么意思？”

伊撒尔思考了很久，好像在考虑如何解释，最后只说了两个字：“觉醒。”

雪宪似懂非懂，那是类似于什么灵魂的觉醒，或者是神秘力量的觉醒吗？或许这就是他觉得伊撒尔化形后变化太快的根本原因？

他疑惑不解，随后问龙："那你……为什么会突然觉醒？"

伊撒尔沉声说了一长串属于龙语的音节，雪宪什么也没能听懂。

雪宪犹豫地问道："那……你什么时候才变回去？"

其实他有点儿想念龙形态的笃笃多了。他想念笃笃多的鳞片、骨刺，甚至莽撞的嬉闹，还有古怪可爱的"咕咕"声。

但他话音刚落，就见伊撒尔上前一步，随后雪宪感觉身体一轻，就被伊撒尔抱起来放在了驼峰之间。骆驼站起来了，之后伊撒尔粗暴地撕开水果递给了雪宪。

雪宪处于高位，他看见伊撒尔灿金色的眸中有情绪流动，下颌以及脖颈处的鳞片在晨光中隐约发光。

这非人的俊美生物对他说："筑巢以后。"

栖息大陆，主城郊区。

厚重的钢板门将外面最后的一丝声响隔离，一百平方米左右的房间安静得犹如真空环境。

墙是拱形的，天花板也是，整个房间像个球体。角落里躺着一根手臂粗细的钢链，末端是碗口大小的圆环，如果把钢链拉直了，圆环最多只能抵达房间中央，不知道是做什么用的。

这里处于地下，远离光明殿。

天花板、地面与墙面上，布满了呈放射状的焦痕，那是承受过高能量轰炸的痕迹，日积月累下来，已经看不出本来的颜色了，整个环境都让人感到诡异和压抑。

白博士是第一次进来，他身边的士官也是。

士官叫夏英，是个有黑头发、黑眼睛的东方人，他年纪很轻，不爱笑，但白博士总从他身上看到一丝雪宪的影子。夏英是由上级部门指派来帮助白博士的。

"吱……吱……"仪器检测到微弱的能量波动，发出了提示音。

"有了！"夏英拿着手里的仪器循迹走去，"白博士您看，图形变化变得复杂了！"

"白博士？"

夏英叫的第三遍，白博士才回过神来：“什么？”

前些时间他的头发还是花白的，现在两鬓已然白了大半。此时他原本清明的眼睛也变得浑浊，仿佛从进这个球形房间起，就被某种细密而潮湿的东西包裹住了。

夏英将仪器递过来：“您看。”

白博士接过仪器，只见仪器的一小块电子面板上，正在不断产生几何图形，那是能量波动频率的介质显现。通过它，所有的能量都可视化，能量波动越高，频率变化越大，图形的变化就越复杂。他推了推眼镜，很久以后才开口说话：“嗯，看到了。图形还不稳定，继续检测。记住，不同数值段都要进行采样，方便回去以后录入比对。”

白博士的声音沙哑，夏英知道他已经很长时间都没怎么睡好过了，便说了“是”，然后又拿回仪器在房间里走了一圈。

“幽灵1号”被摧毁以后，星子生死不明，但它在信号中断前传回了银鳞恶龙的画面。

在光明殿里，人们找到了生物学家斯图·科尔森的有关这种生物的手记，并将其上交给执政厅，当夜执政官便联合军方召开了长达五个小时的秘密会议，而手记也被交给了科学院——这件事是高度机密。

随后，由菲·科尔森领头的科学院向军方发起申请，他们请愿，将派出几名学者组成研究小队，在军方的护送下乘坐新型水行艇前往龙屿捕捉银鳞恶龙。另一方面，白亚德博士也提出联合申请，要亲自去龙屿寻找星子雪宪。

龙屿茫茫，要到哪里去寻找一个失踪的少年？

但星子不同。作为神的孩子，星子身上本就有异于常人的能量场。

白博士写了一份万字报告，报告上详细描述了如何通过振荡器来检测与星子身上相同的能量波动。他还在报告中称，会对振荡器进行改造升级，经过改造后的振荡器，哪怕是微弱的能量波动也能被它检测到，非常适用于追踪。

恶龙重现、星子失踪和畸变体失控，混沌日后的栖息大陆陷入了前所未有的混乱中，各地暴乱，网络中末日言论甚嚣尘上，这使得执政厅面临巨大压力，急需光明殿的协助。

如果能成功找回星子，便可以解决燃眉之急。

白博士提出的方法被证实可行，因此他的申请很快就被批准。执政厅特许白博士调用科学院的力量，也特地派遣出身军方的士官夏英前来对他进行贴身保护和无条件协助。

“能量稳定了！”夏英站在房间中央的地面上，处于放射性焦痕的空白处。

那些漆黑的痕迹朝四周投射，中央正好形成了一个圆形的空地，可供一人站立。

白博士走过去，看到仪器上出现了一个极其复杂的几何图形，繁复的花纹正在不断地波动，却始终都维持着同一个图形。

残留的能量极其微弱，白博士道：“立即采样。”

夏英：“是。”

夏英在圆形的空地里将这份稳定、奇特的能量采样收录，好奇地问道：“这里到底是什么地方，为什么会有和星子相同的能量波动？”

刚才他们来时进入封闭区，一路上遇到的所有人都沉默寡言，这里没有名字，没有标识，如同不能被提及的禁地。

夏英是军方的人，却从不知道主城还有一个这样的秘密区域。

白博士也没有回答。

夏英适时闭嘴，没有再问。

采样完毕后，有人替他们打开了厚重的钢板门。他们穿过逼仄沉闷的走廊，乘坐电梯回到了地面。

军方派的车仍然在原地等待，准备接他们去科学院，顺便去一趟光明殿育幼园，白博士有一些事务需要交接。

上车后，白博士取下镜片擦拭，望着车窗外，夏英看不见他的表情，但是在驶离封闭区之前，夏英回头看了一眼他们刚刚待过的地方。

在封闭区的钢丝网外，有大片雪白的倦鸟花，与封闭区的荒芜形成鲜明对比，而他们先前通往地下的入口处修建了厚厚的壁垒，像一座被遗忘的坟墓。

白博士在育幼园里只待了十几分钟。

一名小麦色皮肤的女孩儿撞见了白博士，和他拥抱，并突然开始哭泣。

夏英认识那名女孩儿，她是星子雪宪的贴身侍女，名叫蜜儿，在星子出现的许多场合里，她都微笑着站在星子的背后。

下课了，有很多小孩跑跳着来到花园，他们年龄不一，但都在三到八岁之间，是簇拥者们的孩子。随后，一名红发女子牵着一个身穿白色长袍的幼儿走了出来。那是来自科学院的泰贝莎博士，负责目前育幼园的管理工作，她牵着的便是下一任星子。

夏英放在腿上的盒子忽然发出了一点儿噪音，那是装在盒子里的仪器。

白博士和泰贝莎讲了一些话，然后蹲下身子，面向小孩：“你好，兰登。”

兰登的黑眼珠又圆又大，头发是自然卷，他只有三岁，开口却是一本正经的端庄：“您好，白博士。听说您要去接雪宪回来，他还好吗？”

白博士说：“我想他很好。”

兰登想了想，认真道：“我希望他没有被龙吃掉，那么明年的夏日节我就可以和他一起去放河灯。”

泰贝莎低声告诉白博士：“雪宪上次来这里，告诉过兰登一些东方的传统民俗，兰登本来希望今年夏日节可以和雪宪一起去放河灯的。”

白博士站起来，摸了摸兰登的头：“我会转告雪宪。”

兰登：“好的。祝您一路平安。”

“谢谢。”白博士和蔼地看着幼儿，露出有些困顿疲惫的微笑，然后把目光投向泰贝莎：“泰贝莎博士，如果我——”

泰贝莎牵着兰登的小手，打断了白博士，坚定地说：“您会回来的，您会和雪宪一起回来。”

“我和兰登，都会等着你们。”

白博士回到车里时，夏英已经打开了盒子，正在观察里面重新出现波动的仪器。新检测到的能量趋近于无，根本难以形成可视图形，但它显现的趋势似乎和刚才检测到的有些接近……

花园里，是泰贝莎牵着兰登往里走的背影。

在孩子们的欢声笑语间，夏英霎时明白了什么，冒出一身冷汗。

白博士却已经伸手关掉了仪器，并合上了盒子。

此后车内陷入了沉默。

车辆在主城街道上行驶，重新开往科学院。途径广场时，屏幕上忽然播报了一条重磅新闻。画面中烟火四起，人们在尖叫逃窜，处于暴动中的安城忽然全面爆发畸变体感染潮，安城彻底沦陷了。

骆驼在不断往前走，不知道要去往哪里，雪宪也没有问。

这头骆驼走得很快，偶尔小跑，并且总是会走向伊撒尔带领的方向，这下雪宪终于确认了伊撒尔真的曾经变过人形，还学过许多人类才有的知识。

他们的行走速度一下子就变快了不少。

出发没多久，他们便听到了一些龙啸。伊撒尔站在原地观察了一会儿，才继续前进。

雪宪不确定化为人形的伊撒尔还会不会引起同类的注意。但无论伊撒尔要带他去哪里，他们都必须去到安全的地方，因此雪宪也没有要求停下来。

在临近荒漠的边缘，雪宪又看到了第二具尸体，但这次雪宪没在尸体身上看见光明殿纪念物。

那具尸体靠在一块大石头后面，皮肤已经风干，尸体的手放在身前，能看见发黑的指骨，看起来时代久远，可能留在这里已经很多年了。

这下雪宪彻底沉默。

前面是一片丛林，他们已经走过戈壁，经过荒漠，来到了绿洲。根据雪宪在电子笔记本上看到的地图，从这里过去便是崇山峻岭，有关于龙巢的标记也到这里为止了，不知道那边是属于另一艘侦察机的观察范围，还是那边本来就没有龙出没。

走到这里，电子笔记本的用处已经不大了，雪宪想把它装回了背包里，却不自觉地放大地图，越过了巴别塔的位置，一路看向海岸线，看向做了模糊处理的栖息大陆。

他现在距离栖息大陆已经很远很远，哪怕是龙，也要经过几天的飞行才能抵达。而且，他们走的还是和栖息大陆相反的方向。

黑色的指甲突然出现在电子笔记本上，是后方的伊撒尔伸出手，用手指向了一个区域。

“怎么了？”雪宪问。

那是一座小岛。不，准确地来说那里有很多座小岛，伊撒尔指的只是其中一个。那些岛毗邻陆地，中间有海峡，在地图上显得不起眼，是很容易被忽略的地方。

雪宪问：“那里是……”

伊撒尔沉沉地说：“家。”

雪宪还以为他们只是在漫无目的地乱走，寻找合适的巢穴，原来并不是那样，伊撒尔说的“回去”是指这里。所以伊撒尔一开始就没有打算带他回雪域，而是直接带他去“家”里。

雪宪惊讶道：“是你破壳的地方吗？”

伊撒尔却说：“不是。”

小山一样的骆驼停止前进，跪了下来。伊撒尔先下了骆驼，然后将雪宪也抱了下来，骆驼重新站起，慢悠悠地走开了。

雪宪还在惊奇伊撒尔说的“家”。按理来说，龙降生在家族里，破壳的地方就是他们的巢穴，也就是所谓的“家”，但伊撒尔为什么又说那不是他破壳的地方？

伊撒尔用低沉的声音说：“筑巢。”

雪宪：……

所以那不是“家”，只是选择了在那里筑巢？

伊撒尔看出雪宪的疑惑，又说了几个字：“我的族群。”

雪宪问：“你的族群？大家都在那里筑巢吗？”

伊撒尔：“唔。”

经过几天的适应，伊撒尔似乎拾回了一些记忆，说话也流畅了许多：“我们散落在各处，在不同的地方破壳。成年后化形，觉醒，回到这里。”

雪宪道：“散落在各处？你们的父母，都不在固定的地方生蛋？”

伊撒尔说：“没有父母。”

雪宪听了这句话，消化了一下其中的意思。

他想，难道是银龙的族群生活习惯与其他的龙不一样？他记得在人类古早时期的某些部落里，也有类似的习俗：父母产下新生儿后并不以家庭为生活单位，而是直接将孩子交予部族，成为平等的一员。

“我们消亡，然后破壳。”

雪宪有些没听懂了：“消亡？”

消亡，是生命的尽头，万物的归宿。

雪宪知晓一切终有尽时。就像人会老去，病到深处，就像他们杀死的那些猎物，捕过的那些鱼，还有那些对抑制剂忽然失效的人们，重度畸变而被送往龙屿的畸变体……

时间规律，自然法则。生命渺小如尘埃。他能做些什么？他……还算是某种希望吗？

这一趟雪宪没能找到自己存在的意义，他没有家，甚至不再被自己的族群需要，无论他如何不断地给自己设立目标也不会改变这一点。

仿佛能感知雪宪身上的所有情绪，伊撒尔说：“你想哭。”

雪宪的确在胡思乱想，眼睛红红的，但还是正色道：“我不会哭的，只是觉得有一点儿难过。”

说完，他意识到了什么，难道伊撒尔是觉得他想哭了。雪宪心里流淌过一股暖流，慢慢地绽放出微笑：“谢谢你的关心，伊撒尔。”

ISAR

XUEXIAN

第六卷

海岸篇：筑巢者

THE WHISPER OF THE DRAGON

过了一会儿，他们走进一片清凉的丛林。他们需要穿越这个辽阔的丛林，再走上一段时间，才能抵达伊撒尔指向的海峡，前往小岛。

丛林环境复杂，越往里走越潮湿，变化越多。渐渐的，除了粗壮的树木，周围也多了许多无穷星的本土藤蔓。这使前进变得相对困难了一些，伊撒尔不习惯使用工具，总是凭借体能优势前进，于是雪宪便承担了开路的任务。

这时的雪宪与刚流落到龙屿时的雪宪已经很不同了，那时的雪宪身着繁复的光明殿套装，手无寸铁，狼狈地在雨林里寸步难行，而他现在已经很会辨认环境了。

他先前被龙火烧过的眉毛和睫毛早已长了出来，头发也比先前在光明殿时长了不少，但因被烧焦过，有些不齐整。他穿着在补给站时得到的圆领上衣，衣服因为身材比较清瘦而有些空荡荡的，裤腿扎在短靴里，显得腿直而长。

脱离文明社会，雪宪找到了一些生存的法则。他一边走，一边使用军刀割断挡路的藤蔓——先前休息时，他一有空就找石头磨刀，把它磨得非常锋利。

雪宪无法捕猎大型动物，但也能靠自己的力量填饱肚子，只要是遇见认识的野菜或能吃的植物根茎，他都会收集起来，放在衣服前襟兜着，准备扎营时用来煮着吃。

当然，伊撒尔的陪伴是他们的旅途从容的重要原因。

除了自由自在的、不起眼的鸟类，龙所到之处总是静悄悄的，山怪野兽都识趣地躲了起来，以免被龙捕获，成为龙的盘中餐。

途中，雪宪差点儿被一根藤蔓绊到。在脸快要着地的时候，他被伊撒尔长臂一伸，拦腰给捞了回来。雪宪不知道伊撒尔速度这么快，吓了一跳："谢谢。"

像小龙时期就训练雪宪捕鱼一样，伊撒尔仿佛在纵容雪宪"自力更生"，但仍然时刻关注着，把雪宪的安危置于可控范围。

"由卡。"他说，后面跟了一些音节。雪宪知道那是让自己小心些的意思。

伊撒尔很快就把雪宪松开了，但他没有马上前进，而是拧开水壶递了过来。

"喝水。"他说。

雪宪的确有些口渴，但喝水也是省着喝的。他灌了两口水润喉咙，见伊撒尔盯着他看，就把水壶递了过去。

雪宪在一片湿润的地带发现了一些蘑菇。

想要采摘的时候，伊撒尔制止了他："不吃。"

雪宪只跟着阿琳娜学着辨认过两种蘑菇，他觉得这些蘑菇看起来很相似："不能吃吗？"

伊撒尔："唔。"

雪宪相信伊撒尔，但还是觉得好奇，龙毕竟不是素食动物："你怎么知道的？"

伊撒尔只又说了一遍，语气重了点儿："不吃。"

雪宪观察着蘑菇，猜测这些蘑菇可能有毒，而龙的嗅觉很灵敏，肯定是辨别出了毒素，便放弃了。

等雪宪又割断两根藤蔓以后，他们才开始边走边聊天。雪宪问："伊撒尔，你是怎么知道得这么多的，又是怎么学会说人类的语言的呢？"

伊撒尔没回答。雪宪回头，看见他停住了脚步，好像是在回忆，却没找到答案。可能那对伊撒尔来说是很久以前的事了，可能是远早于上一次"消亡"……

"没关系，想不起来就算啦。"雪宪说，"我也想不起来很小的时候发生的事。"

伊撒尔发出声音："唔。"

走过丛林中藤蔓最密集的地方，他们来到了空旷一点儿的地方，这里树木更为粗壮高大，路也好走许多。雪宪轻松了一些，在树上摘下树叶擦拭军刀上的汁液。

雪宪问："你们的族群……银龙，每一次消亡后都会重生？"

伊撒尔说"是"。

"那相当于是一种永生了……"雪宪喃喃道，他还没听说过这样的生命形态，但在无穷星上，好像什么样的奇迹都有可能发生。他想象了很久很久以后的景象，问伊撒尔，"那你下一次重生的时候，还会不会记得我呢？"

雪宪既不难过，也没有在煽情，只是好奇而已。雪宪只有十几岁，对他来说，人生的尽头都还是非常遥远的事情，更何况是永生，他对那个几乎没有什么概念。

伊撒尔缓缓走近，告诉他："我们……契约。"

雪宪微微仰起头："什么契约？"

伊撒尔抬手，触摸了雪宪的眼睛，平淡地对他说了一些长长的、属于龙的音节。

雪宪理解了他的意思。

伊撒尔是在说，他们第一次见面，就有了灵魂上的羁绊。

得到提示，雪宪立刻想起了他游往湖中高地，第一次与银色小龙对视的场景。

那种强烈的心悸，那种小龙眼中的天地万物都涌入他视野的感觉……直到此时也很清晰。原来那就是所谓的契约吗？

难怪他能感觉到小龙的意识，共享小龙的感官，而阿琳娜婆婆说他和小龙心意相通，能理解龙的语言和思维，肯定也是因为这个。

“我会找到你。”伊撒尔回答了雪宪刚才的问题。

雪宪：“这样吗？”

伊撒尔：“嗯。”

雪宪没再说别的，他知道人不会有来生，灵魂也不会永远存在。

可是伊撒尔不懂。

雪宪是个游离者，保持悲悯心，偶尔会对世间的某些事产生留恋，却始终保持清醒。或许他和许多过去的星子一样，和许多被放逐到龙屿的人一样，总会消亡在时间的长河里，但人类会永恒。

傍晚，雪宪煮了一锅乱炖。

他们找到一条丛林里的小溪，在小溪旁边扎营。

伊撒尔捕到一头小野猪，他对雪宪洗干净后煮成糊糊状的根茎和野菜缺乏兴趣。化为人形后的龙已经不再直接进食猎物，而是使用雪宪的军刀，将肉都切下来，再由雪宪帮忙烤熟了吃。

伊撒尔的食量比龙形态的时候要小很多，还能剩下一些野猪肉作为第二天的食物。

“说不定我以后可以去做烤肉大厨。”雪宪眼睛亮晶晶的，“比如烤鱼，烤猪肉，甚至还有烤熊肉。”他想了想，又说，“或许还可以做探险家，还有裁缝，服装设计师。”

幻想中的退休生活一下子变得明朗了，虽然不过是苦中作乐，异想天开而已。

龙无法理解人类现在所说的内容。

雪宪便告诉他："是一些人类的职业。在人类社会——人类的族群里，每个人都有不同的事可以做，我们分工合作，让族群得以运转和发展。就像你们龙的族群，有的龙去捕猎，有的龙教导小龙，守卫家园。"

伊撒尔听着："你……做什么？"

"我是星子。"雪宪说着，忽然含糊了一些，"做唱歌的工作——"

一滴水落在脸上，雪宪抬头一看，下雨了。

丛林的雨说来就来，不一会儿雨滴便有豆子那般大。

雪宪不再多说，放下锅子飞快地找到一些树枝，又扯下一些巨大的叶片，盖成一个简陋的棚子。做完这些，雨滴已经牵成了水帘。

"伊撒尔！"雪宪拉着坐在雨中的伊撒尔一起躲进了棚子里。

这个慌忙搭建的避雨处非常小。龙虽然像人类一样有固定巢穴，但在外也并不介意雨水，察觉人类不喜欢淋雨之后，伊撒尔便将半个身体都露在外面，帮雪宪挡住了溅射的雨水。

看到小小的人类蜷缩着躲在棚子里，伊撒尔金眸亮闪闪的，可能有些好奇。

"雨真大啊。"雪宪说，"我还是第一次在这里遇到下雨！"

暴雨如注，篝火早就熄灭了，闪电偶尔照亮了这一方小天地。

雪宪的睫毛和眼睛都如洇了水的墨，他新奇地看着雨幕，没过多久，就感觉到了寒意。他身上都湿透了，衣服紧紧地贴在身上，被风一刮便冷得身体发颤。

伊撒尔发现了这一点，他站起来，将雪宪粗制滥造的棚子加高了一些，然后钻进来，不由分说地靠近雪宪。

"由卡。"伊撒尔发出低沉的声音。

虽然雪宪不能做龙的由卡，但他已经很习惯伊撒尔的靠近了。

伊撒尔看着他湿漉漉的发顶："不冷。"伊撒尔的意思是，很快就不会冷了。

雪宪听得懂他的表达逻辑，感到安全、舒适和满足。

"我以前做唱歌工作。"过了一会儿，雪宪接着刚才的话题道，"伊撒尔，我唱一首歌给你听吧。"

伊撒尔"唔"了一声，表示默许。

雪宪轻轻地哼了一首歌，这是他上课时学来的一首古老的小曲子，老师说要送给雪宪。

雪宪的声音非常好听，很适合唱歌。雨声哗哗中，歌声纯净静谧。

唱到“Small and white，Clean and bright”时，雪宪稍微停顿了一下，又在唱到“Bless my homeland forever”时，轻轻地收尾结束。

淅淅沥沥的雨拍打在树叶上，地面上和丛林中倒塌的腐朽的枝干上。

空气中有一股湿润青涩的泥土味道。

雪宪隐约做了一个遥远的梦。在他还很小的时候，有一次也下了这样的大雨，雨淹没了主城的一些街道，将育幼园里的玫瑰花瓣打得七零八落，簇拥者的孩子们都没来上课，只有他一个人，赤脚站在门口的台阶上看雨。

天亮了，雪宪醒来，雨仍没有停歇。

伊撒尔还闭着眼，看起来神秘而无害。雪宪把他叫醒，看着他睡眠时不慎变回去的竖瞳逐渐转变成人类眼珠会有的样子。

他们不能待在丛林里，还需要赶路，于是雪宪去采了两片宽大厚实的圆叶，然后分给了伊撒尔一片。

人类睡觉时需要铺动物毛皮，行动时需要穿衣穿鞋，做起事来需要使用工具，进食前也需要烹饪，晴时出行需要带防晒，连雨时走路，也需要挡一挡雨。

龙不懂人类的烦琐需求，这其中的每一样，都把人类的弱小衬托得更加突出。

而雪宪总是因为这些事情在忙碌。

“这是伞。”雪宪告诉伊撒尔，让他学着自己的样子握住根茎将叶片撑在头顶。

伊撒尔一直在耐心地等待，沉沉地注视雪宪。

他身上又被雨打湿了，衣服贴在身上，勾勒出完美的肌肉线条。

伊撒尔接过雪宪递来的叶片，有点儿疑惑。

“伞。”雪宪又说了一次，想教会龙，“是避雨用的。”

伊撒尔看了看他们手里的“伞”，抬腿朝树丛里走去。

很快，他回来了。他折取了更宽大结实的圆叶，那是雪宪想要却够不着的，伊撒尔凭借体形优势轻而易举地做到了。

“伞。”伊撒尔这样对雪宪说，然后换掉了雪宪手里原本的叶片。

一些水滴顺着伊撒尔的银色发丝和下颌骨的鳞片，往下巴和脖颈滴落，他黑而尖的指甲握住叶柄，散发出掩不住野性。

雨后丛林湿滑，雨路难行，雪宪短靴往上的大半裤腿都湿了。

这一次负责拨开树丛、斩断藤蔓的人变成了伊撒尔。

伊撒尔基本上不需要雪宪的军刀，他的利爪与力气便是最好的工具，他徒手分开桎梏，泥泞与湿润的枯叶黏在他的身上、脸上，雪宪会叫住他帮他清理。

雨在第二天下午才停，他们花了大约两天的时间，才从丛林的深处走出，来到了靠近海峡的谷地。雨后初晴，天空出现了彩虹。在谷地的花丛里，他们遇到了很大一群破茧不久的蝴蝶，雪宪给伊撒尔背了一首有关于蝴蝶的东方古诗。

谷地地形复杂，伊撒尔没有再离开去捕猎，晚上他们决定在一个小湖旁扎营。

天黑前，对捉鱼有执念的雪宪在湖里成功捉到了一条鱼。

那种鱼的刺很多，没有过去在雪域时伊撒尔捕捉的鱼方便进食，但作为雪宪第一次捕猎到的鱼类，它获得很高的礼遇——烤制时，雪宪在鱼肉里撒了点艾诺送给他的香料和盐巴。

正如雪宪所说，他已经很会烤食物了，但加入佐料的鱼肉似乎比平常还要香气四溢。

鱼肉烤好以后，雪宪先分给伊撒尔一半。

两人分着吃完了鱼肉，都还觉得意犹未尽，雪宪打算再去捉一条鱼回来，但伊撒尔比他先一步。

“我……捕食。”伊撒尔沉沉道，“由卡。”

龙偶尔允许人类学习捕猎技能，但负责喂养人类是他的职责。

暮色四合，远处的天空飘着橘色的云。

伊撒尔站在湖边脱去衣服，露出一身富含爆发力的肌肉和完美的线条，在昏暗的光线中形成一道优美的剪影，他走上一块大石头，找准位置后，“扑通”一声扎入了水中。

水花溅起，雪宪趴在石头上朝下看，水底已经不见了伊撒尔的踪影。

鱼儿都离开了浅处，伊撒尔跳下的地方湖水很深，但在雪域时，雪宪曾见识过小龙在水下捕猎的英姿，所以他对伊撒尔的能力很有信心。

雪宪静静地等了一会儿，水下一点儿动静都没有。

天色越发沉了，清澈的湖水也变得黑漆漆的，山谷里四周只有轻微的风声。

“伊撒尔……”几分钟过去，雪宪有点儿担心，一刻也不敢离开湖边，担心有什么状况发生。又过了一两分钟，他闭上眼睛，想要感应龙的存在。他感到湖水冰凉，细腻湿润地包裹他的全身，周遭都是一片漆黑，连呼吸冒出的气泡都看不清……

那种感觉很模糊，他只隐约察觉有一团黑乎乎的东西近在咫尺，正要努力看清是什么时，湖面“哗啦”作响，是伊撒尔冒出了水面。

“伊撒尔！”雪宪连忙站了起来。

在最后一丝天光里，伊撒尔银发披散，精壮身体上的银鳞与湖中荡漾的水波一起微微发光，让他像是一条神话中才会出现的雄性人鱼。

伊撒尔没有捉到鱼，却不是空手而回，他拖着一个沉重的、造型奇特的物体走上了岸，那就是雪宪刚才感应到的黑乎乎的东西。

“这是什么？”雪宪走过去问。

或许伊撒尔也是因为好奇，才将这个怪东西搬上岸来。听到雪宪的发问后，伊撒尔回答道：“有……龙的气息。”

雪宪：“龙的气息？”

伊撒尔将湿漉漉的银发往后拂开，露出饱满光洁的额头和尖耳，他的眼睛危险地眯了眯：“嗯。”

显然，这个东西肯定不是他的同类。它约有大型卡车的轮胎大小，残破不堪，但看得出原本应该也是圆形，覆盖着几根交错的钢柱，表面长满了锈迹，还带着水底淤泥的腥气。

雪宪花了一点儿时间才辨认出来，这是个特制炸弹的残骸，他脸色微变。站起来，再次打量这个小湖，随后确定了——这根本不是什么湖，而是一个足够大的弹坑。

混沌日前的人龙大战，人类研发了一种专门引诱恶龙现身的武器。这种炸弹和雪宪捡到的音频发射器同理，都是模拟龙的习性，只不过它模拟的是龙的信息素，将附近的龙引诱至此后再远程引爆，对动辄百吨的龙来说，杀伤力极大。

雪宪学习的教科书里，曾提到过这一段历史。

为了人类的生存，除了侦察艇和这种炸弹，人类还有许多针对龙的特质武器，这也是人类靠着智慧取得胜利的必经过程。

可是伊撒尔是一头龙。

哪怕那段历史已经过去几百年了，仍不能改变龙族差点儿惨遭灭绝的事实。

从某些角度来说，他和伊撒尔是对立的。

"这是一个炸弹。"

或许银龙的感官更为敏锐，才能捕捉到几百年前的模拟信息。

雪宪没有隐瞒，选择了直接告诉伊撒尔："人和龙开战时，使用它杀掉了很多龙。"

伊撒尔紧紧盯着这个东西，雪宪知道他听懂了，继续讲述道："龙也杀死了数以万计的人类。"

龙火曾是人类的救赎，却也是毁灭人类的终极杀器。

无数人因龙火流离失所，不是直接被龙火烧成灰烬，就是因为烧伤感染而痛苦死去。直到现在，除了少数乐观派和极端分子，龙火仍然是人们埋在血脉中的恐惧根源。

雪宪说："我的老师说，不是所有的龙都是恶龙，就像不是所有的人都想毁灭龙族，人龙是有可能和平共存的。"

夜色中，他看向伊撒尔："遇到你之后我更确信了这一点。"

伊撒尔正在观察炸弹残骸。

他那大而异样的手掌轻轻从残骸上抚过，指甲在金属表面发出刺耳声响。

"……战火。"忽然，伊撒尔说出了有些模糊的词语，一双眼睛也逐渐转变为竖瞳状，"我记得海面在燃烧。"

伊撒尔好像陷入了一些非常复杂的记忆里，作为一头还未成年的小龙，他曾被同族欺凌，但或许远在他上次"消亡"之前，他就曾亲眼看过那些惨烈的场面。

他的眸底透出些野兽的杀戮欲望，身上的鳞片因这种骨血中的本能而逐渐增多，雪宪上前一步，紧紧抓住他的手臂。

“伊撒尔。”雪宪叫他的名字，“我们把这个东西扔回去吧。”

人类手掌的温度传递至皮肤，温热的气息抚慰了鳞片的冰冷。

伊撒尔垂眸，看着身边这个弱小的、单纯的人类，渐渐地从古早的记忆中抽离，竖形瞳孔也恢复了原状，他清醒得很快。

“唔。”伊撒尔发出龙的音节，说了一串句子。

“我们去筑巢。”他刚才说的话是这个意思。

雪宪听懂了。

“不分开。”伊撒尔又补充了一句。

通往海峡所花费的时间比预计的要短一些。

他们沿着谷地走势走上一两天，就抵达了海边。海峡很窄，站在陆地这一头隐隐可以看见对面的小岛群。令雪宪惊奇的是，这里的海水是浅蓝色的。

雪宪没有见过传说中蓝色的海水。他只知道，他的母星蓝星之所以被称作蓝星，是因为星体的大部分表面都被蓝色海洋覆盖，从太空中看的话，蓝星是蓝色的。

而无穷星的生态环境虽然与蓝星高度相似，拥有大部分和蓝星相同的物质，但也有许多蓝星上根本不存在的东西。无穷星的海水里有一种特殊的藻类，它吸收光线，却不怎么反射，因此无穷星的海被命名为黑海。

眼前这片海域的水呈浅蓝色，忒亚光直射入水，清澈见底，站在礁石上几乎能看清水底的游鱼，梦幻得有些不真实，如被施以魔法，让雪宪不禁对海峡对面属于伊撒尔的“家”充满期待。

龙化为人形后，无法再使用双翼飞越海峡，而雪宪也无法游那么远，所以他们又花了一天时间，找了些附近细小结实的树木做出了一个简易的、供一个人乘坐的木筏。

他们在薄雾未散的清晨出发。伊撒尔把木筏推入水中，自己也跳下了海，随后便伸出手将雪宪和背包都接过来，放在木筏之上。伊撒尔来到木筏后方充当动力，推动着木筏前行。

随着海水越深，水面逐渐没过了伊撒尔的脖颈，他开始游动。

雪宪向着前方观望了一阵，他回头，看见伊撒尔的银发如绸缎般铺开漂在冰凉的海面上，晨光中白皙的皮肤和身上的鳞片在水下晃动，与这绝美水色融为一体。

“由卡格拉姆。”

或许是快要到“家”了，伊撒尔的心情很好，灿金色的眸子里显现出无比的温柔。

“是雪宪。”雪宪又这样回答了伊撒尔，但这一次没有带着纠正的语气。

“雪宪，我的名字。”他这样告诉伊撒尔，“你能叫一次我的名字吗？”

“由卡。”伊撒尔说完便松开手，整个人往下滑，潜入了水中。

雪宪一下子没找到他的踪迹，不知道他去了哪里，刚刚坐起来，伊撒尔却又出现在木筏的另一头，故意捉弄他似的。雪宪转过去：“坏龙。快叫我的名字。”

雪宪脸上溅了水珠，眼神明亮，伊撒尔看着他，动了动嘴唇：“……雪宪。”

木筏抵达沙滩时忽然触底，雪宪和背包一同翻进了水里，被伊撒尔捞起来后，他们一起走上沙滩。

这沙滩是白沙，配着浅蓝色海水，一眼望去便是干净澄澈的一片，和银色的龙一样特殊、美丽，简直相得益彰。

难怪伊撒尔的族群会选择把这里作为栖息地。

雪宪走在沙滩上，在细沙中见到一枚龙的鳞片。鳞片是银白色的，应该是属于伊撒尔族群中的哪一头银龙。或许它也曾在这里化过形，所以才留下了散落的鳞片。

伊撒尔看到他手中的东西，拿过去嗅了嗅。

雪宪好奇道：“你能认出来是谁的吗？”

伊撒尔表情不是很好看，雪宪想拿回去，伊撒尔却抬手，将它扔进了海水中。

“我的，给你。”伊撒尔用危险而迷人的眸子看着雪宪，“别的不可以，不是你的朋友。”

雪宪有些想笑，露出梨涡：“嗯，知道了，他们不是我的朋友，我不会保留他们的鳞片。”

不过，雪宪先前以为这里会有耸立的高山或峭壁，以便于龙选择山洞作为巢穴——龙的族群都是这样生活的。但他们越往里走，越发现岛上的情况和想象中完全不一样。

他们登陆的这一座岛是小岛群中规模最大的一座，它不仅没有高山峭壁，也没有碉楼洞穴，简直像是……一个内陷的大坑。

站在高处，能辨认出这里和谷地一样，也曾经历过炸弹的轰炸，能从沙石草木覆盖的地形下看出巨大的弹坑痕迹，几百年过去，这里重新长出的草木已经成了一片新的绿地，再找不到当初的模样。

一些海鸟占据了这里，白花花的一片，夏日里，它们在这里栖息，产卵。

伊撒尔变得沉默了一点儿，他带着雪宪，沿着沙滩，重新上了木筏去临近的一座更高的小岛。站在小岛的最高点，他们才看见附近的好几个岛屿都被海水淹没了一大半。

这些小岛荒废了，没有别的银龙在这里生活。

“伊撒尔。”雪宪忍不住问道，“你的族群，还有别的栖息地吗？”

风刮得很大，伊撒尔的衣服和长发都飘了起来，他摇摇头：“没有。”

雪宪想，或许伊撒尔距离上一次的“消亡”已经过去太久了，所以才在破壳以后失去了和族群的联系，独自出现在了另一边的海岸线。

作为一头没有“觉醒”的小龙，原本伊撒尔会直至成年“觉醒”后才会再次回到这里，但这一次他遇到雪宪，提前了。不，如果他们没有相遇，或许伊撒尔会作为一头懵懂的小龙在湖中高地死去，直到下一次遥远的破壳。

银龙的族群很可能发生了什么事。

雪宪想到阿琳娜婆婆说，她最后一次见到银龙是在三四十年前，那头银龙没能等到自己的由卡，走入黑海和它的挚友葬在了一起。此后这几十年间，阿琳娜婆婆再也没见过银色的龙。

雪宪不明白要如何安慰伊撒尔，正在思考措辞，就见伊撒尔回过头来，双眸中的情绪竟然很平静。

或许当一种生命的循环周期足够漫长，离别和错过就变成了常有的事。

人类的一生太过短暂，不足以真正理解孤独。

失去族群的伊撒尔，仍然选择了合适的地方作为新的巢穴，他想要筑巢。

他们在其中一座小岛上留下，伊撒尔找到了山岩上一块能够避雨的凹处，把那里规划为巢穴所在，并为之忙碌。

雪宪捡到一块枯木，用军刀雕琢。

雕刻完，他又在沙滩上找了一些可食用的贝类，偶尔回头看看伊撒尔。

这里很安静，只有浪潮汹涌地拍打沙滩，又无声地退场。

傍晚时分，雪宪捡到了一个很大的海螺，把它放在耳边想要听一听有没有从栖息大陆传过来的声音。可是这个海螺还活着，于是雪宪走入海水中，将它放生。

“哗——”伊撒尔不知道什么时候来到水里，忽然钻了出来，出现在雪宪身后。

雪宪拿出一个东西给他：“送给你的，伊撒尔。这是一头龙，它可以陪着你。”

枯木材质不好，龙被雕刻得有些粗糙。但雪宪雕刻得很用心，外形栩栩如生。

“陪我？”伊撒尔沉沉注视雪宪，“由卡。”

“我也陪你。”雪宪大方地回答，“所以你不会是一个人。”

等他们来到半圆形的凹陷处时，雪宪发现这里已经被伊撒尔打理好了。

龙整理自己的巢穴很有一套。只见大小相近的石块围成了一个圈，中央铺了干草树枝，上面还平摊着雪宪借给龙穿过的那件圣装，显然是按照人类的习惯做成了一个“床”。

风口盖着一些宽大的树叶，哪怕是下雨也不怕，角落里堆放了很多新鲜采摘的水果。

这就是一个有吃有睡的、准备充足的、标准的“巢”。

夏日的气温升高。小岛上的海风也没能使巢里变得凉爽，汗水伴随着无边热意从身体的每个细胞涌出。伊撒尔每天都会下海去捕鱼，让雪宪负责烤制，几天下来雪宪的烤鱼技术又精进了不少。

日子过得很悠闲，让雪宪产生了一个疑惑。

伊撒尔怎么没有采取行动呢？

难道修建好自己的巢穴，并在里面居住，就已经完成了“筑巢”这个神圣的举动吗？

他询问了伊撒尔。

伊撒尔只深深地看着他，说道：“你需要休息。”

雪宪不解："为什么？"他问伊撒尔，"我们不是已经休息了好几天了吗？"

伊撒尔就不说话了。雪宪猜在龙的眼中，人类应该是真的很脆弱的，否则这一路上伊撒尔也不会那么无微不至地照顾他了。

不过，雪宪并不介意继续度过这样的好时光。

他们不着急去哪儿，不用赶路，住在这样风景绝美的地方，每一天都是享受。

一个雨后的傍晚，他们如常在巢穴里。伊撒尔抬头看了看天边火红的晚霞，意识忽然传入雪宪的脑海："我们开始吧，由卡。"

雪宪正在把玩龙形木雕，闻言回头："开始什么？"

伊撒尔说："完成契约，让你真正成为我的由卡。"

阿琳娜婆婆告诉过雪宪，"由卡"是龙族用来称呼灵魂契合、心意相通的龙。对一头银龙来说，它们一生只会认定一位"由卡"，结下灵魂上的契约，共享彼此的感官，成为紧密相连的两只龙。"由卡"可能是相濡以沫的配偶，也可能是患难与共的挚友，还可能是血脉相连的亲属。

找到"由卡"是每一头银龙的毕生追求，没有"由卡"的银龙注定孤独。

伊撒尔认为对他有救命之恩的雪宪就是他的"由卡"，其实也算合理，只不过很少有龙会找人当自己的"由卡"，毕竟不是同族。

经过这么久的相处，雪宪已经不再特地去纠结伊撒尔对自己的称呼了，他非常愿意做伊撒尔的挚友，愿意和伊撒尔彼此陪伴，即使他并不是一头真正的龙。

银龙种族神秘，或许有什么古老的仪式。

如果那是必要的，雪宪可以陪他的小龙举行仪式。他放下木雕，正色对伊撒尔说："好的，伊撒尔。我们来完成契约。"

伊撒尔银发披肩，就这样注视了雪宪一阵。然后，他敞开衣领，只见那指尖的黑色指甲增长，他竟然就这样划破了自己胸口的皮肤。

鲜红的龙血一下子就冒了出来。

雪宪吓了一跳："伊撒尔？！"

伊撒尔的表情一点儿没变，还将指甲刺得更深了，他捡起一个容器，将流出来的血都装进了里面。

雪宪连忙阻止他伤害自己的行为，大声制止："伊撒尔！快停手！你在做什么？”

伊撒尔却根本不听，他站起来，将血装了一小碗，随后递给了雪宪：“喝下去。”

雪宪蒙了：“什么？”

虽然在野外生存的这段时间里，他已经适应了茹毛饮血般的生活，但要他就这样生生地喝下另一个生物身体里的血，还是一件非常惊悚的事！

别说现在伊撒尔是人形态，就算是龙形态时他也不能接受。

“我不要！”雪宪后退，“我不要喝你的血！”

“由卡。”伊撒尔步步逼近，半蹲下来，认真地看着他，“你喝下我的血，慢慢改变，你会成为一头最漂亮的龙。”

雪宪睁大了眼睛：“我变成龙？”

伊撒尔：“是的。”

“怎么可能？”雪宪感到不可思议，这简直是天方夜谭，“伊撒尔，这太荒谬了，人怎么可能因为饮下龙血，就成为一头龙？喝下去的东西都是会被消化掉的！”

“因为你是由卡。”伊撒尔说，“由卡会成为真正的龙。”

雪宪彻底震惊了。

无论伊撒尔看上去多像人类，终究还是一头龙。龙的思维和人类终究是不同的。

先不提这种原始的方式有多骇人，伊撒尔根本没考虑过雪宪是否愿意放弃人类的身份，他们两个对陪伴的定义完全不是一回事！

雪宪想的陪伴，是以挚友、亲人的方式。而伊撒尔想的，是要改变他的物种。

伊撒尔不懂雪宪的想法，还以为他是在担心“消化”的问题，特地说道：“如果消化，那就多几次。”

雪宪怕得再次退后：“可以不要完成契约了吗？我们就像以前那样。”

伊撒尔抓住他：“不可以。”

雪宪闭紧嘴巴，怎么样都不肯喝下龙血。

他接受不了那血腥的气息，也接受不了这样的仪式。

看到他这么害怕的样子，伊撒尔松开了手，像刚化为人形时那样，沉沉地说了三个字：“不怕我。”

盛放龙血的容器被拿开了。

人类太脆弱，可能会害怕成为强大的龙。

于是伊撒尔重新给了雪宪适应的时间。

相安无事的一晚过去，伊撒尔需要再次去捕猎了。

雪宪几乎是掐着时间醒的。

一感应到伊撒尔走远了，他就迅速地起身穿好衣服鞋子，捡起背包，并且在伊撒尔用来筑巢的树枝中选了一根最长最结实的，拿上它往沙滩边走。

他刚才已经看过了，他们来时的木筏就飘在不远处，也许他能利用它去别的地方。

直到此时，他也没有想要违背诺言离开伊撒尔。

他只是觉得，自己要先冷静一下。

可是，在划动木筏远去的时候，雪宪看着慢慢远去的小岛，思考着，如果他和伊撒尔之间的分歧一直存在，那么他们是不是就再也没办法回到以前那样了？

浅蓝色的海面平静无风，云朵倒映在水中，难以分清哪里是天空，哪里是海面。

雪宪根本不知道去哪里，他抱住双膝，把头埋在膝盖上，无比地思念光明殿，并感到前所未有的茫然无措。

雪宪没有想要离开太远。

随波逐流一段时间后，他决定去隔壁的一座小岛。那座小岛距离不远，只要将木筏划上半小时就能上岸。他先前和伊撒尔一起去过那座岛，岛上有一片树林，他可以在那里待上一阵。

忒亚火辣辣的，没过多久雪宪就感到有些头晕眼花，以至于在临上岸时，他恍惚地看到树林中有人影晃过。

可等他用手挡住刺目的光线，想要看得更清楚时，那里又空无一人了。

雪宪把木筏仔细地藏在一块大礁石后面以免被浪潮冲走，这才背上背包，双腿发软地往树林里走。他找了个阴凉处坐下来，开始发呆。

距离他上次一个人抵达巴别塔已经过去很久了，龙屿之大，无穷星之大，宇宙之大，身在其中，他不过是一粒不起眼的尘埃。人类将需要和被需要赋予不同的意义，但对他来说，兜兜转转好像也没有什么不同。

海水一望无际，从这个位置能看到来时的小岛，但看不见栖息大陆。

雪宪坐了一会儿后站起来，徒劳地想要环着岛屿走一圈。

然后他在沙滩上发现了一些人类的脚印。那些脚印大大小小，明显不是他一个人的，而且，它们虽然凌乱，但一路朝着树林里面去了。

会是畸变体吗？这是雪宪脑中闪过的一个想法，不过很快他又想到一个可能……会不会是伊撒尔的族群回来了？

风刮起雪宪的衣服，吹得鼓鼓的。

安静如斯的小岛一下变得神秘起来。

雪宪收起所有的情绪，仔细辨别那些脚印——如果伊撒尔的族群化成人形后和他类似，那么他们的脚应该也和伊撒尔一样，大而嶙峋，偏向于龙爪的形态。

这些脚印倒是相对规整，有带足弓的脚掌，还有五个圆润的脚指头……

雪宪蓦地抬头朝树林里看去，看来他刚才看见的人影不是眼花产生的幻觉。

雪宪仅犹豫了两三秒，就从背包里拿出了军刀，他摸了摸艾诺送的晶体吊坠，那个寓意平安的幸运符，然后悄悄地顺着脚印往树林靠近。

“哗——哗——”浪潮拍打海滩礁石，雪宪的心跳得有点儿快。

这些日子他也学会了一些靠近猎物的方法，很快就调整好了呼吸，想着如果是重度畸变体突然袭击的话，他要如何才能快速反击。

走入树林后，那些脚印却消失在一片半人高的草丛中。

几秒，十几秒。雪宪确信那草后面有人，他隐约能感觉到对方的存在，且确定了那一定不是畸变体：“是谁在那里？”

草丛沙沙作响。继上次在巴别塔附近差点儿被洛斯袭击之后，雪宪决定先发制人，握紧的军刀一刻也没有放松，正色道：“快出来！”

一双脏兮兮的小手拨开草丛，露出一张同样脏兮兮的脸，湛蓝色的眼睛，金头发，是个小男孩。雪宪怔了一下，却发现小男孩后面还有一个孩子，棕红色头发，长了雀斑的小女孩。

两个人类小孩一大一小，目测都不超过十岁，在那里怯生生地看着雪宪。

雪宪下意识睁大眼睛，慢慢地放下了军刀：“……你们，你们是……”

小女孩往小男孩单薄的肩膀后面躲了躲，露出脖颈下方一片黑色的皮肤，是个中度畸变体。

小男孩胆子稍微大一点儿，开口问道："你是星子吗？"

在龙屿，雪宪从没遇到过能一眼就辨别出他身份的人，何况对方还是个这么小的、突然冒出来的孩子，一时不知道怎么回答。

"你是星子吗？"小男孩又大声地问了一遍。

见雪宪没有回答，小男孩鼓起勇气说："黛西说星子可以帮助畸变体。如果你是星子，你能不能帮帮我们？"

雪宪注意到小男孩的脖子上挂着个破旧的望远镜，显然对方已经在暗地里观察了他一段时间。他点点头，听见自己问道："黛西？"

躲在后面的雀斑小女孩露出一只眼睛看向雪宪，举起了手。

小男孩拉着小女孩站起来，两人都不到雪宪肩膀高，小男孩很有独当一面的气势："她就是黛西，我的名字叫罗杰。"

雪宪又点了点头，朝四周看去，还有些迷茫自己是不是在做梦。

罗杰却稚气地说："这里只有我们两个人，没有别人在。我们是来请求你的帮助的。"

风拂动雪宪的黑发，连带着不真实感，也被风吹散了。

他把军刀插回腰间，退了一步，让罗杰和黛西从草里面走出来，问道："你们怎么……你们是从哪里来的？是住在这个岛上吗？"

为什么他和伊撒尔都没有发现？

"我们住在那边。"罗杰指着海峡对岸，谷地的方向，"我和黛西是游过来的。"

两个孩子身上的衣服都干了，看来已经游过来了一段时间。他们的水性应该很好，胆子也很大，竟然敢就这样游过对成年人来说都很难凭体力抵达的海峡。两个孩子的隐匿能力也很好，距离雪宪和伊撒尔足够远，以至于若不是雪宪恰巧来到这里，他们还不一定会被发现。

自从离开补给站，雪宪就没再遇到过活生生的人类了，尤其还是这么小的两个孩子。

对方怎么发现他的？又怎么知道他是星子？

难道就不怕他是什么坏人？

黛西仍然有点儿紧张，她扯着罗杰的衣摆，吮吸自己的拇指。

雪宪看见她的拇指上有个伤口，红色的，不过边缘已经被海水泡得泛白了。雪宪蹲下身，想拉过她的手帮忙看看，她只犹豫了一下，就把手递了过来，虔诚地道：“您好，星子殿下。”

雪宪问：“你是怎么认出我的？”

黛西说话声音很小：“我们看见了您身上的刺青。朵丽丝说，星子身上都有会发光的刺青。”

雪宪怔了怔，他没想到自己什么时候露出过刺青。

罗杰告诉雪宪：“我是和莫尔顿一起，在谷地发现了你们。”

“在谷地发现了我们？”雪宪问。

“嗯，两三天前。”罗杰说，“你们在湖里捉鱼，你脱了衣服，我猜出来你是星子。”

两三天前？雪宪的确和伊撒尔在湖里捕过鱼，因为下过水，他也的确脱过衣服。

可是他们一点儿也没发现有人跟着他们。

为什么伊撒尔也没发现？

还是说，伊撒尔发现了，只不过顾着回去筑巢，懒得理会？

“贝拉生病了，朵丽丝说只有星子才能拯救，我想请你帮忙。”罗杰说，“但是莫尔顿不让我靠近你们，也不让你去帮忙。”罗杰的语气像是在指责同伴。

“后来我看见你们在岸边伐木准备过海峡，就回去告诉了黛西。今天早上，我和黛西偷偷地游了过来。”

罗杰和黛西给的人名很多，信息有点儿复杂，听上去他们在某个地方有据点。

雪宪问了，罗杰说他们在谷地里有个基地，一共有三十五个人在那里生活，和阿琳娜那个曾经容纳八个人的补给站相比，规模已经不小了。

他们提到的朵丽丝和莫尔顿都是基地里的人，平日里他们分工合作，罗杰跟着莫尔顿在谷地学习打猎时，发现了路过的雪宪和伊撒尔。不过，因为伊撒尔看上去是个危险人物，莫尔顿又生性谨慎，所以他们并没有马上出现邀请这两位外来者回基地，而是在暗地里观察，并将情况带回基地。经过商议，基地的人们认为伊撒尔和雪宪有足够的能力在龙屿生存，为了避免节外生枝，决定不对他们发起邀请。

而罗杰口中需要帮助的贝拉，就是黛西的妹妹。

两个孩子未经大人同意，悄悄溜了出来，还胆大包天地追随着他们的踪迹游过了海峡，来到这片群岛。

若是在栖息大陆，很难想象会有孩子敢这么做，有能力这么做。

“贝拉病得很严重。”黛西心系妹妹，问道，“星子殿下，您可以帮助我们吗？”

她的眼神很纯净，让雪宪想起了许多他曾经接待过的孩子，许多曾经匍匐在圣坛下的人。不过几个月，那就已经遥远得好像是上辈子的事了，雪宪从没想过会在这颗星球的另一端，在这样的无人区，能遇见光明殿的簇拥者。

他们的消息闭塞，并不知道栖息大陆都发生了什么，也不知道一切都发生了翻天覆地的变化。“明目”揭露政府劣行，推翻了光明殿，民众也不再需要星子。

这两名孩子轻易地相信了他，甚至都没想过为什么星子会出现在龙屿，流落至此。

雪宪和他们一样，是被抛弃的人。

他也不知道自己是否拥有帮助别人的力量。

黛西又问了一遍：“您能和我们一起去基地吗？”

此时看着孩子的眼睛，雪宪说不出拒绝的话：“嗯。”

像阿琳娜说的那样，人类应该帮助人类。

黛西立刻微笑起来，罗杰也显得很高兴。两个孩子都被晒伤了，露在外面的皮肤经过海水的浸泡，有些起皮，但这不妨碍他们要继续游回去的信心，还准备马上就走。

黛西是个心思细腻的小女孩，她问雪宪：“他不和您一起去吗？”

雪宪背上背包：“谁？”

黛西说：“那个陪您的畸变体。”

雪宪一时没有理解她的意思。

罗杰道：“我们之前看见他了。他长得好高，有很长很漂亮的头发，是个很奇怪的畸变体。”

雪宪轻轻地“啊”了一声，原来他们说的是伊撒尔，还从外表上判断伊撒尔是个很奇怪的畸变体，却不知道伊撒尔是一头龙。

雪宪无法说出伊撒尔的秘密，他只能模糊地告诉两个孩子："嗯……他会来的。"

一直到身体浸入微凉的海水中，头顶着毒辣的忒亚光，双臂推着木筏往前游动时，雪宪仍有一种"现在肯定是在做梦"的幻觉。他一定还在巢中昏睡，否则怎么会这么巧就遇到了活生生的人类，被带去所谓的基地，对方还是两个纯洁可爱的小孩?

可是，当木筏上的黛西用小手盖住他的手掌，并担心地询问："星子殿下，您真的不上来吗? 我们可以游得很快的。"

那种感觉又消退了。雪宪整个人有点儿恍惚，摇摇头："不，我来。"

他和伊撒尔做的木筏很简陋，仅供一个大人乘坐。

现在罗杰和黛西坐在上面，外加一个雪宪的背包，已经很拥挤了。短时间内他们无法砍伐树木做好更大的木筏，海峡又不算太远，于是便决定就这样前进。

罗杰和黛西很懂事，并没有闲着，一路上都在使用树枝做桨帮助木筏划动，所以他们的前进速度还挺快。

游动了一段距离，雪宪终究没忍住往他和伊撒尔待过的小岛看去，但距离太远了，雪宪没有看见伊撒尔的身影。他沉默了一阵，闭上眼睛想要感受伊撒尔，但可能受哗哗的水声和孩子们说话的声音影响，也没能感受到。

原来长时间泡在水里，推着木筏游动会是这样的感觉，那么伊撒尔推着他前进的时候，也会觉得累吗?

以龙的体力来说，可能不会吧，雪宪安慰自己。

好不容易终于抵达了对岸，那些小岛变成了一个个小点，他捡起东西跟着孩子们前进。

据罗杰说，他们的基地离海边不远，就在谷地里。他和黛西水性好，也是因为从小就跟着大人赶海、下海。提及基地，罗杰说他从出生起就住在里面，而且他和黛西的年龄也比雪宪想的要大一些，分别是十二岁以及十岁，两个孩子明显有些营养不良。

雪宪问："你们出生在基地? "

罗杰和黛西都点点头。

黛西说："我爸爸是和我妈妈一起过来的，现在生了妹妹，妈妈的身体也不好了。"

轮到罗杰，他说："我爸爸是飞行员，是个军人，他在这里执行任务。妈妈来得晚一些。"

雪宪一下子就想到了在树林里发现的飞行艇，猜测罗杰的爸爸会不会是其中一位侦察员。他有点儿激动，问道："那他们都在基地吗？"

罗杰小小的身躯拨开树枝往前走："他们都死了。"

雪宪一下子愣住："对不起。"

"没关系。"罗杰不以为意地说，"他们已经死了很多年了。"

谷地里地形复杂，杂草丛生，两个孩子对路线很是熟悉。但没走多久，黛西就有些走不动了，从他们出发去小岛直到现在都没怎么吃东西。雪宪学着伊撒尔的样子，把背包背在胸前，然后主动背起了黛西。

黛西不算沉，可是这样前后都负重的行走并不容易。

雪宪一直咬牙坚持着，浑身汗津津的，轻轻地喘着气。

三人在谷地走了大半天，途中停下来吃了一些野果，随后才在罗杰的带领下成功来到了他们所说的基地。

ISAR

XUEXIAN

第七卷

谷地篇：化龙者

THE WHISPER OF THE DRAGON

"莫尔顿——"罗杰撒开脚丫往里跑。

雪宪放下背着的黛西，看着眼前的景象迟迟没有说话。

来这里之前，他以为这里会是另一个类似于补给站的地方，阿琳娜曾说那里最多容纳了八个人，管理得当，有过一段好时光。这里有三十多个人，在雪宪的想象中，这里应该是井井有条的、自给自足且平静稳定的，但事实上完全不是那样。

这是谷地的一处山包，中央有一块被人们行走出来的空地，空地上堆着一些柴火。山包上挖了一个土洞，洞口站着几个人，都是中重度以上的畸变体。他们衣衫褴褛，面容枯槁，身泛黑气，看到有生人来，也只是将目光放在雪宪的身上，表情很麻木。

"你们住在……山洞里吗？"雪宪问。

"嗯！"黛西仰着小脸说，"以前修过房子的，在谷地另一边，后来被恶龙烧了，莫尔顿就带我们来了这里。"

雪宪往四周看了看，这里的确没有房屋，连个草棚也没有。

"您不要担心。"黛西误会了雪宪，牵着他的手说，"现在这里没有恶龙了，它已经走了。"

雪宪点点头。

罗杰已经不见了踪影，黛西牵着雪宪走进了那个土洞。

这洞口虽然不大，里面却别有洞天。由洞口进去是一条长长的通道，走个四五米，两侧就开始扩大，形成了数个小洞口，土洞里隐隐有光线透入，看来山体的某些地方是凿了透气孔的。大部分地方都很干燥，只有少数地方在往下滴水，人们放了些器皿在下方，累积成生活用水。

那些小洞便是数个房间，有的里面有人，有的没有。大部分人都像外面站着的那些人一样，看到雪宪的到来，只是默默地投来目光，并不说话。洞里面的气味不太好闻，深处有窃窃私语的声音，不知道是不是罗杰。

黛西走在前面，背着包的雪宪走在后面。

经过一个洞口时，有个老人忽然对着雪宪跪下去，匍匐在了地面上，口中念叨着一些雪宪听不懂的话。

"这是马伦爷爷！他和朵丽丝，还有我一样，都是您的簇拥者！"黛西对雪宪介绍，"他见到您很高兴，说光明殿来救我们了！"

雪宪顿了下脚步，听出来老人说的是通用语。

老人的举动使得黛西更加兴奋，她拉得雪宪走快了些："莫尔顿！莫尔顿！"

他们拐了一个不大的弯，面前呈现出了个十几平方米大小的大洞，一缕天光从顶部照射下来，照亮空气中闪烁的微尘。

这里像是个吃饭的地方，中央有个木头做的桌子，罗杰正坐在桌旁。他的身边站了一个年轻的黑皮肤男人，与雪宪以为的那种领导者形象大为不同，这个男人看上去最多二十多出头，个子很高但是也很瘦，像一根竹竿——那就是莫尔顿。

针对罗杰带着黛西私自离开并以身涉险的行为，莫尔顿已经教育过了，罗杰显得有些沮丧，但眼睛还是亮的。

黛西把雪宪一带到这里就转身跑了，不知道去了哪里。

莫尔顿问："你就是星子？"

雪宪点点头，介绍道："你好，我叫雪宪。"

莫尔顿并不关心他叫什么，下一句话便是："放下你的背包。"

看来对方是要进行检查。

雪宪把背包放到木桌上，想起了每当有簇拥者来到光明殿时，警卫也会这样检查他们的随身物品，只不过时过境迁，现在被检查的人变成了他。

莫尔顿在雪宪的包里搜出衣物、锅具、墨镜、瓶瓶罐罐和军刀等物件，他每拿出一样检查，罗杰就惊叹一声，像没见过似的，还拿出雪宪的镜子照自己。镜面反射出的光线在洞壁上跳跃，气氛有点儿紧绷。

"这是什么？"莫尔顿拿出雪宪包里的音频发射器。

"一种模拟高频的工具。"雪宪如实道，"能模拟龙的同类，也能模拟有杀伤力的高频，我在一艘飞行艇里捡到的。"

莫尔顿半信半疑："捡的？飞行艇里有这样的东西？"

雪宪说"是的"，看到莫尔顿拿出电子笔记本，补充道："那个也是。"

罗杰也翻看了那个电子笔记本，他小声地对莫尔顿说："我也有这个笔记本。"

罗杰的父亲是飞行员，有电子笔记本不奇怪，莫尔顿显然知道这件事，只看着笔记本上来自军方的标志，"嗯"了一声。

雪宪没有撒谎，莫尔顿放松了一些。

“这个呢？”莫尔顿又拿起一样东西，问道，“这是做什么的？”

这次莫尔顿拿起的是伊撒尔的鳞片。

鳞片一共有两枚，它们大小接近，呈银色的，薄而坚硬，微微发着光。

罗杰说：“像是龙的鳞片。莫尔顿，龙有银色的吗？”

瘦高的莫尔顿也没见过银色的龙，抬起一边眉毛看向雪宪。

雪宪：……

这些人对龙有阴影，受过欺负，是痛恨龙的。

虽然伊撒尔和那些龙都不一样，但是他没有办法解释，只好硬着头皮说：“我在海峡对岸小岛的沙滩上捡的，觉得很好看就留下了，不知道是什么。”

莫尔顿把鳞片拿在手中摩挲半晌，虽然存疑，但最终实在无法分辨这是什么，就把它们都塞回了背包里。

他只拿走了雪宪的军刀——这唯一一样看上去对他们有威胁的武器。

“栖息大陆一共来了多少人？有军队吗？”莫尔顿问，“你们这次来的目的是什么？你作为星子，为什么不和光明殿的人在一起，是走散了？要是走散了，你去岛的那边做什么？”

莫尔顿一连问了很多个问题，语气中满是怀疑。

可是雪宪结合刚才外面那个匍匐的老人说的话，从莫尔顿的问题中捕捉到一个信息，那就是——虽然莫尔顿生性多疑，但其实他和这个基地的人一样，是渴望得到救助的。

这个基地已经千疮百孔、气数将尽，而星子的出现，让他们满怀戒备的同时又误以为有了希望。

雪宪正要回答，黛西却又跑了回来。她不知道从哪里抱来一个小婴儿，小心翼翼地环在怀里，直接来到雪宪面前，喘息着说：“星子殿下，这就是我的妹妹贝拉！”

雪宪没想到黛西口中的贝拉还是个婴儿。

他吓了一跳，把软绵绵的婴儿抱了过来，低头看见她皱巴巴的小脸。

她只有几个月大，脸色泛黑，都还没有长出眉毛，她的双目紧闭着，发出一些模糊的呓语，粉嫩的小手在无意识地抽搐，那是发病的表现。

她是一个很严重的、至少三度以上的中度畸变体。

在这里出生的孩子没有打过抑制剂，发病率比栖息大陆的人要高很多，婴儿抵抗能力弱，一旦进入重度畸变，就没办法再逆转了。

黛西眼中充盈着眼泪：“她从昨天起就不吃东西了，您快救救她吧，求您了。”

莫尔顿也不再咄咄逼人。

他开口问雪宪：“需要什么东西吗？我叫他们去准备。”

雪宪一抬头，才发现这个洞口不知道什么时候已经围满了人。

基地的人们大概都到齐了。

他的眼前是大大小小男女老少数十张历经磨难、畸变程度不同的脸。他们都看着屋子中央，那站在一缕天光之下的秀气少年，一些人空洞的眼神有了变化，由先前那位老人带头，窸窸窣窣地，一小半的人都匍匐在了地上。

黛西也趴在雪宪脚边，与罗杰一起。

随后便是一阵长久的寂静。

雪宪感到难以呼吸，一股憋闷的、无处宣泄的情绪冲击他的灵魂，让他的眼泪顺着脸颊滑落。

“那个装神弄鬼的星子。”

“傀儡。培养皿养出来的一坨软肉。”

“光明殿和基地勾结……真相败露，光明殿不复存在。”

“人们不再需要星子。”

无数嘈杂的声音在雪宪的脑海中里响起，他无法再开口，自信地告诉人们他是“神赐的孩子”，甚至无法告诉人们，他也几乎快要失去信仰，但此时此刻，怀中抱着婴儿，他天生的悲悯心终究占了上风。

他闭上了眼睛，心中想着：人们需要希望，无论真假。

“不用准备什么。”雪宪说。

他睁开眼睛，轻轻地吻了吻小婴儿的额头，开始履行他刻在骨血中的职责。

“蓝星的子民啊，跨越璀璨的银河……”

柔美的歌声在土洞里回荡，匍匐的人们渐渐起身围了过来。他们将年轻的星子围在中央，虔诚地用手去触摸星子的衣角，流露出深埋的悲伤。

很多人都哭了，连一直立在旁边、不动声色的莫尔顿也是。

忽然，莫尔顿擦去脸上的眼泪，拨开人们，大步朝土洞外面走去。

夜里，罗杰请雪宪去和他们一起用饭。

基地的大部分人都睡得很早，这样可以节约一些资源——他们使用一种果实中的油脂照明，每个小洞里面都有分配，但这种果实的成熟周期很长，灯油便很吃紧。

土洞外面的空地上燃起了篝火，在这里雪宪见到了他们之前提过的朵丽丝。朵丽丝是个黑头发的年轻女孩，有东方血统，至少有四度半的畸变，还少了一条右臂，但她很爽朗乐观。

“右臂是我刚来这里的时候被野兽咬断的。”朵丽丝随意地告诉雪宪，“莫尔顿救了我，把我带回了基地。”

雪宪问：“痛吗？”

朵丽丝道：“痛，当时还以为要死了。这都四五年过去了，偶尔还是会觉得右臂还在，持续幻痛。”

雪宪点了点头。

朵丽丝是光明殿的簇拥者，曾经多次对罗杰和黛西说起光明殿。她告诉雪宪：“我小时候发过一次病，是您救了我。那年您刚成为星子，我是您接待的第235个病人。您还有印象吗？”

那时雪宪不过六七岁，哪里还记得那么久远的事，便摇了摇头。

“对了，我还向您要过一个您的雪花纪念物。”朵丽丝提醒他，又说，“本来一直都带在身边的，但去年我们有一位伙伴出去寻找资源，我就送给了他。不知道他现在怎么样，一点儿消息也没有。”

雪宪立刻记起来在戈壁上见过的尸体。

那具尸体身上就有他的纪念物……难道朵丽丝说的，就是那个人吗？

他张了张嘴，但看到大家都安静地围在篝火旁，便又把话咽了回去。

大锅里煮着一些豆子，是朵丽丝和别的幸存者在基地附近播种的，今年的粮食收成不怎么好。他们只能靠山吃山，无法走太远，最多能花一两天的时间往返海边捞一些海鲜。他们缺乏谷物农作物，营养的摄入不全面，因此虽然基地的人身体素质都还不错，但大家都偏瘦。

不过能活下去已经不错了，所有人都没多余的欲望。

是雪宪的到来，才让死气沉沉的基地有了些活跃气氛。

这些人大部分是几年前、十几年前就被送来这里的，甚至还有罗杰这样出生于此的人。他们中有的人已经看清了政府的作为，有的仍信任政府，因此常常有分歧。但统一的是，由于那时没有“明目”的存在，所以他们对于光明殿都还抱有一定程度的信心。

面对这些期待的眼神，雪宪无法马上说出残忍的事实，只说他出海时遇到了意外，和栖息大陆的人失联了。

众人有一点儿失望，连很沉得住气的莫尔顿也不例外。

倒是罗杰天真地发话：“但是你是星子殿下！栖息大陆的人会来找你吧？那到时候他们肯定也会一起救我们！”

雪宪不忍心过于欺骗，只能说：“我不知道，现在好像没有可以往返的水行艇。”

这下连朵丽丝都沉默了。

从未去过栖息大陆的罗杰，对那里很是向往，又问：“那要是发明了可以往返的水行艇，他们就会来接我们了，对吗？！”

莫尔顿冷不丁开口：“当然会。”

他用警告的眼神看着罗杰，说:“大家都很累了,臭小子,你不要那么多话。”

豆子的味道不怎么样,但雪宪还是吃完了自己的那一份,他不能浪费食物。

饭后，罗杰问了雪宪“你的朋友怎么还不来”，让一直在想这件事的雪宪更加忧郁。他随便走了走，却在一个土堆后面发现了莫尔顿和朵丽丝。

两人先是说了悄悄话，随后越靠越近，唇瓣相贴，开始接吻。

果然如黛西所说，他们是一对爱人。

雪宪胡乱朝一旁走去，但没走多远，就感到一阵强烈的心悸。

仿佛预感到了什么，他朝树林里望去。

伊撒尔正静静地站在那里，女星的冷光恰巧在他的面前止步。那俊美的非人生物穿着圣装，立于茂密的树叶枝丫之下，银色的头发自然地发着光。他半垂着睫毛，将灿金的眸子敛住，看不清脸上的神色。

或许他像上次在巴别塔和雪宪重逢一样，正在生气。

一天过去了，雪宪有很多话想对伊撒尔说，所以他迈开步子朝树林走去。

伊撒尔太高了。离得近的话，雪宪要稍微仰头才能与他对视。

“我们走走吧，伊撒尔。”

雪宪和伊撒尔走了一段距离，来到树林深处。

夜色中的树林影影绰绰，从树叶间隙投下女星的光，外加一些夜里发光的菌类，星星点点，四周静谧犹如幻境。

“伊撒尔。”雪宪回头，发现伊撒尔正低头看着他。

那眼神雪宪很熟悉，是平静的、专注的。

从湖中高地伊始，到雪原，到苔藓地，再到荒漠戈壁，像是世界上始终都只有他们两个一样——龙从没改变。

“唔。”伊撒尔喉咙里发出低沉的响应，他一向喜欢他的由卡叫他的名字。

“你知道吗？”雪宪望着伊撒尔，“在人类看来，成为挚友彼此陪伴，不一定需要成为同样的物种。”

伊撒尔张口道：“你，不愿意陪伴我？”

雪宪怔住：“当然不是。”

他当然没有不想陪伴伊撒尔。

星子爱世人，雪宪想要陪伴他的老师，陪伴爱戴他的民众，当然也想要陪伴他的小龙。

何况，这头小龙对雪宪来说是很特别的存在。

雪宪此前从未拥有过一只小猫，更何况是一头龙。这头小龙和他生死相依、历经艰险，这和他对其他人的感觉，是无法做比较的。

伊撒尔问：“那你为什么不愿意完成契约？”

雪宪难以回答，这比他上课时遇到过最难的题目还要难解，让他露出迷茫的神色：“我……”

伊撒尔等待着，像他还是头小龙的时候一样，总会给予雪宪时间回复。

“我也没有不愿意完成契约。”雪宪思绪凌乱，“伊撒尔，如果我真的变成了一头龙，那么栖息大陆……”

他是人类的星子，他还有很多未尽之事。

虽然不知道还能不能再回去，但是他真的没有办法现在就做决定。

唯一能确定的是，他对小龙的想法没有改变。

“我还得想一想。”他说，“伊撒尔，我还没弄清楚。”

伊撒尔从头至尾没有说多余的话，仿佛对于一头龙来说，只有认定与否的区别。

如果可以的话，伊撒尔想和雪宪自由翱翔在天际，再不分离。

可是雪宪说，他需要想一想。

“……好。”伊撒尔已经放任雪宪离开了巢穴，不急在一时，便俯视着雪宪，答应了他的要求，“弄清楚，由卡。”

树林里传来一些窸窸窣窣的声音，一个瘦高如竹竿的影子出现在不远处：“星子？”

雪宪回头，隐约认出来那是谁：“莫尔顿？”

那果然是手持利刃的莫尔顿，听到雪宪的声音他才放松些，收起了武器：“你在这里做什么？我还以为是什么野兽出没。”

莫尔顿走近了一些，看清雪宪身后的伊撒尔时很意外地顿了下：“他……怎么在这里？”

伊撒尔的手从后方伸出，松松地扣着雪宪，让他靠近自己，这是个保护的姿势。

莫尔顿的闯入让领地意识强烈的龙起了杀意，雪宪看不见伊撒尔的表情，但能听见他从喉咙里发出的低沉威慑，以及莫尔顿那明显变了的表情。

“伊撒尔！”雪宪连忙呵止，抬头对后方的伊撒尔说，“他不是坏人！”

伊撒尔看着雪宪的脸。

他的银发披散，非人类气息越发明显。

这还是龙化成人形后第一次遇到除雪宪以外的人类，雪宪抓住他的胳膊，对他说：“没事的，他叫莫尔顿，是这个基地里的人。”

伊撒尔只说：“他带走你。”

雪宪赶紧解释道：“不是的，不是他带走我。是我自己要过来的。”

这时莫尔顿身后又出现了另一个身影，是朵丽丝。

显然伊撒尔的模样让他们都很震惊，连大方坦率的朵丽丝都躲在莫尔顿身后，只露出了半张脸：“星子殿下？”

“没事的朵丽丝！”雪宪一个头两个大，“你们不要怕，这是我的朋友，他叫伊撒尔，他是来找我的。”

伊撒尔长得太奇怪了，但之前莫尔顿和罗杰跟踪他们时，曾经见过他的样子，可能也对基地的人提到过，所以朵丽丝虽然害怕，但还是友好地打了招呼：“你好，我叫朵丽丝，这是莫尔顿。”

很晚了，基地的大部分人都已经睡了。

伊撒尔跟着雪宪走出树林，朵丽丝一边观察伊撒尔，一边友好地安排晚上的住宿："里面还有空房间，我已经铺好床了。"

雪宪说："谢谢你朵丽丝，但是不用了，我和伊撒尔睡外面就可以的，不用给我铺床。"

在补给站的时候，龙就比较抗拒和除雪宪以外的人类接触，而且他们两个一直都是露营的。说着，雪宪已经看好了之前大家燃烧篝火的那块空地，拉着伊撒尔走了过去。

朵丽丝还是好心道："外面夜里会降温，而且您今天走了一天路肯定很累了，地面那么硬，明天醒来身上会很酸痛的。"

站在雪宪身旁的伊撒尔忽然回过了头。

他的头发是非常少见的银色，连睫毛的颜色也很浅，一双灿金色的瞳孔更是众人没见过的。他长得很俊美，但是也很可怖，皮肤上遍布着一些鳞片，朵丽丝猜测那是一种叫鱼鳞病的病症，有点儿同情他。

"睡里面。"伊撒尔的声音较低，夹杂一些不似人类会有的杂音，"由卡。"

雪宪小声纠正："叫我的名字。"

伊撒尔纵容他的脾气："去里面睡，雪宪。"

朵丽丝安排的空"房间"是靠近出口的一个土洞，比其他的土洞都大。莫尔顿在走道里点了油灯，挂在墙壁上，能照进洞里。

他们的隔壁住着的就是那位叫马伦的老爷爷，是雪宪的簇拥者。

马伦爷爷八十多岁了，他的身体不好，呼吸声像气球在漏气，时断时续的，清晰地传到他们住的房间里。

洞的内侧有个凿出来的石台，那就是人们的床。

朵丽丝在底下铺了一些干草，只有最上面一层是被褥，针脚密密麻麻的，雪宪能看出来这全是用衣服拼凑而成的。至于这些衣服从哪里来，他不敢细想。

雪宪躺在床上，过了很久，他疲惫地闭上了双眼。

土洞里非常安静，很快，连隔壁马伦爷爷那令人糟心的呼吸声也听不见了。

不知过了多久，他们听见了一声刺耳的尖叫。

所有人都醒了。

雪宪猛地从床上坐起来，他听得清楚，那是属于畸变体的尖叫声。

难道有人病变了？

伊撒尔比雪宪醒得要早一些，有他在，雪宪倒没有非常慌张。走道里传来脚步声，人们只是醒了，好像也没有多慌乱，正窃窃私语。

一个中年男人出现在他们房间的门口，是雪宪下午见过的。

那个人看到伊撒尔，好像吓了一跳，但还是结结巴巴地告诉他们："没事的，星子殿下，是病人在叫。"

雪宪问："病人？"

男人回道："嗯，有……有几个病人住在地下。"

伊撒尔眯了眯眼睛，吓得那个男人摔倒在地，仓皇地往后躲。雪宪走过去扶起他，询问病人的位置，那个人便朝着洞的深处指了指。

雪宪还没有去过最深处，但尖叫声仍在持续，人们的反应也有些反常。

他看了看伊撒尔，发现伊撒尔也朝着那个方向看，看样子是嗅到了危险的味道。

"去看看吧。"雪宪说。

"唔。"伊撒尔取下走道里的一盏油灯，说了一串龙语，是在叫雪宪跟着他。

他们走向洞的深处，在那里看见了莫尔顿和他的其他两个帮手。

意料中的危险并没有发生，莫尔顿从帮手搬来的竹筐里拿出肉块，正往地下的栅格里扔。

原来地面上也有一个洞。

"莫尔顿。"雪宪问，"你们在做什么？"

莫尔顿站起来说："给病人食物。"

伊撒尔的靠近让两个帮忙的人退开了些，他们都望着他面露畏惧。不过伊撒尔没空理会他们，只是提着油灯照亮了地洞里的情景。

地洞里有三个正在进食的男女，都是重度畸变体。他们和雪宪在巴别塔遇到的那些畸变体一样，已经彻底失去了意识。

基地的人竟然养着他们。

见雪宪惊异得说不出话来，莫尔顿解释道："你不必惧怕，我们都知道这样很危险，他们爬不上来的。"

雪宪不解："你们为什么——"

莫尔顿说："我的家族里有个古老的传说，说人的灵魂在七天后才会离开身体。这些人是我们的朋友和家人，所以我们会好好地送他们最后一程。"

雪宪怔怔地看着下方的畸变体，一名正在咀嚼肉块的女性畸变体忽然抬起头与雪宪对视。

伊撒尔将雪宪往后拉开了。

莫尔顿问："到时候，能请您为他们唱一首安魂颂吗？"

这是莫尔顿第一次对雪宪使用敬称。

雪宪同意了。

他们沿着走道，要回到刚才的房间去，途中遇到了抱着妹妹的黛西。

黛西看到伊撒尔，没有显得多怕，还主动和雪宪打了招呼："星子殿下，您去看过我妈妈了？"

雪宪感到心被什么狠狠地揪住了，原来那就是黛西的妈妈。

"朵丽丝说她不会好起来了，我们很快就要和她告别。"黛西的语气有些平静，和罗杰说起自己的父母时很像，"不过我有个好消息要告诉您，要是我妈妈知道您来了，一定会很欣慰。"

雪宪蹲下身，摸了摸黛西的头，实在想不出有什么可以称之为好消息。

伊撒尔看着雪宪和人类互动。

"您看。"黛西把襁褓往雪宪的方向递了递，"贝拉已经好多了。"

雪宪朝襁褓中看去，婴儿睡得很安稳，呼吸轻柔绵长，原本萦绕在她身上的黑气不见了。

和所有刚出生的人类婴儿一样，贝拉的小脸蛋泛出了一层薄薄的、健康可爱的粉色。

雪宪从黛西手里接过了贝拉，她很小，连同破旧的襁褓一起也只有几斤重，抱在臂弯中显得轻飘飘。

在栖息大陆，所有的孩子一出生就会接种抑制剂，他从没见过这么小的婴儿。

雪宪的眼眶渐渐湿润，从贝拉的身上，他找回了部分险些丢失的信仰，但看着她，他的心里又涌上了一股很奇妙的情绪，因为这脆弱而珍贵的新生命，才真正是人类的希望。

"谢谢您。"黛西虔诚地说，"谢谢您帮我的妹妹保住了她的灵魂。"

雪宪把贝拉轻轻地还给了黛西。

站起来时，他发现原本待在各自房间里的人们都出现在了走道里。

大家都听见了黛西的话。

油灯的灯光给所有人平静的脸庞都染上了柔和的色彩，他们静静地看着星子走过，垂首以示尊敬。

重新躺回床上，雪宪表现得非常沉默，刚才的一幕以及“好消息”，都让他陷入了某种情绪里。

“伊撒尔，如果我早一点儿发现这个基地，可能就能帮助关在地洞里面的那些人了。”

伊撒尔不理解人类的情感，但他明白雪宪现在有心事。从他还是一头小龙的时候起，他就一直是个很好的聆听者。

“她们没有母亲了。贝拉才刚出生。”雪宪说，“我以前也遇到过一些帮助不了别人的情况。有的人畸变转化速度特别快，有的人是畸变程度太深，还有的人……根本排不上号。”他想起了罗多和洛斯，以及洛斯提到过的那些在网上提交申请却迟迟得不到救助的人。

“如果无法救治，那些人会被马上放弃，我也会直接被安排接待下一个畸变体。事情本该如此，光明殿就是这样运作的，只是我从没想过，那些得不到救助的人逝去了，他们的亲人会有什么样的际遇，要怎么样才能继续生活。

“好想……我能变成无数个，去到所有人的身边，让畸变能彻底消失啊。”

雪宪在想栖息大陆，在想那片属于人类的土地，伊撒尔感觉到了。

这令龙感到不悦，产生危机感。

洞口灌进来一些细微的风。

扑朔光影中，伊撒尔注视着雪宪白皙的耳郭，看着那些乌黑的发丝，眼皮迟迟没有合上。

许久之后，雪宪的呼吸趋于平稳，伊撒尔从暗处收回视线，合上了眼皮。

翌日，细心的朵丽丝给雪宪和伊撒尔送来了一些生活用品，如毛巾梳子等物，多数是他们自己改造或制作的，一齐带回来的还有雪宪的军刀，莫尔顿把它还给了雪宪，当然，这都是因为贝拉。

雪宪和伊撒尔暂时会在这里待上几天，直到将地洞里的三名畸变体送走，所以朵丽丝还给他们准备了衣物用以换洗。这些衣物都旧了，有的地方打了补丁，但是都洗得非常干净。

“您试试看合不合身，不合身的话我们还有别的衣服。”朵丽丝说，“我先去外面等您。”

雪宪感激道：“谢谢。”

衣服都叠得整整齐齐的，雪宪从里面挑出了适合自己的衣服。他穿戴整齐了后，再把伊撒尔要穿的衣服找出来递给他：“你自己穿。”

伊撒尔看了一眼那些衣物，冷漠地拒绝：“不。”他不会穿别的人类的衣服。

雪宪却误解了他的意思，踌躇一阵后道：“那你低一点儿，坐好。”

伊撒尔坐在石台做的床边，疑惑地看着他的人类主动靠过来，给他示范怎么穿人类的衣服：“你不要乱动，乱动我就不教你穿了。”

伊撒尔垂眸，注意到雪宪发红的耳垂，伸出一根手指碰了碰。

雪宪立刻对他怒目而视。

两人一高一低，四目相对，有那么一刻好像他们只是很普通的人，没有龙与星子的身份差别，这颗星球上也没有畸变的存在。

雪宪最终没有帮伊撒尔穿好全部的衣物，那头小龙那么聪明，穿好人类的衣服对他来说肯定不难。

走之前，雪宪带走了龙穿过的那件圣装，并在土洞外面找到了朵丽丝。

圣装的材质非常好，柔软且不易破损，哪怕是有污渍也非常容易清洗。虽然它少了两条袖子，但剩余的布料仍然充足，雪宪想把它清洗干净，做两条新的襁褓送给贝拉。

朵丽丝听了非常意外：“您确定吗？这可是……您的圣装啊。”

雪宪把圣装紧紧攥在手里，也有些舍不得，可是它现在对他来说已经没有很大的用处了。从鞋子到腰带，从里衣到外袍，星子的装束一件件地从他身上消失。

在这里，他不再需要身外之物来象征身份。

“嗯。”雪宪说，“我确定。贝拉会用得上。”

朵丽丝非常高兴，说了一些感激的话，表示她可以负责改造，就拿着衣服去找黛西了。

几名基地的幸存者在负责准备早餐，见到雪宪出来，只是远远地朝他点头致意，不敢打扰星子。等伊撒尔走出来时，那些人便纷纷投来好奇的目光。

穿上整套人类衣物的伊撒尔肩宽腿长、面容吸睛，比之前更像个人类了。在这颗星球上，人们对各类畸变早已习以为常，大概真的以为他有什么奇特病症，所以伊撒尔的面容与肢体也不是那么难以让他们接受。不过，伊撒尔看起来仍然非常有攻击性，以至于无人敢和他说话。

这时莫尔顿带着三名同伴从另一边走了出来，他们都拿着武器，有长矛、刺刀等，看样子是要去打猎。

天气变热，土洞的最阴凉处也无法长期保持肉类的新鲜度，所以打猎是夏日每天必须进行的工作。而昨夜喂食地洞里面的畸变体以后，他们的食物已经不多了。

雪宪拿回了军刀，也有了打猎的能力，于是他主动说：“我和你们一起去吧。”

莫尔顿说：“不用。我们昨天标记好了猎物的位置，它多半中了陷阱，今天拿武器出去只是以防万一，很快就会回来。”

莫尔顿说话时离他们有一段距离，看起来是有些忌惮伊撒尔。

伊撒尔对人类的谈话却没有兴趣，视线懒懒地从他们身上扫过。

说完，莫尔顿叫上罗杰，等罗杰跑出来后，一行人就一起走了。

莫尔顿背了一把弓箭，看着他远去的背影，雪宪忽然想起了同样使用弓箭的艾诺。这时，土洞里的老人们忽然抬着水桶走了出来，他们看上去训练有素、配合默契，很快就将有些浑浊的饮用水倒入了另一个自制的水质净化桶中。

“夏天到了，雨水变得多了些，两天就有这么一大桶，不知道今年洞里还会不会塌。”

一名老人对雪宪说。

“去年最里侧的洞塌了，差点儿砸伤人。莫尔顿带我们把里面都加固过一遍，排查了不适合居住的洞，但还是希望今年别下暴雨。”

雪宪问：“我听说以前的基地是有房屋的，但是被龙烧毁了。”

老人激动道：“是啊，那些恶龙最可恶，看中的地方就要抢去做领地，它踩塌我们的房屋，喷火烧我们的人……野蛮的畜生……”

伊撒尔沉沉地看过来。

雪宪立即转移话题："那您和基地的人为什么不重新修建房屋，或者换一个地方生活呢？"

老人说："星子殿下，您看，我们都是老弱病残，整天想着怎么填饱肚子已经很艰难了，走又能走到哪里去呢？花费一年半载地修建好房屋，要是再遇上恶龙，可遭不住折腾啊。而且，这谷地常年有飓风，吹垮屋子也是常有的事，还不如住在土洞里。"

雪宪哑然，他太天真，竟问出了"何不食肉糜"的问题，这令他深感惭愧，脸上火辣辣的。不过雪宪问这些问题也并不是出于好奇，而是想起了补给站。

阿琳娜与艾诺为了寻找幸存者，不惜每年一次跋山涉水去到海边，为的就是救助更多的人。而且，补给站不仅有坚固的住所，附近还有干净的水源，前任管理者亚历山大把一切都规划得很好，要是他们能搬去那里……

不过，雪宪也知道这样的想法太理想和片面了。

这么多人要一起去补给站谈何容易，遥远的路途中肯定会有许多突发事件，如果真的要去补给站，基地的人需要做好长期规划，他还得想办法联系到阿琳娜才行。

雪宪一边和人们说话，一边去帮助他们抬水桶。

伊撒尔感到衣摆被谁拉了一下。

他低头再低头，终于看见了昨夜见过的那个满脸雀斑的很喜欢雪宪的红发小女孩。

黛西背着妹妹，仰望着伊撒尔，好像有什么东西要给他："伊撒尔，这个给你。"

这个很小的人类竟然知道他的名字。伊撒尔眯了眯眼睛，看到黛西的手心里放着一根头绳。

那是种有弹性的圆圈状东西，很小，伊撒尔没有兴趣，视线在黛西身上一扫就移开了。

这么小的人类对他来说毫无威胁，可以直接无视。

但是黛西再次拉了他的衣摆，等伊撒尔再看向她的时候，她询问道："伊撒尔。你不会扎头发吗？"

伊撒尔：……

黛西说："你坐下来吧，我帮你。"

黛西眼神纯净，不知畏惧，她背上的婴儿也发出了几声咿呀。

伊撒尔坐在一块石头上，黛西很快绕到他的背后，用小手拢了拢他的头发。那银色发丝长及腰部，非常顺滑，像上好的丝绸，黛西没见过这么漂亮的头发。

黛西觉得，星子殿下的朋友一定也是非常特别的人。

黛西以手指作梳子，轻柔地穿过伊撒尔的发间，将那些发丝整整齐齐地理在一起，然后用头绳绕上去两圈，就绑了起来。

等帮伊撒尔绑好了头发，黛西就像自己母亲每次都会做的那样，绕到前方去端详他。

伊撒尔的面容轮廓冷硬，先前他披散着头发柔和了这一点，现在则更具攻击性。他的鼻梁高挺，睫毛也是偏银色的，那双金眸看着黛西，急剧地缩小成为一条竖线。

一大一小的对视只有几秒，黛西目不转睛地望着伊撒尔，伊撒尔的竖瞳便又变大了些，恢复成正常的样子。

较之伊撒尔奇怪的外形，黛西更关注的是他颊边、下颌的银色鳞片。

她想要伸出手去碰一下，但又有些不敢，最终只是挽起了自己的袖子，对伊撒尔说："没关系的，我也有畸变。"

伊撒尔：……

在她眼中，伊撒尔和他们一样，都是被感染的人。

"星子殿下可以帮助我们。"黛西这样安慰他，"有星子殿下在，我们都会好起来。"

雪宪看到他们坐在一起，有些担心黛西，但等他走过来看清伊撒尔的样子时，微微地睁圆了眼睛。除了那对尖耳朵和皮肤上的鳞片，现在的伊撒尔乍一看几乎和人类没有任何区别。

雪宪露出了久违的梨涡："伊撒尔，你这样真好看。"

伊撒尔对自己好不好看没有什么概念，不过他倒是很喜欢看见雪宪的笑容。

"谢谢你黛西。"雪宪对黛西绽放的笑容还要灿烂一些，"你的手真巧，我之前都没想过要帮伊撒尔扎头发。"

被雪宪夸奖，黛西的脸一下子就红了："不客气。我还要谢谢您救了贝拉。其实我还会做很多小手工，如果您需要的话可以随时叫我。"

早餐做好了，这时有别的人走过来请雪宪他们一起过去用餐。

伊撒尔不吃人类的食物，有人给他递来碗，他也不接。但雪宪很快就和那些不修边幅的、甚至有些脏兮兮的人坐在了一起。

这里的每个人都很喜欢雪宪。

他们给他最好看的一只盘子，给他盛最多的食物，都想试着和他说话，离他更近一些。

雪宪和他们聊天，解答他们的问题，说一些他们想知道的事，偶尔也会微笑。

有时雪宪会关注小龙的动向，抬起眸子，越过人们朝伊撒尔投来目光。伊撒尔总是坐在不远处，用同样沉静的目光看着他，似乎从未移开过。

雪宪与他遥遥对视，短暂几秒后，又重新加入人们的谈话里。

中午，雪宪被朵丽丝叫走，说有人发病了。

接种抑制剂以后，部分人的一生中会出现好几次感染症状，每一次发病，畸变程度便会递增，直至无法被拯救。有资料记载，人体可承受的发病次数最多也不过四五次。

被送来龙屿的人失去了光明殿的庇护，如果是尚未完全畸变的幸存者，发病时只能靠熬。

基地里最近发病的人好像变多了，这只是一种概率，但人们还是非常紧张。

“她叫妮可。”朵丽丝忧心忡忡地说，“今天忽然开始发热抽搐，我们刚刚发现时，她已经有点儿严重了，现在有两个人守在她的房间。”

妮可是个三十多岁的女人，是五年前被送来这里的，除了四度畸变，她还患上了一种严重的慢性病，经常卧床不起。妮可以前是栖息大陆安城中学的一位老师，来到基地后负责教导罗杰和黛西，是个很好的人。

雪宪跟着朵丽丝走进幽深的土洞中，伊撒尔紧随其后。

白天留在土洞中的人要比夜里少一些，走道里回荡着他们的脚步声，以及地下那三名畸变体时不时发出的啸叫声。

雪宪来到妮可的床前，凝视这个饱受折磨的女人。

洞里没有点灯，山壁上凿了两个气孔，有光从外面射进来，形成两道平行的光束。

妮可骨瘦如柴，面部凹陷，正如朵丽丝所说，她正在剧烈地抽搐，黑气从下巴一直蔓延到脖颈，再到衣服盖住的身体，看起来马上就要彻底畸变。

雪宪神色紧张，正要走上前去将她抱起来，伊撒尔却拉住了他的胳膊："由卡。"

龙一向不喜欢他和别的人靠近。

雪宪回头："伊撒尔，我得帮忙。"

伊撒尔的金眸很亮，目光落在雪宪脸上，告诉他："不能。"

雪宪不理解，但伊撒尔紧接着说了一句龙语，雪宪慢慢地变了脸色。一旁的朵丽丝焦急问："怎么了，星子殿下？您的朋友说什么？"

伊撒尔说的话雪宪听懂了，他说的是："我嗅到了死亡的味道。"

雪宪被伊撒尔拉得退了点儿。

只见伊撒尔上前一步，拉起了妮可的手臂，轻轻翻转。

那手掌边缘赫然出现一个齿痕，这显示她被咬了。

房间里倏地安静下来。

有个男人先出声："是什么时候的事？她是不是去过地洞？"

另一个守在房间外的人说好像看见过妮可往那边走。

朵丽丝失声哭了起来："她为什么要这样？星子殿下不是已经来了吗？昨天她也见过星子帮助贝拉，知道会有希望了……"

"可能是撑不住了。"有人这样说道，"活下去比死了痛苦。"

雪宪站在那里，第一次目睹人自杀，还有些没反应过来。在他印象中的人们，总是对活着抱着迫切渴求的，无论何时人们都在自救，没有谁会放弃自己的生命。

伊撒尔放下妮可的手，看向了朵丽丝。他不明白她为什么会哭泣，就像他此前有很多次不明白雪宪为什么哭。原来人类的眼泪总是会流下来，有时是为自己，有时也是为别人。

在众人的注视下，妮可的彻底畸变开始了。

人们见状都吓得往外跑，雪宪护着朵丽丝退后，只有伊撒尔仍站在床前。

妮可爬起来了。

"伊撒尔！"朵丽丝在喊。

"快走开！伊撒尔！"

在两道平行的光束中，伊撒尔抬手掐住了她的脖子。

他甚至没怎么费力，脚步都没移动半分，就轻易地把畸变体控制住提在了半空中，在那大手正要用力时，雪宪若有所感，立刻叫住了他：“不要！”

伊撒尔回过头，银发束在后方，露出凌厉冷硬的一个轮廓。

手中的畸变体在不停地挣扎啸叫。

对伊撒尔来说，这个畸变体和在巴别塔里那些袭击雪宪的畸变体一样，死不足惜。雪宪叫停，使他不理解。

雪宪的眼眶有些湿润，但解答了伊撒尔心中所想：“妮可是基地的人，既然你控制住了，就交给他们自己处理吧。”

“这里的人们是一个族群，是彼此的家人。

“和你的族群一样。”

妮可被关进了地洞里，和其他畸变体一起。

莫尔顿一行人回来了。遗憾的是，他们没有在陷阱里发现猎物。由于没有走太远，他们只捕到了两只肥硕的野兔，顺道捡了一些蘑菇和鸟蛋来充盈粮库。

听说了妮可的事情以后，除了爱戴她的罗杰哭了，其他人的表现都算平静。

现在又多出了一个畸变体，他们带回来的这些食物显然不够吃，莫尔顿打算明天走得远一点儿，去谷地的湖里捕一些鱼。

在听说伊撒尔徒手制服畸变体时，莫尔顿显得有些震惊。和朵丽丝拥抱后，他忍不住朝倚在洞口的伊撒尔看去——事实上，现在所有人的注意力都放在了伊撒尔身上。

这个突然出现的银发男人的存在感一直很强烈，但由于过于寡言又是星子的朋友，众人都未与他交谈过，这么一看果然不是个简单的人。

莫尔顿甚至觉得，他几乎没在伊撒尔身上感受到什么人类的气息。

对方像个冰冷的、虎视眈眈的野兽，好像出现在这里的唯一原因就是星子雪宪，那个驯服了他的人。

伊撒尔也朝莫尔顿看了过来。

莫尔顿竟手一抖，把野兔掉在了地上。他把野兔捡起来，心想，虽然他们不能徒手控制畸变体，但至少他们还有能力喂养基地的人，也不算太没用。

夜里，人们分食了不多的食物，在篝火旁读了妮可以前写下的一些诗句，作为对她的纪念。情绪不佳的罗杰，在听到一半时忽然喊道："你们别念了！"并愤怒地起身跑开。

雪宪跟上去想要安慰，篝火旁的人们也就散了。

伊撒尔在这时消失了一段时间，雪宪猜想伊撒尔是去捕食了。

混乱过后，他坐在空地的一个树桩上，等了伊撒尔一阵。

夜风习习，女星升至夜空上方时，雪宪才回到分配给他们临时居住的房间。

时至半夜，土洞外传来了动静，有重物落地的声音。

这引起了莫尔顿的警觉，他抓起一根长矛，叫醒几个伙伴一起来到了洞外。

外面却是莫名消失的伊撒尔。

他不知道去了哪里，扎起来的头发有些乱了，衣服上还染了一些血迹。

一头两三百斤的野猪躺在他的脚边，足够基地的人吃上好几天。

众人：……

一个人出去捕了体形这么大的野兽不说，还那么随意地拖了回来，这也是行的吗？

伊撒尔把野猪留在空地上，什么也没说，便径自走入土洞，显然那是他留给基地的。

人们纷纷自动让行。

雪宪睡眼惺忪地站在后方的位置，也看清了这一幕，不由得有些意外。

在补给站时，伊撒尔非常护食，捕回的猎物只给雪宪一个人，艾诺与阿琳娜根本无法靠近他的猎物半步。

伊撒尔走近了，低头看着雪宪，仿佛在说"我来喂养你的族群"。

洞外很快就变得嘈杂起来。

大半夜的人们开始处理野猪，每个人都喜形于色。

雪宪关心地问伊撒尔："你把猎物都留给大家，自己吃过东西了吗？"

伊撒尔"唔"了一声，嗓音微沉。

雪宪抬头，看见伊撒尔拆掉碍事的发圈，银发重新披散下来，令他恢复了一些非人的妖异的美感。

龙当然已经饱餐一顿了。

在他的薄唇边，还残留着一些新鲜的属于猎物的血迹。

回到房间后，雪宪找到毛巾打湿，让伊撒尔不要动，然后帮伊撒尔把脸和手都擦得干干净净。他以前没帮伊撒尔梳过头发，现在又拿出了梳子，帮伊撒尔把头发也梳顺理直。

这头龙很享受雪宪的服务，不仅真的一动不动任他摆布，还舒服得闭上了眼睛。

以前雪宪帮龙挠痒时，它就差不多是这样的反应。

外面的人们还在热火朝天地处理野猪肉，好像还重新架起了火堆，要处理猪身上的鬃毛。

走道里也不时有传递器具的急促脚步声。

等全都整理好了，雪宪感到伊撒尔把一个物体塞进自己手里。

“这是什么？”雪宪奇道。

等他看清楚了，才露出意外的表情：“伊撒尔，你回去过小岛吗？”

那是雪宪之前用枯木刻出来的龙形木雕，他曾把它作为礼物送给了伊撒尔，它应该是留在小岛的巢穴里的。不知道出于什么原因，伊撒尔去把它拿了出来。

伊撒尔低低地应了一声：“嗯。”

雪宪四处寻找能放它的地方，最后把它用绳子系起来，挂在了背包上。

伊撒尔看着雪宪做完了这些，等雪宪回到床边以后，他突然开口对雪宪说道：“人会死。”

伊撒尔使用的是陈述句，只有语气带着一些细微的疑惑。他说人类语言时的逻辑一向不算非常流畅，雪宪通常能立刻明白他想要表达的意思，但这还是第一次，伊撒尔主动提起一个话题。

雪宪忽然感到一阵不适应，也感到了一种看见成长的欣慰。

龙开始了思考，这是一种思维上的飞跃。

他问道：“为什么突然说这个？”

伊撒尔的头发挽在耳后，声音里夹杂着属于龙的一丝杂音，很低沉：“他们长大。贝拉，黛西……妮可。”

雪宪平静地回答：“是的，他们长大。人类最初像贝拉那样，是一个小婴儿，然后慢慢地他们长成了黛西、罗杰那样的小孩，再然后变成青少年，像我，接着变成成熟的大人，像妮可。我刚从培养皿里出来的时候也像贝拉那么小，不，还要小一些……每个人都是这样的，他们会长大。”

伊撒尔道：“他们长大，再死去。”

雪宪没有想过伊撒尔会观察到这些，他以为伊撒尔只是在看，都算不上旁观。

他想了想，告诉伊撒尔：“不是的，不是每个人都像妮可或者黛西的妈妈那样，大部分人都能活到马伦爷爷那样的年纪，甚至更久。而且，没有畸变的人们还会比马伦爷爷更健康，比如我的老师白博士，他的年纪就和马伦爷爷的年纪差不多，马上就要七十岁了。老师常常说他是个很幸运的人，所以肩负更加重大的责任。”

七十岁或者八十岁，这就是大部分人类只能活到的年纪。

伊撒尔动了动嘴唇：“人的一生，很短。”

七八十岁，抑或更加长寿的八九十岁，对人类来说其实是非常漫长的岁月，但对龙来说，的确是非常短暂的。哪怕不像伊撒尔的族群一样能够“永生”，普通的龙也有两三百年的寿命。

上次他们曾经浅谈过这个话题，但当时的伊撒尔并不在意，或者说他那时没有理解到其中真正的含义。

雪宪以前也曾思考过这个问题，尤其是看到陪自己从小长大的白博士日渐老去，他也曾有过慌乱和惋惜。

不过现在他不那么想了，他告诉伊撒尔：“人类的生命的确很短暂。不过，也可以从更长远的方向看，人类的个体会死亡，但人类的火种会延续，整个种族会繁衍下去。就算个体死亡了，人类的身体也会分解成原子，化为雨滴、尘埃，某天与一株草、一棵树结合，变成新的生命继续存在于这个世界里，循环往复。某种意义上，我们也和你的族群差不多。”

“不。”伊撒尔说，“我们消亡，然后苏醒。”

雪宪点点头。

“我们重新成为一颗蛋，不变成草、树。我们还是我们。”伊撒尔看着雪宪，进一步说道，“我们完成契约，你也苏醒。”

雪宪听懂了，他明白过来，原来伊撒尔一定要完成契约，是因为这个。

他终于弄明白了伊撒尔想要表达的意思，难怪之前伊撒尔对他说“我会找到你”，他没想到其中竟然有这样的根据。

龙不懂人类的规则，也没想过要解释说明。

但是在这个基地，在亲眼看到了人类的新生儿、老人以及见证死亡之后，伊撒尔首次真正触摸到了人类生命的起点与尽头，所以他主动解释了规则。

雪宪迷茫道：“我……也苏醒？我会变成一头龙吗？”

伊撒尔说：“会。”

雪宪愣住了。

伊撒尔语意温柔：“不分开。”

这实在是件很奇幻的事，匪夷所思。可是伊撒尔说得那么认真，让雪宪的被需要感再次变得强烈。他没有来处，但有人在替他计划归处。

雪宪没想过要永生，或者要变成一头龙，但眼中涌上热意：“谢谢你，伊撒尔。”

这夜，在人类基地留宿的第二个夜晚，两人都睡得安稳了许多。

翌日早上，基地的每个人都分到了新鲜的肉食。这令众人都不太敢接近的伊撒尔获得了欢迎和感激。

朵丽丝和黛西来时伊撒尔不在，他还是不习惯长久地待在人类居住的地方。

“我是想代表大家来谢谢伊撒尔的。”朵丽丝说，“他不在，麻烦您转达。”

雪宪说：“你们不用客气，伊撒尔不在意这个。”

朵丽丝笑着说：“他对您真好。”

雪宪也这么认为。

“嗯，伊撒尔一直都是很好的。”

基地的土洞需要修缮加固，为此人们取了很多木材回来。雪宪之前说学习过和建筑有关的课程不是吹牛，虽然他当时只是把它作为一门兴趣课来学习的，但还是能帮上一些忙。

罗杰的电子笔记本还配有笔，使用起来比较方便，雪宪还找他借过，特地给需要加固的地方画了说明图解。另外，他也在罗杰的这个电子笔记本里发现了关于龙巢分布的标记。

雪宪找到自己的电子笔记本，打开地图做了对比，这核实了他之前的猜测，每一艘飞行艇上的侦察员们都负责了龙屿的不同区域，他们收集情报并汇报给栖息大陆。

而且，从罗杰这里，雪宪了解到那大概是三十年前的事了。

“我爸爸是个很了不起的人。”罗杰说，“他一个人在这里生活了四年，忍受长久的孤寂与危险，从来都没有退缩过。如果我能回到栖息大陆，我也想像他一样，做个勇敢的军人。”

罗杰很崇拜他的父亲，其实雪宪也是。

这些侦察员都知道前来龙屿是单向任务，有去无回，却还是选择了义无反顾地前往。他们抛弃了原来的生活，离开家人朋友，将自己送往人生末路，的确非常值得尊敬。

二人说话间，一位名叫明东的青年正好来到雪宪的房间。明东留下来和他们聊了一会儿天，说道：“幸好有伊撒尔帮忙，不然我们今天还得继续发愁。现在谷地的大型猎物越来越少了，剩下的也越来越聪明，没有以前那么好抓。我们常常去很远的地方捕猎，一去就是七八天。我们离开后，基地里留下的大多是老人小孩，我们在外面也总是担心他们。”

雪宪问：“谷地那边有个森林，你们去过吗？”

明东说：“去过，但是那边崇山峻岭，森林情况复杂，我们走得也不太深。冬天时，莫尔顿本来说要带我们去考察那里适不适合移居，那时很多动物都冬眠了，会相对安全一些，但是基地接二连三有人发病，就耽误了，只能拖到今年冬天再看。”

看来基地的情况比雪宪看到的还要艰难一些。

他又想起了补给站的事，把情况告诉了明东。

明东听完后有些兴奋，立刻跑去找了莫尔顿。

“补给站？”莫尔顿也有一点儿激动，“在哪里，远不远？”

雪宪如实地说很远。他打开地图，给大家看了补给站的大概位置，众人渐渐冷静下来，那的确是个很远的地方，这么多人出行，就算日夜赶路也至少要走一个月。

不过，经过雪宪的介绍，他们知道了补给站的情况以及附近的环境，都一致认为那里比此处要更适合生存，毕竟他们还有像贝拉这么小的孩子需要呵护。

有人问：“他们会欢迎我们吗？”

雪宪道：“阿琳娜婆婆与艾诺都很欢迎有人去补给站，他们也会定期去海岸边寻找幸存者。”

这个消息无疑又给了大家信心。

莫尔顿担心道：“补给站能容纳得下我们这么多人？”

雪宪说：“这么多人要都住在原有的建筑里的确有些困难，如果真的要去，肯定需要扩建。但是我认为最重要的是要先和补给站取得联系，看看他们的想法。等过几天，我为地洞里的人们送行以后，我打算和伊撒尔去一趟那里，看看这样的合并可不可行。”

众人面面相觑，无不受到撼动。

星子竟然愿意为了基地的人们做这么多，他们充满了感激，也觉得无比的幸运。

莫尔顿皱着眉头，忽然道：“或许不用你们亲自去，那太远了，花费的时间会很长。”

雪宪问：“你有更好的办法吗？”

莫尔顿点点头：“嗯。”

他说出一个秘密：“罗杰的父亲留下了一艘完好的飞行艇，您这里又有地图，可以由我一个人去一趟，那会大大缩短时间。”

罗杰的父亲留有一艘飞行艇的事，基地里大部分人都不知道，包括莫尔顿的恋人朵丽丝。

所以他这话一说出来，大家就都惊讶极了。

“真的？”

“我们还有飞行艇？”

“为什么要瞒着大家，或许我们早就可以试试能不能飞回栖息大陆……”

莫尔顿打断了他们：“就是因为怕大家是这个反应，所以我们几个知情者才决定不告诉大家的。”

这件事是之前罗杰的父亲、马伦爷爷，还有几个老人一起决定的，罗杰的父亲死后，基地的主心骨换成了莫尔顿，所以马伦爷爷才把这个秘密告诉了他。

人们都知道仅靠飞行艇穿越风暴港是不可能的，但他们长久地生活在龙屿，如果发现有飞行艇可用，肯定会想要搏命一试。

于绝望中促生的希望是很危险的，会使人采取失去理智的行动，所以它才需要保密。

现在情况有变，到了必须使用的时候，莫尔顿才不得不说出了这件事。

“它就停在我们原先的基地附近。”莫尔顿说，“在一个挖出来的地窖里。”

那个曾经的基地在谷地另一边，在和龙的交恶中已经被毁灭了，人们临时撤走，也没想过要带走飞行艇。

不过他们在打猎时曾悄悄回去看过，恶龙没在那里定居，现在那里是一片无主之地。

莫尔顿道：“只要走上一两天就能走到目的地，找到地窖不难。为了节省燃料，可以直接从那边出发。”

雪宪问：“你会驾驶飞行艇吗？”

莫尔顿道：“我以前在主城大学上过学，学的是航空与保卫专业，虽然只上了半年，但是正好学习过怎么开飞行艇。”

这有点儿出乎雪宪的意料。这个专业毕业的学生，将来一般都会去警卫队或者军方参加工作，是不可多得的人才，前途一片光明，莫尔顿却流落到了这里。

“其实之前罗杰的父亲曾和人们一起在另一座补给站生活过，不过那里已经被炸毁了，他们并不知道还有别的补给站存在。”莫尔顿说，“如果我们能去您说的补给站当然是最好的，只要您在地图上画出坐标，我应该能成功抵达。”

雪宪还有些犹豫。他不确定这个决定正不正确，莫尔顿会不会遇到危险。如果途中遇到龙的话，莫尔顿能不能应付得了？雪宪说出了自己的顾虑。

莫尔顿道：“您来的时候，说在飞行艇里捡到了音频发射器，那么每一艘飞行艇里肯定都有配备。既然它能模拟与龙相同的频率，那么我遇到龙的时候只要不和它们起正面冲突就行。之前的侦察员们在这里执行任务，不也生存了那么长时间？”

莫尔顿去意已决，基地的人们临时在一起开了个会，连朵丽丝都表示支持。

看起来基地的确穷途末路了，他们不会放过任何一个可以让它延续的机会。

雪宪无法左右基地的决定，只能尽量详细地绘出地图标注，给莫尔顿提供他想要知道的任何信息。

夜里伊撒尔回来时，雪宪正趴在石台做的床边缘，在昏暗的灯光底下写一封信，是给阿琳娜和艾诺的。

这里没有纸，雪宪找出之前在补给站拿的太空笔，在朵丽丝剪裁襁褓时剩下的圣装布料上写字，雪白的布料使得墨迹很好辨认，圣装也能作为雪宪身份的依据。

伊撒尔又带回了猎物。

这次他在外面进食后已经洗过了，因为他的人类似乎不太喜欢血腥味。

见他回来，雪宪抬头对他微笑："你回来了？今天有在外面捕食吗？"

伊撒尔走近："唔。"

伊撒尔应该是在水里游过了，发丝还湿润着，身上也还有点儿凉意，带着一些好闻的草木气息。他侧躺着，用手支着头问："在做什么？"

这头龙的姿势有点儿像一只大猫。

也和过去还是一头小龙时，侧躺在溶洞门口的样子很像。

那金灿灿的属于野兽的眸子又变得有些圆了，暗沉，冷冰冰，却预示着这是一种学习。

龙在好奇人类的行为。

雪宪对伊撒尔说了下午和莫尔顿他们商量过的事，告诉伊撒尔他想让莫尔顿带一封信给补给站。也不知道伊撒尔有没有听懂，只见他往雪宪写字的布料上看去，好像想弄明白文字是一种什么样的东西。

写完了，雪宪放下了笔。

伊撒尔圆圆的瞳孔收缩了一下，黑指甲触及落款处，开口道："由卡。"

雪宪说："这不是写的由卡，是写的我的名字。落款是雪宪，还有一句'为你们送来平安的祝福'。"

"唔。"伊撒尔说，"雪宪。"

莫尔顿夜里便收拾好了东西，第二天一早出发。

从这里去谷地的另一边需要两三天左右的时间，为了确保他平安抵达，还有明东和另一位叫亚瑟的男人同行。飞行艇只能承载一个人，莫尔顿会带着食物、雪宪的信直接从那边出发，之后的旅途将全程只有他一个人。他成功飞行后，明东和亚瑟会马不停蹄地朝基地赶，给基地的人们带回消息。

临行前，基地的气氛是有些沉重的。连一向活跃的罗杰和黛西也没怎么说话，睁着大眼睛，看着他们的顶梁柱出发去寻找别的生路。

莫尔顿与朵丽丝拥抱之后，悄悄地说了一些话，然后他们接了个绵长的吻。

雪宪看着莫尔顿朝自己走来，以为他还有什么要询问自己，谁料莫尔顿却只是对他尊重地颔首，随后便找上了站在他后方的伊撒尔。

“伊撒尔先生。”黑皮肤的莫尔顿好像有点儿脸红了，很尊敬地对伊撒尔说，“抱歉我不知道你姓什么，但是我却想要拜托你。你很强大，你还是星子的朋友，我想请求你在我离开的这些天，至少是明东他们回来之前的这几天，帮助我照料一下基地里面的人。”

雪宪意外地看着他们。

伊撒尔白天几乎都不在基地，但晚上总会回来，还会带回猎物。

莫尔顿的请求可以理解，他希望伊撒尔白天尽量不要再出去，就算出去也不要离开基地太远，这里的老弱病残是他放下面子对另一个男人做出请求的唯一原因。

伊撒尔“先生”长发束在脑后，面容冷峻，没什么感情地看着这个比他矮不了多少的高个子人类。

莫尔顿有些尴尬。

雪宪忍不住猜测伊撒尔是不是没理解他为什么要帮忙，说：“伊撒尔……”

“唔。”伊撒尔发出单音节，又沉沉地吐出两个字，“你走。”

雪宪也说：“你放心，我也会帮忙照看基地的。”

莫尔顿点点头，和明东他们一起走了。

伊撒尔开始了在人类基地驻守的新生活。

先前的一两天，并没有人敢来和他说话，最多是在做饭时会特地给他准备一份，但被他冷冷地拒绝了几次以后，人们就连饭也不敢给他送了。

雪宪专门给伊撒尔烤了一些他喜欢吃的肉，黛西不怎么怕他，还问他要烤肉吃。

伊撒尔会给。

随后，龙和人们的相处就渐渐改变了。

两天后，人们在加固土洞时需要一个高个子帮忙做支撑，他们试着请了伊撒尔，伊撒尔同意了。再然后是饮用水过滤器的置换、柴火的运送……伊撒尔并不和他们说话，尤其是面对聒噪的、试图跟他学习捕猎的罗杰，但总会出手帮忙。

或许对龙来说，不管莫尔顿有没有嘱托，只要雪宪还在这里，他就会帮助雪宪的族群。

群居生活使雪宪觉得伊撒尔越来越像是一个人类，他教伊撒尔写了自己的名字，由于笔画复杂，伊撒尔学得不快。于是雪宪又教他写了他的名字。

Isar，很简单的几个字母。

伊撒尔用怪异的龙爪状的大手抓着树枝，将它们有点儿歪歪扭扭地写在地上。

雪宪想起莫尔顿的话，问伊撒尔："你有姓氏吗？"

伊撒尔不懂。

雪宪说："比如，我叫雪宪，我的姓氏是雪。"

伊撒尔说没有。

雪宪："只是伊撒尔？"

他说："只是伊撒尔。"

"好的。"雪宪眉眼弯弯，"只是伊撒尔，我记住了。"

明东与亚瑟直到第六天还没有回到基地来，人们开始有些担心了。雪宪其实也有些担心，但为了稳住大家的情绪，他表现得很自然，告诉大家前些天下了雨，穿越谷地并不容易，可能会多花一些时间。

第七天的早上，雪宪看到人们将推车推进了土洞。

这天的气氛有些凝重。一具具尸体被放上了推车，脸上都盖着布料，那是他们养在地洞里的畸变体，现在"他们的灵魂彻底离开了身体"，所以需要被处理掉。

马伦爷爷浑浊的眼球里有灰败的情绪，苍老的声音却还算平静："星子殿下，现在是时候请您送他们一程啦。"

他们把尸体推去了很远的一片树林里。

黛西背着贝拉，大眼睛里充盈了泪水，一路上都牵着雪宪的手。

所有人都来送行了，连伊撒尔也在队伍末尾。

人们排成长队，无言地跟随车轮的咕噜声往树林深处走去。

枯叶堆积的地面上出现了一些黑色的潮湿低洼地带，隐隐散发恶臭，越接近目的地越明显，人们都有意识地避开那些淤泥，看来他们也知道它们的危害性。

最后他们停在了一处淤泥面积最广的地方，这里寸草不生，目之所及都是漆黑的，还残留着一些焚烧痕迹。

这里应该就是基地处理畸变体的地方。

人们搭起柴火堆，将尸体搬运在上面放好，替他们整理好了遗容。

火堆点起来了。

马伦爷爷站在火堆前方，说起了悼词：“珊迪·卡桑德、穆利亚……妮可·塞勒斯。”他说了四个名字，然后郑重道，“我们至爱的家人、朋友，愿光明殿庇佑你们，庇佑你们的灵魂，愿银河指引你们，指引你们回家的路……”

然后是雪宪。

待马伦爷爷说完致悼词以后，雪宪也来到火堆旁，轻轻地唱了一首安魂颂。

雪宪的声音空灵，有很温柔的力量。

或许每一任星子都拥有这样的歌声。

歌声婉转轻柔地回荡在树林中，有许多人都哭了，他们在此悼念逝者，也很快会将逝者遗忘。被遗忘后，人才算是真正地死去，这世上不再会有任何事与他们有关。

时光洪流，生命常常如此。

安息吧，历经苦难的灵魂。

回去的路上只有空荡荡的推车了，队伍前进得要快一些，沉默的黛西被一个大人抱着，贝拉则交给了另一个人背着。

雪宪和伊撒尔走在最后面，听着贝拉在前方咿咿呀呀的声音。

让雪宪没有想到的是，伊撒尔牵了他的衣袖。

静谧的、充满死亡气息的树林里，耳朵尖尖的伊撒尔不再是个野兽，而像是一个误入的精灵，他会魔法，能解除苦难，将人类带出悲伤的深渊。

雪宪没有挣开，也反握住了伊撒尔的衣袖。

经过一处潮湿洼地，伊撒尔停住脚步。

雪宪回头，看到伊撒尔微微眯起眼睛，瞳孔也变成一条竖线。

出事了。雪宪立刻有了相同的感应，朝基地的方向看去。

他们加快速度回到基地，亚瑟已经回来了，他的腰部受了伤，地上血迹斑斑，一路从树林蔓延到空地，再到土洞门口。亚瑟几近昏迷，他的伤势很严重，几乎是凭着一丝信念回到基地来的。

“龙……我们遇到了龙……”他嘴唇发白，气若游丝地说。

众人都慌乱起来：“龙？！在哪里？”

亚瑟：“原先的基地……”

雪宪的脸色也变了，他们竟然在原来的基地附近又遇到了龙，可是，基地的人不是说那些龙已经走了吗？

只有亚瑟一个人回来，不见明东。

雪宪更是有了不好的预感。

“明东……”亚瑟念起这个名字，随后极为缓慢地摇了摇头。

明东不在了。

有人忽然捂住了嘴巴，却没捂住痛苦的哭声。

“快帮亚瑟止血。”朵丽丝说道，“大家帮帮忙，快，他失血太多了……”

“你不该回来。”一个低沉的声音说，“不如死去。”

众人闻言无不恼怒，转头看去，说这话的人却是最近让他们倍有安全感的伊撒尔。

伊撒尔本望着天空，这时已经转过了头，俯视这群人类。他的瞳孔没能恢复人类的形状，依旧是一双属于动物的、冰冷的竖瞳，在那属于人类的俊美面孔上看起来非常可怖，令众人背脊发凉。

伊撒尔动了动嘴唇，说：“龙……捕捉血的味道。”

众人听到此话都神情大变——龙捕捉血的味道，那么是不是表示亚瑟这一路流的血正将恶龙指引至基地的方向？！

重伤的亚瑟表情也露出惊惧的表情。

他正要说什么，可是伊撒尔话音刚落，众人便俱是一怔。

有一阵突如其来的风，吹动地面的落叶，拂过人们的脸颊。

风很快停歇下来，四周仿佛陷入暴风雨前最后的宁静。

所有人都望向连接树林边缘的天际，那里什么也没有，但经过树梢的气流不止。林间拂动的风再次袭来，这次风变得猛烈了，紧接着，天际出现了三个巨大的黑影，遮云蔽日，正向基地飞来！

“龙来了！！！”

“快跑！龙来了！”

人们惊叫起来，一时间土洞入口水泄不通，所有人都下意识地往洞里跑，这里的山体很坚固，相比留在外面，留在洞里或许还有一线生机。

情况大乱，洞口还滞留着不少人，越是急，那里越是难以通过。亚瑟被朵丽丝和另一个同伴拖着，他们一边奋力嘶吼，一边想要挤开人群，可慌乱中根本没人在听。

黑影越来越近，从体形足以判断那是三头成年龙，它们自上而下喷出龙火，来势汹汹，霎时间树林被点燃成了一片火海。

罗杰个子小，人先挤进了洞里，正试图从人体缝隙中伸手抓住黛西：“黛西！快拉住我！黛西！”

“罗杰！”黛西也哭喊着，可怎么也够不着罗杰的手。

“轰——”树木成片倒塌，空地边缘那棵离土洞最近的树木眼看就要砸在黛西身上。

“黛西！”雪宪眼疾手快一把将她抱起，却终究迟了一步，他护着黛西蹲下，紧紧闭上眼睛。

可是预料中被树木砸死的情况没有发生。

雪宪睁开眼，看见伊撒尔凭一己之力挡在他们面前，承受了整根粗壮树干的重量。

伊撒尔眸色沉沉，咬牙对他道：“快进去！”

雪宪不做多想，立即抱着黛西往洞里跑。

烈焰已经烧至空地，一切就在转瞬间发生。

有人浑身是火，在地上惨叫着翻滚，有人即刻化为了一堆焦炭。

高温仿佛将露在外面的皮肤都点着了，热浪舔舐着脸颊、眼球，入耳只有烈火烧灼与恶龙啸叫的声音。

那些庞然巨物轰地落地，地面都为之一震。

所幸洞口的人终于变得稀疏，雪宪推着黛西往里走，转头大喊：“伊撒尔！”

浓烟滚滚，尘土飞扬。雪宪只看见伊撒尔扔开树干后猝然跪地，喉咙里发出了痛苦的低吟，他奔去洞口想抓住伊撒尔的手，却很快被人拖着往里拉：“星子殿下！现在不能出去！”

雪宪被拖得趔趄几步，烟尘很快将洞外那道高大的身影隐没了。

洞里的情景仿佛末日将近。情况并没有比在外面时好多少，有人在试着寻找另一条出路，有人瘫坐在原地，还有人在寻找武器，依旧是乱成一团，婴儿也受到惊吓，在高亢地啼哭。

雪宪仅在原地愣了几秒钟，就如梦初醒地推开过道上的人们，大喊着："让一让！让一让！"

他顾不得那么多，也顾不得推倒了谁，又踩到了谁的脚。他用最快的速度挤回了他的房间，在角落里找到背包，拉拉链时，他发现自己的手指居然在抖。

雪宪找到了音频发射器。从捡到它到现在，它还从来没真正派上过用场。

他的心跳得很快，转身便朝洞外走，随后又停了停，卷起石台上的被褥。

他挤过一个又一个的人，经过正和同伴一起帮助亚瑟止血的朵丽丝，经过抱着贝拉的马伦爷爷，还有同样找到武器、一脸惊恐却死守在洞口保卫基地的人。

有人再次拦住他，劝他不要出去，但他只是推开了他们的手："我得去试一试，我不能让伊撒尔一个人在外面。"

雪宪弯腰，从人们的阻拦中快速钻出了洞口。

入目之处尽是烈焰与浓烟，树林烧得噼啪作响，成了一片焦土。这些恶龙下了杀手，很明显是抱着覆灭的想法而来，要将基地的人类赶尽杀绝。雪宪只在历史影像中看过人与龙的战斗场面，那还是人类能使用高科技武器进行打击的情况下，现在身临其境，他才知道什么是真正的身在炼狱。

不远处，一头黑色巨龙正在烈焰熊熊燃烧的树林中翻滚，似乎在和什么厮打，而另外两头龙则盘旋在空中，不断地往下方喷火嘶鸣。

雪宪的瞳孔猛地放大了——那烈焰中有一道银色的影子！

"伊撒尔！"他朝那个方向大喊，热泪盈眶。

伊撒尔化为了龙形！

龙银色的鳞甲，整齐尖锐的骨刺，宽而结实的双翼，都在与黑龙的打斗中出现。

雪宪能听见它熟悉的怒吼，能感受到它此时的痛苦与愤怒。

先前留在空地的过滤水桶倾倒在地面，把水洒了大半，但里面还有不少，雪宪不再犹豫，冲过去将被褥打湿，然后将水桶抬起，淋了自己一身，最后以极快的速度披上沉重的被褥，拔足朝龙的方向狂奔。

洞里的人们在呼唤雪宪回去，雪宪充耳不闻。

雪宪奔跑在火场，他不断地躲开坠落的树枝和燃烧的火球，尽量选择火势没有波及的地带，但这并没有使得他好受一些。人在这样的情况下，哪怕浑身是水也坚持不了多久，皮肤被烈焰燃烧时的高温灼烧，喉咙干得冒烟，火辣辣地疼。

“轰隆！！！”又一片树木倒塌，雪宪差点儿被砸中。

黑龙飞走了，树林里的情况看不清，但天上的另一头棕色雌龙正在俯冲而下。

雪宪的心跳得比任何时候都要快，缺氧的感觉使得他的呼吸像拉风箱一般，越来越困难，这种时候他无法再前进，急中生智地拨动了音频发射器上的模拟频率开关。

“嘀——”细小的声音释放出来，通过发射器朝四周传播。

它正在模拟龙族同类的发声频率，或者说，它正在模拟一头龙。

雪宪裹着湿被褥蜷缩在火场，抬头看见天空中的龙有一瞬间的迟疑，而地面那头正与伊撒尔激烈搏斗的棕色雌龙也龇着牙，在战斗圈里往后退。

它们以为这里还有别的龙，以为伊撒尔在这里有同伴。

伊撒尔从地面翻起来，它仍是一头小龙的模样，虽然不是这三头成年恶龙的对手，但已经不再是当初那个任它们欺凌的小龙了。龙战斗力激增的求偶期已过，而银龙天生体形庞大，所以即使是小龙，伊撒尔的战斗力也和一头普通成年龙相当。

它的身上有血迹，到处都是焦痕淤泥，但双翼和身体都完好，看起来没有吃多大的亏。

雪宪拼命忍住了涌上来的哭意，他知道，模拟频率只能暂时性迷惑这些入侵者，它们很快就会发现这里没有别的龙，所以他必须得抓紧时机。

“嘀——”音频发射器仍在继续模拟频率。

“伊撒尔！”雪宪站起来，朝伊撒尔的方向大喊，“快走——就现在——”

可是人类实在太渺小了。四周的声音掩盖了一切，银龙根本没有听见他的呼喊，而是俯下身子，在三头成年恶龙的注视下盘旋。

一头恶龙飞得远了一点儿，正在天空缓慢地绕圈。

它好像发现了不对劲，所以正试着寻找另一头忽然出现的龙到底藏在哪里。

雪宪快要被发现了。

恶龙环伺，烈火四起。废墟火场中雪宪闭上了眼睛，去感受伊撒尔，也让伊撒尔感受他。

他们心意相通，本就有灵魂上的连接。

“伊撒尔。”雪宪说了龙语，它就像意识，那么自然地出现在了他的脑海中，“离开这里。”

空中的黑色恶龙发现了雪宪，它掉转飞行方向，猛地朝雪宪的藏身之处飞来。

另外两头龙也若有所感，一齐朝雪宪的位置飞来，树木成片地倒塌。

在那空中的恶龙飞近，张开狰狞大口马上要朝他喷出龙火之际，雪宪睁开眼，眸中肃然：“趁现在。”

他重重地按下了高频开关。

“嘀——”尖锐刺耳的高频声越来越响，朝四周蔓延。

黑龙在空中挣扎，完全失去了战斗力，呈直线状往下坠落，重重地落在了火场中央，这百吨重的巨物震得地动山摇，在废墟中砸出了一个大坑。

高频声不止，另外两头恶龙也在原地痛苦地嘶鸣打滚，无法再前进半步。

雪宪仓皇张望，没有看见银龙的身影。

但紧接着，他脑中挤进了龙的意识，他看见了云层，听到了风声，也看见了逼近的谷地火场。

伊撒尔掉转回来了！

雪宪心中大动，立即关闭了高频开关。

如他所想，天边果然出现了一个银色的影子，只见它闪电般俯冲过来，直逼大坑中的黑龙。银龙踩在坠地黑龙的背上，尖利的龙爪扒开了黑龙脖颈的鳞片，露出柔嫩的皮肉。银龙扬起头颅，冲天空发出一声愤怒的嚎叫，然后，它露出满口獠牙，埋首咬断了黑龙的脖子！

“嗷——”龙的怒吼在谷地久久回荡。

最强壮的黑龙毙命，另外两头恶龙甩着头，不住低吼后退。

银龙抬起头，看向它们的方向。

它们匍匐在废墟中，爬了一段距离，最终还是张开双翼，飞离了谷地。

雪宪的眼泪终于滑落。

他们赢了！

他扔下沉重的湿被褥，大步朝银龙的方向跑去：“伊撒尔！”

银龙离开死透的龙尸，双翼与龙爪并用，穿越仍在焚烧的树林来到雪宪面前。它收起倒竖的鳞片，喉咙里发出“呜呜”的威慑性低吼。

雪宪的样子很狼狈，黑发湿漉漉地贴在头皮上，脸上满是焦黑，嘴唇还因为摔倒破了个口子，只有眼神依旧明亮。

龙一时没有认出他。

雪宪仰望着小龙，伸出了手：“伊撒尔，我们胜利了！”

听到他的声音，龙眨了眨那双狭长的、灿金色的眼睛，微微歪了头：“咕？”

随后，它将巨大的头颅凑了过来。

雪宪的手心触摸到它冰凉的鳞片。

土洞里的人们走出来了。他们都拿着武器，朝雪宪大声呼喊，看来是要他赶快离开这头恶龙，并且有来救他的打算。

伊撒尔重新抬起头，龇牙后冲人们的方向嚎叫：“呜——”

人们不明情况，以为它要喷火，吓得纷纷往回跑。

基地的人们深受恶龙残害，一时之间可能难以接受银龙的存在。

雪宪理解他们，但是伊撒尔暂时不理解。

“没事了。”雪宪说，“他们只是有点儿害怕你。”

龙收起凶恶的样子，重新看向他的人类。

雪宪让龙俯下身子：“你低一点儿。”

然后，他踩在龙翼上，一步步爬上了小龙的背脊。雪宪趴在最粗壮的两排骨刺之间，抓住骨刺固定身体，然后对小龙说：“走吧，我们先离开这里。”

火场浓烟在他们身后远去，雪宪耳旁风声呼啸，银龙振翅飞行不断攀升，给雪宪一种伸手便可以触及云层的错觉。

龙飞到这样的高度，是想确认之前逃走的两头恶龙已经离开。

龙之间的斗争很有规则，讲究成王败寇，那些龙以后应该不敢再来进犯了。

他们在天空盘旋了一圈，最后停留在了谷地的湖边，那个他们曾经扎过营的地方。

雪宪爬下龙脊，从龙翼上滑下来，第一时间抬头问道：“伊撒尔，你怎么样？有没有受伤？”

小龙的脸颊也脏兮兮的，吻部还残留着黑龙的血迹，闻言“呜”了一声，将尾巴从身后挪到雪宪面前，意思是想让雪宪快看。

雪宪看清了，一下子跪在地上：“你的尾巴……”

那尾巴上的骨刺断了一根，正在流血，雪宪的手刚触摸到伤口附近，那尾巴便因疼痛轻微地颤抖起来。

雪宪心疼极了，眼中止不住滑落大颗泪珠，又紧张地起身，去检查小龙身体别的部位。他围绕小龙的身体查看，但龙总想看着他的脸，便也跟着他转，这么一来雪宪根本检查不了。

“你不要乱动。”他吸吸鼻子说，“让我看看你还有没有别的地方受伤。”

龙就收起双翼，坐好不动了。

在刚才激烈的战斗中，小龙被三面夹击，并没有占上风，经过雪宪的检查，他发现它不仅尾巴受伤了，背上还被恶龙的爪子抓出三道血痕，鳞片少了几片，左后肢也被咬了一口，幸好伤口不太深。

这伤在雪宪看来是很严重的，龙却像无事发生般，用意识在他的脑中不断地呼唤“由卡”。

许久不见伊撒尔的龙形态，雪宪很是想念，他心中百感交集。

“谢谢你保护我们，伊撒尔。等基地的人们明白过来，他们也会感谢你的。”

雪宪说完，又松开龙的脖子，退后几步。

“现在你先变回来吧，我得帮你把伤口包扎一下！”

龙呜呜地低吼着，大爪子不安分地在地上刨来刨去。

雪宪不解：“伊撒尔？”

龙越来越急躁，它围着雪宪转动，喉咙里低吼不断，随后它停下来扇动双翼，昂首发出了一声长长的龙啸。

雪宪明白过来，问：“你是不能变回去了吗？”

龙凑过来，将大脑袋在雪宪的胸膛处碰了碰：“呜……”

雪宪又问：“那是要休息一下，或者是过几天才能再变？”

龙鼻子里喷出热气，又用头推了雪宪。

它是在说，都不是，它无法再化为人形了。

雪宪怔在了原地。

原来对伊撒尔来说，形态的切换并不是随时随地、随心所欲的，为了基地的人类，为了能与恶龙抗衡，伊撒尔才变回了龙形。

雪宪记起伊撒尔之前曾对他说过“我这次醒得太早”，并且把化成人形称之为“觉醒”，那么这一次伊撒尔变成了龙形态，是不是说明，属于伊撒尔的某一部分已经再次沉睡？

“伊撒尔……”雪宪喃喃出声。

小龙“咕”了一声，好像有点儿疑惑。它专注地看着眼前的人类，与它是人形态时的性格完全不同，甚至可以说得上是天差地别。

现在，小龙给雪宪的感觉只是笃笃多，而不是伊撒尔。

霎时间，雪宪产生了一个让自己害怕的想法——在他面前的，会不会是两个不同的灵魂？雪宪慌忙上前一步，喊道：“笃笃多？！”

龙：“唔。”它应了。

雪宪又换了一个称呼：“……伊撒尔？”

所幸龙也应了。

“唔。”它欢快应道，还用意识呼唤，“由卡格拉姆。”

雪宪摸不准龙的回答了，他现在整个人都很茫然，心底还有一股说不上来的慌张，只能朝四处看了看，指着湖水问小龙：“你还记不记得我们在这里做过什么？”

龙望向平静的湖面，随后便朝湖水中爬去。它丝毫不在意身上的伤口，似乎有意下去洗一洗，小山一般的身躯浸入湖水中掀起波澜，很快就往下潜入，不见了。

雪宪找了块礁石站上去，往湖水中寻找龙的身影，想起了上次在这里时，伊撒尔脱了衣服下水捕鱼的场景。

不知道为什么，他的心里更慌了，慌得他甚至有了想哭的冲动。

“哗啦啦——”小龙钻出了水面，它口中叼着两条大鱼，被水冲刷干净的银色鳞片闪闪发光。它将鱼吐在地上，见雪宪跳下礁石朝他走来。

雪宪心底的紧张蓦地一松，也笑了起来。

小龙还记得！它记得他们曾经在这里捕鱼。

这头小龙是笃笃多，也是伊撒尔，不是两个灵魂。

“好了。”雪宪摸了摸龙的头颅，“好了，不闹了。笃笃多，我得回基地去看看，顺便找东西帮你包扎伤口，朵丽丝那里有能用得上的东西。”

龙在捕猎或打架时受伤，都是常有的事，它对身上的伤口没有太在意。不过听到雪宪这么说，它倒是龇牙咧嘴地表示不满。

龙不想再回去基地了，至少现在不想，因为那些人类对它恩将仇报，亮出了武器。

雪宪轻轻推开小龙，坐起来对它说：“火还没有扑灭，基地里的人都还没完全脱离危险，而且那里还有老人和孩子，我得去帮他们的忙。”

“人们只是害怕恶龙，不是不分善恶，等他们冷静下来我会和他们好好解释的。

“如果你不想去的话也没关系的。你答应莫尔顿的事做到了，还做得很好很好，为了履行诺言，你已经付出了很多，不欠我们什么。”

但是龙不想和雪宪分开，又焦躁不安地开始刨土。

显然，它不愿意将雪宪一个人留在基地。

“我没办法不回去。”雪宪很是内疚，他不愿勉强龙，却想不出两全的法子。

许久之后，龙做出了妥协：“呜。”

那些人是雪宪的族群，如果雪宪要回去，那么它也还是会跟随。

他们将一起回基地。

雪宪在湖边洗了脸，龙也趁空闲时间将两条大鱼吞下肚，他们休息了一阵，雪宪便爬上龙背，重新骑着小龙往基地的方向飞。

贸然带着小龙回去是不合适的，但这么大一头龙也没地方可以藏起来，于是到了基地附近，雪宪便和龙商议，让它暂时隐蔽起来，由他步行回去看看众人的反应。

基地外围的一大圈都冒着浓烟，火势没有完全被扑灭。

雪宪在一处茂密的树林停下，让龙先留在这里：“笃笃多，他们怕你，你躲在这里先不要出来，等我的信号，知道了吗？”

哪怕龙体内属于伊撒尔的那一部分沉睡了，雪宪和它的交流也一向顺利。

龙挤在两棵大树之间，乖乖地坐着，眼睛眨了眨：“唔。”

雪宪觉得它实在可爱极了，忍不住像以前一样，走过去摸了摸它:“乖龙。”

将龙留下后，雪宪深一脚浅一脚地踩着落叶往基地走去。

其实他也受了伤，不仅嘴唇破了个口子，奔跑时还因为被树根绊到，左边的膝盖肿了起来。他的这条腿总是多灾多难，刚来龙屿时脚心的划伤也在左边。

离开龙的视线以后，雪宪才小口地吸着气，忍痛前进。

只走了大约二十分钟，雪宪就遇到了基地的人。

人们正在火场外围砍伐树枝，挖掘地面，人工做出防火带以免火势蔓延成为山火。一名五十多岁的幸存者先看到雪宪，激动地跑了过来:“星子殿下！您回来了！”

雪宪问：“大家都还好吗？”

那人却说不出话了。

雪宪和他一起回到土洞外的空地上，看见有别的幸存者正在处理尸体。

这一次基地损失了三个人，有两人当场被龙火烧为灰烬，还有一人被烧成重伤，方才不久也咽气了。

四散的人们逐渐聚集在一起。雪宪从土洞里冲出去使用音频发射器拯救他们的一幕，让众人感动至极，而他和银龙离开以后，大家也在担心他的安危。

死里逃生，众人皆是灰头土脸。

雪宪注意到大家为了灭火，都被火与高温烤得口干舌燥、嘴唇干裂，连小小的罗杰也是一样。

朵丽丝在洞内照顾亚瑟和一名混乱中摔伤的老人，听到雪宪回来也从洞里出来了。

“您没事就好！”朵丽丝眼眶通红，“多亏您想出办法赶走恶龙，我们才没惨遭灭绝。”

雪宪马上说：“不是我一个人的功劳，主要是靠我的朋友帮忙！”

刚才情况太乱，伊撒尔留在外面不见踪影，现在星子都回来了，却不见他的朋友。

人们立刻询问道：“伊撒尔去哪里了？”

“我们到处都没找到他！”

“他会有危险吗？”

“他没事，就是受了些伤！”雪宪回答，思考着要怎么说才能让大家不害怕银龙，“对了，之前出现的那头银龙，其实它也是我的朋友，是它保护了我们……”

众人却默契地静了下来。

雪宪这才发现，大家的反应都有些奇怪，从他回来之后竟然没有一个人询问银龙的事。

一个叫奥斯汀的人没沉住气，站出来说：“我都告诉过你们了，银龙就是伊撒尔变的！你们都不信！”

人们七嘴八舌地制止，叫奥斯汀不要乱说。

“可是我真的看见了！”奥斯汀崩溃地辩解，“刚才人太多我没挤进去，就在外面躲了一会儿，我亲眼看见伊撒尔变成了龙！不信你们问星子殿下！星子殿下总不会说谎！”

数道视线落在雪宪身上。

雪宪：……

能化为人形是银龙族群的秘密，雪宪不能随便告诉别人，在这一点上他需要替伊撒尔保密。本来他是想告诉大家伊撒尔已经走了，而银龙是他的朋友，是银龙在大战中救了他们，叫大家不要害怕它，谁料却被奥斯汀看见了。

“这……”他的确没怎么说过谎，脸上火辣辣的，面对这么信任他的民众，一时不知道要怎么回答。

黛西牵着朵丽丝的手，怯生生地告诉雪宪：“星子殿下，伊撒尔真的可以变成龙。”

雪宪看着黛西，但还没等他说话，黛西像担心他不知情似的，笃定地说道：“伊撒尔的金眼睛会变成一条竖起来的线，那头银色的龙也是，他们有一样的眼睛。”

刚才的情况下，雪宪不觉得人们有机会看清银龙的眼睛，问：“你怎么知道？”

黛西朝他身后一指：“那边。”

雪宪与众人都一齐朝她指的地方看去。

远处仅存的一片树林中，一双灿金色的巨瞳正目不转睛地看着基地的方向，或者说，是看着雪宪的方向。

见到人们都朝它看去，那颗布满鳞片与骨刺的银色头颅立即缩回去，将自己藏了起来。

殊不知它庞大的身躯仍在树梢之间若隐若现。

众人惊恐四散。

雪宪：……

“都别跑了！回来！”

让人意料不到的是，年迈的马伦爷爷忽然站了出来，他不仅没有因为看见伊撒尔而逃走，还来到雪宪身旁，用拐杖敲打地面。

“有什么好跑的！那头龙要杀我们早杀了，还用得着躲？！”

马伦爷爷动了气，白胡子吹起来，脸涨得通红。

可惜，听他话回来的人只在少数，多数人还是躲了起来。

“和人一样，龙也不都是坏坯，我们这些年遇到的龙还少吗？”马伦爷爷说道，“先前那些龙追着我们不放，我心里是能猜个大概的。本来一报还一报，只是没想到它们这么穷凶极恶，连无辜的人也要赶尽杀绝。”

雪宪问：“您说的一报还一报是……”

马伦爷爷激动地用拐杖连续敲地：“那都已经过去很多年了。”

那时，最初的一批人们在谷地的另一边修建了房屋，组成了基地雏形。一天，一个名叫布尼安的男人外出捕猎时，于一个山洞里发现了一颗龙蛋。不知出于什么心理，他用石块将龙蛋砸碎了，事后他得意扬扬地告诉人们，他阻止了一头恶龙的诞生。

那个山洞距离人们的基地很远，布尼安砸完蛋，就回到了基地。几个月后，两头龙来到了人们的基地，摧毁了他们所有的房屋，烧死了包括布尼安在内的好几个人，扬长而去。

随后，人们便迁居到谷地这边，挖掘土洞居住。

“您的意思是，那些龙是为了报复才这么做吗？”雪宪问，“我听罗杰说，它们是看中了基地原先的地理位置，所以抢去做领地，但是后来又离开了。”

马伦爷爷说：“我原先也这么以为，直到刚才看见那头雌龙……我认得它。”

留在现场的人们听到这段往事，均是不寒而栗。

有人愤恨地道：“那头黑龙死得好！这下他们总不敢再来了！”

人类虽然有错在先，但龙的记仇程度也远超他们的想象。它们从来都不是单纯地抢占领地，而是在复仇。这些龙已经许多年没在谷地附近出现过，明东与亚瑟不知是不是运气太差，竟然又碰到了它们。

龙记得当年那些人的气味，大概以为他们又要做什么，便再次袭击了他们，并尾随亚瑟来到了这里。

具体到底发生了什么，就要等亚瑟醒来才知道了。

可是，不管是否事出有因，刚刚经历过一场无妄之灾，人们害怕龙也是情有可原的。

雪宪看看人们，又看看远处的树林。

小龙还在那里，雪宪能从树丛中看见它银色的鳞片。

它奋不顾身地保护了大家，明明身上有那么多伤，却还是笨拙地把自己藏了起来。

“没关系的，马伦爷爷。”雪宪说，“我回来看见大家情况还算平安，就已经很高兴了。大家也不用太害怕，它不会过来的，不会袭击这里，更不会伤害人类。”

说完，雪宪做出了决定，他大步走入土洞里，想要拿回自己的背包。

土洞里待着一些人，三三两两地站在过道两边。

刚才为了拿音频发射器，东西都乱七八糟地倒在外面，雪宪把它们都装进去，拉拉链时看见了挂在上面的龙形木雕，心中很不是滋味。

伊撒尔，伊撒尔……

他先前的想法太理想化了，以为只要回来解释清楚，人们就会接受，但事实上情况要比想象的糟糕。

人们能接受“特殊畸变”的伊撒尔，但不能接受小龙。

罗杰噔噔地跑来了房间，看到雪宪在收东西，他惊讶道：“星子殿下，您这是要走吗？”

“嗯。”雪宪对他说，“别怕，那些龙应该不会再来了。”

罗杰手里拿着雪宪的音频发射器，看样子是在外面捡到的，正打算给他送来。

听到雪宪这么说，罗杰的眼里一下子就冒出了泪水。

雪宪本来想把那个音频发射器留在这里，但想了想，还是接了过来。

人类在面对恐惧之源时总是会做出意想不到的举动，雪宪很清楚这一点。

高频同样会伤害他的小龙。

“谢谢你，罗杰。”雪宪把音频发射器装进背包，对面前的小孩说，“别哭，大家都太害怕伊……害怕小龙了，我没办法抛下它留在这里。所以我和它会先待在附近，等莫尔顿回来确定好你们的去向。我们不会走得很远，如果你们需要帮助，可以随时来找我。”

朵丽丝正好也来了。

雪宪问她要了一些药，把对罗杰说的话又对她说了一遍。

雪宪无法扔下这些人不管，但现在伊撒尔变回了龙的形态，虽然有了更加强大的战斗力，但在某种意义上，也较之人形态时要脆弱许多。哪怕是为了保护好它，他也不能让它和畏惧它的人们待在一起。

世事难全，雪宪恨不得能分身。

这已经是他目前能做出的最好的安排了。

随后，雪宪不顾人们的挽留，背着包一步步地走回了树林中。

龙还留在原先的位置，乖乖的，一步也没移动过。

看到雪宪回来，它便低下头来碰他的头：“呜。”是在求表扬。

雪宪抚摸了它的面颊：“笃笃多，你躲得很好，是这些树长得不够高。”他对小龙说，“所以我们暂时不过去了，你觉得怎么样？”

龙没什么意见，它总是听从雪宪的安排。

雪宪退开两步，仰头对龙道：“我先帮你涂点儿药，然后我们找个地方休息一下，好不好？”

龙便俯下身体。不过由于它的身体太过庞大，压垮了好些树干，才勉强趴在了树林里。

基地里有人曾经做过医生，朵丽丝给的药物也是自制的，这些药常用于皮外伤和消炎。雪宪花了一点儿时间，仔细地给龙的伤口涂上药，最后还剩一点点药，他才挽起裤腿，给自己涂在膝盖上。

龙看到他腿上红肿的部位，凑过头来想要舔，被雪宪制止了：“不能舔，会中毒的！”

龙便停住动作。

雪宪这时的心里忽然闪过一个非常短暂的念头：如果龙再也不会变成人

形态了，如果伊撒尔不再“觉醒”，那么他们是不是就不用再筑巢？

可是，这个念头很快就被一阵来得又快又急的钝痛感给淹没了。

雪宪不明白为什么会这样，但是他知道他其实不那么渴望伊撒尔不再醒来，那是一种抹杀，他也并不是一个坏的人。

雪宪咬了咬唇：“我们走吧。”

他爬上龙翼，然后跨上龙脊，正要准备和小龙一起离开的时候，有人忽然在远处呼唤。

“星子殿下！”那是奥斯汀的声音。

奥斯汀慌张地从树丛里钻进来，看见龙，又惧怕地退后了一些，躲在一棵树干后，颤抖着告诉雪宪：“星子殿下，莫尔顿回来了！”

“莫尔顿？”雪宪很是意外，“他还好吗？！”

奥斯汀猛点头：“他很好！您快过来，他带回了消息！”

雪宪立即从龙翼上滑下，龙的鼻子喷着热气，甩了甩头。

奥斯汀见状赶紧转身，往基地的方向奔去。

莫尔顿的飞行艇降落在土洞另一侧，人们将他团团围住，他正在和朵丽丝拥抱。在空中时他就看见了这里浓烟弥漫，差点儿以为基地已经覆没了，这时人还有些激动。

雪宪走出空地：“莫尔顿？”

跟在他身后的，还有一头龙。这次龙不愿意再留在远处了。

这头龙看上去还未成年，头上与背脊上的骨刺还不够粗壮锋利，但体形已经与普通的成年龙相当，它有一双灿金色的眼睛，鳞片是银色的，这让莫尔顿立刻想起了那个战斗力爆棚的男人——伊撒尔。

它站在雪宪身后，微微俯首，目视着空地上的人类。它的喉咙里发出低吼声，但没有要攻击的意思。

这次除了黛西躲在后方，人们即使腿肚子转筋，也没有再跑开。

“这是我的朋友。”雪宪不得不对众人介绍，“它不会伤害你们。”

莫尔顿点点头：“我听阿琳娜说起过，知道它是您的朋友，也听说它刚才救了我们。”

难怪人们不如之前害怕小龙，原来是莫尔顿成功找到了补给站，还与阿琳娜交谈过了。

雪宪高兴地问："阿琳娜他们怎么样？"

莫尔顿说他们的情况还不错，在他对阿琳娜他们说明了基地的消息之后，补给站那边表示非常愿意接纳基地的人。

火场余温灼人，大家决定进土洞里好好谈一谈这件事。

直到这时，大家才知道莫尔顿算得上是个幸运儿，他与明东、亚瑟一起挖开地窖取到飞行艇便离开了，与凶残的恶龙几乎是擦肩而过。也正因为是这样，雪宪的信才被成功带去了补给站。

阿琳娜和艾诺这次出发去海岸线，一共找到了四名幸存者。经过和莫尔顿的商议，他们想要两处合并组成一个新的基地，接纳更多的被送往龙屿的可怜人。

被放弃的人们需要互相帮助，现在他们有了稳固安全的住所，有了更多的人，还有亚历山大留下来的一套行之有效的管理方法，只要团结起来，人类可以在龙屿完成自救。

"最最重要的是，我们还有星子。"莫尔顿看着雪宪，"只要您愿意和我们一起去，那么不仅基地的人有救了，我们还可以帮助更多没有完全畸变的人。"

大家都很激动。

"您会去吗？"

"星子殿下，您会和我们一起去的吧？您生来就是帮助我们的人！"

"我们非常需要您！如果不是您，我们根本活不下来！"

雪宪被围了起来，有人匍匐在地上，虔诚地请求。

先前知道他打算离开的罗杰，更是冲过来抱住了他的腿，泪眼汪汪地说："您不要走，星子殿下，求求您！"

雪宪有些不知所措。

经历过畸变爆发、给畸变体送行，又经过恶龙来袭，基地的人们已经是历经磨难。莫尔顿的归来为大家重新燃起了希望，也给大家描绘出一个正面的未来。

星子爱世人，可他现在还算是世人的星子吗？

在没遇到这个基地的人之前，雪宪也是被抛弃的人。他以为他将与伊撒尔一同在这颗星球上流浪，直至生命尽头，就像阿琳娜说的那样，他们自由了，应该去更远的地方。

一道比刚才更大的、更迫切的难题摆在了雪宪面前。

人们需要他立刻做出抉择。

或许是看出了雪宪的难处，朵丽丝忽然开口问道："黛西呢？"

众人这才发现黛西不见了。嘈杂中，有人忽然在洞口大喊了一声："天啊！黛西！"声音都变了调。以为出了什么事，人们都往外跑去，但都纷纷站在了原地。

雪宪走出洞口，看到令他惊讶的一幕——黛西蹲在龙的旁边，用一块布料把它尾巴处的伤口包扎了起来。

龙高冷地坐在那里，一动不动，甚至都没看黛西一眼。任由这个人类小女孩，在它的尾巴上绑出了一个大大的蝴蝶结。

小孩子总有比大人更强的接受力。

在伊撒尔刚来到基地时，黛西也是第一个与他亲近的人类。

朵丽丝紧张地把黛西抱开了，她抬头看着眼前的庞然大物——这头威风凛凛的银龙，知道对方只要抬一爪子就能把人类踩成重伤，但龙根本无暇理会她和黛西的小动作，而是对着走过来的雪宪，顺从地低下了头颅。

基地的人们近距离亲眼看见这一幕，无不感觉到星子与龙之间的连接，也感受到龙不仅是一头野兽，也是有情感的生物。

人类居然可以驯服一头龙。这早在混沌日前，不是一个传说，但混沌日之后，一切都变得不再可能了，在人们根深蒂固的观念中，龙都是凶残至极的。

不过有龙在，人们不再敢上前围住星子了。

朵丽丝与莫尔顿短暂对视后，她默契地拉着黛西，带着围观的人们一起退回了土洞内。

现在只剩下莫尔顿、雪宪和龙。

阿琳娜洞悉一切，莫尔顿也是如此，在与阿琳娜见过面以后，他心中的疑虑渐渐加深，趁现在四下无人，他询问了雪宪酝酿已久的问题。

"星子殿下。"莫尔顿问，"栖息大陆……是否已经覆灭了？"

见到他走近，小龙抬起了眼皮。

莫尔顿轻轻一颤，它看他的眼神，与伊撒尔的一模一样。

雪宪收回抚摸龙的手，诧异地回头："你怎么会这么想？"

“星子不会无缘无故地出现在龙屿。”莫尔顿说，“您不是一般的人物，是身兼使命者，栖息大陆的人们不能失去星子。我能想到您出现在这里的唯一原因，就是栖息大陆已经覆灭。”

莫尔顿能联想到这种可能，其他人自然也会。

虽然他们因畸变的不可逆转性被送来了这里，但他们一样有亲人留在那片陆地上，承载着他们所有的祝福与期望。莫尔顿憎恨掌权者，但家人都是光明殿的簇拥者，在亲眼看见雪宪缓解贝拉的畸变之后，他对星子的能力便深信不疑，实在想不到星子会出现在这里的合理原因。

基地里大家各有猜测。

“没有，栖息大陆没有覆灭。”雪宪赶紧否认了他的猜测。

莫尔顿眼里的灰败散去，身体也是蓦地一松，显然得知这个消息让他好受了许多：“那您不在那里的话，光明殿是有星子的备用人选的吧？”

雪宪想起了才三岁的、还不具备能力的兰登，点了点头。

即使是到了现在这种境地，莫尔顿仍对栖息大陆的亲人们有所牵挂：“那就好。”

可是……现在的栖息大陆情况一定很糟糕。

而且，已经没有光明殿了。

雪宪不想欺骗这里的人们，正要将事情和盘托出，莫尔顿却又接着说：“只要光明殿在，星子在，那么那里的人们就会平安。就像这里有您在，我们也会重拾信仰，更加平安地活着。”

看到莫尔顿风尘仆仆地归来充满希望与斗志的样子，话到嘴边，雪宪又咽了下去。

“我知道，流落在这里的人都是自由的，您也一样。毕竟在这里，生存下去才是重要的，您没有义务和责任一定要拯救谁。我不会勉强您。”

莫尔顿说着，抬头看了面前的龙：“您和伊撒尔……已经帮了我们很多了。”

龙眨了眨眼睛，低头看着莫尔顿。

一人一龙对视了一阵，莫尔顿虽然害怕，但没有后退，还鼓起勇气冲龙点了点头。

龙无动于衷。

莫尔顿又高又瘦，还是黑皮肤，在龙眼里就像根长长的棍子，它没有什么兴趣。

说完这些话，莫尔顿转身去飞行艇上捣鼓一阵，拿了个白色的方盒子下来，把它交给了雪宪——那是一个无线通信器。

雪宪诧异地问："莫尔顿，你为什么给我这个？"

莫尔顿道："我在补给站发现了坏掉的无线通信器，但是时间太短我着急赶回来，便没有修理。您先拿着这个，等我们抵达补给站以后，我会修一修它。修不修得好不一定，但是我会试试。补给站的常用频率我都调试进去了，说不定我们以后可以通过它取得联系。"

雪宪拿着它，感觉沉甸甸的。

莫尔顿："我粗略算了一下，这么多人迁徙去补给站需要一个多月。"

他在补给站给飞行艇加足了燃料，会不定时在空中寻找最佳路线，给众人指路。

"这里没法待了。"他看了看周围，以及远处废墟里那具百吨的、终将腐烂的黑龙尸体，"这两三天我们会做一些出发前的准备，如果您改变主意，欢迎随时回来。"

"或许，以后直接来补给站也行。

"说了这么多话，我还是期望您可以来新基地和大家一起生活。"

莫尔顿给了雪宪考虑的时间和充分的选择权。

雪宪却没有给出任何让莫尔顿感到高兴的回应，他收了莫尔顿给的无线通信器，与小龙一起离开了基地。雪宪认为，他可能是没有那么想要去补给站和人们一起组建新基地的。

不仅仅是因为小龙，或是因为自由。

他更害怕的是看见人们信仰的崩塌。

夏日节过去了，龙屿暂时不会再有新的畸变体来，但来年夏季，潮汐引力改变之时，一定还会有新的畸变体被源源不断地送来。"明目"纵然揭穿了政府的作为，但无法被处置的畸变体依旧不会被留在栖息大陆。

照那位代表"明目"的珀尔修斯所说，或许不用等到夏季，已经一团乱的栖息大陆，便会正大光明地送来更多的畸变体。

那些被送来的重度畸变体中，可能会有许多人都像朵丽丝一样，曾经接受过星子的帮助，可他们的畸变只是得到了缓解，并未真正地停止。

雪宪没办法拯救所有的人，能做的其实非常有限。而且那些人会带来栖息大陆的新消息，那时候得知真相的人们，早晚会像罗多一样憎恶光明殿与星子。

他本是这个基地的过客。

他也是人，也会有私心，他愿意帮助别人，但不想再像从前一样被捧在高处，做一个虚假的、信仰的象征。

他对这些可以预见的会发生的事感到畏惧。

雪宪悲哀地发现，在经历过这么多以后，自己已经不是从前的那个自己了。

ISAR

XUEXIAN

第八卷

火山篇：同族者

THE WHISPER OF THE DRAGON

龙展开双翼，掠过谷地，经过海峡，他们像从前那样，开始了新的流浪。

最终他们停留在一个山涧里。

在两道细长的瀑布旁，雪宪长久地看着瀑布发呆。他想，在这颗星球上，在这片被遗忘的土地上，像莫尔顿他们这样的基地说不定只是其中一个。而在时间洪流中，他也不过是很渺小的一个人，他，或者莫尔顿，都扭转不了命运的巨轮。

可是，他还是将头埋在膝盖里，知道这不能完全说服自己。

他生来就是那巨轮中一颗小小的齿轮。

“呜。”龙的声音在背后响起。

雪宪抬头，回身看去，小龙正不安地站在小溪边，不断地在地面上甩动自己的尾巴。他定睛一看，没忍住笑了下，心中的烦闷感消退许多。

小龙的尾巴上还绑着黛西系的蝴蝶结。

它刚才一副无所谓的样子，现在却显得极度不舒服，看来只是在忍耐黛西而已。

“你不想绑着吗，笃笃多？”雪宪抱着龙的尾巴，“那我帮你拆掉哦。”

龙用长着黑指甲的爪子挠落一些鹅卵石。

雪宪把龙尾巴上的蝴蝶结拆掉了，过程中自言自语道:“好像在拆礼物啊。”

龙用吻部碰他的头顶。

雪宪捧着龙冰凉的脸颊，下意识地问道：“我应该怎么做，伊撒尔？”

这时，龙忽然抬起头，望向天空的方向。

天空白云朵朵，一片安静。

但它久久地看着远方，好像听见了什么呼唤。

雪宪顺着龙看的方向，与它一同注视了很久，但什么也没看见。

但龙没有嗅到危险，雪宪可以感觉得到。

它看了好一会儿，才收回视线，俯身碰了碰雪宪。这一天过得有些漫长，他们都有些疲惫，雪宪也觉得饿了。

山涧的瀑布汇集成一条小溪，清澈见底，雪宪沿着溪边走了一阵，便发现了许多肥美的鱼。

这些鱼不怎么害怕人类，雪宪走进溪水里，它们也是弹起身体躲开，不会游远。

雪宪捉了两条鱼，用军刀杀鱼去鳞，洗干净，准备在岸边点火烤制。

这些他都已经做得很熟练了，前后只花了不过十几分钟时间。

伊撒尔变回龙形态，他们要取火也变得更加容易，龙对喷火力道的掌握日益纯熟，雪宪不需要使用打火石，龙只要喷上一口，哪怕是还有些湿润的木柴也会熊熊燃烧。

暮色四合，岸边的干燥地带成功燃起了篝火。

熟鱼肉的香味一阵阵地飘开，不怕被山涧的野兽闻了去，有龙在，他们这一处便是绝对安全的地带。

雪宪和小龙分食了鱼肉。

夜里，他用不着再搭建棚子做什么避风处，依旧蜷缩在小龙的龙翼之下入睡。

这晚雪宪花了一些时间才睡着，他总是想起白日里的三头恶龙，想起铺天盖地的烈火，还有人们在地上翻滚惨叫的模样。那些脸上蒙着布的被焚烧的畸变体尸体，想起黛西哭泣的模样，以及马伦爷爷、朵丽丝、明东、罗杰……还有莫尔顿的脸，这些都一一在他脑中浮现。

“伊撒尔。”或许雪宪自己都不知道，在他进入梦乡以后，曾皱着眉头，轻轻地念了一次这个名字。

龙没有睡着，它只是趴着，闭目假寐。

龙翼拢着他的人类，让雪宪能在温度降低的山涧里睡得安稳。

雪宪无意识的梦呓让它睁开了眼皮，那双金色巨瞳冷冰冰地在黑暗中闪闪发亮。它再次望向了天空，像白天时那样，久久没有收回视线。

夜空绚烂，万籁俱静，比白日里更加平静。

翌日，山涧起了雾，到处都是白茫茫的一片，处在其中恍若身临仙境。因为这些雾气的出现，山涧里也更加潮湿，连带着他们昨夜扎营的那片干燥的地面也湿润了。

龙饥肠辘辘，一大早便摩拳擦掌准备去捕食，那些鱼不足以补充它这个体形的能量消耗。

雪宪留在原地，重新燃起了一堆篝火，整理背包，然后在背包里发现了一颗用草编成的爱心。

昨天临走时东西都是胡乱塞进背包的，这颗爱心被裹在衣服里，体积很轻，所以雪宪没有察觉。它有半个巴掌大，编织得很紧密，意味着编它的人手很巧。

雪宪把爱心拿在手中，发现它的侧面有一个夹层，而夹层里还藏着一块布料。

他将布料抽了出来，这是黛西做的，雪宪一下子就认出来了。

那布料上用有颜色的石块画了画，中间那个高高的人带着冠冕，代表雪宪；旁边的两个小人则分别是黛西和贝拉，她都用名字标记好了。三个人手牵着手，脸上都挂着大大的笑容，布料的背后则写着“献给亲爱的星子殿下”。

黛西是个善于表达爱的孩子。她曾告诉雪宪说过她会做一些手工，但他没想到她能做得这么巧。

这不是雪宪第一次收到来自民众的礼物。从光明殿成立以来，民众们便有给星子写信或送礼物的传统，历任星子多次婉拒，但民众的信件和礼物仍源源不绝。

后来，光明殿成立了一个官方网站，民众可以将礼物和信件交由网站统一管理，光明殿会定期请星子阅读信件，礼物则分门别类捐赠给慈善项目。

不过，这是雪宪第一次将礼物拿在手中。

黛西从没去过栖息大陆，没有接种过抑制剂，没有任何栖息大陆上的孩子们所拥有的生活。

这个礼物对雪宪来说意义很不相同。

他看了它一阵，眼眶有些发热，把它珍重地与小龙的鳞片放在了一起。

小龙还没有回来。从昨天起，雪宪就觉得小龙有一点儿反常，但每当他观察时，它却又和从前没什么不一样，所以他想，大概是因为他已经习惯和人形态的伊撒尔相处了。

如果伊撒尔没有变为龙形态，那么会对他说什么？

会怎么看待新基地的事？会跟他一起留下来吗？

雪宪想象不出伊撒尔会怎么做。只是才过了短短的一天，虽然明知道小龙就是伊撒尔，可是雪宪却发现自己已经开始想念他了。

雪宪又等了差不多一个小时，篝火堆变成了灰烬。

他有些担心小龙的安危，站起身正打算去看看时，听到了树枝被踩裂的声音。

白茫茫的雾气里，逐渐出现了一个庞大的身影。银色的鳞片，漆黑的尖爪，头颅上粗而大的骨刺，还有那双金色的巨瞳——这不是他的小龙。

自雾气里出现的这头龙，足有七八米高，是一头成年巨龙，比普通的黑龙或棕龙要大得多，瞳孔的颜色也有些许不同。这头银龙的瞳孔颜色更深一些，长相也更加粗犷，那眼神分明就是陌生的，雪宪被它注视着，只觉得后背发凉，下意识地退了几步。

另一个身影也出现了。跟在巨龙身旁的，还有一名银发女子，她的头发高高地盘在头顶，面容姣好，但肩膀与手肘都布有尖利骨刺，显然，她和这头巨龙是同类。

他们来自伊撒尔的族群。

天空掠过另一道影子，迟迟未归的小龙终于出现，它发出一声悠扬的龙啸，盘旋着落在了雪宪身后，气流猛地刮起，将周遭的雾气刮出风的形态朝外流动。

“笃笃多！”雪宪看到龙，终于找到一些安全感。

龙收起龙翼，俯身垂头，让雪宪可以触碰到它的脸。

“由卡格拉姆。”它用意识说。

忽然出现的那头巨龙，仿佛也听见了小龙的话，忍不住甩了甩头，上前几步，想要用鼻子来嗅雪宪。

龙见状，立即露出尖牙，发出威慑性的低吼：“呜……”

它不允许这头巨龙触碰它的人类，哪怕是它的族群成员也不行。

巨龙的气息拂过雪宪的脸，带着一些腥气，它不再试图嗅闻雪宪，而是用鼻子喷出热气，随后便不再靠近了。

那银发女子的目光也落在雪宪身上，她微微偏着头，瞳孔变成两道竖线，仿佛要将雪宪仔细辨认。

“呜……”小龙靠前了些，将雪宪护在身下，它持续发声，没有要退步的意思。

雪宪站在三头非人生物中间，仿佛参与了野兽之间无声的角力战，气氛冰冷而紧绷。很快，那名银发女子的眼睛便恢复为与人类的眼睛差不多的形状，先开口打破了这份不自然。

“我是苔米。”她用人类的语言说，她的声音里有一种金属质感，像她苍白的皮肤，“这是卓尧。”

这是在做自我介绍，雪宪听懂了。

与此同时，他身后的龙也停止了低吼，慢慢地收起了獠牙。

苔米的眼睛也是金色的。

和伊撒尔化为人形时不同，她除了身上的骨刺，看起来和人类没什么区别。

“我们在原栖息地找到了伊撒尔留下的痕迹。”她说，“昨天，我们听见了伊撒尔的叫声，便追寻他的味道，来到了这里。”

原来，小龙的反常也是因为感觉到了他们。

雪宪点点头，有点儿紧张地说：“你们好，我叫雪宪。”

“雪宪。”苔米不太流利地发出这两个字的音节，说道，“我很高兴，伊撒尔终于找到了他的由卡。”

苔米接着说：“等他‘觉醒’以后，也会高兴我们现在找到了你们。”

雪宪赶紧说道：“他已经‘觉醒’过了。”

苔米看向雪宪身后的小龙：“‘觉醒’过了？”她很是意外，接着微微笑了下说，“难怪他会带你去那里。”

苔米与名叫“卓尧”的巨龙，是来带他们走的。

“流落在外的幼龙没有记忆，无法主动寻找同类，因为与别的龙不同，常常会受到恶意袭击，要生存下来很困难。”苔米说，“伊撒尔直到现在也未成年，如果不是因为提前‘觉醒’，那么他肯定无法回到原栖息地去的。”

或许因为是成年龙，苔米的人形态更接近人类，语言也更加流畅。

雪宪马上就明白了其中原委。

难怪伊撒尔会说“你把我带得太远”，原来幼龙是没有记忆的。

苔米：“可惜伊撒尔上一次消亡之后，原栖息地被炸毁了。这些年来我们逐渐觉醒，已经在别的地方重新聚集，但还是会定期回来，查看有没有回到聚集地的同类。”

雪宪有点儿奇怪地问：“那为什么不在他们还是幼龙的时候，便找到他们呢？”

“我们不寻找幼龙。”苔米非常冷酷，也很自然地说道，“物竞天择，强者生存。”

雪宪急道：“那，万一幼龙死掉怎么办？”

身后的小龙感受到雪宪的情绪，再次发出低吼声。

它的鼻息洒在雪宪身侧，胸膛也往雪宪的身后靠近。

忒亚升起来了。在变得稀薄的雾气中，苔米背靠着另一头银色巨龙，看了面前的小龙一眼。

“那就死掉。等待下一次重生。

“但是伊撒尔，一直都是我们当中最强的一个。”

苔米说完，就爬上了银色巨龙“卓尧”的背，他们现在就要离开。

雪宪有些犹豫，转头看向小龙，只见它也像卓尧一样俯下了身体，尽力摊开龙翼，正在邀请雪宪爬上去。显然，它是想要回到它的族群中去的。

不论是伊撒尔，还是笃笃多，小龙都渴望回到“家”，它已经在外面流浪得太久了。

于是雪宪背上背包，抓住龙翼爬上龙的背脊，紧紧地握住了它的两根骨刺。

卓尧扇动巨大的双翼，先一步飞离了地面。

风刮得雪宪打了个颤，紧接着小龙也爬行几步，振翅飞行。

随着高度的攀升，薄雾弥漫的山涧在脚底下越来越远，越来越小，渐渐地，陆地便在视线中变成了可以概览的版图。

他们飞越了山涧，然后经过雪宪和伊撒尔曾经去过的浅蓝色海峡，掠过那些有白色沙滩的小岛。

在空中往下看，能清楚地看见那些小岛的全貌。虽然几百年过去它们已经重生，有了新的生态环境，但光从残破不堪的岛屿外形来看，便能想象出它们曾经历过多么严重的打击。

人类摧毁了银龙族群的家园，因此它们不得不离开这里，去了别的地方建栖息地。

很快，小岛与浅蓝色海面都不见了，取而代之的，是茫茫黑海。

这片海域在龙屿的另一侧，如果他们一直飞行，便能将无穷星绕一个大圈，重新回到栖息大陆。

但在这颗巨大的星球上，海洋与陆地的面积比例高达十比一，这一侧距离栖息大陆更远，越往海洋深处走，越难以窥见可以落脚的地点，因此龙也难以抵达。

小龙心情愉悦，雪宪能够感受得到。

它跟随着卓尧飞行，发出了两次高亢的龙啸，后者与它一唱一和，两头龙的啸叫声穿透海面，引起海中生物争相跃出，在漆黑的海水中扑腾出白色水花。

一座绿意盎然的小岛出现在了视野里。

等离得近了，雪宪便认出这其实不是什么小岛，应该是一座死火山。

山体呈环形，中央下陷，像个巨大的碗，装着清澈的湖泊。火山表面布满了翠绿色植物，自成森林，在空中看去就像铺了柔软而毛茸茸的毯子。在这黑海之上，也像是嵌在黑布上的一颗绿宝石。

卓尧减速俯冲，小龙也调整角度。

风声呼啸，打在雪宪的脸上，在这缓速下降的过程中，他将这座神秘火山看得更加清楚。

这里并不都是想象中的原生态模样。在靠近湖泊的地方，修建有大大小小数座建筑，它们倚山体而立，中间以数座栈道相连。

大多数建筑都是空置的，建筑表面都覆满了藤蔓绿植，使得它们看起来与山浑然一体。

一些暗红色、青色的龙栖息在湖边、山体各处，光是雪宪目之所及，便有数十头之多。卓尧和小龙一出现，那些龙便纷纷昂首，发出了啸叫声以示欢迎。

在这热闹嘈杂的声音中，他们停在一处宽敞的平台，苔米与雪宪先后滑下龙翼。

“欢迎来到纳哈。”苔米说，“我们的家园。”

卓尧在原地转了个圈，将头颅凑近小龙，发出声音。

小龙盯着雪宪，用吻部碰了碰他。

“咕。”它说，“由卡。”

远处的龙群中，有两头银龙在那里。

雪宪心领神会，对它点点头：“去吧。”

它并没有马上离开，而是过了一会儿才爬开了一些，与卓尧一起飞离平台，往龙群中而去。苔米看着他们互动，眼中有笑意：“不用担心，你在这里很安全。”

这个地方很梦幻，完全出乎雪宪的意料，他想不到世界上竟然还有这样的地方存在。

他紧张地点了点头，问道：“纳哈，是这里的名字吗？”

“对。这里是几百年前修建的，以前不叫这个名字。”苔米带着雪宪往前走，“纳哈在龙语中是“新”的意思，我们这样给它命名，是表示这里是我们新的栖息地。”

雪宪看向远处：“那些龙……”

苔米：“他们也属于我们的族群，也在这里生存繁衍。”

雪宪原以为这里只有银龙，现在真正看见了，才明白这个族群的包容性很高。

他们说话间，一抹身影出现在了栈道上。那是一个披着银色长发的东方男人，身上既没有鳞片也没有骨刺，除了金色的眼睛与尖尖的耳朵，他看上去和人类几乎没有任何区别。

和煦的微风中，东方男人身上的白色长袍随风拂动，他很瘦弱，这让他看起来像个古画中的人物。

雪宪认为他可能是族群的领导者。

“苔米。”男人开口道，“我好像听见了伊撒尔的声音。”

苔米快步走上前去，紧紧地拥抱了男人，后者愣了下才伸出手臂，也抱住了苔米。

“我们找到伊撒尔了！费泽！”苔米激动地告诉他，“你没有听错，我和卓尧这一次出去找到了他，还找到了他的由卡！”

费泽的目光落在雪宪身上。

比起一头龙，费泽更像是一只鹰，他的眼神虽然平静但精准，他似乎在打量雪宪：“伊撒尔的由卡？”

苔米松开他：“对。他叫雪宪，是一个人类。”

雪宪从费泽的身上感到一些敌意，那是在苔米和卓尧身上都没感受过的，但费泽只是打量了他，很快就放松了神态：“嗯，人类。”

又问：“伊撒尔已经觉醒了？”

苔米说：“是的，但是他这一次觉醒提前了，我也不知道为什么。”

费泽走过来了一些，他银色的长发遮住脸颊，隐隐露出脸上的一道可怖疤痕，他用棕金色的眼睛看着雪宪，回答了苔米的问题：“为了这个人类。”

费泽只比雪宪高一点点，他微微低头，嗅了嗅雪宪，听上去不太客气但又客观地说：“这个人类……太脆弱了。又脆弱，又孤独，很容易死掉。”

雪宪：……

虽然很客观，但是他并不喜欢被这样评价。

费泽离远了一些，像是很虚弱似的，轻轻地咳嗽了两声，才对雪宪说："我没在你身上嗅到畸变的味道，为什么？"他的语气里充满质疑。

雪宪："我——"

"等一等再问问题吧，费泽。你吓到他了。"苔米打断了他，"他的确是个人类，现在已经很累了，你难道想挑衅伊撒尔？"

长时间在空中飞行而无保护器具，雪宪的确感到脑子里还有些嗡嗡作响，耳边仿佛仍有风声，但不至于非常累，可以与他们交谈。

而且，问他问题为什么会挑衅伊撒尔……

不过，听到苔米这么说，费泽倒是没有勉强，而是点点头，带他们往一座高大的建筑走去。

这栋建筑与周遭一样，看起来都是人为修建，被藤蔓青苔覆盖着的是整齐的石墙，甚至还配有成套的门窗。

路上，雪宪见到了另外两名银发男女，他们倚在长椅上说话，好奇地打量新来的人类。

走入建筑内，雪宪抬头看到了顶部的圆形玻璃顶，虽然也覆盖了绿色藤蔓，但他还是从这内部的风格与布局中一下子就猜出来，这里好像是个议会厅。

内部的墙面都很光洁，有残留的线路、壁灯，不过这些都已经废弃了，现在被油灯取代。

地面铺着整洁的石板，用的年月久了，石板呈光滑质地，隐约投射出人影。

建筑内没什么家具，只有几张石头做的凳子，外加一张木质的桌子，桌上摆着杯具。

这完全是属于人类的生活方式，其中有无数属于人类的影子，就像地堡、补给站，还有巴别塔那样，这里是人类的造物。

可是在雪宪学习过的历史中，从未见有资料提到过这样的地方。

这么大的死火山，这么大规模的建筑群……为什么历史偏偏忽略了它？

建筑内部非常安静，苔米与费泽都坐在了桌旁。

雪宪客随主便，也找了个位置坐下。

这些龙的外形与语言逻辑都很趋近人类了，但行为仍有很大不同。苔米说要让雪宪休息，他们便真的一个字也不再问，只是坐在那里，用两双属于野兽的眼睛看着雪宪，等他休息完毕，但不说话。

雪宪坐了几分钟，问："我可以喝点儿水吗？"

苔米："可以。"

雪宪便松了一口气，拿过桌上的水壶给自己倒了一杯水。

可能是觉得雪宪已经休息完毕了，费泽再次开口："你出生在这里，还是栖息大陆？"

雪宪回答："栖息大陆。"

为了回答费泽先前的问题，他补充道："我是从培养皿中出生的，他们挑选了基因库里不受畸变影响的受精卵进行培育，所以我不会受畸变感染。"

费泽："培养皿？"

龙可能不知道什么是培养皿。

雪宪便想说得清楚一些："就是一种人工技术，用以模拟人体子宫的环境——"

费泽却打断了他："现在他们已经使用这样的方式繁衍人类了？"

费泽的问话方式把雪宪吓了一跳，他马上回答："不，不是的，只有一些没有生育能力的人会选择这样的方式，但是不受畸变影响的人很少很少。"

费泽的学识与谈吐都与人类没什么不同，但他松了松交叉放在桌上的双手，指甲又黑又尖，使得他身上有种诡异的违和感。

他再次提出疑问："如果能制造出这样完美的受精卵，为什么他们不进行克隆？"

雪宪没想过这个问题："我不知道。"

费泽又问："如果你不受畸变影响，他们为什么抛弃你？"

雪宪：……

费泽坐在雪宪左侧，挽起了头发，使得雪宪可以清楚地看见他瘦削脸颊上的疤痕。那道疤很长，从左脸一直蔓延到脖颈之下，掩盖在了衣服里，粗而狰狞，不知道他身上曾经发生过多么可怕的事。

和伊撒尔一样，费泽的睫毛也是偏银色的，思考问题时，睫毛盖住了他的眼神。

和费泽交流的感觉很奇怪，与他和伊撒尔交流时完全不同。

雪宪甚至不觉得自己是在和一头龙说话，而是在和一个真正的、很有阅历的人类交谈。

苔米的瞳孔又变成了两条细线，她对雪宪道："费泽喜欢问问题。"

雪宪喝了一口杯中的水，小声道："没关系的。"

苔米很不耐烦："他太老，还在人类的世界生活过，伊撒尔总嫌他啰唆。"

雪宪：……

伊撒尔处于人形态时的确很冷酷，和小龙形态时有天壤之别。

他好奇地看向费泽。

所以，世界上到底有多少头银龙，他们到底活了多久，对人类与畸变的了解程度又有多少？

这时，费泽回过头，想起了什么似的："你是那些被送来这里的人类口中提到的星子？"

雪宪没想到费泽连这个也知道，愣了下才点了点头："是的。"

费泽问："你能帮助人类缓解畸变？"

雪宪又点了点头。

费泽："怎么做到的？"

"我吟唱圣歌净魂曲。"雪宪回答道，又如实地说，"有时候能有作用，有时候没有。如果到了五度畸变，我就完全没有办法再帮助他们了。"

这个回答其实有些抽象，但费泽似乎接受良好："那么人类为什么送走你？"

话题又回到了雪宪为什么会来龙屿上。

雪宪只得把自己遭受迫害的事说了一遍。

"我逃走以后，就遇到了伊撒尔。"雪宪说，"那时候伊撒尔还是一头幼龙，他带我离开了那里，我们一起去了雪域，在溶洞里生活了一段时间。再后来我离开了，但是伊撒尔找到了我，之后我们就一直在一起了。"

费泽说："嗯，你们结下了灵魂的契约。"

除了心意相通，雪宪其实一直有些没理解灵魂的契约具体是指什么。

看到他的表情，费泽用人类的语言做出通俗解释："他和你共享感官、情感和生命。在没有遇到由卡之前，我们只拥有一半的灵魂，心是空的，忍受着没有尽头的孤独。直到遇见由卡，我们的心才被填满，灵魂才得以完整。"

雪宪怔忡，微微睁大眼睛。

“我们对灵魂挚友的选择很难用科学来解释。”费泽说，“遇到了就是遇到了，命定的由卡是天赐的珍宝，可遇不可求。不论你愿不愿意，他都认定了你。”

不论你愿不愿意。

这种带着强制性的论调，从费泽口中说出很稀松平常。

可能对于龙来说，它们所认定的“由卡”的意愿并不重要，它们认定了，就一定会得到。

作为拥有自由意志的人类，雪宪竟然没有对费泽的言论产生不适。

可能是因为他的小龙实在太好了，哪怕是到了特殊的时刻，伊撒尔也总在让他选择。

当然，那都是建立在“灵魂挚友”的基础上。

费泽看上去很年轻，但正如苔米所说，他身上的确有一股苍老的长者气质。

他太瘦了，手腕的皮肤紧紧贴在骨骼上，有些干枯，像是生命的能量正在慢慢地从他生命中抽走。他看着雪宪，眼神的考究还在，但敌意已经消失。

“抱歉，我还有太多问题。”费泽说，“明天你可以来找我吗？”

雪宪迟疑了一下，点点头。

说完，费泽便留在原位，虚弱地闭上眼睛，背脊挺直地垂着头，不再说话了。

本来和伊撒尔比较起来显得更人性化一些的苔米，和费泽比较起来反而野性十足。

她将雪宪带到外面，要找个地方安顿雪宪。

他们站在栈道上，一些翠绿藤蔓垂下来，上面开了些白色小花。

两头暗红的小龙在不远处嬉戏，一路翻滚着落入了火山中心的湖水里，惊起另外几头龙腾飞。苔米转过头，用她那带着金属质感的嗓音冲那个方向吼了一句龙语，那两头小龙便湿漉漉地爬上了岸。

“我们有适合人类住的房子。”苔米说，“和一些人类的物品。”

雪宪：“我和你去拿。”

苔米正有此意。

他们沿着栈道下了两层，途经一树林茂密处，一栋巨大的白色建筑矗立在这里。建筑呈长条状，同样被潮湿的藤蔓青苔包裹，外立面的窗户整齐划一，没有任何多余装饰，显得严肃规整。大部分玻璃都破掉了，里面黑漆漆的，什么也看不见。建筑外立着三四米高的牌子，上面写的文字已经看不清了，雪宪只瞄到了最后的“研究中心”几个字。

不多时，他们又走到另一个更大的平台，这里摆着一些光能采集器，无人打理，线材都零散地暴露着堆在一起。再往前走，是个停机坪，地面的标识还在。

紧接着，雪宪又看见了残败的索道渡口，这里有一些民居和坏掉生锈的路灯杆。

除了先前雪宪在议会厅的建筑外看见的两名银龙族人，这一路上都没再见过其他的银龙，银龙的数量仿佛极其稀少。

不知道本来就少，还是有别的原因。

苔米带雪宪来到一个类似补给站的地方，这是一个保存性能非常好的仓库。里面的物品不受气候、年月的影响，几百年前存放的生活用具依然崭新。雪宪取了床褥被子等，抱着一大堆物品跟着苔米继续走，最后他们来到了一栋红色的小房子前。

“这里。”苔米简略道，“光照最足，人类喜欢光，你住这里。”

雪宪：“那伊撒尔呢？”

这个小房子不像是能钻进一头龙的样子。

忒亚的光正好落在苔米身上，让她白皙的皮肤几乎透明了：“在伊撒尔成年之前，他都会住在对面的洞穴里。等他成年以后可以自由变换身体形态，或者是积攒到足够的能量维持人形了，他便会来和你一起住。”

雪宪有些迟疑，他和伊撒尔还没有分开过。

这种安排也还没有和伊撒尔商议。

苔米说：“相信我，雪宪。你不会想去和那些龙一起住的。连我也不去。”

推开门，积年累月的灰尘便涌了出来，呛得人几乎无法呼吸。

不过里面情况比雪宪想象的要好很多，这栋红色的小房子面积不大，四五十平方米，还带了个小小的阁楼，从楼梯上去便是床。家具都是使用无穷星上的本土木材制作的，坚固耐用，这么久的时间过去了，它们仍然完好无损。

这里甚至还有照明。

苔米在墙上按了开关，布满灰尘的灯亮起来的一刹那，雪宪简直有了做梦般的不真实感。

“房子里有水，你先打扫。”苔米说，“我们晚点儿会给你送吃的。”

“谢谢！”雪宪恍惚地回头，“这里……以前是有很多人类居住过吗？我是说……这个叫纳哈的地方。”

苔米：“当然，最多时有将近两百人口。”

雪宪：“那他们现在在哪里？”

苔米说：“你刚刚已经见过他们了。”

雪宪没有理解苔米的意思。

苔米便提示：“那些龙。”

雪宪正在放手里的东西和背上的背包，这些重物将他压得快直不起腰了，闻言，他陡然一怔：“那些龙？他们以前都是这里的人类？”

“对，他们都是原先留在这里的人类的后代。”苔米说，“那些人先化成了龙，然后繁衍，有的龙离开了这里，有的留了下来，现在一共还有六十多头龙留在纳哈，包括我们几个。”

雪宪只听伊撒尔提过，完成契约后人会变成龙，但那么多人是怎么变成龙的？

他问道：“另外，他们怎么都不以人的形态生活？”

“他们不是我们，不能切换形态。”苔米告诉雪宪，“他们转化为龙，就只是龙了。”

“费泽懂的比较多，他会和你解释清楚。”苔米没有说别的，只对雪宪说，“但是你会变得和我们一样，因为伊撒尔会和你完成契约。”

雪宪窘迫道：“没有……我们还没有完成。”

“可是，我看见了你们筑巢的痕迹。”苔米的竖瞳眨了眨，似乎有些疑惑，“那里有伊撒尔龙血的气味。”

雪宪汗颜，因为他根本没喝下龙血……

苔米很快就离开，房子里只剩下雪宪一个人。

他走去厨房，试着按下墙上的出水开关，果然，水非常顺利地从水槽上方的出水口中流了出来。与此同时，厨房的自动烹饪系统被启动了，橱柜下以及锅炉上都亮起了灯光。

身为星子，雪宪从未使用过寻常人家使用的烹饪系统，只在小时候进过几次光明殿的厨房。

没想到他一学会自理，便要用生火烤肉，竟然要直接使用最原始的烹饪方式，所以面对这些按键他一窍不通，还需要仔细研究。除了干净的水与电能，房子里的大部分物件都不灵光。有的只是轻轻一碰，就立刻散架了，雪宪收拾了一阵，反而更加没有头绪。

不过，他在墙边的五斗柜里发现了一个盒子，里面有一些碎成粉末的纸张，以及一个被封起来的、完好的工作证。

工作证的照片里是个戴眼镜的金发女子，看上去有四十多岁，姓名与职务一栏分别写着：莉莉斯·海顿，生物工程师。她微笑着，眼神明亮，充满自信与乐观。

雪宪想，她大概就是这栋红色小房子之前的主人。

将工作证翻过来，雪宪看到后面的一个环形标志与一串字母，应该是代表她隶属的项目部，他拼读出来："Perseus。"

雪宪怔了怔。在巴别塔时，"明目"的幕后人物戴着惨白的面具，曾用嘲讽的语气对他说："我叫珀尔修斯。"

Perseus，珀尔修斯，这会是巧合吗？

这时，房子上方忽然传来"笃笃笃"的声音，一些灰尘自上方扑簌簌地洒落下来。

紧接着，便是爪子挠动门板的声响，雪宪一下子就猜到外面的是谁，跑过去打开门："笃笃多！"

外面坐着的，果然是他的小龙。

小龙几乎和这栋小房子一样高，它好像刚从水里钻出来，身上的银色鳞甲还冒着水光，与这碧绿的林中世界、红色房屋一起，形成了一幅美好的童话般的场景。

雪宪扑过去："你都见过你的族群了？怎么样？高不高兴？"

龙当然是很高兴的，它低沉而愉悦地"呜"了一声。

他们好久没这么轻松过，龙的意识挤进雪宪的脑海中："由卡。"

然后，它又在意识里说了一串复杂晦涩的龙语。

它想要带它的人类，在这名叫纳哈的地方转上一圈。

雪宪欣然同意。

他抓着龙翼爬上龙的背脊。龙匍匐着从树枝底下爬出，来到栈道上，紧接着张开双翼，沿着火山中心的湖泊起飞。

这时，雪宪才理解到小龙真正的意思。

小龙变换角度，时而加速，时而滑行。他们经过之处，群龙都发出兴奋的叫声，每一头看见雪宪的龙，都不停地扇动双翼，有的还原地转圈，扫到别的龙，闹哄哄地打成一团。它们仿佛在进行某种欢迎仪式，比卓尧刚带回伊撒尔回到这里时还要热烈数倍。

龙这是在高调地在向所有的龙宣布，它带回了自己的由卡。

它背上的人类少年，是天赐给它的珍宝。

盘旋一整圈，介绍够了之后，龙才停留在了环形山体的最高点，一棵粗大的树木之下，让背上的人类踩着他的背、脖子，成功地走到了树上。

这棵树大约已经长了上千年了，树皮粗粝，长了些许青苔。

雪宪坐在结实的树枝上，垂着双脚，正在俯瞰纳哈全景。

从这里，能清楚地看到分布在山体内侧的一些洞穴龙巢，以及靠近湖泊的建筑群，雪宪还看到了两三个人影，可能是费泽和苔米他们。

“咕。”龙坐在树前，将大脑袋凑了过来。

“笃笃多。”雪宪抚摸了它的鼻梁，“苔米说，等你的龙形态成年了，或者你蓄积了足够的能量，你才能再次切换形态。”

龙身上的伤痕还在，尾巴与鳞片都还没长好，是战斗时留下的勋章。

“上一次你提前觉醒，是因为星瀑吗？”雪宪已经有了大概的猜测，“听说星瀑中蕴含了大量的能量，你想陪伴我，所以你提前醒来了，是这样吗……”

像费泽说的，雪宪既脆弱又孤独，当时的情况甚至更糟，的确很容易死掉。

龙想给予陪伴，才会吸取能量提前觉醒。

而这一次，为了保护基地的人类，为了保护雪宪的族群，它又用尽了能量化为龙形态，使得“成年精神体”再次沉睡。

雪宪现在的高度正好能与小龙平视。它覆盖鳞片的头颅上，骨刺日益锋利粗壮，那金色眼睛灿烂狭长，看起来依旧冰冷，但雪宪能从中看出一些温柔，是属于伊撒尔的。

雪宪继续待在树枝上，和它一起，吹着海面刮来的风。

天快要黑了，远处的云层红彤彤的，树林湖面都蒙上了橘色的纱。

片刻后，他说："这里真美，要是能一直留在这里就好了。"

"伊撒尔。"他喃喃地叫了龙的名字，"我好像……在接近一些更久远的秘密。这个世界没那么简单，畸变没那么简单，甚至龙和人之间，也没有那么简单。"

事情像一个谜团萦绕在雪究的心中，等再见到费泽，他一定要问个清楚。

关于从前住在这里的、变成龙的人类，关于"珀尔修斯"，关于混沌日，雪究有预感，费泽一定知道很多很多。

未完待续

ISAR

番外篇

小小龙

THE WHISPER OF THE DRAGON

XUEXIAN

某日，伊撒尔在海底捕捉深海鱼时，意外发现了一个圆盘状的发光装置。

一开始他以为是个大贝壳，打算带回去送给雪宪。雪宪最近苦练雕刻技艺，对闪闪亮亮的装饰品起了兴趣，先前伊撒尔送给雪宪的那颗珍珠已经被刻成了帆船摆件，放在了他们客厅最显眼的位置。

思及此，伊撒尔放弃猎物，掉转方向朝发光处逼近。

深海鱼骤然被强大的猎食者饶了一命，忙不迭溜走，在黑暗的海水中留下大片泡泡。在那片泡泡里，伊撒尔叼起了那发光物，以极快的速度直冲海面。

海水拍打沙滩。伊撒尔化了人形，抱着东西上了岸。

他下海才十几分钟，雪宪和盖比正在不远处的沙子里挖蛏子，见他这么快就上岸了，雪宪就立刻放下桶迎了上来："伊撒尔！"发现伊撒尔怀里的东西，又奇道，"这是什么？"

伊撒尔湿漉漉的银发贴在后背，睫毛上也有滴落的海水："好像是砗磲。"

雪宪"哇"了一声，说："这么大！"回头对盖比喊道："盖比！你快来看！"

圆盘状的物体被放在沙地上，黑乎乎的一团，长期留在海底使得其表面长了许多海草，附着物也形成了一层厚厚的硬壳。在硬壳的缝隙里，的确有微光透出。

雪宪用军刀清理了表面，三人很快就发现这并不是一只砗磲，而是一种特制金属做的装置，不知道碰到了哪里，内部的光线倏地暗淡下去。

"这不会是一颗炸弹吧？"盖比说，"我小的时候，听父亲讲过纳哈附近的海域里有一些炸弹，那是为了防止人类的水行艇过来而组成的一道海底防线。"

盖比和雪宪一样，是银龙认定的由卡，是以人类的身份在纳哈被抚养长大的，后来才真正成为一头龙。她对纳哈附近海域的了解，比伊撒尔和雪宪都要深。

"我去捕鱼时捡到过两次。"盖比研究道，"但是这颗长得有点儿不一样。"

雪宪还在好奇地打量。伊撒尔已经不动声色地将雪宪往身后一拉，他有些后悔捡回了它，还让雪宪用刀子刮了那么久。

可是，雪宪本人似乎完全没有面对危险物的自觉，喃喃道："我好像在哪里见过……"

盖比道："要是费泽在就好了，他一定知道这是什么。"

这提醒了雪宪，他眼睛亮起来："我知道了！这是飞船上的一个模拟通道投射器，上次费泽带我参观时，我就看到过它的资料。"

"模拟通道投射器？"伊撒尔沉沉开口，"是做什么的？"

雪宪说："是人们在进行星际旅行时，模拟共振者释放频率，在时空中打开临时通道用的装置。可以观察在不同的情况下，做出不同的选择会有怎么样的变数发生。"

两头银龙都不约而同地露出疑惑的表情。

雪宪看着他们笑道："不用了解那么多啦，简单粗暴地概括，它就像可以打开一个小小的平行世界，让意识临时进入其中。当然，里面发生的一切都不是真实的。"

盖比："它怎么会在海底？"

"可能是从珀尔修斯号里面掉出来的。我在那里见到过它的设备凹槽。"雪宪分析，他转头问伊撒尔，"我可以带回去研究吗？"

只要没有危险，伊撒尔当然不会拒绝雪宪的请求。

当晚，这个所谓的模拟通道投射器就被洗得干干净净，放在了他们的客厅。

雪宪研究了半晌都没有弄清楚怎么启动它，第二天又叫来了盖比和卓尧，还把苔米、维克托都找了过来，仍然研究未果。

过了几天，它就只是个客厅里的摆件了。

伊撒尔又给雪宪找到了真正的珍珠。

这次根据它的天然形状，雪宪将其雕刻成了一头卡通版本的、圆乎乎的小银龙。他对伊撒尔说："伊撒尔，如果你像它这么小，我就可以把你装进口袋里。"

谁料一语成谶。

在某个深夜，房子里忽然亮起了一道莹白的幽光。雪宪还沉睡着，伊撒尔似有所感，睁开金眸，悄无声息地来到了客厅。

那个模拟通道投射器竟自动打开了。就在伊撒尔拿过它，想要叫醒雪宪时，眼前倏地一暗，视野仿佛被拉扯，人也蓦然往下坠落。

再有意识时，伊撒尔便对上了一双乌黑的眼睛。

那双眼睛眼神清澈，皮肤是奶白色的，嘴唇粉嘟嘟，看上去不过五六岁年纪。

伊撒尔一下就认出来了，这是年幼时的雪宪。

“你是谁呀？”那稚嫩的嗓音问道，“你怎么这么小？”

听到提问，伊撒尔才发现雪宪的比例看上不太一样，随着他的凑近，那张小脸也在眼前不断放大。

不，不是雪宪变大了，是伊撒尔变小了，伊撒尔下意识地躲进了花园里。

天在下雨，只有成年人巴掌大的小银龙扑腾着因挂满雨水而格外沉重的翅膀，匍匐在一片暗绿色的圆叶下方。

雪宪发现了它。

伊撒尔的意识无意间进入了模拟器打开的通道，进入了一个不真实的时空，一个临时存在的平行世界。

“你不要怕哦。”雪宪伸出小手，试探着想要碰一碰小银龙，“我不会伤害你的。”

他的眼睛慢慢睁大了。

因为眼前颤颤巍巍的小银龙，竟然像真的听懂了他的话一样，闭着金灿灿的眼睛，歪着头，轻轻地蹭了蹭他。

雪宪小心翼翼地将小银龙捧起来，让它躲进自己的衣服里，然后撑着伞便往房子里跑去。

跑过燃着炉火的客厅时，一道慈爱的声音响起：“雪宪？你在花园里做了什么？”

戴着眼镜的白博士正坐在炉火旁的沙发里看书。

这里不是光明殿，雪宪也不是星子。

在临时存在的平行世界里，他们只是栖息大陆里非常寻常的一户人家。

“看蚯蚓！”雪宪撒了个小谎，“老师我回房间了！”

一进房间，雪宪就扔下伞，跑到衣柜里找出毯子，将怀中冷得瑟瑟发抖的小银龙裹起来，放在了柔软的床垫上。

“咕。”小银龙从毯子里冒出头，然后发出了这样的声音。

雪宪趴在床边，漂亮的眼睛里倒映出小银龙的影子：“你真的好小啊，都可以装进我的口袋里了，我从来没见过你这么小的龙！”

伊撒尔一下子就想起了雕刻卡通龙之后，雪宪对他说过的话。

原来是他的潜意识造就了这个平行世界。

他记住了雪宪的愿望，也掺入了自己的愿望，他们两个一起变小了。

“我的名字叫雪宪。”雪宪用手指摸摸小银龙的头，“你叫什么名字啊？”

“咕——”小银龙张开嘴，又奇怪地叫了一声。

在这里雪宪听不懂小龙说的话，就像他们还在溶洞里时那样。

“你没有名字吗？”雪宪想了想，说，“我给你取个名字吧。”

“你的鳞甲是银白色的，很帅气，好像我在博物馆里看见过的古代骑士穿的白金铠甲。

“你可以叫和铠甲一样的名字。笃笃多。”

小银龙眨眨金灿灿的眼睛，歪着头，仿佛非常喜欢这个名字，还再次用头部蹭了蹭雪宪的指腹。

雪宪的脸有些红:“对不起，我总是发不好那个音。其实是叫杜——鲁——托。”他重新发了那个音，说得很慢，努力把它说得清楚。

“笃笃多。”他想要说得连贯一些，可惜真的太难了，他发出的音还是“笃笃多”。

所幸小银龙似乎完全不介意。

“那你就叫笃笃多了。”年幼的雪宪很高兴，他想起了什么，“笃笃多，你饿不饿？”

小银龙没法回答，但是雪宪认为它肯定饿了。他在房间里找来饼干，仔细地掰成了小块，用小碟子装起来放在书桌上，接着便把小银龙连着毯子一起抱了过去。

小银龙身上的雨水已经擦干了，它从毯子底下钻出来，一身银白鳞甲在灯光下流光溢彩，薄薄的龙翼收在身体两侧，骨刺分明，像童话里的小精灵。

它朝着饼干走去，但只是嗅了嗅，就重新看向了雪宪 :“咕？”

伊撒尔想，原来雪宪和自己一样，在捡到对方时，首先想到的便是给对方喂食。

他觉得很奇妙，心里也暖暖的。

小雪宪却误解了，说道 :“笃笃多，你等等。”

说完他便跑去用杯子倒了一杯温热的清水 :“你是想喝点水吗？快喝吧。”

小银龙嗅了嗅杯子里的水，转身背对着杯子，冲雪宪扬起了脖颈，“咕咕咕”地叫。雪宪被它逗乐了，把它重新抱到床上。

“你怎么总是咕咕咕地叫啊。”他奶声奶气地说，“看来我不该叫你笃笃多，我应该叫你咕咕龙。”

说着，他拿来一个玩偶，逗着眼前这头小小龙。

小银龙追逐玩偶，在床上摔了一跤，看上去没什么力气。

雪宪心疼了，把小银龙扶起来，替它整理了鳞片，忽然想到了什么，轻轻地“啊”了一声：“我真笨啊，龙是肉食动物，你应该是要吃肉的。”

小银龙被人类抚摸鳞片，正舒服地眯起眼睛。谁料忽然身体一轻，它再次被人类捧了起来：“咕？”

这一次，雪宪把小银龙装进了衣服口袋里。他垂眸看着它，轻轻地说：“你乖乖地躲在口袋里，不要被老师发现了哦。我带你去厨房里找肉吃。”

年幼的雪宪，眼神与成年后一般清澈，他们的影子渐渐重叠在了一起。

口袋合上，伊撒尔只觉得眼前一黑，便重新回到了他们的客厅。

模拟通道投射器的白光消失了，只有雪宪用珍珠雕刻的小龙摆件还放在一旁。

无人知道，在短暂存在的平行世界里，作为普通人类的、无忧无虑的儿童雪宪，也真正有了属于他的小小龙。

图书在版编目（CIP）数据

恶龙的低语／微风几许著. —武汉：长江出版社，
2023.6
ISBN 978-7-5492-8839-7
Ⅰ. ①恶… Ⅱ. ①微… Ⅲ. ①幻想小说－中国－当代
Ⅳ. ①I247.5
中国国家版本馆CIP数据核字(2023)第069076号

恶龙的低语 / 微风几许 著

出　　版	长江出版社 （武汉市解放大道1863号　邮政编码：430010）		
选题策划	漫娱图书　聂紫绚		
市场发行	长江出版社发行部		
网　　址	http://www.cjpress.com.cn		
责任编辑	罗紫晨		
特约编辑	李苗苗		
总 策 划	幸运鹅工作室	开　　本	635mm×940mm　1／16
装帧设计	刘江南　李梦君	印　　张	19
印　　刷	深圳市精彩印联合印务有限公司	字　　数	301千字
版　　次	2023年6月第1版	书　　号	ISBN 978-7-5492-8839-7
印　　次	2023年9月第2次印刷	定　　价	49.80元

电话：027-82926557(总编室)　027-82926806（市场营销部）